Fünfzehenland

Eva Bader hat in München Literaturwissenschaften studiert und sich ihre Brötchen mit Werbetexten und dem Korrigieren von akademischen Arbeiten verdient, bis sie Mutter wurde und keine Lust mehr auf weinerliche Erstsemester hatte. Gestählt durch exzessives Kinderwagenschieben schreibt sie seither nur noch das, was ihr Spaß macht. Der fehlende Kindergartenplatz für ihren Ältesten hat sie zu ihrem ersten Kriminalroman inspiriert. Seit sie sich mit sieben Jahren beim Tantenbesuch in Gilching ihre ersten Ohrlöcher stechen ließ, fühlt Eva Bader eine tiefe Verbundenheit zu den blutrünstigen Seiten des Fünfseenlands.

Dieses Buch ist ein Roman. Handlungen und Personen sind frei erfunden. Ähnlichkeiten mit lebenden oder toten Personen sind nicht gewollt und rein zufällig.
Der tatsächliche Polizeialltag unterscheidet sich gewaltig von dem hier geschilderten, was man unter anderem daran erkennen kann, dass für die fiktiven Ereignisse in Wirklichkeit die Germeringer und nicht die Starnberger Inspektion zuständig wäre. Auch die Existenz eines Gilchinger Zementwerks und die daraus folgenden sozialen Zerwürfnisse entspringen allein der Einbildung der Autorin.

EVA BADER

Fünfzehenland

OBERBAYERN KRIMI

emons:

Bibliografische Information der Deutschen Nationalbibliothek
Die Deutsche Nationalbibliothek verzeichnet diese Publikation in der Deutschen Nationalbibliografie; detaillierte bibliografische Daten sind im Internet über http://dnb.d-nb.de abrufbar.

Umschlagmotiv: © mauritius images/Stefan Hefele
Umschlaggestaltung: Tobias Doetsch
Gestaltung Innenteil: César Satz & Grafik GmbH, Köln
Lektorat: Susanne Bartel
Druck und Bindung: CPI – Clausen & Bosse, Leck
Printed in Germany 2015
ISBN 978-3-95451-572-1
Oberbayern Krimi
Originalausgabe

Dieser Roman wurde vermittelt durch die Agentur
Schlosserhaus, Grassau.

Gewidmet meinem duldsamen Ehegespons – im nächsten Buch gibt's Raketen, versprochen –, meinen beiden weltallerbesten Söhnen, die inspirierender nicht sein könnten, vor allem aber meiner Tochter, deren bevorstehende Geburt den Schreibprozess erheblich beschleunigte. Danke, dass du mir beim allabendlichen Tippen nur selten gegen die Blase getreten hast.

Der Wald vor lauter Bäumen

3. September, 15.42 Uhr

Der junge Mann stieg ab, lehnte sein schlammbespritztes Mountainbike gegen eine Fichte und hastete zu Fuß in den Wald. Er beeilte sich. In weniger als zwanzig Minuten würde seine Schicht beginnen. Bis zu seiner Arbeitsstelle war es zwar nicht weit, aber vorher musste er noch seine Frisur in Ordnung bringen und die Uniform anziehen.

Ihm blieben keine zehn Minuten, um zum Palast zu laufen, Wendys Kette zu finden und wieder auf sein Rad zu steigen. Schon nach wenigen Metern begann seine Lunge zu pfeifen, und er musste stehen bleiben, um sich auszuhusten. Wieder einmal nahm er sich vor, endlich einen dieser Vaporisatoren zu besorgen. Die waren super für die Atemwege, das sagte sogar Toasty, sein Kumpel. Scheiß Raucherei.

Es dauerte nicht lange, bis er die Lichtung erreichte und auf die verwilderte Schilfwiese trat. Auf der anderen Seite der Lichtung hing der Palast wie ein Bienenstock in den Bäumen. Der luxuriöse Bau offenbarte sich nicht sofort. Seinen Umriss im Blätterwerk der alten Buche entdeckte man nur, wenn man wusste, wonach man suchen musste. Der perfekte Ort für ein romantisches Stelldichein unter naturverliebten jungen Leuten, die noch zu Hause bei ihren Eltern wohnten. Er war zuversichtlich, Wendys Kette schnell zu finden. Sie hatte sie bestimmt im Eifer des Gefechts dort oben verloren, und selbst wenn die Kette zu Boden gefallen war, sollte es kein Problem sein. Der Boden unter dem Palast war unbewachsen, nur von Fichtennadeln der umstehenden Bäume bedeckt. Zwischen den dunklen Wurzeln der Buche würde das silberne Kettchen auffallen. Über ihm zwitscherte hoffnungsfroh eine Meise.

Gerade noch rechtzeitig duckte er sich hinter einen Strauch. Er war nicht allein: Im Schatten unter dem Palast stand ein älterer Mann, der sich über etwas beugte. Das Etwas schien eine Frau zu sein, die reglos auf dem Waldboden lag. Wegen des unebenen

Geländes konnte der junge Mann nur ihre nackten Füße, ihre leuchtend grüne Jacke und ein Büschel helles, lockiges Haar sehen. Der über ihr stehende Mann kam ihm vage bekannt vor. Er trug rustikale Kleidung und einen grünen Hut, in der Hand hielt er ein Werkzeug in der Art einer großen Schere. Dann bückte er sich zum linken Fuß der Frau hinunter, grunzte und zwickte ihr damit die Zehen ab. Einen nach dem anderen. Eins, zwei, drei, vier, fünf.

Der junge Mann wusste nicht, ob sein Husten- oder sein Würgereiz größer war, als er sich langsam zurück zum Waldrand bewegte. Jeder entgegenkommenden Polizeistreife wären seine Pupillen aufgefallen, die schreckgeweitet noch größer wirkten als nach der härtesten Partynacht. Aber natürlich gab es auf den ungeteerten Straßen nahe dem Zementwerk und in den angrenzenden Wäldern keine Polizeistreifen.

Eine Viertelstunde später trat der junge Mann seine Spätschicht an. Sein Haar war gekämmt, das Kurzarmhemd korrekt zugeknöpft. Von der eben beobachteten Ungeheuerlichkeit war ihm nichts anzusehen.

Freundlich fragte er den ersten Kunden nach seiner Bestellung, drückte ein paar Tasten und nannte den fälligen Geldbetrag, bevor er sich umdrehte und das Gewünschte in eine braune Tüte packte. Er hatte keine Schwierigkeiten, die Anforderungen des Jobs zu erfüllen. Das Wechselgeld war korrekt, er vertippte sich nicht, er gab die richtigen Waren an die richtigen Kunden aus. Bei der Bestellungsannahme lächelte er stets, und zum Abschied wünschte er jedem Kunden einen guten Tag.

Die souverän eingeübte Mechanik seiner Arbeit half ihm, nicht viel über das Erlebte nachzudenken. In seinem Bewusstsein schrumpfte das Entsetzliche zu einem Krümelchen zusammen, bis es durch die stupiden Wiederholungen seiner Tätigkeit in eine unbeleuchtete Ecke seines Gehirns gefegt wurde.

Stattdessen fürchtete er sich jetzt vor dem Wiedersehen mit Wendy. Was würde sie sagen, wenn sie merkte, dass er ihre Kette nicht hatte auftreiben können? Das Symbol ihrer Liebe.

Bestimmt würde sie denken, er hätte sich nicht genügend angestrengt. Aber noch einmal vor Ort suchen würde er ganz bestimmt nicht. Keine vier Unimogs brächten ihn zurück zum Palast.

Wendys Liebe müsste sich ein neues Symbol suchen. Das würde ihr schwerfallen, das würde sie gar nicht mögen. Er kannte seine Freundin und stieß in Erwartung des Kommenden einen schweren Seufzer aus.

Rekordfang

10. September, 14.37 Uhr

Ein paar kurzlebige ringförmige Wellen waren alles, was von Herbert Mühleisens größtem Fang blieb.

Die gigantische Seeforelle drehte sich ein bisschen, als könne sie es selbst kaum glauben, dass ihr so kurz vor ihrem sicher bevorstehenden Ende der stählerne Drillingshaken aus dem Maul gerutscht war. Doch so kurz und simpel verhielt es sich: Einer ihrer Mundwinkel war aufgerissen. Ziemlich tief, aber nur im dünnen Gewebe, nichts Dramatisches. Die Verletzung würde ihrem Ansehen im Seeforellenkreis weiteren Glanz verleihen.

Sie wandte sich noch einmal zum Boot zurück, in dessen Außenwand jetzt nutzlos der Drilling steckte, und fixierte Herbert Mühleisen für eine Sekunde mit ihrem daumennagelgroßen starren Auge. In ihrem Blick lag kein Vorwurf, eher eine Art Respekt: Es war ein Kampf auf Augenhöhe gewesen. Dann schlug sie wie ein Killerwal mit der Schwanzflosse, was die besagten ringförmigen Wellen hervorrief, und tauchte ab. Im milchigen Wasser des Ammersees war sie sofort verschwunden, nicht einmal ein paar silbrige Luftbläschen stiegen empor.

Ermattet ließ Herbert Mühleisen den Kescher sinken. Erst jetzt fiel ihm auf, wie lange er während des Zweikampfs mit dem Untier die Luft angehalten hatte, und gleich mit dem ersten Atemzug begann er zu fluchen.

Es wäre die Krönung seiner bisherigen Anglerkarriere gewesen. Gleich als er die Seeforelle an Bord hatte heben wollen und den Großteil ihres kräftigen Körpers schon mit dem Kescher unterfangen hatte, waren ihm die hellen Narben zwischen den schwarzen x-förmigen Flecken auf der silbrigen Haut aufgefallen. Zudem fehlte ihr ein großes Stück der Rückenflosse, und das eine, ihm abgewandte Auge war weiß und blind gewesen. Ein Fisch wie ein Buch, voller Geschichten. Mindestens siebzig, wenn nicht achtzig Zentimeter, ein Methusalem, ein Halbgott, ein Fabelwesen, der noch lebende Urahn aller heutigen Seeforellen im Ammersee, wenn nicht gar in ganz Oberbayern. Stoff für Legenden! Vielleicht sogar neunzig Zentimeter lang oder mehr, aber in jedem Fall Ammerseerekord. Herbert würde seinen Stammtischkollegen alles über diesen Drill erzählen, außer natürlich seine Geheimrezeptur für den Zwiebackteig, auf den der Fisch gebissen hatte.

Doch zuerst brauchte er noch ein paar Minuten, um sich zu sammeln. Er ließ den Blick über den See schweifen, der sich weit und ruhig um ihn herum erstreckte, als sei nichts gewesen. Immer noch war es windstill und durchaus warm, der Himmel aber bedeckt. Am Ostufer, von dem er drei Stunden zuvor aufgebrochen war, konnte er ein paar unentschlossene Badewillige zwischen den Binsen auf modrigen Kiesstränden erkennen. Immerhin, dachte sich Herbert, haben die da auch nichts von diesem merkwürdigen Tag. Theoretisch ideales Fischwetter, aber eben nur theoretisch, und auch nicht gerade verlockend zum Baden. Seufzend beugte er sich über die Bordwand, um den Drilling aus der Lackschicht zu ziehen. Wenigstens hatte das tückische Ding seine Widerhaken diesmal ins Boot und nicht in seine eigene Backe oder Schulter geschlagen. Es wäre nicht das erste Mal gewesen. Aber auch ein verdienter Angler wie er, Herbert Mühleisen, trug seine Narben mit Stolz.

Widerwillig machte er sich daran, die Schnur zu ordnen und seine Ausrüstung zusammenzupacken. Er holte den schlammigen Anker ein und löste die Ruder, nahm sich aber noch kurz Zeit für sein Abschiedsritual: Wie immer nach einer erfolglosen Bootstour hängte er für die Rückfahrt einen Blinker mittlerer Größe an den Wirbel. Dabei legte er die Rute so ins Bootsheck, dass die Spitze nur zwanzig, dreißig Zentimeter über die Bordwand hinausragte, und ließ den Kunstköder keine fünf Meter hinter dem Boot hertaumeln.

Während der Rückfahrt würde der Blinker hinter ihm her an der Wasseroberfläche irrlichtern und wegen seiner kurzen Schnur nicht tief sinken oder sich verhaken. Nicht, dass er mit dieser Technik schon jemals etwas gefangen hätte, aber es war eben ein Ritual, welches Herbert bereits seit seinem zwölften

Lebensjahr pflegte. Dann setzte er sich auf die Ruderbank und legte sich voll unterschwelliger Aggression in die Riemen Richtung Breitbrunn.

Ob es nun Ironie des Schicksals oder einfach die ungewohnte Geschwindigkeit war, die er in seinem Frust nach dem Verlust der Jahrhundertforelle vorlegte, muss unklar bleiben, doch wenig später, beim Anlanden des Bootes unterhalb seines Parkplatzes bei Breitbrunn, bemerkte Herbert Mühleisen, dass kurz vor dem Ufer, also in letzter Sekunde, etwas an seinen Abschiedsblinker gegangen war und fast schon die Rutenspitze abbrach. Es musste etwas sehr, sehr Großes sein.

Er fasste die Rute, damit der Fisch seine Kraft auf ihre ganze Länge übertragen konnte, und stolperte aus dem Boot. Ihm blieb keine Zeit, erst seine Watstiefel aus dem Wagen zu holen, also watete er direkt in Twillhose und festen Lederschuhen in den See hinein und pumpte den Fisch ans Ufer. Als er ihn auf den flachen Kies gezogen und seine Bewegungsfreiheit damit eingeschränkt hatte, erkannte Herbert, dass er nicht mehr nach dem Kescher zu greifen brauchte – der Fisch war zu groß. Also bohrte er ihm kurzerhand seinen Zeigefinger in den stacheligen Kiemenbogen. Die scharfen Spitzen zerfetzten sofort seine Haut, doch er achtete nicht auf den eigenen Blutverlust, sondern zerrte das wild um sich schlagende Ungetüm weiter den Kiesstrand hinauf. Erst als es mehrere Meter von seinem angestammten Element lag, erlöste er seinen schmerzenden Finger und holte die kleine Rohrzange, die er als Totschläger benutzte, aus dem Boot. Das klappbare Schlachtmesser steckte wie immer in seiner Hosentasche. Diesmal war der Kampf kurz und einseitig. Fast bedauerte Herbert, dass er dem majestätischen Tier in all seiner silbernen Herrlichkeit so übel mitspielte, doch das Recht des Stärkeren war auf seiner Seite. Nach ein paar harten Schlägen auf die großflächige Entenstirn und einem gründlichen Kehlschnitt war seine Beute weitestgehend ausgeblutet. Sie würde ihm nicht mehr entkommen.

Mittlerweile war das Wetter deutlich abgekühlt. Nach der Abreise der Badegäste stand nur noch Herberts Wagen vereinsamt auf dem Parkplatz, zu dem er sich und den Hecht jetzt hinaufwuchtete. Niemand wurde Zeuge, wie er den Fisch, beinahe eineinhalb Meter lang und schwer wie ein dickes Kleinkind, voller Stolz keuchend auf eine Plane im Kofferraum legte.

Nachdem er den Wagen sorgfältig abgeschlossen und das Ruderboot umgedreht und mit einem Vorhängeschloss gegen Diebstahl gesichert hatte, kam ihm seine Frau in den Sinn. Monika fand es unmöglich, wenn er unausgenommene Fische mit nach Hause brachte, und seien es auch Rekordhechte. Sie hasste all das Blut in ihrer Küche und den Geruch der Eingeweide, der sich noch stundenlang hielt – im Grunde konnte er sie sogar verstehen.

Also schloss Herbert den Kofferraum wieder auf, ergötzte sich noch einen kurzen Moment lang stumm an der schieren Größe des Tieres, das nur schräg und unter Abbiegen der Schwanzflosse hineinpasste. Dann zog er erneut sein Schlachtmesser aus der Hosentasche, klappte es auf, legte sich den Hecht auf dem Rasen neben dem Parkplatz zurecht und stach in das Waidloch. Vorsichtig, um die Galle nicht zu beschädigen, durchschnitt er die weiße Haut bis fast zum Kiemenbogen. An seiner Unterseite war der Hecht dicht beschuppt und fühlte sich weich an wie nasses Fensterleder. Die Luft aus den Innereien entwich pfeifend, als Herbert den Bauchraum öffnete und mit beiden Händen die zusammenhängenden Eingeweide packte. Für ihn kam es jedes Mal einem Wunder gleich, wie viel Masse eines Fisches seine stinkenden inneren Werte ausmachten. Als die grünen Därme, die pralle Luftblase und all das andere Zeugs mit der schwarzen Milz und dem tiefroten Herzen zusammen auf einem Haufen neben dem Auto lagen, wirkte der leere Hecht nur noch halb so groß. Vielleicht war er ja doch nur einen Meter zwanzig lang, überlegte Herbert, aber auch das wäre noch Rekord. Dann griff er beherzt in den Eingeweidehaufen.

Respektvoll, fast zärtlich legte er die Innereien an das Ufer des Sees. Die schwache Brandung spielte mit ihnen. So konnten sich sowohl die Jungfische – unter ihnen vielleicht sogar die Kinder dieses Hechts – als auch die Wasservögel ihren Anteil an den nahrhaften Überresten sichern. Er gab der Natur etwas zurück, freute sich Herbert. Als er sich zwei Meter weiter mit Sand das Blut und den Schleim von seinen Händen rieb, konnte er schon beobachten, wie sich die ersten Jungfische näherten.

Dabei fiel ihm auf, was für einen gigantischen Magen der Hecht gehabt hatte. Das, was er zuerst für die Luftblase gehalten hatte, war in Wirklichkeit der Magen, prall gefüllt und kindskopfgroß. Was so ein Riesenkerl wohl fraß? Bestimmt ließen sich aus dem Mageninhalt Rückschlüsse auf optimierte Hechtköder ziehen.

Herberts Anglerneugier siegte. Er zog den glitschigen Innereienhaufen zurück ans Ufer, setzte sich auf einen Stein, der halb aus dem Wasser ragte, trennte den Magen mit einem schnellen Messerschnitt ab und ließ den Inhalt vor sich auf den Boden gleiten. Es war gut, dass Herbert Mühleisen bereits saß, denn in dem Magen befand sich neben einer Menge junger Hechtkadaver, einem undefinierbaren, möglicherweise aus Froschresten bestehenden Brei und einer bunten Sammlung von PET-Flaschendeckeln auch ein ziemlich sauber abgetrennter menschlicher großer Zeh mit rosa lackiertem Fußnagel.

Entenkotze

11. September, 9.07 Uhr

Ein schmaler Frauenfuß in einer alten schwarzen Tennissocke und einem ausgelatschten Turnschuh drückte nervös gegen die Kupplung, während sein Kollege nebenan abwechselnd auf Gas und Bremse trat. Beide Füße waren, abgesehen von ihrer etwas gammligen äußeren Verpackung, gepflegt, wohlgeformt und vor allem intakt. Der Nagellack auf den gelenkigen langen Zehen hätte allerdings mal wieder eine Auffrischung vertragen, doch die Frau, zu der die Füße gehörten, widmete sich in ihrer raren Freizeit lieber ihren spülmittelrauen Händen.

Carla Maeßmer war eine Frau, die sich auch als junge Mutter gern schminkte und hübsch anzog – jedenfalls theoretisch. Ihr aschblondes Durchschnittshaar war nicht praktisch kurz, sondern immerhin pferdeschwanzlang, und kürzlich hatte sie es sogar geschafft, sich ein paar helle Strähnchen verpassen zu lassen – der Friseursalon besaß eine von ihrem Sohn gnädig akzeptierte Spielecke. Normalerweise ging sie nicht aus dem Haus, ohne sich zumindest schnell die Wimpern zu tuschen, und in ihrer Handtasche steckten neben der obligatorischen Ersatzwindel immer auch Haarklammern, Parfümpröbchen und ein Lippenstift in gewagter Farbe: Man konnte ja nie wissen, wo man unterwegs Eindruck schinden musste oder wollte.

Allerdings hing Carlas Fähigkeit zum spontanen Beeindrucken wie bei anderen jungen Müttern auch von der Mithilfe ihres Kindes ab. Und gerade diesbezüglich kannte der zweieinhalbjährige Lukas zurzeit keine Gnade. Zwar hatte Lukas' Aufmerksamkeitsbedürfnis den Vorteil, dass seine Mutter keinerlei Gewichtsprobleme hatte, da sie einfach nicht oft genug zum Essen kam, andererseits kam sie auch zu sonst nichts.

In den letzten Wochen hatte man Carla deshalb auch des Öfteren in weniger vorteilhaften Outfits gesehen. So wie etwa heute. Sie war nicht nur komplett ungeschminkt, sondern dazu noch komplett ungewaschen, weil es den lieben Lukas am frühen Morgen nach Bewegung verlangt hatte und er deshalb von halb fünf bis sieben Uhr laut singend auf seiner Matratze herumgesprungen war. Nach den verbliebenen zwei Stunden Halbschlaf hatte Carla es immerhin geschafft, sich eine frische Unterhose anzuziehen, bevor sie das Kind gepackt hatte, sich eine Jeans voller Farbflecken und einen alten Heavy-Metal-Kapuzenpullover ihres Mannes übergezogen hatte, ins Auto gestiegen und losgerast war. Sie hatte einen wichtigen Termin, und die Zeit drängte.

In atemberaubend langsamem Tempo arbeitete sie sich durch den Berufsverkehr und vier rote Ampelphasen die Gilchinger Römerstraße entlang, bis sie in eine kleine Querstraße zum Steinberg abbog. Ihr kleiner VW Polo, der eigentlich schon längst einer geräumigeren Familienkutsche hätte weichen müssen, stieß auf dem steilen, von Schlaglöchern übersäten Asphalt gequälte Seufzer aus. Trotzdem war Carla froh, das Auto an diesem Tag überhaupt zur Verfügung zu haben, da sie sich ansonsten mit dem Fahrrad den Steinberg hätte hinaufquälen müssen. Ihr Mann und sie teilten den Wagen brüderlich – jeden zweiten Tag, auch heute, fuhr Roland mit dem Bus zur Arbeit nach Starnberg.

Kurz bevor der Polo den Anstieg gemeistert hatte, musste Carla noch eine Vollbremsung hinlegen, weil ein Mann hinter einer Hecke hervorkam und vor das Auto stolperte. Er war schon älter und trug schäbige Kleidung und einen immensen Rauschebart, der wohl noch nie einen Kamm gesehen hatte. Das Barthaar unterhalb seines Kinns formte gelbliche Filzwürste, die in farblichem Kontrast zu der überdimensionierten neongrünen Bommelmütze auf seinem Kopf standen. Eine Kopfbedeckung, wie sie sonst nur hippe fünfzehnjährige Skateboarder trugen.

Verwundert drehte sich der Mann zu Carla um und schlurfte dann mit unbewegter Miene weiter. Sie kannte ihn vom Sehen, den Gilchinger Penner: Er war zwar nicht der einzige, aber der am stärksten im Ortsbild präsente Obdachlose. Während seine Kollegen lieber im gemütlichen Heim am Ende des Talbauernwegs abhingen, wanderte er täglich von früh bis spät durch die Straßen, hinauf und hinab, nichts als eine ominöse schwarze Sporttasche bei sich, ohne Ziel und ohne Begleitung, ein wahrer Vogelfreier. Er bettelte nicht, er hielt keine verwirrten Monologe, er sang keine Sauflieder. Manchmal setzte er sich auf eine öffentliche Bank in die Sonne, stand aber immer schnell wieder auf, sobald sich ein Passant näherte. Carla sah den Mann nahezu täglich beim Spazierengehen mit Lukas und hatte ihn schon fast ins Herz geschlossen. Jetzt aber, da er sie zum verhassten Anfahren am Berg gezwungen hatte, war es vorbei mit der Sympathie. Carla blickte ihm noch einmal nach: Die Hosen schlackerten um seine spillerigen Beine, als er um die nächste Straßenbiegung und außer Sicht verschwand.

Mühsam fuhr Carla an, quälte die Kupplung. Sie fluchte ein paarmal kräftig, ermahnte sich aber gleich darauf innerlich, dies in Gegenwart von Lukas nicht mehr zu tun. Lukas, der für sein Alter sowieso noch nicht allzu viel sprach, sollte ja nicht gerade mit »Verdammte Scheiße!« und »Sackblöder Kackmist!« in die menschliche Kommunikation einsteigen. Und erst recht nicht mit »Fuck!«.

Vier Schlaglöcher später fand sie eine Parklücke am Straßenrand, in die das kleine Auto passte – dies war immerhin ein großer Vorteil des VWs –, in direkter Nähe ihres Ziels. Sie atmete zweimal tief durch, dann überquerte sie die Straße. Lukas, vom Gurt befreit, hüpfte fröhlich hinter ihr her, als wäre die vergangene Nacht nur eine Illusion gewesen. Er sang sogar vor sich hin, seine ganz persönliche Version von »Hänschen klein«, die Version eines begabten, aber noch nicht der deutschen Sprache mächtigen Sängers: »Hejale, Hei-jaa-lee …« Kurz hielt er inne, weil er nicht weiterwusste, sammelte sich dann aber und begann wieder von vorn: »Hejale, Hei-jaa-lee …«

Carla nahm Lukas an die Hand und zog ihn durch die offen stehende Gartentür eines groben Lattenzaunes. An der außergewöhnlichen Behausung auf Rädern dahinter gab es weder Schloss noch Riegel. Die Holztür war nur angelehnt. Carla klopfte, wartete eine Weile und spähte hinein, als sich nichts tat. Sie war nicht überrascht, den bunt bemalten Bauwagen leer vorzufinden, also griff sie die Hand ihres Sohnes fester und lief um ihn herum. Aber auch hinter dem Bauwagen war niemand zu sehen.

Nachdem sie ein paarmal laut »Hallo! Hallooo?« gerufen hatte, kramte sie ihr Mobiltelefon hervor, um nach der Zeit zu sehen: neun Uhr sechzehn. Die Viertelstunde Verspätung hatte wohl ausgereicht, um die Vögelchen ausfliegen zu lassen. Schade, dachte Carla, während Lukas immer noch begeistert »Hallo!« schrie, er wäre jetzt so guter Laune. Heute Morgen hätte es so wunderbar gepasst. Sie beschloss, nach den Bewohnern des Bauwagens zu suchen. Weit konnten sie ja nicht sein – bestimmt stöberte die Kindergruppe mit der netten Tante Sabine schon durch den nahe liegenden Mischwald auf dem Steinberg, der schließlich das Hauptbetätigungsfeld eines Waldkindergartens war.

»Sonst würde es ja auch Bauwagenkindergarten heißen«, murmelte Carla lächelnd und folgte ihrem Sohn, der sowieso bereits ungefragt ins Gelände gestiefelt war. Als sie sich unter einer krummen Fichte hindurchduckte, hingen schon die ersten Spinnweben an ihrer fleckigen Jeans. Nun ja, wenigstens für dieses Umfeld war sie heute Morgen passend gekleidet.

Für Anfang September herrschte hier unter den Bäumen eine überraschende, geradezu schwüle Wärme. Die Luft roch würzig, zwei kleine Meisen stritten hektisch, und Carlas angeknackste Laune war wiederhergestellt. Sonnenstrahlen brachen durch die Baumkronen, und Carla erwischte sich dabei, wie sie selbst »Hänschen klein« summte.

Gar nicht so dumm, dieser Zwang, sich im Freien aufhalten zu müssen. Von allen möglichen Betreuungslösungen für einen kleinen Jungen war diese hier bestimmt nicht die schlechteste. Zudem musste an Lukas' etwas einseitiger Neigungslage dringend gearbeitet werden, und zwar im Kreise Gleichaltriger.

Zu seinen bisherigen Hobbys zählten, nicht besonders ungewöhnlich für einen Jungen seines Alters, das Zerkleinern von Papier jedweder Art sowie das gründliche Einarbeiten von Essensresten in den Badezimmerteppich. Sein wahres Interesse aber – dasjenige, das ihn zum sofortigen Beilegen jeglichen Wutanfalls und zum Einstellen der normalen Körperfunktionen veranlasste – lag eher im Bereich schwerer Maschinen. Und nur dort. Das Allerallergrößte waren Bagger. Für Bagger tat Lukas alles. Mit dem Hinweis auf die Wahrscheinlichkeit einer Baggersichtung konnte man ihn zu allem überreden. Er roch Bagger drei Kilometer gegen den Wind, er besaß den sechsten Bagger-Sinn, er liebte das Prinzip Bagger sogar so sehr, dass er notfalls auch alles phänotypisch Ähnliche – Kräne, Pistenraupen, Räumfahrzeuge, Gabelstapler – als Ersatz akzeptierte. Ein Fast-Bagger war immer noch besser als gar kein Bagger.

Doch auch der mächtigste Bagger war nicht imstande, einem kleinen Jungen seinen Platz in der menschlichen Gesellschaft zuzuweisen. Und nicht zuletzt wollte auch Carla sich mal mit etwas anderem den Tag vertreiben, als sich immer neue Spazierwege zu Baustellen auszudenken, schließlich war sie in ihrem Beruf als selbstständige Grafikerin nicht unglücklich gewesen. So gesehen versprach sie sich von Lukas' Kindergartenbesuch nicht nur, dass sie selbst wieder etwas Erwachsenenmäßiges tun könnte, sondern auch und vor allem, dass ihr Sohn im Kreis anderer Kinder sein Interessensspektrum erweiterte und seine soziale Kompetenz entwickelte.

Bisher fürchtete sich Lukas schrecklich vor anderen Kindern, obwohl Carla es wirklich oft versucht und ihn früh in eine Krabbelgruppe geschleift hatte. Doch außer der menschlichen Variante der Maul- und Klauenseuche, dem berüchtigten Coxsackie-Virus, hatte ihr Sohn von dort wenig mitgenommen, und auch die anderen Mütter hatten wenig Interesse an dem Vertiefen von Kontakten ihrer Sprösslinge zu einem Eremiten gezeigt. Aber so war Lukas eben. Es schien Carla oft, als suche er in all den Baggern noch die schützende Außenhülle, die ihm fehlte – ein faradaysches, mechanisches Schneckenhaus. Selbst auf den wunderschön renovierten Spielplatz um die Ecke wollte er partout nur bei Regenwetter. Denn dann war er dort allein.

Einmal hatten sie es mit einer Babysitterin versucht, einer netten italienischstämmigen Abiturientin. Nach wochenlangem

Zieren hatte Lukas sich auch tatsächlich so weit an sie gewöhnt, dass sie ihn für zwei kostbare Stunden an Carlas Stelle auf den Spielplatz schleppen konnte. Leider war ihr kurz darauf aufgefallen, wie wenig sich der Babysitterjob mit ihrem nahenden Abitur vertrug, und sie war nicht wiedergekommen. Danach hatten Carla für einen neuen Babysitterversuch die Nerven gefehlt.

Auch auf Biegen und Brechen gab es nirgendwo einen Kindergartenplatz, schon gar nicht für ein Einzelkind aus guten Familienverhältnissen, das erst im nächsten Januar drei werden würde und damit Silvester als Stichtag zum Kindergartenstart verpasst hatte. Wäre Lukas zwei Wochen früher geboren, hätte er als sogenanntes »Kann-Kind« mehr Berücksichtigung auf den Wartelisten gefunden. So aber blieb seinen Eltern nur die Wahl, bis zum Start des neuen Kindergartenjahrs im darauffolgenden September zu warten oder die vierfache Summe in einen Krippenplatz voller Einjähriger zu investieren. Carla sah sich und Lukas schon auf dem verregneten Spielplatz festwachsen oder bis zum Erbrechen Baggerfilme auf YouTube ansehen, Nachmittag für Nachmittag.

Hätten die Maeßmers auf einem kleinen Dorf inmitten zahlreicher Verwandtschaft gelebt, wäre das Lukas-Problem wahrscheinlich nicht so dringlich gewesen. Doch Carlas verwitwete Mutter arbeitete noch und nahm die lange Fahrt aus Bamberg nicht allzu häufig auf sich, und Rolands Eltern waren, obwohl beide bei bester Gesundheit, ebenfalls keine Betreuungsoption, seit sie ihre Obersendlinger Eigentumswohnung gegen einen heruntergekommenen Bauernhof auf Menorca eingetauscht hatten. Gilching war ein merkwürdiges Zwischending. Nicht klein genug für dörfliche Kinderaufzucht, aber zu übersichtlich für das Weben passender sozialer Netze.

Die Kunde vom neu eröffnenden Waldkindergarten hatte für Carla zu unglaublich geklungen, um Realität zu sein. Er entsprang einer spontan gegründeten Privatinitiative: ganz frisch, ganz klein, nur eine Gruppe mit zwei Betreuerinnen. Die Gründerin war eine wahre Waldfee, die Carla im persönlichen

Gespräch gleich zugesagt hatte, mit Lukas' Eingewöhnung noch in diesem Spätsommer anfangen zu wollen: Sabine Wondratschek.

»Bin ja froh, wenn sich jemand für meine Arbeit interessiert. Viele andere Eltern sind einfach zu hüftsteif für so eine Neuerung. Gerade im Landkreis Starnberg.« Sie sprach das »Star« in Starnberg aus wie das englische Wort für Stern – Staaahhrnberg – und spuckte undamenhaft in den Laubhaufen hinter dem Baumstamm, auf dem sie saß, bevor sie Carla ihre schwielige sonnenbraune Hand reichte. »Nenn mich einfach Sabine«, hatte sie gesagt. »Im Wald gibt es keine Hackordnung, da brauchen wir keinen Siez-Kram.«

Carla lächelte bei der Erinnerung an die Begegnung. Waldfee Sabine mit ihrem Barfuß-Fimmel und ihren Lederbändchen im Lockenhaar war für sie der erste Hippie seit langer Zeit gewesen. Der letzte Mensch in ihrem Leben, auf den diese Bezeichnung vielleicht auch zugetroffen hatte, war ihr erster Freund in Teenagerjahren gewesen. Der hatte damals gekifft, was das Zeug hielt, und tat es heute vermutlich immer noch. So wie wahrscheinlich auch Sabine. Eventuell war das ja der Grund, aus dem sie heute unauffindbar war: zu stoned, um sich an Verabredungen zu halten.

Die handschriftliche, kopierte Einladung zum ersten Elterntreffen hatte im Supermarkt am Schwarzen Brett geklemmt, wo Carlas Blick zufällig auf sie gefallen war. Es gebe keine staatliche Förderung und kein Konzept, stand dort, nur offene Herzen und eine Menge Liebe zur Natur.

Die meisten Gilchinger Eltern fanden so ein Konzept, wenn man es denn überhaupt als ein solches bezeichnen konnte, offenbar zu unorthodox und zusammengeschustert. Wie glücklich waren Carla und Roland gewesen, als sich tatsächlich nur ein Dutzend interessierter Mütter und Väter am Bauwagen versammelt hatte. Wochenlang waren sie beide durch Gilching geschwebt, und jetzt …

Und jetzt keine Spur von Sabine, der lockenmähnigen Klabauterfrau. Schade. Trotz der etwas übertriebenen Naturverbundenheit war sie Carla sehr sympathisch gewesen. Sabine hatte auch gleich gewusst, wie sie den zurückhaltenden Lukas mit einem trockenen Tannenzapfen und einem bunt bemalten Weinbergschneckenhaus aus der Reserve locken konnte. Komisch. Vielleicht war Sabine ja einfach noch immer zu sehr Hippie, um sich an etwas so Bürgerliches wie einen Eingewöhnungstermin zu halten.

Carla setzte sich auf einen entrindeten Baumstamm, drehte buchstäblich Däumchen und ließ ein paar Minuten vergehen. Gähnend stellte sie fest, wie unendlich müde sie war. In der kommenden Nacht würde sie Lukas einfach herumhüpfen lassen, die Tür zum Kinderzimmer schließen und sich ihr Kissen ganz fest auf den Kopf drücken. Roland sollte ruhig auch mal ran! In Haushaltsdingen hielt er sich für einen brav arbeitenden Vater wacker, doch nachts schienen seine Gehörgänge wie durch Zauberhand verschlossen. Vielleicht befand sich in den Ohren von Männern ja irgendein spezieller Muskel, von der Forschung bisher verschwiegen, um die Emanzipationsfrage nicht zu gefährden? Gerade als Carla sich fragte, wieso sie in dieser Situation des Wartens eigentlich keine Lust auf einen Cappuccino aus doppeltem oder gar dreifachem Espresso verspürte, gab Lukas ein Geschäft bekannt.

»Kacka«, sagte er sachlich und deutete auf seinen Hintern.

Carla verdrehte die Augen. Wenn er doch wenigstens schon imstande wäre, statt der bereits geschaffenen Tatsachen auch die Absicht kundzutun! Angeblich sollte es ja Zweieinhalbjährige geben, die schon richtig trocken waren. Lukas' bisher größte Leistung auf dem Gebiet war es hingegen, beim Baden in die Wanne zu pinkeln. Carla erhob sich seufzend und wickelte ihren Sohn mit zackigen Handgriffen direkt auf dem Waldboden. Lukas kicherte, als die Tannennadeln ihn piksten.

Und nun? Es war mittlerweile halb zehn, und am Bauwagen würde so schnell wohl niemand mehr auftauchen. Da Carla den schönen Vormittag nicht ungenutzt lassen wollte, entschied sie sich spontan, mit Lukas zum Weßlinger See zu fahren. Da gab es auch Wald, wenn auch wenig andere Kinder. Außerdem hatten sie noch nicht gefrühstückt, und im Kiosk am See machten sie ausgezeichnete Fischsemmeln. Als kleine Rache für den geplatzten Eingewöhnungstermin legte Carla die ordentlich zusammengerollte Kackwindel in den Bauwagen, bevor sie den Urheber der Hinterlassenschaft wieder in seinen Autositz schnallte.

Eine Stunde später saß Carla auf einer verwitterten Holzbank in der Sonne und aß eine Fischsemmel mit wenig Zwiebeln. Lukas legte währenddessen am Ufer eine kleine Sammlung von mehr oder minder interessanten Grashalmen an. Dabei war er, was ihm freilich nichts ausmachte, leider wieder einmal ganz allein: Die letzte Woche der Sommerferien war fast rum, und alle Gleichaltrigen ohne Kindergartenplatz spielten wohl gerade an Stränden in fernen Ländern. Carlas eigentlicher Plan, Lukas an diesem Vormittag so anzustrengen, dass er sich endlich wieder einmal zu einem Mittagsschläfchen bewegen ließ, würde sich also vermutlich auch heute nicht realisieren lassen.

Nach dem Ansturm des vorangegangenen Badetags war die Getränkeauswahl des Kiosks eher übersichtlich, also hatte sich Carla zu ihrer Fischsemmel eine Orangenlimonade gekauft. Die Limo, obwohl in einer gut gekühlten, geschmacksneutralen Glasflasche, war viel zu süß und kohlensäurehaltig, sodass Carla rülpsen musste, während die hübsche grüne Flasche in ihrer Hand im Sonnenlicht glitzerte. Scheinbar davon angelockt, kamen kurz darauf drei Enten aus dem Uferschilf an Land und watschelten hoffnungsfroh auf sie zu. Sie schüttelte verneinend den Kopf, hielt ihren Fischsemmelrest höher, stand auf und ging schnell die paar Meter zum Kiosk zurück, um die Flasche wieder abzugeben.

Als sie zurückkam, durchkämmten die Enten mit ihren Schnäbeln das strapazierte Gras unter Carlas ehemaliger Bank nach Krümeln. Eine war sogar auf die Bank gehüpft und wollte ihr anscheinend den Sitzplatz streitig machen. Carla verscheuchte den aufsässigen Vogel mit einigem Gefuchtel, was auch Lukas aufmerksam werden ließ. Er sah auf und kam grinsend herangetrippelt. Carla setzte ihn auf ihren Schoß, dann beobachteten sie die Enten gemeinsam.

Es waren gut im Futter stehende Tiere. Das Weibchen wirkte wie ausgestopft, und das bunte Federkleid der beiden Erpel sah aus, als würde man sich an ihm fettige Finger holen. Vielleicht stehen sie ja kurz vor der Eiablage, dachte Carla und grübelte weiter über den Beziehungsstatus der drei nach. Erpel, hatte sie einmal gelesen, waren extrem häufiger schwul als die Männchen anderer Vogelarten. Vielleicht hatte ja der eine solcherlei Gefühle, und der andere konnte und wollte sich nicht zwischen der Frau und seinem kernigen Kumpel entscheiden? Oder das Pärchen hatte den Single-Erpel an Kindes statt angenommen, weil sie keine eigenen Küken bekommen konnten? Oder waren sie vielleicht einfach nur befreundet?

Plötzliches Krächzen riss Carla aus ihren Überlegungen in Sachen Enten-Soziologie. Das Entenweibchen hatte sich etwas von den anderen entfernt und schien kurz vor dem Erstickungstod zu stehen. Es ruckte hektisch mit dem Kopf, sperrte den Schnabel auf und zu und verrenkte schlangengleich den Hals. Dabei schlug es immer wieder mit den Flügeln und drückte die bauchige Brust auf den Erdboden. Begleitet wurde der Anfall von gurgelndem Gekrächze und Pfeifen.

»Aua?«, fragte Lukas besorgt und deutete auf die leidende Ente.

Carla nickte und hoffte, dass das Tier überleben würde. Für ihren Sohn wäre es jetzt doch noch ein wenig zu früh für die direkte Konfrontation mit dem Tod. Doch tatsächlich schien die Ente nur etwas hervorzuwürgen, was ihr nicht bekommen war. Plötzlich stellte sie das Flügelschlagen ein, und gleich darauf konnte Carla den dicken Brocken geradezu ihren Hals hinaufwandern sehen. Angeekelt wandte sie sich ab. Das war ja widerlich!

Doch offenbar handelte es sich bei dem Tier um eine an den Menschen gewöhnte Ente, die der Meinung war, in ihrem Zustand des körperlichen Unwohlseins in Carlas Nähe Schutz finden zu können. Immer noch laut würgend, watschelte sie ihr direkt unter die Beine, die sie sofort fluchend anzog, sodass die Ente tiefer unter die Holzbank kroch, wo das Gras etwas höher wuchs. Unter erstaunlich menschlich klingenden Geräuschen gab sie dort schließlich den für schlecht befundenen Nahrungsbrocken von sich. Als das erledigt war, eilte sie mit erlöstem Röcheln zu ihrer Herrenbegleitung zurück, und das Trio verschwand im Schilf.

Lukas wollte nicht länger still sitzen. Er wand sich von Carlas Schoß, rannte den Enten nach, blieb aber am Ufer stehen. Mit einer Hand griff er sich an den Kopf und zwirbelte unentschlossen an einer seiner dunkelblonden Locken. Carla beobachtete ihn. Vorsichtig, wie er war, würde er niemals einen Fuß ins Wasser setzen. Es gab wirklich wildere Kinder. Sie wusste, dass man ihren Sohn auch als ängstlich bezeichnen konnte, aber lieber so als allzu mutig und sorglos. Sie deutete Lukas' Verhalten als gesunde Skepsis.

Seine gesunde Skepsis hielt ihn jedoch nicht davon ab, nach seiner Rückkehr zur Bank das darunterliegende hervorgewürgte Stück Entenkotze zu finden. Interessiert hob er es auf und zeigte es stolz seiner Mutter. »Grauwal!« Das hieß »Schau mal!« auf Lukasisch. Auf seiner Handfläche lag ein länglicher Brocken Fleisch, schon grau und eingetrocknet. Die Verwesung hatte begonnen, zudem hatte ihn der Aufenthalt im Verdauungssystem der dicken Ente mit einem glitzernden, klebrigen Schmierfilm überzogen.

Instinktiv zuckte Carla zurück und hielt den Atem an.

Lukas interpretierte ihre Reaktion als überraschte Neugier und hob das ekelhafte Teil noch höher. »Grauwal!«

»Iiiih, das ist bäh, ganz arg bäh, das schmeißen wir schnell wieder weg!« Carla mobilisierte all ihre mütterlichen Kräfte der Selbstüberwindung, nahm das kleine graue Fundstück mit spitzen Fingern aus der Kinderhand, dann flog das gammlige Ding in hohem Bogen zurück in den See, in dem es nach einem satten Aufplatschen sofort versank.

Carla wollte sich und Lukas zuerst die Hände im See waschen, besann sich dann aber eines Besseren. In der rechten Gesäßtasche ihrer Jeans, dort, wo sie vor zehn Jahren noch das obligatorische, nie gebrauchte Wer-weiß-was-passiert-Partykondom aufbewahrt hatte, befand sich für solche Fälle jetzt ein Desinfektionstüchlein. Mit viel Nachdruck wischte sie sich und Lukas die letzten Atome Verdauungsgammelschleim von den Händen und stopfte sie mit dem Tuch in den nächsten Papierkorb.

Lukas schien nicht allzu traurig über die Zurückweisung seines Geschenkes und widmete sich sofort wieder seiner kleinen Grashalmsammlung.

Als Carla ihre Fischsemmel schließlich aufgegessen hatte, kam ihr kurz der Gedanke, dass das schmierige Fleischbröckchen eine gewisse Ähnlichkeit mit einem menschlichen Zeh gehabt hatte. Vor allem der harte rosafarbene Teil an der Spitze. Ein rosa lackierter Nagel?

Igitt! Auf solche Ideen kommt man doch nur, wenn man mit einem Polizisten verheiratet ist, dachte sie.

Rekordfang II

11. September, 10.43 Uhr

Roland stand auf der Dachterrasse der Wohnung einer älteren Dame unweit seines eigenen Zuhauses in der Gilchinger Sonnenstraße und wusste nicht, wie er von dort entkommen sollte.

Nicht, dass er dringend weggemusst hätte, im Gegenteil, das war ja überhaupt das Problem. Die ältere Dame stand lächelnd hinter der Dreifachverglasung ihres Wohnzimmers und wartete nur darauf, dass sich ihr uniformierter Gast eine Portion Schweinsbraten zu Gemüte führen würde. Man konnte auch sagen, sie lauerte darauf. Sie hatte den Schweinsbraten zum schnellen Auftauen extra in die Mikrowelle gestellt, und zwar schon vor ihrem Anruf bei der Polizei. Dass es noch deutlich vor zwölf Uhr mittags war, war ihr dabei so was von egal.

»Ein gescheites deftiges zweites Frühstück ist das Beste, was man für seine Leistungsfähigkeit tun kann«, behielt sie ihr freundliches Drängen bei. »Es geht doch nichts über ein ordentliches Stück Fleisch, wenn man einen so anstrengenden Beruf hat wie Sie.«

Der jahrelange stupide Polizeialltag hatte sich alle Mühe gegeben, Rolands natürliche Instinkte abzuschleifen, trotzdem entging ihm die tiefe Einsamkeit nicht, die hinter der vordergründigen Notrufproblematik der älteren Dame lag. Man hätte passenderweise auch sagen können, er hatte den Braten gerochen. Die Frau war so allein wie ein Staubkorn im Labor: Nirgendwo in ihrer Wohnung hingen oder standen Familien- oder Enkelfotos, im Flur genügte ein einzelner Kleiderhaken, und ihr Zwergpudel war kürzlich verstorben, wie sie nicht müde wurde zu betonen. In der ganzen Dreizimmerwohnung herrschte die übertriebene Perfektion eines Singlehaushaltes. Vermutlich war der Anruf bei der Polizei der erste Anruf, den sie seit einer Woche getätigt hatte.

Gestern am späten Abend wollte sie einen Schuss gehört haben, wie sie am Telefon erklärt hatte. »Ein Schuss, ein Peng, na, Sie wissen schon, mit einer Pistole! Ja, wie im Fernsehen, ganz kurz, aber sehr deutlich. Ich war gerade auf der Terrasse, also, auf der Dachterrasse, ich wohne ja im dritten Stock, wissen Sie … Da habe ich gerade den Mond bewundern wollen. Ich habe mir ja noch wirklich nichts dabei gedacht …« Aber eine Minute später sei eine tote Taube auf die Dachterrasse gefallen. Erschossen. Das sei der Moment gewesen, als sie beschlossen hätte, die Polizei zu verständigen. Jedenfalls gleich am nächsten Morgen, wenn die fleißigen Herren der Staatsmacht ausgeschlafen hätten.

Und ihr Notruf war durchaus nicht unbegründet gewesen. Wie im gesamten Starnberger Landkreis häuften sich zum Sommerausklang auch in Gilching die Einbrüche und Nachbarschaftsstreitigkeiten. Es begann die Saison der längeren Nächte und kürzeren Geduldsfäden, in der sich wegen eines ungepflegten Gemüsebeetes oder eines seit Monaten zu lauten Rasenmähers bisweilen schreckliche Dinge zutrugen. Eine erschossene Taube hätte also durchaus ein Indiz für eine gezielte Drohung darstellen können, ganz zu schweigen von der Frage nach der Legalität der dazu verwendeten Schusswaffe. Die Polizistin von der Vermittlungsstelle war sehr aufmerksam gegenüber der Anruferin gewesen und hatte versprochen, sofort jemanden vorbeizuschicken.

Dieser Jemand war nun ausgerechnet – oder auch glücklicherweise – Polizeihauptmeister Roland Maeßmer, der die Brisanz des Falles besser beurteilen konnte als irgendjemand sonst und der zudem noch ein großes persönliches Interesse an der Lösung des Falles hatte. Nicht nur, weil er mit seiner Frau und seinem kleinen Sohn nicht weit entfernt wohnte, sondern auch und vor allem deshalb, weil er derjenige war, der die Taube erschossen hatte.

Roland, privat ein vollkommen glücklicher Mann in seinen besten Jahren Mitte dreißig, hatte den Berufswunsch Polizist schon seit dem Kindergarten gehegt. Und anders als all die anderen Möchtegern-Baggerfahrer, -Astronauten, -Feuerwehrmänner und -Zugführer von damals war er auch tatsächlich in seinem Wunschberuf gelandet. Und noch immer war er mit seiner Entscheidung zufrieden: Sein Job war abwechslungsreich, manchmal sogar spannend und im Großen und Ganzen vorteilhaft für die Allgemeinheit. Nach wie vor fand er seine Tätigkeit wichtig und richtig. Er war einer von den Guten.

Seit Ausbildungsbeginn hatte er im Münchner Problemviertel Neuperlach-Süd gegen eine bunte, unaufhörliche Kette von Jugendkriminalität, Familienstreitigkeiten und Drogendelikten gekämpft und war vor lauter dealenden Kevins und prügelnden Ahmeds nie dazu gekommen, sein Selbstverständnis als Polizist in Frage zu stellen. Doch dann hatte Roland zwecks Familiengründung die Versetzung nach Starnberg beantragt, seiner Meinung nach ein Hort ländlichen Friedens und idyllischer Gemütlichkeit, und sie waren wegen der minimal niedrigeren Lebenshaltungskosten und der besseren Infrastruktur für Kinder ins babyboomende Gilching gezogen, von wo aus es sich gut nach Starnberg pendeln ließ.

Tatsächlich stieß Roland in der neuen Starnberger Inspektion zwar auf eine Menge netter Kollegen, doch nach einer Weile fand er die meisten polizeilichen Aufgaben im Fünfseenland merkwürdig abgehoben. Zumeist beschäftigte man sich mit zu schnell fahrenden Maseratis, mit Beschwerden über wuchernde Heckenpflanzen und mit vermeintlichen Steuersündern, die von ihren Nachbarn mit der einen Tick kleineren Villa angezeigt wurden. Das einzig bodenständige Dauerthema waren die Einbrüche. Es schien, als wäre der Landkreis Starnberg im Anziehen von Einbrechern mindestens genauso herausragend wie im Anziehen von hoch qualifizierten Arbeitnehmern aus aller Welt. Und offenbar verstanden sich auch die Einbrecher als hoch qualifiziert, denn Roland und seine Kollegen hatten ihnen gegenüber fast immer das Nachsehen.

Kurz und gut, die direkte, praktische Erfordernis seiner maßregelnden Anwesenheit begann Roland mit der Zeit zu fehlen. In Neuperlach wären ohne ihn noch mehr Kinder im Drogensumpf versunken, und mehr als einmal hatte er einem von ihnen schlicht und ergreifend das Leben gerettet. Im Landkreis Starnberg dagegen bestand das Ehrenvollste, was er tun konnte, darin, die korrekte Fahrradbeleuchtung älterer Damen zu überprüfen.

Außerdem machte ihm die zunehmende Ablehnung des Ordnungshüters in der öffentlichen Meinung, besonders unter den jungen Leuten, zu schaffen. Gerade weil er mittlerweile selbst Vater eines kleinen Jungen war, schnitt es ihm ins Herz, wenn Schüler seinem Einsatzwagen Müll hinterherwarfen oder wenn ihm besoffen Rad fahrende Teenager auf die Frage, ob sie getrunken hätten, mit »Fick dich selber!« antworteten.

Auch die Art und Weise, wie sein Chef Dr. Spengler auf der Inspektion die Arbeit verteilte, war nicht gerade in Rolands Sinne. Als Hauptmeister mit über fünfzehn Jahren Polizeizugehörigkeit hätte er es eigentlich vorgezogen, nicht mit derlei Kleingemüse wie toten Tauben behelligt zu werden. Tote Tauben galten nicht gerade als geeignet, um die ersehnte Beförderung zum Kommissar zu beschleunigen.

In diesem speziellen Fall war er jedoch erleichtert, den Einsatz bekommen zu haben – und das auch noch allein. Er war dazu übergegangen, seinen übergroßen Berufsfrust nach dem Einsammeln einiger besonders unangenehmer zwischenmenschlicher Momente alle paar Wochen abzureagieren, indem er den bayerischen Luftraum von einer ausgesuchten Flugratte befreite. Normalerweise im Geheimen, mit wohlüberlegten, kaum nachweisbaren Methoden und einer an Pedanterie grenzenden Akkuratesse im Beseitigen von Spuren. Nicht einmal Carla wusste oder ahnte etwas von seiner dunklen Seite. Kein Hinweis blieb, der seine Neigung hätte verraten können. Roland schlug weder Silbernägel in eine Flinte, noch spießte er gefiederte Skalps auf seinen Gartenzaun. Er beging die perfekten Morde.

Bis auf den letzten in der gestrigen Vollmondnacht, als er seinen kleinen Sohn Lukas in den Schlaf zurückzusingen versucht hatte. Als er mit dem erstaunlich schweren und putzmunteren Kind in den Armen an der Balkontür vorbeigekommen war, saß draußen auf der Brüstung dieses krätzige, einäugige Exemplar und lachte ihn förmlich aus.

Auf dem Balkon seiner eigenen Wohnung, die er bis dahin immer taubensicher geglaubt hatte! Hochparterre, mühsam zu einem Drittel abbezahlt. Sein kostbares kleines Familienreich, beschmutzt wie der Bahnsteig vor einer heruntergekommenen Bahnhofskaschemme. Als er zu sehen glaubte, wie das Tier zielte, um auf die schönste Blüte von Carlas prächtigem lila Blumendings zu scheißen, vergaß sich Roland in seiner Rachsucht. Er stellte das Kind auf den Boden, holte seine Luftpistole vom Schrank und knallte das Mistvieh vor Lukas' Augen ab. Es war nur eine Luftpistole, die er benutzte, kein abgesägter Weltkriegsstutzen, und somit war die Wirkung weit weniger befriedigend, als er gehofft hatte. Der Knall verklang, bevor man ihn überhaupt richtig hatte wahrnehmen können, und Gilching schien einfach weiterzuschlafen. Sogar Lukas war nicht etwa geschockt, sondern so schwer vom Tun seines Vaters beeindruckt, dass er gleich nach dem Schuss bereitwillig in sein Bett gegangen war und zu schnarchen begonnen hatte. Auch Carla hatte nichts bemerkt.

Wer hätte auch ahnen können, dass der Hörsinn einer nahe wohnenden Seniorin besser war als der seiner Angebeteten und dass das geflügelte Ungeheuer im letzten Moment ausweichen und nur einen Streifschuss einstecken würde, mit dem es noch zweihundert Meter weiter bis auf eine denkbar ungünstig ausgesuchte Dachterrasse flattern konnte?

Doch immerhin war er nun persönlich mit der Lösung des Falls beauftragt worden, und so würde er die Taube als ohnehin sterbenskrank und das verwendete Kaliber als harmloses Luftgewehr deklarieren können, ohne dass irgendwo böses Blut fließen würde. Glück gehabt. Für den nächsten Mord würde er eine ungefährliche Örtlichkeit aufsuchen oder sich eine andere Taktik überlegen. Denn dass er einen unüberlegten Schnellschuss so büßen musste, das würde er nicht noch einmal riskieren.

Schon im Treppenhaus des alten Arbeiterwohnbaus hatten sich ihm die Nackenhärchen aufgestellt. Er spürte es von Anfang an, fühlte, wie die Atmosphäre des Mangels an sozialer Wärme seine Lebenskraft förmlich ansprang und aufsaugte. Roland, in der ganzen Frische und Freundlichkeit seines fünfunddreißigjährigen Daseins, würde hier nicht mehr so schnell rauskommen. »Ein so ein netter Mann sind Sie! Da erleben Sie bestimmt einiges, mit so einem interessanten Beruf ...«

Und irgendwie hatte er diese Strafe als Verursacher des Tauben-Notrufs ja auch verdient. Das Wissen darum ließ ihn der Dame gegenüber wesentlich geduldiger auftreten, als es ursprünglich notwendig gewesen wäre. Was seine Fluchtchancen zusätzlich minderte.

In seiner Verzweiflung hatte er vorgegeben, Raucher zu sein, sodass er sich für fünf Minuten auf der Dachterrasse die Gilchinger Septemberluft um die Nase wehen lassen konnte. Die halbe Schachtel Zigaretten, die er für solche Notfälle bei sich trug, hatte er sich bei der kettenrauchenden Sekretärin seines Chefs geliehen. Nun stand er auf den bröseligen Spaltplatten der nachträglich eingebauten Dachterrasse, eine zum Aschenbecher umfunktionierte Porzellanteetasse mit Goldrand in der Hand, und mühte sich ab, personifizierten glaubwürdigen Nikotingenuss darzustellen. Die Technik war nicht das Problem. Bis zu seinem Umzug nach Gilching war Roland selbst moderater Raucher gewesen, hatte dann aber aufgegeben. Falls sich Notfalleinsätze wie dieser jedoch häuften, stand zu befürchten, dass er wieder auf den Geschmack kam. Er würde die Sekretärin Sybille bitten müssen, ihm in Zukunft keine Kippen mehr zu leihen.

»Haben Sie Kinder?«, rief die ältere Dame von drinnen zu ihm heraus. »Sie haben doch sicher Kinder, einen frechen kleinen Buben und ein zauberhaftes kleines Mädchen, nicht wahr?«

»Einen Buben bisher, kein Mädchen, aber frech stimmt.« Roland unterdrückte ein Husten. Er hoffte, die Dame würde ihm nicht auch noch Schweinsbraten für die Familie aufhalsen.

»Die mögen bestimmt gern Kekse! Alle Kinder mögen doch Kekse. Sie können die hier für die beiden kleinen Racker mitnehmen. Sind auch extra ohne Schokolade.« Die Dame stellte eine Großpackung Löffelbiskuit auf den Wohnzimmertisch. Neben ihrer Sehnsucht nach zwischenmenschlicher Wärme hätte sie eigentlich auch die Notwendigkeit eines Hörgerätes verspüren müssen, was ihr aber natürlich mangels sozialer Kontakte bisher nicht aufgefallen war.

Roland sah zu, wie sich die Glut seiner Zigarette näher und näher an den Filter heranfraß. Er überlegte, ob er sich gleich eine zweite anstecken sollte, zwang sich aber zum langsamen Ausdrücken der ersten. Die zweite würde er sich für das Verdauen des Schweinsbratens aufheben. Er hustete kurz und gottergeben, dann wandte er sich wieder der Glastür zu.

Eine Stunde später taumelte er aus dem Eingang des schmucklosen Wohngebäudes und sog gierig die Gilchinger Frischluft ein, welche von der Brachfläche der sogenannten Glatze herüberwehte. Er hustete erneut. So unbeschwert war die Frischluft gar nicht. Vielmehr roch und schmeckte sie stark nach Teer, und das konnte nicht allein von den beiden Zigaretten vorhin kommen, die er sich genehmigt hatte. Merkwürdig. In Gilching wurde ja immer irgendwo gebaut, aber Straßenarbeiten? Das hätte er gewusst. Außerdem wurde in Sachen Infrastruktur im Rathaus doch jeder Cent fünfmal umgedreht. Der Gemeinderat war so knickrig, dass seine Mitglieder die zahlreichen Schlaglöcher am liebsten mit Zement aufgefüllt hätten – den gab es immerhin billig ab Werk.

Auf dem Gehsteig vor dem Gebäude blieb Roland stehen und schaute sich schnuppernd um. In der Sonnenstraße, die von hier aus fast in den Horizont zu führen schien, war nichts zu sehen. Entlang des Starnberger Wegs auch nicht. Doch da, neben dem sich gerade im Bau befindlichen Kreisverkehr zur Karolingerstraße, entdeckte er das Unfassbare: Wo sonst immer der Gemüsestand zur Selbstbedienung gewesen war, standen jetzt Baustellenfahrzeuge. Und zwar weit mehr, als der Kreisverkehr allein gerechtfertigt hätte, vor allem, da dieser bisher erst aus ein paar abgebaggerten Erdhaufen bestand: ein Kipplaster mit qualmendem Asphalt, eine Walze und ein Minibagger. Darum herum ein halbes Dutzend Bauarbeiter mit farbigen Helmen. Interessant. Hatte es nicht im »Kreisboten« und auch im »Fünfseen-Kurier« immer geheißen, die Glatze würde doch nicht bebaut werden, jedenfalls nicht in absehbarer Zeit? Es schien, dass unter den unendlich vielen verschiedenen Grundstückseigentümern nur wenig Einigkeit herrschte.

Roland rülpste verhalten. Fettiges Schweinsbratenaroma breitete sich aus. Ein Verdauungsspaziergang würde nicht verkehrt sein, also beschloss er, eine Erkundungsrunde um die Glatze zu drehen.

Die Bauarbeiter trugen ärmellose dunkelgrüne Westen mit einem weißen Logo, das ihm von irgendwoher bekannt vorkam: Die Buchstaben KKK umgab ein etwas zu schwungvoll geratener, dicker Schnörkel, der vielleicht so etwas wie einen Regenbogen darstellen oder einfach nur Symbol für schwungvolle Tatkraft sein sollte. Die Proportionen des Schnörkels ließen ihn jedoch eher wie eine Welle wirken, die gleich über den drei Buchstaben zusammenschlagen und sie wegspülen würde.

Die Männer, die recht untätig um das Asphaltierfahrzeug herumgestanden hatten, nahmen Habachtstellung an, als Roland sich in seiner Uniform näherte.

»Alles genehmigt!«, rief ein rotgesichtiger Blonder, offenbar der Vorarbeiter, der sich gerade eine Zigarette drehte. »Die Polen auch! Sie können gern die Papiere sehen, Herr Kommissar.«

»Na, wer wird denn gleich?«, brummte Roland und wedelte beschwichtigend mit der Hand, obwohl ihm die Anrede schmeichelte. Er machte sich nicht die Mühe, den Mann zu korrigieren. Dass er gerade mal Hauptmeister war, musste ja nicht jeder wissen. »Zu viel vorauseilender Gehorsam schadet nur. Ich bin in der Mittagspause, quasi in Zivil. Mich interessiert nur als Anwohner, was ihr hier treibt. Wusste gar nicht, dass die Glatze jetzt doch bebaut wird.« Er trat näher an den Blonden heran.

Der gab seinen Leuten einen Wink, woraufhin sie sich entspannten, und zündete seine Zigarette an. »Wird sie auch nicht«, sagte er seufzend und blies Rauch aus. Der Qualmschnörkel wies eine erstaunliche Ähnlichkeit mit dem auf seiner Weste auf. »Wir machen sie gerade wieder zu.«

»Hä?«

»Na ja, eigentlich hätten wir diesen Herbst schon mal die Hauptanschlüsse zum Strom- und Kanalnetz gelegt und die Fundamente ausgebaggert, aber wegen der Sache mit dem Hamster ist jetzt erst mal Pause.«

»Was denn für ein Hamster?«

»Genau, was denn eigentlich für ein Scheißhamster?« Der Blonde lachte zynisch. »Das fragen wir uns auch alle. Nicht mitgekriegt? Irgend so eine Tussi vom Naturschutz hat angeblich einen Feldhamster gefunden, und der und seine Familie sind so scheiße wichtig, dass die Arbeiten sofort gestoppt wurden.«

Roland überflog mit zusammengekniffenen Augen die platte Ackerfläche. »Kann doch gar nicht sein. Da wird doch ständig was angebaut, Mais, Zuckerrüben, was weiß ich. Der Bauer fährt da doch mindestens zweimal jährlich mit dem Pflug drüber, wie soll denn da so ein Feldhamster überleben?«

»Das fragen Sie nicht mich, das fragen Sie mal besser den Bund Naturschutz oder gleich den lieben Herrn Jesus. Wir dürfen jedenfalls erst weitermachen, wenn die Forscher von der Ökopolizei ganz tausendprozentig kein Hamsterchen mehr finden, auch kein gehäckseltes.«

»Und wie lang dauert so was?«

»Keine Ahnung, auf jeden Fall zu lang. Irgend so ein Institut von der Uni wollte einen Experten schicken, aber der hat erst im Dezember Zeit. Frühestens. Dann ist es auch schon egal, weil sich so ein Feldhamster im Winter eh nicht gut finden lässt, wegen Winterschlaf und so. Also kann der Experte erst im Sommer mit Sicherheit sagen, ob es einen oder sogar mehrere Hamster gibt oder nicht, und das wird dann knapp für uns, weil die Baugenehmigung im Juli ausläuft.«

»Die läuft schon wieder aus?«

»Bei Großprojekten gibt es manchmal so eine Klausel, damit der Bauunternehmer auch fix rangeht. Ein Jahr Zeit, und wenn bis dahin noch nix Vorzeigbares steht, muss der Gemeinderat wieder neu zustimmen.« Der Vorarbeiter schnippte den Rest seiner Selbstgedrehten in eine leere Schubkarre. »Sie sind Gilchinger?«

»Ja, seit knapp zwei Jahren.«

»Das reicht. Dann haben Sie bestimmt auch schon gehört, wie zerstritten der Gemeinderat ist. Da sagt die eine Hälfte aus Prinzip Nein, nur weil die andere Hälfte vielleicht Ja sagen könnte.«

Roland schwieg beeindruckt. Er konnte sich an das Bürgerentscheidsdrama vom Frühjahr gut erinnern. »Und die, die nicht im Gemeinderat sitzen, die sind auch nicht viel besser. Aber so ein Baustopp kostet doch auch Geld. Wahrscheinlich nicht gerade so viel wie beim Berliner Flughafen, aber ihr baut ja schon ein halbes Dorf. Keine Kleinigkeit. Wer zahlt denn so was?«

»Für den Hamster blecht der Steuerzahler, für die Verzögerung der Chef. Solange er noch blechen kann.«

»Der wird sich freuen.«

»Was soll man machen? Ist ein bisserl so wie im Mittelalter mit der Hexenverfolgung. Irgendjemand hat angeblich was gesehen, und schon ist der Teufel los, und keiner kann was dagegen tun. So was passiert öfter, wenn einem ein Projekt nicht passt. In Oberfranken warten sie seit dreißig Jahren auf ein Stück Autobahn, weil da so ein komischer Vogel brütet.«

»Sachen gibt's!« Roland schüttelte den Kopf. »Also, mein herzliches Beileid habt ihr. Servus, Jungs!«, rief er dann, wandte sich zum Gehen und blieb ein paar Meter weiter stehen, weil ihm etwas eingefallen war. »'tschuldigung noch mal, aber was heißt eigentlich KKK?«

»Ku-Klux-Klan!«, brüllte der rotgesichtige Vorarbeiter, grinste aber dabei zu sehr, als dass man ihm das lange genug hätte glauben können. »Natürlich nicht. Wir sind von Karl Klarl Konstruktion. Kennen Sie bestimmt. Große Gilchinger Firma mit Tradition. Noch jedenfalls!«

Hechtsuppe

11. September, 13.17 Uhr

Herbert Mühleisen hatte den größten Hecht seines Lebens nicht essen können. Er hatte noch nicht einmal seinen Freunden von seinem Fang erzählt. Nach dem grausigen Fund im Magen des Tieres war er wie hypnotisiert nach Hause gefahren und hatte den Fisch stumm in die Tiefkühltruhe gelegt. Die Eingeweide und den halb verdauten Zeh hatte er am verschwiegenen Ammerseeufer liegen lassen.

Noch den ganzen Tag und den langen Abend darauf war Herbert so grau im Gesicht, dass es sogar seiner Frau auffiel. Grau wie das gegarte Hackfleisch eines aufgeschnittenen Fleischpflanzerls ohne Kräuter. Essen konnte er natürlich auch nichts, erst recht nichts von der kalten Platte mit besagten Fleischpflanzerln, die seine Frau zum Abendessen hergerichtet hatte. Stumm hielt er sich an seinem Weißbierglas fest.

»Wenn du des Bierglas weiter mit beide Händ hoitst, wird des glei lack«, sagte seine Frau in ihrer ruppig-herzlichen Art. Die Art oberbayerischer Ehepaare, die nur von Eingeweihten als liebevoll erkannt wird. »A zwoate Flaschn kost da dann söiba ausm Keller huin. Is wos?«

»Naa, nix is. Host den Hecht scho gseng? A Mordstrumm.«

»A Hecht?« Jetzt war seine Frau nicht mehr liebevoll, sondern nur noch ruppig. Auch hier war es wieder nur dem Eingeweihten möglich, den feinen Unterschied der beiden Nuancen zu bemerken. »Ja, da host wieder wos daherbrocht. Den mogst du doch söiba überhaupts ned. Und i aa ned, i iss höchstens a gscheide Foröin, aber die dawischst du ja scheinbar ned. Mei, a Hecht … Wia koch i denn den?«

»Dean man hoit raichern!«

»Ah, naa, ned raichern, des stinkt oiwei so! Koch i hoit a Suppn davo, des wird scho geh, a Hechtsuppn.«

»I mog koa Hechtsuppn. Der wird graichert, aber ned grod morgn.«

Die Frau schnaubte misstrauisch. »Wenn des doch so a Mordstrumm is, basst der iawahaupts in dein Raichakoffer nei?«

»I muassn eh zammaschnein. An Schädl mog i bhoitn, den gib i dem Präparator z' Guiching. Kemman üawam Kanapee aufhenga.«

»Ja, pfui Deifi«, war Frau Monika Mühleisens einziger Kommentar.

Herbert entschied sich, ihr nichts von dem Zeh zu erzählen. Er holte sich das zweite und dritte Weißbier selbst aus dem Keller und setzte sich eine Weile vor die »Sportschau«, um zu sinnieren. Ja, seiner Frau konnte er nicht erzählen, was er da gefunden hatte. Sie würde ihm eh nicht glauben, und wenn er am nächsten Tag immer noch darauf bestünde, würde sie hysterisch werden und wer weiß was für einen Schmarrn anstellen. Womöglich würde sie sofort die Polizei rufen.

Tief in Gedanken blies Herbert den Schaum in seinem Weißbierseidel von einer Seite zur anderen, während die Wiederholung etlicher irrelevanter Tore im ultramodernen Flachbildfernseher das Wohnzimmer erleuchtete. Natürlich hätte die Frau eigentlich recht damit, wenn sie die Polizei anrufen wollte. Wie meistens hätte sie recht. So eine Frau wie seine war ja doch sehr praktisch veranlagt. Der grauste es vor nix außer vor Fischeingeweiden. Herbert überlegte. Der Zeh aus dem Hechtmagen hatte rosa Nagellack getragen und war ein eher kleiner großer Zeh gewesen, also hatte er wahrscheinlich auch einer Frau gehört. Die war vielleicht tot und wurde von ihrem Ehemann, wenn sie denn einen hatte, vermisst. So wie er seine Frau vermissen würde, würde sie plötzlich verschwinden, und zwar sehr, auch wenn er das ihr gegenüber niemals zugeben würde.

Es war wohl tatsächlich angebracht, die Polizei zu informieren. Aber vielleicht nicht gerade heute.

Am nächsten Morgen, nach einer schuldbewusst durchwälzten Nacht, fuhr Herbert Mühleisen in aller Frühe zu dem wenig frequentierten Parkplatz am Ammerseeufer, unterhalb dessen er am Vortag alles stehen und liegen gelassen hatte.

Tatsächlich lag der Zeh noch unberührt inmitten der Eingeweide, an denen sich mittlerweile einige Möwen delektiert hatten und es immer noch taten. In letzter Sekunde, bevor ein besonders schwergewichtiger Vogel seinen gierigen Schnabel in das Glump hacken konnte, griff Herbert beherzt zu und verstaute den Zeh in einem durchsichtigen Einweg-Gefrierbeutel. Dafür trug er – er wollte ja keine falschen Spuren am Zeh hinterlassen, und außerdem war der schon etwas angedaut – die lila Spülhandschuhe seiner Frau, die er gerade eben so über seine haarigen Pratzen hatte ziehen können.

Nachdem er den Gefrierbeutel zugeknotet hatte, legte er ihn sorgfältig auf den Beifahrersitz. Dann fuhr er nach Hause und brachte seiner Frau ihre Spülhandschuhe zurück, ohne dass diese ihr Fehlen bemerkt hätte. Den Gefrierbeutel mit dem Zeh legte er vorsichtshalber in die Tiefkühltruhe neben den Hecht. Irgendwie hatten ja beide etwas miteinander zu tun.

Doch seine innere Unruhe wollte nicht weichen. Er konnte doch unmöglich zur Polizei gehen und den wahren Sachverhalt schildern. Am Ende würden sie den Hecht noch als Beweismittel konfiszieren, und dann würde bestimmt auch herauskommen, dass gerade Schonzeit für Hechte war. Die war zwar eigentlich nur im Frühjahr, wenn er sich recht erinnerte, aber falls man ihm etwas anhängen wollte, ließe sich das bestimmt beliebig auslegen. Amt blieb Amt, egal, ob Polizei oder Bayerischer Fischereiverband.

Oder es würde noch schlimmer kommen: Jemand würde seine Personalien und seinen Hintergrund durchforsten und dabei herausfinden, dass Herbert Mühleisen gar keinen rechtmäßig erworbenen Bayerischen Fischereischein besaß. Seit er mit sechzehn in der Fischereiprüfung durchgefallen war und sich nie getraut hatte, es zuzugeben, war er nämlich ein Schwarzfischer vor dem Herrn.

Niemand wusste davon, nicht einmal seine Monika. In der noch nicht digitalisierten Welt von 1972 war es ihm mittels einer kleinen Notlüge und eines tragischen Unfalls gelungen, den Sachverhalt geschickt zu verschleiern. Der zuständige

Gemeindebeamte, ein Freund seines Vaters, hatte ihm den Fischereischein schon einmal vorsorglich ausgestellt und sich die Urkunde der erfolgreichen Prüfung, die es nie gegeben hatte, nachreichen lassen wollen. Zwei Tage später war genau dieser Gemeindebeamte jedoch besoffen im falschen Moment über einen unbeschrankten Bahnübergang gefahren und hatte seinem Nachfolger bedauerlicherweise keine entsprechende Notiz hinterlassen.

So war Herbert Mühleisen zu seinem Fischereischein gekommen, und seither setzte ihm die Unrechtmäßigkeit dieses Vorgangs sehr zu. Insgeheim. Aus dem feigen Sechzehnjährigen war mittlerweile ein gestandener Mann geworden, der dazu neigte, sich immer eine Spur zu viel zu rechtfertigen. Der immer diese – für seine Mitmenschen unbegreifliche – Angst in sich trug, von der Obrigkeit betrogen, schikaniert oder wegen irgendetwas Unerheblichem zur Rechenschaft gezogen zu werden. Diese latente Angst aber bewog ihn letztendlich auch zu der Hoffnung, sich durch die Abgabe des Zehs irgendwie mit dem Gesetz zu versöhnen.

Also holte er nach dem Mittagessen, das ihm immer noch nicht schmecken wollte, den Gefrierbeutel wieder aus der Truhe, setzte sich mit ihm ins Auto und brachte den Zeh zur Polizeiinspektion Starnberg. Persönlich.

Eine Frage der Fraulichkeit

11. September, 14.07 Uhr

Noch nie zuvor war Herbert Mühleisen zur Polizei gegangen. Abgesehen von zwei ergebnislosen Alkoholkontrollen nach auswärtigen Schafkopfturnieren hatte er überhaupt noch keinen Kontakt zu Polizisten gehabt und legte es auch tunlichst nicht darauf an.

Die ganze Sache war ihm unangenehm, doch nun war er hier, er hatte sich durch den starken Frühnachmittagsverkehr zwischen Tutzing und Starnberg gekämpft, und im Fußraum des Beifahrersitzes stand stumm und gelb die Kühltasche, die er zum zehnjährigen Mitgliedsjubiläum des Fliegenfischereivereins geschenkt bekommen hatte. Ausgerechnet vom Fliegenfischereiverein. Eine gelbe und viel zu große Kühltasche. Ihre Ausmaße waren geradezu bedrohlich, vor allem angesichts des kleinen Inhalts, doch Herbert hatte gegriffen, was nicht die Aufmerksamkeit seiner Monika auf sich ziehen würde. Hätte er ein kleineres Behältnis gewählt, hätte er ihr nur wieder Notlügen auftischen müssen.

Langsam fuhr er an dem weißen Gebäude an der Rheinlandstraße vorbei. Die Polizeiinspektion Starnberg war ein unauffälliges, modernes Gebäude, dessen Bau sich von außen nur schlecht datieren ließ. Mühleisen war, wie wohl die meisten, schon ungezählte Male daran vorbeigefahren, ohne auf die Bestimmung des Hauses zu achten. Das kleine blaue Leuchtschild mit der Aufschrift »Polizei« über der Eingangstür war kaum zu sehen.

Er mied den einladenden Besucherparkplatz – was, wenn ein Bekannter vorbeikäme und seinen Wagen sehen würde? – und fand hinter der benachbarten Tankstelle einen geschützten Stellplatz unter Bäumen. Hier hatte er schon öfter getankt, hier stand das Auto gut.

Er drehte den Zündschlüssel um und blieb noch eine Weile sitzen, bevor er seine Kühltasche packte und rasch über den

Grünstreifen zwischen den Gebäuden auf den Innenhof der Polizeiinspektion marschierte.

***

Dr. Max-Josef Spengler saß nicht in seinem ledernen Chefsessel, als der Besucher hereinkam. Der Sessel war zwar ein Designerstück und Geschenk seiner Gattin, aber aus wenigstens einem der beiden Gründe eher unbequem. Der Polizeichef von Starnberg saß also nicht an seinem Schreibtisch, wie es der Besucher vielleicht erwartet hätte, und schon gar nicht hatte er die Füße auf einen solchen hochgelegt und rauchte eine Zigarre. Vielmehr lümmelte er auf der breiten marmornen Fensterbank, soweit es überhaupt möglich war, sich auf etwas Marmornem zu lümmeln, und unterzeichnete Schriftstücke, die der Vorbereitung der internen Weihnachtsfeier dienten. Er verfügte über eine sehr fähige und bis zum Augenverdrehen fleißige Sekretärin, die mit derlei stets mindestens ein Vierteljahr im Voraus begann. Immerhin erweckte dieses Unterschreiben bei seinem Besucher den Anschein von Geschäftigkeit. Von der Tür aus konnte man ja nicht erkennen, dass es sich bei den Papieren nur um Bestellscheine für Tischdekoration handelte.

»Moment, der Herr, ich kümmere mich sofort um Sie!«, rief Dr. Spengler und winkte den Besucher wieder hinaus. Verärgert zog er die Stirn in Falten und legte die Bestellscheine zur Seite, um seine Sekretärin anzurufen. Unvorbereitet irgendwelche Menschen zu ihm ins Büro zu lassen, das war doch sonst nicht ihre Art.

»Sybille, was soll das?«, zischte er in den Hörer. »Der Herr mit der gelben Tasche! Wo kommt der her, und was will er? Ist der wichtig? Muss das jetzt unbedingt sein?«

»Er könnte sehr wichtig sein«, antwortete Sybilles tiefdunkle Reibeisenstimme gelassen. Sybille, eine drahtige Mittfünfzigerin mit Meckifrisur, war die einzige verbliebene Raucherin der Inspektion und versuchte, diese Einsamkeit mit gesteigertem

Zigarettenverbrauch auszugleichen. »Mordverdacht, Leichenteile, großer Bahnhof. Hab den Ali schon angerufen. Er kommt gleich.«

Während Sybilles Worten hatte sich Spengler kerzengerade aufgerichtet. Er fühlte seine Wirbelsäule von sämtlichen Belastungen durch die Marmor-Lümmelei befreit. »Leichenteile? Echt? In dieser gelben Tasche?«

***

Ali steckte im Stau. Der Feierabendverkehr auf der Starnberger Autobahn hatte den Münchner Gerichtsmediziner mit marokkanischen Wurzeln fest im Griff. Anders als von Sybille angekündigt kam er also nicht gleich, sondern brauchte nach ihrem Telefonat noch beinahe zwei Stunden, bis er endlich einen ersten fachmännischen Blick auf den Zeh werfen konnte.

Die lange Wartezeit hatte derweil Herbert Mühleisen und Dr. Max-Josef Spengler zu besten Freunden werden lassen. Sie hatten sich erkannt: Sie spielten beide Zither – wenn auch auf Amateurniveau –, liebten die handwerkliche Betätigung nach Feierabend und waren sogar beide in dieselbe Gilchinger Grundschule gegangen, wenn auch durch zwei Jahrgänge getrennt. Beide waren Gilchinger Buben.

»Gilching, mein lieber Bertl, wird komplett unterbewertet«, seufzte Spengler. »Trotzdem bin ich froh, dass ich da nicht mehr wohne. Es ist halt doch ein Dorf. Ein langweiliges. Da passiert nix. Nix, Bertl! Dieses Jahr hat eine Hecke gebrannt, und gestern hat einer eine Taube erschossen, das war's dann aber auch. Eigentlich. Fünf Handtaschen und drei Geldbeutel ham s' auch noch geklaut. Tja, und dann der große Porscheraub im Autohaus natürlich, aber der ist ja leider auch schon wieder eine Weile her. Und sonst? Ein paar schlimme Unfälle, streitende Nachbarn, aus. In Gilching gab's keinen einzigen Mord seit über zwanzig Jahren!«

»Echt, Maxl?« Mühleisen staunte. »Sogar mir in Tutzing ham scho a paar Morde ghabt!«

»Wenn ich's dir doch sag, Bertl! Also, aus Gilching ist der Zeh gwieß ned.«

Maxl Spengler lehnte sich wohlig schnaubend zurück, nun doch in seinem Chefsessel, und nahm einen Schluck aus einer braunen Glasflasche. Angesichts der unerwarteten Zusammenkunft mit seinem ehemaligen Pausenhofkumpan hatte er feierlich beschlossen, sich und dem Mühleisen Bertl ein Feierabendbierchen zu gönnen. Er würde sich von seiner Ehefrau abholen lassen und dem ehrlichen Zehenfinder einen Chauffeur auf Staatskosten spendieren.

Die weltbeste Sekretärin Sybille hatte das Bier dankend abgelehnt und wartete nun trotz Dienstschlusses auf Alis Ankunft. Sie war geradezu dankbar für Mühleisens Fund und schrecklich neugierig auf Alis erste Erkenntnisse. Endlich wieder ein Mord! Nicht, dass sie es dem armen Opfer gegönnt hätte, aber die Ablenkung vom täglichen dienstlichen Einerlei war doch nicht zu verachten.

Das gruselige Fundstück harrte derweil – mangels besserer Aufbewahrungsmöglichkeiten – in der Tiefkühltruhe der Polizeikantine seiner Bestimmung. Es war eine sehr kleine Kantine und deshalb auch eine sehr kleine Tiefkühltruhe, sodass für die gelbe Kühltasche in zusammengestauchtem Zustand gerade noch Platz gewesen war.

Das Erste, was Dr. Said Al-Jamal nach seiner Ankunft tat, war daher zu schimpfen. Laut zu schimpfen. Der grundsätzlich sehr freundliche Mann mit dem neckisch abgekürzten Nachnamen hatte zu viel Zeit im Stau verbracht, um noch über Duldungskapazitäten zu verfügen.

»Spengler!«, rief er, als er dessen Büro betrat, die zerknirschte Sybille im Schlepptau und die gelbe Kühltasche anklagend am ausgestreckten Arm. Entrüstet blickte er zwischen dem Polizeichef und den halb leeren Bierflaschen hin und her. »Haben Sie Ihren Titel fürs Biertrinken bekommen, oder was? Jeder Depp weiß doch, dass organische Beweismittel bei Fundorttemperatur aufbewahrt werden! Bisschen kühler vielleicht, okay, aber doch nicht neben dem Rahmspinat! Da ist ein Leichenteil drin, also vermutlich jedenfalls, und nicht der Hackbraten vom letzten Monat. Mensch!«

»Aber das … Der Bertl hat doch …«, begann Dr. Spengler zaghaft, verstummte aber, als er seinen erschrockenen neuen Freund anblickte. Spengler hatte nicht allzu viele Freunde, als dass er leichthin auf einen hätte verzichten können. Lieber würde er die Verantwortung auf seine eigene Kappe nehmen. »Tut mir leid, Herr Jamal. Ich bin aus der Übung. Wir kriegen ja nicht so viele Leichenteile aufs Revier geliefert wie ihr in München. Mögen Sie sich's jetzt nicht trotzdem anschauen?«

Knurrend stellte Al-Jamal die Kühltasche auf den Schreibtisch und streifte sich Latexhandschuhe über, bevor er den Reißverschluss öffnete. »Al-Jamal ist der Nachname. Und wahrscheinlich ist es eh ein Fehlalarm. Wie die Isartote von letzter Woche. Das war in Wirklichkeit ein Jagdhund aus Wolfratshausen. Ein äußerst ungeschickter Jagdhund für einen Jagdhund übrigens, war ja noch nicht mal Hochwasser. Es gibt momentan so viele vermeintliche Leichenfunde, das gibt es gar nicht. Also, schauen wir mal.« Während er die Gefriertüte aus der Tasche hob, runzelte er die Stirn. »Wieso ist eigentlich aus Fürstenfeldbruck noch keiner da? Das schreit doch nach Kripo.«

»In Bruck können wir immer noch anrufen, wenn wirklich ein Verbrechen vorliegt«, sagte Spengler schnell. »Die haben selbst genug zu tun, die müssen bei uns nicht auch noch an jedem Fitzelchen herumwursteln.«

Ali nickte und drehte den aus der Tüte befreiten Zeh eine Weile hin und her. »Hm«, sagte er dann, »ekelhaft.«

»Oh ja, gell?«, platzte Sybille erleichtert heraus. »War doch gut, dass wir ihn eingefroren haben.«

»Nein, das meine ich nicht. Ich meine die Art, wie er abgetrennt worden ist. Laienhaft. Mit einer Gartenschere oder etwas Ähnlichem.«

»Aber wieso ekelhaft, das klingt doch geradezu zweckmäßig! Wie würden Sie denn einer Leiche etwas abzwicken?« Spengler hatte die Runde etwas auflockern wollen, aber sein Versuch schlug fehl. Niemand lachte.

»Ich würde vermutlich auch eine anständige Schere nehmen. Aber ich persönlich weiß ja auch, wie sich so was schneidet. Bei dem Zeh war es erst der zweite Versuch, der erfolgreich war. Zuerst hat der Täter es mit einer kleinen Säge probiert, das kann man an dem zerrissenen Gewebe noch erkennen. Das muss ein ganz popeliges Instrument gewesen sein, vielleicht sogar eine Laubsäge oder so. Damit ist er natürlich nicht mal bis zum Knochen vorgedrungen. Ganz klar ein Anfänger, keinerlei Ahnung vom Zerteilen.« Wie immer in solchen Fällen schien Al-Jamal körperlich unter der mangelnden Perfektion des täglichen Verbrechens zu leiden. »Wie auch immer, es ist ein menschlicher Zeh, keine Frage, und zwar ein großer weiblicher. Wahrscheinlich, mit dem Nagellack. Könnte natürlich auch ein Transvestit gewesen sein, darüber werden dann die Gene Aufschluss geben. Die Verwesung hält sich in Grenzen, das Ding ist also maximal ein paar Tage alt. Wo haben Sie den Zeh her?«, wandte er sich an Herbert Mühleisen.

»Aus dem Hecht.« Herbert gab sich Mühe, seinen Dialekt im Zaum zu halten.

»Echt?«

»Ja, es war a sehr großer Hecht. Aus dem Ammersee, auf der Höhe von Breitbrunn.«

»Und der war da einfach so im Hecht drin, der Zeh?«

Mühleisen zuckte mit den Schultern. »Im Magen halt. Ich wollt wissen, was so ein Riesenkerl frisst, damit ich wieder einmal einen fang, deshalb hab ich nachgeschaut.«

Misstrauisch musterte der Gerichtsmediziner den stämmigen Mittfünfziger. Seine Menschenkenntnis verriet ihm, dass der ehrliche Zehenfinder etwas verbarg. Er schien nervöser, als es die Gegenwart eines unauffälligen toten Körperteils rechtfertigte. Und dann noch nach einem gemütlichen Bierchen mit dem Polizeichef. Schließlich war der Mann Angler und von daher bestimmt nicht zimperlich.

Es klopfte an der Tür. Ein Polizist in Alis Alter trat ein und reichte Sybille mit dankendem Nicken eine Schachtel Zigaretten.

Ali wartete, bis der Mann wieder draußen war, und fuhr fort. »Na gut, der Hechtmagen erklärt jedenfalls schon mal die komische Schmierschicht auf dem Objekt. Da hat die Verdauung mitgespielt. Aber natürlich müssen wir genau wissen, wann und am besten auch wo der Zeh in den See gelangt ist. Sie haben ihn gefunden und dann vorsichtshalber in die Kühltasche gesteckt, das war gut. Aber seit wann haben Sie den Zeh denn schon?«

Jetzt war es um Herberts Fassung geschehen. Er war durchschaut! Stotternd und schwitzend sah er seinen Fischereischein schwinden und dafür einen Gefängnisaufenthalt oder eine schlimme Geldstrafe in bedrohliche Nähe rücken. »Äh, nicht so lang. Nicht mal einen Tag. Ich hab den Hecht am Sonntag gfangt.«

»Aber Bertl!«, fiel Spengler ein. »Und wieso bringst du den Zeh dann erst jetzt?«

»Na ja, ich hab … ich hab mir halt gedacht, ich schau erst mal, was ich damit jetzt mach …«, stöpselte Mühleisen daher. Dann hielt er kurz inne, kniff die Augen zusammen, und die ganze Wahrheit brach aus ihm heraus: »… weil ich nämlich keinen richtigen Fischereischein hab. So. Jetzt habts es. Ich bin ein Wilderer.« Er atmete tief ein und aus. Befreit streckte er dem Gerichtsmediziner seine Hände entgegen. »Nehmts mich ruhig fest.«

Al-Jamal, Sybille und Spengler tauschten tennismatchmäßig Blicke aus, bis sich Al-Jamal räusperte. »Warum haben Sie denn keinen richtigen Schein? Haben Sie ihn gefälscht?«

»Nein. Der ist mir irrtümlich ausgestellt worden. Weil ich die Prüfung ja gar nicht bestanden hab. Und dann hab ich mich nicht getraut, dass ich das dem Herrn Dirschinger sag, weil das war ja ein Freund von meinem Vater, und der ist dann vom Zug überfahren worden, und ich war doch erst sechzehn, und mein Vater war so stolz, dass ich ihn jetzt begleiten darf am Samstag, erst zum Angeln und hinterher zum Karteln, so ghört sich doch des bei uns …«

»Na, aber deshalb muss man Sie doch nicht gleich festnehmen. Es sei denn, Sie sind der Mörder. Aber der sind Sie ja nicht, oder?«

Bertl Mühleisen schüttelte verwirrt den Kopf.

»Hätte ich auch nicht angenommen. Also, ich mag Fisch nicht besonders und kenn mich mit der rechtlichen Lage auch überhaupt nicht aus. Sie, Dr. Spengler?«

Langsam schüttelte auch der Polizeichef den Kopf. »Das Angeln ist für mich ein Buch mit sieben Siegeln. Und den Umgang mit toten und lebendigen Fischen überlasse ich grundsätzlich meiner Frau.«

Aufmunternd sahen die beiden Männer zu Sybille, die die Achseln zuckte. »Ich könnt keinen Aal von einem Goldfisch unterscheiden. Mir ist auch egal, wer die fängt. Hauptsache, es gehen keine Delphine dabei drauf, weil das sind ja Säugetiere.«

»Also«, schloss Ali das Thema ab, »egal, wie die Umstände sind, ist es eine tolle Sache, dass Menschen wie Sie sich als ehrliche Finder von was auch immer überhaupt an die Polizei wenden. Dein Freund und Helfer und so, die Ansicht ist heutzutage ja leider nicht mehr so verbreitet. Ich kenne da übrigens eine nette junge Dame, die vor Kurzem ihre Stelle im Münchner Standesamt angetreten hat. Eine Nichte von mir. Die beschäftigt sich mit der Wiederbeschaffung von Dokumenten, also, wenn zum Beispiel jemand seinen Geldbeutel verloren hat, in dem ausgerechnet sein Fischereischein auf Lebenszeit drin war.«

»Dann kriegst einen neuen, einen gültigen!«, stand Max-Josef Spengler seinem neuen Freund zur Seite.

Herbert Mühleisen ließ die Hände auf seine Oberschenkel sinken und wagte kaum, ungläubige Blicke von einem zum anderen zu werfen. In seinem Innenleben hatte sich ein mittelschwerer Bergsturz ereignet. So schlimm waren die gar nicht, diese Polizisten, wirklich nicht! Nun war er nicht nur ein ehrlicher, sondern auch ein glücklicher Finder, und sie hatten ihn zu einem solchen gemacht.

Auch Dr. Al-Jamal freute sich. Das hatte er ja mal geschickt eingefädelt. Gut, für das kleine Entgegenkommen würde er seine Nichte wohl zu einem mittelteuren Mittagessen einladen müssen, aber das wäre ohnehin demnächst mal wieder fällig gewesen. Shirin lag ihm schon seit Wochen wegen ihres neuen Freundes in den Ohren, von dem er sich endlich einmal alle Details anhören musste. Aber vielleicht konnte er die Geschichte vom jungen Glück ja mit seinem Leichenzeh überstrahlen, um bei seiner geschwätzigen Verwandten auch mal zu Wort zu kommen. Als junge Beamtin musste Shirin eigentlich auch mal zuhören können.

Zufrieden wandte sich Al-Jamal wieder seinem Untersuchungsgegenstand zu. Irgendetwas an dem Zeh war ihm nämlich aufgefallen, und bisher war er noch nicht darauf gekommen, was es sein könnte. Nichts Gewaltiges jedenfalls. Nur eine kleine Ungereimtheit. Doch auch nach einer Minute intensiven Betrachtens ließ sich diese Ungereimtheit nicht in Worte fassen. Er brauchte professionelle Hilfe.

»Sybille? Ich weiß, Sie ekeln sich, aber irgendetwas an diesem Zeh ist merkwürdig. Würden Sie vielleicht auch einen Blick auf ihn werfen?«

»Warum denn ausgerechnet ich? Ich bin Bürokauffrau und keine Fleischereiexpertin!«

»Sie sagen es. Sie sind eine Frau. Ich nicht. Aber das hier ist höchstwahrscheinlich ein Frauenzeh, und mir fehlt die richtige … Verbindung dazu. Ihnen als Frau gelingt es bestimmt besser, sich in diesen Zeh hineinzuversetzen.«

»Aha. Na gut, für die Wissenschaft.« Geschmeichelt beugte sich Spenglers Sekretärin einige Minuten über das gute Stück, versetzte sich so tief wie eben möglich hinein und krauste die Nase. Sie bat Ali, den Zeh ein paarmal hin und her zu drehen, damit sie ihn von allen Seiten betrachten konnte, dann nickte sie und richtete sich auf, wobei ihre Gelenke triumphierend knackten. »Ich glaub, ich hab's! Das Merkwürdige an dem Zeh ist die Hornhaut«, erklärte sie.

»Hä?«, fiel ihr Chef ein. »Jeder hat doch Hornhaut. Was soll daran merkwürdig sein? Ich zum Beispiel habe nicht nur Hornhaut, sondern auch Hüh–«

Es war nicht das erste Mal, dass Sybille ihrem Chef ins Wort fallen musste, um ihn vor größeren Peinlichkeiten zu bewahren. »Aber haben Sie sich jemals die Zehennägel rosa lackiert?«

»Natürlich nicht.«

»Sehen Sie? Wer sich die Mühe mit Nagellack macht, feilt normalerweise auch seine Hornhaut ab. Damit der ganze Fuß hübsch ist, nicht nur oben, sondern auch unten. Wer sich die Nägel lackiert, will gefallen. Aber in dem vorliegenden Fall ist die Hornhaut so dick, dass da schon lang nichts mehr gepflegt wurde. Wie eine Schuhsohle. Richtig verledert. Wahrscheinlich war die Frau passionierte Barfußläuferin oder einfach zu unbeweglich, um sich für eine längere Fußpflege zu bücken. Denn dieser Zeh da, und das sage ich aus der ganzen Erfahrung von fünfzig Jahren weiblicher Eigenfußpflege, hat überhaupt noch niemals nicht eine anständige Hornhautraspel von Nahem gesehen! Geschweige denn eine gescheite Fußcreme oder gar ein Hühneraugenpflaster.«

Ergriffenes Schweigen der drei Herren folgte. Jeder von ihnen fragte sich heimlich, ob Sybille die letzten beiden Sätze wohl auch gesagt hätte, wenn einer von seinen Zehen dort auf dem Bürotisch läge. Keiner von ihnen hatte bisher ein ausgeprägtes Augenmerk auf Hornhautentfernung gelegt. Oder gar auf Fußcreme.

»Danke«, merkte Ali nach einer Weile an. »Genau das wollte ich von Ihnen hören. Und Sie haben recht. Es besteht ganz offensichtlich ein Widerspruch zwischen dem oberseitigen und dem unterseitigen Pflegezustand des Körperteils. Darauf werde ich bei der Analyse ein Auge haben, aber eigentlich – wenn ich mir das so überlege – ist das ja gar nicht mehr mein Kerngebiet. Jemand, der sehr viel barfuß unterwegs ist, aber mit Nagellack, der einen schönen Fuß haben will, aber nur von oben, der ist vielleicht schon eher ein Fall für den Profiler.« Er blies die Backen auf. »So, das war's. Mehr kann ich noch nicht sagen. Ich nehm das jetzt mit ins Labor, und wenn nichts Dringlicheres reinkommt, habt ihr die Komplettanalyse bis übermorgen.« Ali verabschiedete sich von Maxl, Bertl und Sybille und freute sich darauf, wenigstens bei der Heimfahrt die PS seines Dienstwagens ausnutzen zu können.

Es war kurz nach achtzehn Uhr, und die A 95 nach München war inzwischen nicht nur frei, sondern geradezu rein. Trotzdem hob sich Alis Laune nicht nennenswert, während er die schnurgerade Strecke durch den Forstenrieder Park entlangschoss. Die plötzliche Pendlerfreiheit auf der Autobahn machte nur allzu deutlich, wie sehr es in manchen Dingen auf den richtigen Zeitpunkt ankam, und ihm wurde langsam klar, dass er mit dem Zeh auf dem Beifahrersitz so seine Probleme in Sachen Todeszeitpunktbestimmung haben würde.

Wenn es denn überhaupt einen Todeszeitpunkt gab. Natürlich, der Gedanke an die versuchte hinweislose Entsorgung einer zerstückelten Leiche lag erst einmal nahe, aber konnte man sicher sein? Eben. Die Transvestitenhypothese schob er als zu unwahrscheinlich beiseite, eher schon hatte der Zeh zu einer jungen, attraktiven Frau mit dem Spleen des Barfußlaufens gehört. Es wurden nun einmal besonders häufig junge, attraktive Frauen Opfer von emotional-erotisch begründeten Affekt- und Beziehungsmorden, und wie Alis Erfahrung zeigte, versuchten dann besonders die Affektmörder, ihre Leichen durch Zerstückelung zu entsorgen. Und da sie sich dem Opfer zu dessen Lebzeiten sowieso schon durch eine Art Hassliebe verbunden gefühlt und sie es in einem Moment der Entrückung erwürgt, erstochen oder mit dem berühmten stumpfen Gegenstand erschlagen hatten, fiel ihnen der Schritt zum Auseinandersägen der Leiche oftmals nicht einmal allzu schwer. Wenn also der unerhörte Verehrer, soziopathische Liebhaber oder gedemütigte Ehemann der Frau sie zerstückelt hatte, musste sie zu diesem Zeitpunkt schon tot gewesen sein. Das war die realistischste aller Vermutungen.

Dr. Al-Jamals Finger trommelten zunehmend hoffnungslos auf das Leder seines Dienstwagenlenkrades. In einem Mordfall wie diesem bräuchte es eigentlich nicht seine privaten Vermutungen, sondern mindestens einen dieser psychologisch so gewitzten Profiler. Leider war deren Anwesenheit zumeist auf amerikanische Fernsehserien begrenzt. Die einzige deutsche Kriminalpsychologin, die er jemals kennengelernt hatte, war eine unangenehme Frau gewesen, über deren Wegrationalisierung nach Köln er nicht gerade unglücklich gewesen war. In einem Anfall von Flirtlaune hatte sie ihn einmal mitten in der Kantine »den rassigsten Rechtsmediziner Bayerns« genannt, woraufhin er sich an seinem Espresso verschluckt und einen peinlichen Hustenanfall erlitten hatte. Der Ausdruck hing ihm immer noch nach.

Aber auch diese Kriminalpsychologin würde man nur hinzuziehen können, wenn es sich bei dem Grund für das Auftauchen des Zehs wenigstens um einen erwiesenen Mordfall handelte. Das zu beweisen war sein Job als Rechtsmediziner. Wie aber sollte er beweisen, dass der Zeh zu einer Leiche gehörte, wenn er schon so lange in See und Hechtmagen herumgesuppt und zudem – zweimal! – tiefgefroren und wieder aufgetaut worden war?

Das wäre nur möglich, indem man ausreichend gestocktes Blut im Gewebe fand. Dazu müsste die Frau vor Verlust ihres Zehs allerdings schon längere Zeit tot gewesen sein, denn ein frischer Körper wäre beim Zerstückeln ausgeblutet wie ein Schaf beim Schächten. Um den Blutverlust in Grenzen zu halten, hätte die Leichenstarre bereits deutlich eingesetzt haben müssen, aber bei den warmen Temperaturen der letzten Zeit konnte das bis zu einem Tag dauern. Alles unter ein paar Stunden Abstand zwischen Tod und Abtrennen des Zehs würde also keinen Unterschied machen, und selbst dann … Eindeutige medizinische Fakten sahen anders aus.

Wenn Ali ehrlich zu sich selbst war, wollte er auch gar nicht, dass der Zeh zu einer Leiche gehörte. Gab es nicht schon genug entsetzliche Taten in der bayerischen Polizeistatistik? Reichte es nicht, dass jedes Jahr zwei, drei Leute in Eigenregie im Ammersee ertranken? Er dachte an die wunderschöne Wasserleiche zurück, die er vor einigen Jahren hatte untersuchen müssen. Eine verzweifelte Französin mit nicht ganz geklärtem Prostitutionshintergrund. Ja, das war mal ein Selbstmord gewesen, wie er im Buche stand. Mit schwerer Winterkleidung und ohne Schwimmkenntnisse war sie nachts vom Steg gesprungen, ganz ohne direktes Eingreifen Dritter. Nach Alis Geschmack war der Vorfall immer noch ergreifend und überflüssig genug.

Na, wie auch immer, dachte sich der rassigste Rechtsmediziner Bayerns, als er ein letztes Mal Gas gab, das Ortsschild der Landeshauptstadt vor Augen. Ab ist ab. Irgendwas würde er schon noch herausfinden.

Liebesfesseln

11. September, 18.11 Uhr

Wendy war nicht amüsiert. Die Unfähigkeit ihres Freundes zur Wiederbeschaffung ihrer Kette hatte sie nicht besonders gut aufgenommen. Schließlich handelte es sich nicht um irgendeine Kette, sondern um das bisher beste Valentinsgeschenk ihres Lebens. Ein silberfarbener Anhänger in Form eines flachen Rings mit einem kleinen Diamanten darauf. Eigentlich ein typischer Partnerschmuck, aber nicht aus klassischem Sterlingsilber, sondern aus Wolframkarbid.

Ein Material, von dessen Existenz Wendy bis vor knapp sieben Monaten nichts gewusst hatte. Wolframkarbid war dreimal härter als Stahl, zehnmal härter als Gold und schmolz erst bei zweitausendachthundertsiebzig Grad. Ein etwas schwerer, aber idealer Hitzeschild beim Durchdringen der Atmosphäre. Jimmy hatte erzählt, dass man auch die Spitzen von Raketen daraus herstellte.

Wegen dieser Eigenschaft von Wolframkarbid war er überhaupt erst auf das ungewöhnliche Material verfallen – denn Wendys italienischer Vater hatte beim Deutschen Zentrum für Luft- und Raumfahrt einen Posten als Triebwerksforscher inne, was Jimmy ungemein beeindruckte. Sein eigener Vater war nach dem letzten Oktoberfestwochenende vor zweiundzwanzig Jahren in der S-Bahn eingeschlafen und erst in Weßling wieder aufgewacht, um seiner nicht nur biergeschwängerten Gilchinger Wiesnflamme danach spurlos verloren zu gehen. Sepp hatte er geheißen und war blond und schlaksig gewesen wie er selbst, so hatte man Jimmy erzählt. Die Qualen, die Jimmy in seiner vaterlosen Kindheit durchgemacht hatte, konnte er diesem Sepp nicht einmal übel nehmen, denn seine Mutter war schon in nüchternem Zustand sehr anstrengend.

Kurz, das Kettchen mit dem Anhänger war ein unzerstörbares Symbol seiner Zuneigung und noch dazu ein wirklich hübsches. Jimmy hatte es ausgesucht, als Wendy und er noch keine zwei

Wochen zusammen gewesen waren, doch ihre jugendliche Leidenschaft füreinander hatte die Geste nicht im Geringsten prätentiös wirken lassen.

»Der wird niemals einen Kratzer kriegen. So wie unsere Liebe.« Jimmy hatte die Anhänger extra in China bestellt. Seine Finger hatten gezittert, als er Wendy das Geschenk um ihren zarten Hals legte. Noch in China waren ihrer beider Initialen mit Laser auf die Rückseiten eingraviert worden: WB für Wendy Barbaro und JIB für Jimmy Island Böck. Jimmy hatte das gleiche Kettchen samt Anhänger für sich selbst gekauft und ihr niemals verraten, wie lange er seinem Kumpel Toasty das dafür geliehene Geld abstottern musste.

Davon unabhängig war es nun ja leider weg, das gute Stück, und die schon grundsätzlich etwas launische Wendy machte ihrem Jimmy jetzt die Hölle heiß. Als attraktive Süditalienerin war sie zu jeglicher Art temperamentvollen Gehabes berechtigt und vielleicht sogar verpflichtet, fand sie. Dass sie 1996 im Starnberger Kreiskrankenhaus das Licht der Welt erblickt hatte und nicht im apulischen Bari, ignorierte sie gern. Jetzt jedenfalls hatte sie eines ihrer Lieblingsdinge verloren, und selbstverständlich war ihr bleicher deutscher Freund daran schuld. Er müsse ihr ein neues bestellen, wenn er das alte nicht fände, darauf bestand sie.

Das wiederum war für Jimmy unvorstellbar, denn das Kettchen war ein Unikat. Ein unzerstörbares Unikat. »Schatzi, die Kette kann nicht kaputtgehen, und –«

»Nenn mich nicht Schatzi«, unterbrach ihn Wendy giftig. »Das klingt reaktionär!«

»Entschuldigung. Was heißt eigentlich reaktionär?«

»Äh, rechts.«

»Oh, okay. Aber echt, die Kette kann nicht mal rosten. Die liegt irgendwo im Wald und wartet nur darauf, dass einer mit dem Metalldetektor kommt. Beim Fundbüro hab ich den Verlust schon gemeldet, die taucht bestimmt irgendwann wieder auf.«

»Quatsch. Wenn die einer findet, hängt er sie sich selbst um.«

»Eher nicht. Da gehen eh bloß die echten Gilchinger spazieren, und echte Gilchinger sind ehrlich.«

»Und wer hat mir dann letzten Monat mein Radl geklaut?«

»Wahrscheinlich einer aus Germering. Und du hast ja eh gleich ein neues gekriegt, oder? Aber die Kette gibt's halt in unserer speziellen Form nur zweimal auf der Welt und nicht dreimal. Die kann ich doch nicht einfach nachbestellen wie einen Cheeseburger.«

»Hör mir doch auf mit deinem scheiß Cheeseburger! Ich hör immer nur Cheeseburger, was anderes geht gar nicht rein in deinen Kifferschädel, und überhaupt, was ist das denn für ein scheiß Job, Pommes braten, wenn du das noch länger machst, kriegst du Pickel, und dein Schwanz schrumpft wie bei diesem fetten Ami im Fernsehen.«

Sie stritten sich. Sie stritten sich sowieso sehr häufig, wenn sie nicht gerade Bong rauchten, und im Streit war Jimmy stets der Sanfte, Nachgiebige, Unterlegene. Das lag allerdings nicht nur an seinem geringeren Schulabschluss, der mickrigen sozialen Stellung und dem Job bei McDonald's, über den Herr und Frau Barbaro ganz offenes Entsetzen geäußert hatten. Seine Wendy war ihm einfach zu viel wert, als dass er ihr in die Parade fahren würde. Aus Angst vor dem Verlust ihrer Zuneigung ließ er seiner Freundin immer das letzte Wort.

Wendy war seine erste richtig große Liebe. Eine größere konnte er sich nicht vorstellen, und in seiner jugendlichen Unkenntnis wusste er noch nicht, wie sehr es gerade die verständnisvolle Sanftheit war, welche die kapriziösen Gemüter schöner Mädchen sich verschließen ließ.

Von der flatterhaften Liebe abgesehen hatte Wendy jedoch noch ein ganz anderes Interesse daran, dass ihr Geschenk wieder auftauchte.

Sie liebte ihren Jimmy, sicher, so wie man seinen ersten richtigen Freund eben liebt. Er war vier Jahre älter als sie, sah ein bisschen aus wie Orlando Bloom als Elb im »Herrn der Ringe«, lebte in einem VW-Bus und wusste die Leichtigkeit des Lebens zu genießen. Jimmy war einfach ganz anders als ihre Eltern, denen die Anstrengungen des gehobenen Bürgertums die Querfalten ins Gesicht gemeißelt hatten. Jimmy war auch ganz anders als ihre sonstigen Mitschüler und Freunde, die sich aus Angst um ihre Noten nur einmal im Quartal zu einem Bierchen trafen. Wendy tat sich leicht im Gymnasium und verfügte nicht nur über die beste elterliche Förderung, sondern auch über eine natürliche rasche Auffassungsgabe. Das im kommenden Jahr anstehende Abitur bedeutete für sie keine Mühe, sondern schlicht den Lohn gleichmäßigen, aber nicht übertriebenen Fleißes. Dank konzentrierten Am-Ball-Bleibens hatte sie einen Punkt erreicht, an dem sie die Eins vor dem Komma selbst dann behalten würde, wenn ihre schriftlichen Arbeiten nur noch aus dem Wort »Oachkatzlschwoaf« bestehen würden.

Nicht, dass sie das vorhatte, doch ein klein wenig Ablenkung, ein paar Ausschweifungen am Wochenende – dafür war Wendy Barbaro schon lange zu haben. Wahrscheinlich das Erbe ihrer Urgroßmutter Beatrice, einer sizilianischen Zirkustänzerin mit rätselhaften Wurzeln. Wendy trank keinen Tropfen Alkohol, das war ihr zu proletarisch, doch sie liebte den gepflegten Rausch durch psychoaktive Naturstoffe und körperliche Ekstase, und beides erlebte sie zusammen mit Jimmy. In beider Hinsicht war Jimmy ein überaus begabter junger Mann. Der Stoff war gut, der Sex mit ihm auch, und nach einer solchen Session fiel es Wendy noch leichter als sonst, mit befreitem Kopf in eine neue Schulwoche zu starten.

Im Winter, am Anfang ihrer Beziehung, hatten Wendy und Jimmy allerdings ziemliche Schwierigkeiten gehabt, zueinanderzukommen. Der VW-Bus hatte sich als zu klein für ihre gemeinsamen Vergnügungen erwiesen, und bei Jimmys grantiger Mutter zu nächtigen, verbot ihm die männliche Ehre. Wendys Eltern hingegen konnte man schon durch die Erwähnung von Herrn Böck junior dazu bringen, über eventuell wünschenswerte und möglicherweise revitalisierbare Kontakte zu schweigsamen Landsmännern in dunklen Anzügen und mit konspirativen Koffern nachzudenken. Zu Landsmännern, die wussten, wie man auf unauffällige Art und Weise ungewollte Schwiegersohnanwärter loswurde.

Eine Weile hatten sie die Gilchinger Natur nach für ihren Zweck geeigneten Plätzen durchsucht und waren dabei im Wald auf den Palast gestoßen: der überdimensionierte, uneinsehbare Jagdsitz irgendeines Bonzen, durch das viele Holz gemütlich temperiert und sogar mit Insektenschutzfenstern, gesichert nur durch ein popeliges Dreier-Zahlenschloss. Schon bei Jimmys drittem Versuch – den er mehr aus Jux als aus ernsthaftem Einbruchswillen gemacht hatte – war es aufgesprungen.

Seither vereinbarten sie alle paar Tage dort ein Rendezvous. Obwohl sie niemals erwischt wurden, wollten sie sich ihren Palast nicht verscherzen, also stellten sie Benutzungsregeln für sich selbst auf: keine Zerstörungen, keine Hinterlassenschaften, vor allem nicht in Sachen Dope. Auf fremdem Gelände rauchten sie eigentlich nie mehr als einen Appetizer, gerade nur so viel, um in Stimmung für die Liebe zu kommen. Bis auf das eine Mal, an dem Jimmy es sich nicht hatte verkneifen können, ein verschlungenes »W« in die Holzwand zu schnitzen, waren die Nachmittage perfekt. Sie vergaßen keinerlei Müll und verließen den Wald stets getrennt, um kein Aufsehen zu erregen.

Viele Wochen verliefen die ungestörten gemeinsamen Stunden glatt. Anschließend fuhr Jimmy auf dem Mountainbike direkt zu seiner Arbeit bei McDonald's. Wendy selbst war seit der Grundschule eine passionierte Gassigeherin mit ihrer französischen Bulldogge Schnuffi gewesen und hatte auch nach Schnuffis Ableben im letzten Winter ihre Gewohnheit hundelos fortgesetzt. Niemand wunderte sich also, wenn sie zu jeder Tages- und Nachtzeit Gilchings Umgebung durchstreifte, und im näheren Bereich des Zementwerks traf man sowieso eher selten auf Spaziergänger, weil das Mahlen der Kalksteinmühlen eine nicht unerhebliche Lärmbelästigung darstellte. Auch die ungeteerten Zufahrtsstraßen mit ihrem Staub und den Schlaglöchern waren nicht eben fußgängerfreundlich. Vor allem angesichts der Lastwägen, die teilweise halsbrecherisch durch die Pfützen walzten und bei gutem Wetter fußballfeldlange Staubfahnen hinter sich herzogen.

Es gab nur zwei Personen, die Wendy bei ihren Touren regelmäßig traf: den stummen Penner mit dem Filzlocken-Bart und die Hippieschlampe. Den Penner deshalb, weil der an einem akuten Restless-Legs-Syndrom leiden musste und immer unterwegs war, und die Hippieschlampe, weil die wohl irgendwie mit den »Bürgern gegen Beton« zusammenhing. Wendy kam es so vor, als observiere sie das Zementwerk, um eventuell illegale Aktivitäten zu dokumentieren.

Wendy schätzte die »Bürger gegen Beton« nicht. Einer der besonders Aktiven, Karl Rebner, wohnte direkt neben ihrem Elternhaus, ein rothaariger Rentner, der seit seiner Pensionierung nichts anderes zu tun hatte, als sich über alles und jeden aufzuregen. Auch schon lange vor dem Renteneintritt hatte er die damals vierjährige Wendy über den Gartenzaun hinweg zusammengefaltet, wenn sie beim Schaukeln juchzte. Selbst wenn sie vollkommen geräuschlos auf der Terrasse im Sandkasten hockte, hatte er bei ihrer Mutter geklingelt und sich über das grelle Gelb ihres Sonnenhutes beschwert, das ihn in den Augen stäche und ihm die feierabendliche Ruhe vergälle. Es war offensichtlich, dass Karl Rebner sich aufgrund seiner streitlustigen Veranlagung jeder beliebigen Bewegung angeschlossen hätte, die etwas gemeinschaftliche Erregung versprach. Die »Bürger gegen Beton« und ihr Kampf gegen das Zementwerk, dessen Betreiber die Gilchinger Sportvereine, das Familienzentrum und auch allerlei Schulprojekte übrigens mit großzügigen Spenden unterstützte, waren da nur willkommene Platzhalter.

Der blond gelockte Problembär von Kräuterfee war da schon ein anderes Kaliber. Bereits bei ihrer vorletzten Rückkehr aus dem Palast hatte sich die Frau mit Wendy angelegt. Wegen eines Kaugummis. Eines einzelnen, unschuldigen Kaugummis, den Wendy kaute, als sie gut gelaunt und postorgasmisch die Schotterpiste nach St. Gilgen entlanglief. Hinter einem Gesträuch kam plötzlich diese naturbelassene Ökotante zum Vorschein, natürlich in derselben giftgrünen Fleecejacke und durchgewetzten Trekkinghose wie immer, und wedelte drohend mit einer Tragetasche aus ungebleichter Baumwolle herum. Merkwürdig, hatte Wendy gedacht, wie sie in Sachen mangelndes Hygieneverhalten und Mitführen von unpraktischen Transportbehältern dem Dreadlocks-Penner gleicht. Dem hing auch stets eine schwarze Sporttasche über der Schulter, in der er weiß Gott was mit sich rumschleppte. Ob die beiden sich kannten? Jedenfalls hatte mit dem zufälligen Aufeinandertreffen Ende August die unselige Ménage der beiden unterschiedlichen Damen begonnen.

»So ein Kaugummi zersetzt sich erst in zwanzigtausend Jahren«, ranzte der fleischgewordene Grüne Punkt böse, während er Wendy mit der ganzen Strenge seiner kleinen, ungeschminkten Äuglein fixierte.

Wendy gab der Versuchung, eine riesige Kaugummiblase im Gesicht der Frau platzen zu lassen, nicht nach. Sie zuckte nur mit den Schultern und wollte schon weitergehen, da hüpfte ihr die Tante doch tatsächlich in den Weg und nahm etwas ein, was wohl die hippiemäßig korrekte Version einer autoritären Drohhaltung sein sollte. Mit leicht gespreizten Beinen, erhobenem Kinn und zurückgenommenen Schultern stand sie vor ihr. Einen ihrer nackten Füße badete die Tante dabei in einer Pfütze. Ihr gesamter Auftritt war nicht besonders glaubwürdig, aber Wendy blieb dennoch stehen, weil es aus den Achseln unter den aufgestemmten Armen der Tante so naturbelassen roch.

»Und? Soweit ich weiß, ist Kaugummikauen in der Öffentlichkeit noch nicht verboten. Deodorieren übrigens auch nicht.«

Die Ökotante lockerte ihre Haltung und wurde gönnerhaft. »Deodorants verursachen Krebs. Zugegeben, die meisten Leute handeln ohne böse Absicht, zerstören aber dennoch unsere Mutter Natur. Ich wollte dich nur darauf hinweisen, damit du den Kaugummi nicht gleich hinter der nächsten Ecke ausspuckst.«

Vielleicht fiel Wendys Antwort etwas zu hart aus, aber gegenüber solchen Zumutungen des Gutmenschentums war sie durch die Laissez-faire-Haltung ihrer süditalienischen Großfamilie von Kind auf immun. »Ich soll unsere Mutter Natur zerstören? Mit meinem Kaugummi? Da scheiß ich doch die Wand an! Jetzt schau dich mal um, du übermotivierte Blindschleiche – da drüben Autobahn, da hinten Autobahn, im Wald das Zementwerk und davon eingerahmt unser schönes Gilching, wo zwanzigtausend Leute hocken, die den ganzen Tag furzen, Strom verbrauchen und frittierten Dreck aus Plastiktüten fressen. Die Bäume da haben mal irgendwelche Bauern gepflanzt, und das bisschen Platz außenrum ist ein Maisfeld. Keine Ahnung, wo sich deine Mutter Natur so rumtreibt, aber hier bestimmt nicht! Außerdem verstehe ich unter einer Mutter, dass sie ihre Kinder freiwillig ernährt, und mir persönlich hat sie noch nix geschenkt – außer vielleicht mal drei Walderdbeeren. Wir Menschen müssen uns zum Überleben nun mal anstrengen, das war schon immer so, und es ist eine verdammt arrogante Kackscheiße, die du hier mit deiner Bienchen-und-Blümchen-Ideologie abziehst! Ohne Zivilisation und Technik hättest sogar du jetzt zehn Kinder, null Zähne und ganz andere Probleme, du Kaugummiblase von einem verwirrten Stinkstiefel, du!«

Um nicht auch noch körperlich ausfällig zu werden, drehte sich Wendy auf dem Absatz um und stapfte dampfend davon, erleichtert und kampfbereit zugleich. Ihren Kaugummi spuckte sie hinter den nächsten Busch. Als sie sich kurz darauf umdrehte, stand die Hippietante immer noch reglos mit einem nackten Fuß in der Pfütze und sah tatsächlich etwas schockiert aus.

Seither herrschte offener Krieg zwischen Wendy und der Frau in der Fleecejacke. Bei ihrem letzten Stelldichein war es noch viel schlimmer als bei ihrem ersten gekommen. Wendy war nach Jimmys Abmarsch noch ein paar Minuten im Palast geblieben, um nach ihrem Kettchen zu suchen, als plötzlich dieses Kräuterweiblein in der Tür stand. Auf seinen nackigen Hobbitfüßen hatte es sich vollkommen geräuschlos herangeschlichen.

»Soso«, sagte die Hippiefrau in zufriedenem Tonfall. Weiter nichts. Ein paarmal schnüffelte sie mit verklärtem Gesichtsausdruck in der Luft herum, dann sah sie sich für eine Weile konzentriert in dem Jägerbaumhaus um. »Soso. Vögeln und Kiffen. Wenn das mal nicht die Krone der Natürlichkeit ist. Wie Wasser predigen und Wein trinken, haha!« Sie klopfte gegen einen sägerauen Wandbalken. »Zufällig kenne ich den Besitzer.

Ich vermute, er würde sich brennend dafür interessieren, was hier so vor sich geht. Dass junge Mitbürger sich hier in seinem Eigentum verlustieren, und vor allem, mit was. Irgendwie verständlich. Sonst würde die Polizei vielleicht ja irgendwann mal eine kleine Spurensuche veranstalten und am Ende denken, er selbst würde illegale Substanzen konsumieren. Hast du noch was dabei?«

»Das geht dich überhaupt nichts an.«

Über der grünen Fleecejacke machte sich ein dämonisches Grinsen breit. »Oh ja. Du hast natürlich recht. Das geht vor allem dich was an, was die Polizei in deinem Zimmer findet, wenn die heute Abend vor deinem Elternhaus parkt. Oder wäre dir eine klassische Haarprobe lieber? Ist vielleicht nicht so auffällig, wegen der Nachbarn, gell? Auch kein Problem, kann ich alles sofort veranlassen. Würde ich auch besser finden, wenn du von allein auf den rechten Weg zurückfindest. Und jetzt her damit.«

Der Zorn machte sich so brennend heiß in Wendys Hals breit, dass sie für Sekunden nicht mehr atmen konnte. Sie war hilflos. Zur Forderung der Biobraut gab es keine Handlungsalternative, zumindest nicht für die nächsten Monate. Nicht vor dem Abizeugnis. Ohne Worte, mit fliegenden Händen, zerrte sie Jimmys Abschiedsjoint und das kleine Tütchen mit den Pillen hervor und warf beides auf den Palastboden aus groben Dielen vor die dreckigen Füße ihrer Widersacherin.

Wendy fiel kaum auf, was für einen eigentlich schicken pinken Nagellack die Alte auf den Zehen trug, dann stürmte sie erstickt schnaubend davon und trat auf ihrem Heimweg fluchend gegen jeden einzelnen Baum, der dicker als ihr Handgelenk war. Die ganze schöne Erholung des Nachmittags war dahin. Sie hoffte nur, diese fiese Kuh nie wieder zu treffen. Natürlich nur zu deren eigenem Besten.

Nach einer Jugendstrafe, die sie mit vierzehn bekommen hatte, wusste Wendy genau, wie stark in Momenten der Provokation ihr süditalienisches Temperament mit ihr durchgehen konnte. Damals hatte sie einem älteren Münchner Mädchen bei einem Klassenausflug ins Deutsche Museum mit bloßer Faust einen Zahn ausgeschlagen, weil die sich über ihre braunen Beine lustig gemacht hatte. Die aufgebrummten zehn Stunden Kaninchenstallausmisten im Tierheim waren ein Klacks gegen das Wohlgefühl der verdienten Rache gewesen, und Wendy wusste, dass ihr so etwas jederzeit wieder passieren konnte und würde.

Wenn die Kräuterhexe sie wirklich drankriegen wollte und ihr eine Leibesvisitation bescheren würde, hätte sie nur wenig zu befürchten. Außer dem, was Jimmy ihr für den sofortigen Konsum mitgab, trug sie nichts bei sich. Klar, bei einer Laboranalyse wäre in ihren Haaren so allerhand feststellbar, aber für so eine Vorgehensweise bräuchte die Staatsgewalt schon einen handfesten Hinweis auf die Verbindung der leistungsstarken Gymnasiastin Wendy Barbaro zum Drogenmilieu. Auch für das Filzen ihres Zimmers. Das Tablettendepot hinter der Sockenschublade war zwar eltern-, aber bestimmt nicht spürhundsicher. Sie nahm sich vor, schnellstmöglich einen neuen Umschlagplatz zu organisieren.

Erst zu Hause in ihrem Kinderzimmer fiel ihr ein, was das eigentlich Üble an der Sache war: die Kette. Solange sie dort im Wald lag, war das unkaputtbare Stückchen Wolframkarbid ein Beweis für ihre Anwesenheit, und Wendy besaß genug Beschlagenheit in höherer Mathematik, um zu wissen, dass ein verlorener Gegenstand genauso gut von einer außenstehenden Person gefunden werden konnte wie von ihr oder Jimmy. Wahrscheinlich sogar eher von dieser, weil ein nicht direkt Betroffener mit neutralerem Blick an die Sache herangehen konnte. Der Statistik war es egal, ob jemand zum Beispiel seit fünfzig Jahren professionell angelte oder zum allerersten Mal seinen Wurm badete – die richtig dicken Fische landeten häufig genug bei Letzterem. Vorausgesetzt also, die Waldfee fände ihre Kette im Palast und wäre auch noch schlau genug, ein Foto davon zu machen, könnte die Kacke schon eher zu dampfen beginnen.

Jedem Psychologiestudenten im ersten Semester wäre klar, dass ein verliebter Teenager so einen Gegenstand niemals absichtlich aus der Hand gegeben hätte. Wenn dann auch noch eine Klage wegen Sachbeschädigung oder Hausfriedensbruch des Jagdpächters erhoben wurde, säße sie ganz schön in der Patsche. Und eine genauere Untersuchung der rohen Bodendielen des Palastes würde sicherlich genügend einschlägige Krümelchen zutage fördern, um sie wie Jimmy als Servicekraft im Schnellrestaurant enden zu lassen. Wenn überhaupt. So viele Sozialstunden, wie ihr das einbringen würde, gäbe es in ganz Gilching nicht abzuleisten.

Wendy setzte sich auf ihr unschuldiges Bett aus weiß lasierter Buche und starrte die zartrosa gestrichene Wand über der Kommode mit der Sockenschublade an. Dieser Hippieschlampe würde sie nicht erlauben, ihr Abitur und ihre Zukunft zu gefährden. Falls sich die Dinge in die befürchtete Richtung zu entwickeln drohten, durfte es keine besondere Verbindung mehr zwischen ihr und der geringsten Menge irgendeines unorthodoxen Genussmittelchens geben. Und auch keine Verbindung zwischen ihr und einem gewissen jungen Mann namens Jimmy Island Böck.

Löwenjagd

11. September, 18.29 Uhr

Es war eine verzwickte Sache mit dem Immobilienmarkt im Landkreis Starnberg, an dessen nördlichem Ende Gilching lag. Allein die Aussicht auf ein nobles »STA«-Autokennzeichen schien zu genügen, um sämtliches Kapital der westlichen Hemisphäre anzuziehen. Zuerst wirkte Gilching wie eine günstige Alternative zum überlaufenen Hauptort am berühmten See. Ein Starnberg für Bodenständige. Auf den ersten Blick. Dann jedoch fiel dem interessierten Kaufwilligen schnell auf, dass es eine sehr, sehr große Menge an anderen bodenständigen Kaufinteressenten gab, zu allem entschlossen und im Zweifelsfall noch solventer als er selbst.

Für Verkaufswillige war der aufgeblasene Immobilienmarkt eine unendliche Goldgrube, was man unter anderem auch daran erkennen konnte, dass es überhaupt noch unbebaute Grundstücke in Gilching gab: Deren Besitzer hatten Geduld und warteten schlichtweg auf noch größere Wertsteigerung. Unvorstellbare Insel der Seligen! Einem typischen nordbayerischen oder gar Brandenburger Grundbesitzer kämen die Freudentränen, würde ihm überhaupt ein Kaufinteressent über den Weg laufen, aber nun gut, so waren die Gegebenheiten.

Nach Rolands Versetzung an die PI Starnberg hatten auch die Maeßmers lange nach einer bezahlbaren Wohnung in Gilching gesucht. Den Gedanken, dabei sehr viel günstiger wegzukommen als in ihrem bisherigen Münchner Viertel Obersendling, gaben sie während der Suche rasch auf.

Doch dann der Glückstreffer: drei Zimmer, großer Hobbyraum im Keller, Gartenanteil, nur eine weitere Partei. Sozusagen ein in der Horizontalen geteiltes Doppelhaus. Zwar in unrenoviertem Originalzustand von 1971, dafür aber für hundertneunundneunzigtausend Euro zu haben. Geradezu nachgeworfen für Fünfseenland-Verhältnisse. Aus irgendwelchen unerfindlichen Gründen waren die vorherigen Interessenten, die es der Maklerin nach durchaus gegeben hatte, jeweils kurz vor Unterzeichnung des Kaufvertrags abgesprungen.

Die Maeßmers, die in ihrer Obersendlinger Mietwohnung neben allerlei echtem Gesockse gelebt hatten, waren relativ unbeeindruckt geblieben. Die Frage, ob das niedrige Käuferinteresse an ihrer neuen Traumwohnung eventuell an der mysteriösen zweiten Partei im ersten Stock gelegen haben mochte, juckte sie daher nicht besonders. Auf Klingel und Briefkasten stand nur »Grabow«, dem Vernehmen der wortkargen Maklerin nach verbarg sich hinter dem Namen eine alleinstehende ältere Dame. Was sollte an ihr als Nachbarin schon verkehrt sein? Solange im Fahrradkeller kein Axtmörder wohnte, war ja alles okay, hatte Roland noch gescherzt.

Als die Maeßmers zwei Wochen später eingezogen waren, stellte sich heraus, dass tatsächlich und zum Glück kein Axtmörder im Fahrradkeller wohnte, obwohl dieser überaus geräumig und noch vollkommen leer war. Selbst mit den beiden Mountainbikes, dem Kinderanhänger und dem Schiebedreirad darin war noch eine Menge Platz.

Von der ominösen Frau Grabow kannten sie bisher noch nicht mehr als einen blütenlosen Orchideenstrunk im Fenster zur Straßenseite und einen gewissen Vanilleduft, der im Treppenhaus vorherrschte. Am ersten Wochenende in der Wohnung fassten Carla und Roland sich ein Herz und klingelten mit einer Flasche Wein und einer neuen Orchidee als Vorstellungspräsent bewaffnet bei ihr, doch niemand öffnete. Die alte Dame hörte wohl noch schlechter als erwartet oder war ausgegangen. Da sich die Maeßmers anfangs ausschließlich mit dem Ausräumen von Umzugskisten und Einräumen von Schränken beschäftigten, achteten sie nicht besonders auf weitere mögliche Lebenszeichen ihrer neuen Nachbarin. Sie fanden ja nicht einmal Zeit für einen Spaziergang mit Lukas, der gerade das Laufen lernte. Sein verwaister Buggy stand übrigens ebenfalls im Fahrradkeller.

Daneben befand sich noch ein zweiter Raum, durch Holzlatten in zwei Hälften unterteilt. Roland stellte sogleich alles hinein, was ihr eheliches Einverständnis zu gefährden drohte – von dem ferngesteuerten Auto, für das Lukas Carlas Meinung nach noch viel zu klein war, bis zu seiner alten, zentnerschweren CD-Sammlung, von der er sich nie und nimmer trennen würde. Dabei schielte er in das Abteil der Grabow: Es war leer bis auf ein paar steinalte Überseekoffer, die der Staubschicht nach schon seit dem Erbauungsjahr des Hauses dort ausharrten. Die Dame besaß kein Fahrrad, aber bald sollten die Maeßmers feststellen, dass sie stattdessen für eine so alte Frau über ein gewaltiges Stimmvolumen verfügte.

Nachts um halb eins – Carla und Roland waren gerade über der vierten Umzugskiste mit Kinderspielzeug selig eingeschlafen – schrak die ganze Familie hoch, weil nervenzerfetzendes Gekreische die Luft erfüllte. Seltsamerweise hatte Lukas damit nichts zu tun, der lag mit aufgerissenen Augen in seinem Bett und schluchzte vor Schreck über die plötzliche Lautstärke leise auf. Roland und Carla dachten zuerst an einen medizinischen Notfall der alten Nachbarin. Lag sie mit gebrochenem Oberschenkelhals auf dem Boden und wusste sich nicht anders zu helfen, als zu schreien, um auf sich aufmerksam zu machen? Oder waren gar Einbrecher im Haus und traktierten sie mit einem stumpfen Gegenstand?

Doch nichts von alledem. Nachdem ein paar adrenalingeschwängerte Minuten vergangen waren, konnten sie einzelne Worte in schrillen Tonfolgen verstehen, darunter »Mann«, »zu dir« und »Hackebeilchen«. In den Gesang mischten sich Plätschern und leises Rauschen von laufendem Wasser. Mittlerweile hatten sich die Maeßmers zu Forschungszwecken ins Badezimmer begeben, weil dort der Lärm am deutlichsten zu vernehmen war. Carla saß auf dem Klodeckel, wiegte den schockierten Lukas auf ihrem Schoß und blickte ihren Mann ungläubig an. »Ich fass es nicht. Die singt in der Badewanne. Wahrscheinlich hat sie gar keine Vorstellung, wie laut das bei uns ist.«

Roland legte das Ohr gegen die Wand, hinter der sich die Wasser- und Fallrohre verbargen. Nach einer Weile richtete er sich triumphierend auf. »Ich hab's!«

»Du hast was?«

»Das Lied. Ich kenn's. Meine Uroma hat mir das immer vorgesungen, weil ich mich dann so schön gegruselt hab. Die war ursprünglich aus Hannover. Das ist das Haarmann-Lied.« Nostalgische Gefühle wallten in Roland auf, er wartete ein paar Sekunden auf seinen Einsatz, dann sang er leise mit.

»In Hannover an der Leine, Rote Gasse Nummer acht, wohnt der Massenmörder Haarmann, der schon manchen umgebracht. Haarmann hat auch ein' Gehilfen, Grans hieß dieser junge Mann, dieser lockte mit Behagen alle kleinen Jungen an. Warte, warte noch ein Weilchen, bald kommt Haarmann auch zu dir, mit dem kleinen Hackebeilchen macht er Schabefleisch aus dir. Aus den Augen macht er Sülze, aus dem Hintern macht er Speck, aus den Därmen macht er Würste, und den Rest, den schmeißt er weg …« Roland verstummte abrupt. Auch das melancholische Lächeln war aus seinem Gesicht verschwunden. »Na, eigentlich ist das überhaupt nicht das richtige Lied für Leute mit kleinen Söhnen. Kennst du Fritz Haarmann, den ersten deutschen Massenmörder?«

»Wenn die Frau nicht sofort aufhört, kenn ich mich gleich selbst nicht mehr. Und dann reicht mir erst mal auch eine einzige Leiche zum Schabefleischmachen. Was anderes geht ja wohl eh nicht, zu zäh«, brummte Carla.

Am nächsten Morgen, noch bevor er seine heiß geliebte Espressomaschine in Betrieb nahm, hatte Roland bei der Maklerin angerufen. »Jetzt weiß ich, warum die Bude so günstig war! Sie haben uns da nämlich einen gewissen Haken verschwiegen, Sie …! Und zwar den, dass die schrullige Alte über uns nachts singt, und zwar wie ein Rohrspatz! Was sag ich, wie ein … wie eine rostige Tischkreissäge trifft es wohl besser. Wenn ich kein Polizist wäre, hätte ich mich selbst gerufen wegen Lärmbelästigung!«

»Ach? Sie singt?« In der Stimme der Frau konnte man die Erleichterung förmlich hören. Erleichterung darüber, dass der Termin beim Notar schon lange zurücklag.

»Tun Sie nicht so! Das haben Sie doch ganz genau gewusst!«

»Tja, das tut mir natürlich schon leid, wenn Sie da solche Schwierigkeiten haben. Aber wie Sie sich selbst denken können, kann man dagegen nichts machen. Singen ist ja nicht verboten. Einer alten Dame kann man schlecht den Mund zukleben, und Sie haben doch ein Kleinkind, das ist bestimmt auch nicht immer ganz leise. Schallgedämmt ist Ihr neues Bad übrigens schon, und gar nicht mal billig, aber der Gesang, der kommt über die Rohre, da können Sie nichts dämmen. Versuchen Sie es doch mal mit Ohropax.«

Wenige Minuten später hielten Roland und Clara eine Krisensitzung am Frühstückstisch ab, aus der hervorging, dass man die Situation sich gar nicht erst festfahren lassen wolle. Gegen das Verhärten von Fronten helfe am besten das Hineinversetzen in den Konfliktpartner beziehungsweise erst mal ein Kommunikationsversuch, so Roland.

An dem darauffolgenden Nachmittag, als sie sicher waren, dass die Grabow bei dem nasskalten Wetter nicht das Haus verlassen hatte, rissen sich Carla und Roland also am Riemen, klemmten sich erneut die Flasche Wein und die bis dato von ihnen gepflegte Orchidee unter den Arm und klingelten noch einmal bei der sangesfreudigen Unbekannten. Diesmal öffnete sich die Tür sofort.

Frau Grabow sah aus, als warte sie darauf, zu einer Dinnerparty abgeholt zu werden. Perlen zierten ihren Hals und ihre Ohren, ihre weiße Dauerwelle schimmerte lila. Über einem tief dekolletierten dunklen Seidenkleid mit Pünktchendruck trug sie einen Hausmantel aus lavendelfarbenem Nickisamt und duftete unaufdringlich nach Vanille mit Holznote. Ihre Wangen und Lippen glänzten pastellig, und in den gezogenen dunkelgrauen Linien zur Betonung ihrer Lider und Brauen war nur ein Hauch von Zittrigkeit zu erkennen. Aus rosig schattierten Schildkrötenaugen blickte sie die überraschten Besucher aufmerksam an. Ihr Lächeln offenbarte ein feines Fächerwerk an Fältchen im blau geäderten Pauspapier ihres Gesichtes, die Puderschicht darauf schien dicker als die Haut selbst. Trotzdem wirkte Frau Grabow vital und beweglich. Sie war keine eins sechzig groß, hielt sich aber mit der geraden Selbstverständlichkeit einer knabenhaft geformten Turnerin.

»Na, schau einmal, meine neuen Nachbarn. Endlich lerne ich Sie kennen!«

Sie konnte ihr hohes Alter nicht ansatzweise verleugnen, hatte aber das Beste daraus gemacht. Die Hand, die sie erst Carla und dann Roland zur Begrüßung reichte, war zwar weich und von Pigmentflecken übersät, der Griff jedoch trocken und fest.

»Nennen Sie mich ruhig Gitte«, zwitscherte sie und freute sich ernsthaft über den Wein und die Orchidee. »Ich liebe Orchideen! Heute verschenkt die ja kein Mensch mehr, weil es die überall gibt, aber in meiner Jugend war das noch die Krönung der Exotik.« Verträumt steckte sie ihre wohlgeformte Pergamentnase in das weiße Blütenbüschel. »Ich muss mich übrigens entschuldigen, wenn Sie mich nachts beim Baden hören«, fuhr sie fort. »Das ist so eine alte Gewohnheit von mir aus der Nachkriegszeit, da gab es nur ab Mitternacht warmes Wasser. Ich hoffe, ich bin nicht zu laut?«

Seit diesem verkomplizierten ersten Kontakt waren sie gut miteinander ausgekommen, Familie Maeßmer und Frau Grabow. Die alte Frau war stets äußerst gepflegt, gut gelaunt und grüßte freundlich. Gegen Carlas Gartenarbeiten hatte sie überhaupt nichts, und außer der dienstäglichen späten Sangesstunde gab es nichts, womit sie über die Stränge schlug. Die Maeßmers gewöhnten sich an, in dieser einen Nacht der Woche Ohropax zu verwenden und Lukas bei sich im Ehebett schlafen zu lassen, wo der Gesang nicht allzu laut zu hören war. Auch die zusätzliche Schaumstoffplatte, die Roland vor die Wand mit den Wasserrohren klebte, half ein wenig, und nach wenigen Wochen im neuen Zuhause hatten sie sich so an die Grabowsche Haarmann-Darbietung gewöhnt, dass sie dienstags erst dann in die Tiefschlafphase glitten, wenn der Gesang einsetzte. Solange ihre Nachbarin sang, war sie gesund und munter und das Leben im kleinen Haus am Ende der Sonnenstraße wohlgeordnet. Kurz und gut, von so einer Nachbarin hatte Carla immer geträumt.

***

Nach ihrer Rückkehr vom Weßlinger See begegnete sie der Grabow im Treppenhaus. Sie hatte gerade zu Tengelmann gehen wollen, wie üblich in Lackstiefeln und Nerzcape, und hatte ihr ohne Worte angesehen, dass etwas Mistiges passiert sein musste.

»Was auch immer es ist, Schätzelchen, Sie kommen jetzt rauf zu mir, und dann trinken wir erst mal einen Grog.«

»Aber es ist doch gerade erst September!«, protestierte Carla.

»Egal, ein Grog überwindet alle Schwierigkeiten und fördert die Gesundheit.« Resolut griff die alte Dame nach Lukas' Hand und zog ihn die erste Stufe hinauf. »Und für den Kleinen gibt es einen Kakao.«

Carla gab sich nur zu gern geschlagen. Roland hatte ihr in einer Textnachricht geschrieben, dass er noch eine Menge Berichte schreiben musste, er würde frühestens in drei Stunden nach Hause kommen. Außerdem hatte die Grabow sie »Schätzelchen« genannt. Wer hätte da schon widerstehen können?

Vor ihrer Wohnungstür kramte Gitte Grabow umständlich nach ihrem Schlüssel und streichelte Lukas über das dicke Haar. Er ließ es sich gefallen und sah gespannt zu, wie seine Nachbarin die Tür aufschloss. »Kommen Sie rein, Sie können sich ruhig umschauen«, empfahl die Grabow, und bald schon klirrte in der Küche Geschirr.

Carla hatte von der Wohnung im Obergeschoss bisher nicht mehr als den Flur gesehen, also ließ sie sich von Lukas langsam durch die Räume führen und staunte dabei noch mehr als ihr kleiner Sohn.

Das Reich der Grabow war ein Paradies der Innendekoration. An den Wänden prangten bis zur halben Raumhöhe grüne Seidentapeten, darüber Messing-Kerzenleuchter, Vasen und Statuetten auf verschnörkelten Konsolen. Geraffte Vorhänge aus Taft und schwerem Samt ließen die Zimmer wie kleine

Säle erscheinen. Sämtliches Mobiliar wirkte wie aus dem Stilmöbelkatalog, war aber angesichts des Alters seiner Besitzerin wohl tatsächlich antik. An den Decken schimmerten nicht nur Art-déco-Lüster und Stuckleisten, sondern auch gleich mehrere Zier-Rosetten, in jedem der drei Räume mit anderem Muster. Das spärliche Tageslicht, das durch die Gardinen drang, wurde von großen Palmen in silbernen Kübeln gierig aufgesogen. Die Atmosphäre schien unwirklich wie die Filmkulisse eines Südstaatendramas. Es war unendlich gemütlich.

»Grauwal!«, jauchzte Lukas und lenkte Carlas Aufmerksamkeit auf einen Schirmständer zwischen den Palmenkübeln, der eindeutig aus einem echten Elefantenfuß hergestellt worden war.

Carla zog die Augenbrauen hoch und widmete sich schnell den Fotos und Zeitungssausschnitten, die hinter dem Palmen-Elefanten-Ensemble an der Wand hingen. Auf ihnen lächelte eine außergewöhnlich schöne Frau mit dunklen halblangen Locken und dramatisch spaghettidünnen Augenbrauen an der Seite verschiedener Berühmtheiten der späten dreißiger Jahre. Eine ganzseitige Aufnahme zeigte die Frau mit übergroßem Sonnenhut und einer sehr kurzen khakifarbenen Hose, wie sie in der afrikanischen Steppe auf einem riesigen toten Löwen posierte. Sie trug dunklen Lippenstift und hielt ein großes Gewehr in den Händen, mit dem sie neckisch in die Kamera zielte. »Bei unserem Star werden auch Raubtiere schwach«, stand darunter.

Carlas Blick glitt von einem leicht angestaubten Rahmen zum nächsten. Die Überschriften der säuberlich ausgeschnittenen Zeitungsartikel überschlugen sich in boulevardeskem Jubel: »Gitte genial in der Rolle der Unschuld vom Lande«. »GG privat – ein Traum in Taft«. »Neue Platte der Grabow sprengt alle Verkaufsrekorde«. Ein andermal war ein Porträt der Frau neben dem eines weiß geschminkten Mannes zu sehen: »GG dreht mit GG – Mephisto und Madame ein Traumpaar?«. Auf einem weiteren Foto saßen mehrere Herren in SS-Uniformen an einem runden Tisch, auf dem die außergewöhnlich schöne Frau in einem glitzernden Kleid stand und sang. Auf den Gesichtern der uniformierten Herren lag tiefste Ergriffenheit. Einer von ihnen war auffallend dicker als die anderen und trug eine Menge Orden auf der Brust. Wenn Carla nicht alles täuschte, handelte es sich bei ihm um Hitlers Luftwaffenchef und Reichsjägermeister Hermann Göring.

»Gefällt es Ihnen? Meine Lieblingsausstatterin hat die Wohnung für mich eingerichtet. Dafür hat sie extra auf den Auftrag für Viscontis ›Ludwig II.‹ verzichtet. Leider ist sie auch schon lange tot, so wie eigentlich alle.« Ihre Gastgeberin hatte sich mittlerweile des Nerzcapes entledigt und betrat den Raum in einer Art rosa Morgenmantel, der, so registrierte Carla überrascht, mit Marabufedern besetzt war. Souverän stellte die alte Dame ein Tablett mit Getränken auf das Sofatischchen, händigte Lukas eine kleine Porzellantasse aus und reichte Carla ein hohes Glas. Der Inhalt perlte und hatte die gleiche Farbe wie die Marabufedern.

»Bitte schön! Ich habe mir erlaubt, zugunsten dieses köstlichen Tröpfchens auf den Grog zu verzichten. Passt sowieso besser zu der nachmittäglichen Stunde.«

Dankbar stieß Carla mit ihr an und schlürfte den Sekt, bevor sie den Mut zu der Frage aufbrachte, die sich ihr während der letzten Minuten aufgedrängt hatte. »Sie sind ein Filmstar, habe ich recht?«

Die Grabow lächelte geschmeichelt, wobei die hundert Längsfältchen von ihren hohen Wangenknochen hinauf zu den Augenwinkeln wanderten. »So nennt mich zumindest die lokale Presse, wenn sie denn die Gnade findet, mich überhaupt noch zu erwähnen: Gilchings alternden Filmstar. Aber das stimmt natürlich nicht, das ist von der Wahrheit ja so weit entfernt wie Dortmund von Wladiwostok. Ich und ein alternder Filmstar, also wirklich. Diese Journaille. Ich bin ein uralter Filmstar!« Sie zwinkerte Carla zu und hob ihr Sektglas.

Carla prostete zurück und nippte erneut zaghaft am perlenden Rosé, um sich eine weitere, nicht ganz so unverfängliche Frage zurechtzulegen. »Sie sehen toll aus auf den Bildern. Ich hätte auch gern so elegante Augenbrauen«, sagte sie zuerst, dann aber brannte es ihr doch zu sehr auf den Nägeln. Mit einem Kopfnicken wies sie zur Wand mit den Zeitungsartikeln: »Ist das auf dem einen Foto wirklich der Göring?«

Es war kein richtiger Seufzer, den die Grabow daraufhin ausstieß, eher ein Laut des erstaunten Erinnerns. »Ja, das war der Göring. Da haben Sie nun gleich den Finger auf den unschönsten Punkt meiner Biografie gelegt. Auf seiner Hochzeit mit der Emmy bin ich als Sängerin aufgetreten, '35 in Berlin, das war sozusagen mein Durchbruch. War mir ja wurst, für wen ich da singe, Hauptsache, es gab Geld!« Sie lachte krächzend. »Tja, und von da an war ich der neue große Stern am deutschen Unterhaltungshimmel. Glauben Sie mir, ich habe das ärger büßen müssen als die meisten echten Nazis ihre Verbrechen. Nach dem Krieg bin ich kaum noch gebucht worden.«

Carla, obwohl kein Genie in höherer Mathematik, konnte einigermaßen gut Kopfrechnen. So gut, dass sie ihr erstes Ergebnis erschrocken beiseitewarf und von vorn begann. Doch auch nach der dritten Rechnung blieb es bei der ungeheuerlichen Zahl. Lange Sekunden waren vergangen. Die Grabow lächelte ihr aufmunternd zu, als wisse sie genau, was in Carlas Kopf vorging.

»Dann sind Sie ja, Entschuldigung, mindestens fünfundneunzig!«

»Ja, so ungefähr.« Die alte Dame lehnte sich amüsiert zurück. »Ich will Ihnen gegenüber kein Geheimnis daraus machen, wir teilen immerhin Wasserleitung, Dach und Mülltonne: Ich bin siebenundneunzig. Aber was tut das schon, das ist ungefähr das Durchschnittsalter in Japan! Und ich habe noch einiges vor. Meine Mutter ist hundertvier geworden. Die Konstitution habe ich aber neben den Genen in erster Linie dem Alkohol zu verdanken«, vertraute sie Carla mit einem reizenden Lächeln an. »Habe ich Ihnen eigentlich schon verraten, weshalb ich so gern Rosé trinke? Nein? Also, das geht zurück auf meine Frankreichtournee Anfang der Vierziger. Ein wahnsinnig heißer Sommer, und ich hatte diese Affäre mit dem Besitzer von diesem ganz bekannten Weingut, na, sag schon, in der Nähe von St. Emilion ...«

Während die Grabow erzählte, wurden Carlas Schlückchen immer tiefer und tiefer. Der perlende Rosé war wirklich nicht schlecht.

Zwei Stunden später hatte der uralte Filmstar seinen Gast komplett unter den Tisch getrunken. Carla lag halb auf dem ledernen Chippendale-Sofa und sah Lukas zu, der unter einer Palme saß und seit ihrer Ankunft selbstvergessen mit der Handtasche der Grabow spielte.

Der Inhalt faszinierte ihn sehr. Voller natürlicher Ehrfurcht hatte er den Chanel-Puder, das gebügelte Spitzentaschentuch und das felsenfest zugeschraubte Riechfläschchen bereits Hunderte von Malen herausgenommen, von allen Seiten betrachtet und vorsichtig wieder zurückgelegt. Zwischendurch hatte er Kakao aus der zarten gold bemalten Porzellantasse getrunken, wobei Carla Blut und Wasser geschwitzt hatte. Auf ihr Ermahnen hin hatte die Grabow sie beruhigt, dass man einem Kind immer ein wenig mehr zutrauen müsse und dass eine komplette zwölfteilige Kaffeegarnitur aus Meißner Porzellan, und sei sie noch so komplett, doch sowieso viel zu schade für eine einzige alte Frau wäre. Und Lukas hatte die in ihn gesetzten Erwartungen nicht enttäuscht.

»Sie kommen so toll mit ihm zurecht. Er mag sie gern. Haben Sie eigentlich selbst Kinder?«, fragte Carla mit schwerer Zunge. Was sie in den letzten Stunden über ihre Nachbarin erfahren hatte, würde eine mindestens dreibändige Biografie füllen, doch dieses eine Detail war ausgespart worden. Carla ahnte bereits, wie die alte Dame antworten würde.

»Ich wollte welche. Doch es hat nicht sollen sein«, sagte sie langsam. »Aber habe ich Ihnen eigentlich schon erzählt, wie ich damals mit Fritz Murnau über die Hauptrolle im ›Blauen Engel‹ verhandelt habe? Das hat ja dann die Marlene gemacht, und auch nicht so schlecht, wie der Volksmund will, aber der Fritz, also, nein ... Ach, was red ich denn da?« In gespieltem Erschrecken hielt sie sich die Hand vor den Mund. »›Der blaue Engel‹ war doch vom Sternberg und nicht vom Fritz. Mit den beiden Regisseuren komme ich immer total durcheinander. Und dann gab es ja zwei Fritzen, den Murnau und auch noch den Lang. Was für ein lästiger Zufall! Heute heißt ja kein Mensch mehr Fritz, nicht wahr, aber ich glaube, ich meine den anderen, den Lang. Genau, für diesen Film mit der Stadt wollte er mich haben, aber ich war zu der Zeit unabkömmlich, weil ich Pfeiffersches Drüsenfieber hatte, müssen Sie wissen …«

Turteltäubchen

11. September, 19.40 Uhr

Roland hatte nichts gegen Tauben an sich. Weltweit gab es mehr als dreihundert Arten, und abgesehen von ihren verdächtig kleinen Köpfen waren sie nicht besonders hassenswert. Sie fraßen Körner, lebten monogam, hatten teilweise sogar wunderhübsche Federkleider und fütterten ihre Jungen mit einer fettigen Milch aus abgeschilferten Schleimhautzellen, die beide Elternteile gleichberechtigt in ihren Kröpfen erzeugten. Außerdem konnten Tauben als einzige Vögel Wasser durch Aufsaugen trinken und mussten nicht ständig ihren Kopf hochwerfen, um zu schlucken. Das war wohl ausgleichende Gerechtigkeit, schließlich ruckelten sie ja bei allen anderen Tätigkeiten mit dem Kopf wie die Bescheuerten.

Gegen die dreihundert Kollegen der europäischen Normaltaube hatte also Roland nichts. Die sollten von ihm aus in den Mangrovenwäldern von Indonesien und der weißrussischen Steppe vor sich hin ruckeln, wie sie wollten. Auf seiner privaten Roten Liste fand sich nur eine einzige Art: die der Stadttaube. Eine menschgemachte Landplage aus verwilderter Brief- und entfleuchter Zuchttaube.

Der Grund, weshalb Roland auf seiner imaginären Silberflinte schon mehr als fünfzig erlegte Tauben zählte, fand sich in seiner Münchner Teenagerzeit. Damals, als er ein naiver Junge aus Berg am Laim gewesen war und noch nichts von der Existenz Gilchings gewusst hatte, hatte ihm auf dem Odeonsplatz eine Taube auf den Kopf geschissen. Ohne dass er es gemerkt hatte. Ein paar Minuten bevor er seine damalige Angebetete treffen wollte, um mit ihr im Hofgarten romantisch Eis zu essen. Wochenlang hatte er Mut gesammelt, um sie einzuladen. Sein Herz klopfte, als sie die Treppe von der U-Bahn heraufkam, dann hatte sie ihn schon in der grausamen Art aller sechzehnjährigen Mädchen hemmungslos ausgelacht, bevor er überhaupt »Hallo!« sagen konnte. Es wäre sein allererstes Date gewesen.

Noch auf dem Heimweg vom Odeonsplatz war es ihm mehr aus Versehen gelungen, mit dem Mountainbike eine fußkranke Taube zu überfahren. Natürlich war es eine ganz andere als die, die ihm sein Date vermasselt hatte, aber als er ihr Rückgrat knacken hörte, fühlte er sich spontan viel besser. Das war der Beginn einer kleinen, feinen Sucht gewesen, seines geheimen Strohhalms im alltäglichen Wahnsinn. Und indem er sich einredete, er würde die verkrüppelten, von Parasiten befallenen Schmarotzer von ihrem leidvollen Dasein erlösen, hatte er flugs eine Win-win-Situation geschaffen.

So eine Win-win-Situation hätte er auch an diesem Abend gebrauchen können, als er nach einem langen Tag voller Berichtschreiberei und schweinsbratenbedingten Blähungen endlich das Revier verlassen konnte.

Als er Sybille am späten Nachmittag die restlichen Notfallzigaretten zurückgegeben hatte, war gerade ein wichtiges Gespräch im Gange gewesen – Spengler, dieser nette Münchner Rechtsmediziner mit dem arabischen Namen und ein ziviler, schnurrbärtiger Herr hatten sich im Besprechungsraum über eine gelbe Kühltasche gebeugt und angeregt diskutiert. Worte wie Ammersee, Verwesung und Schmierschicht waren gefallen. Später war es ihm problemlos gelungen, alles aus Sybille herauszuleiern.

Spannend, endlich wieder ein Mordfall, vermutlich jedenfalls, aber ihn hatte man nicht dazugebeten. Würde er sich mit Spenglers Sekretärin nicht so gut verstehen, wäre die ganze Zehengeschichte sowieso an ihm vorbeigegangen. So wie seine zwei Dutzend Kollegen wurde auch er wohl nur als gut genug dafür erachtet, sich tagaus, tagein mit Verkehrskontrollen und popeligen Notrufen abzugeben. Als Kommissar wäre ihm das nicht passiert. Doch falls er nicht wegen superheldenhafter Großtaten befördert werden sollte – was ungefähr so wahrscheinlich war, wie den Lotto-Jackpot zu knacken –, müsste er für diesen Dienstrang zwei Jahre lang die Beamtenfachhochschule in Fürstenfeldbruck besuchen.

Gegen Fürstenfeldbruck hatte er nichts, aber in dieser Zeit gäbe es keinen DUZ – Dienst zu ungünstigen Zeiten. Und wenn kein DUZ, dann keine Gehaltszulagen. Das konnte sich ein Familienvater, der als Alleinverdiener eine Wohnung abstotterte, einfach nicht leisten. Roland grämte sich.

Auf dem Heimweg hielt er in der Nähe des Starnberger Kirchplatzes, stieg aus seinem Wagen und lief eine Weile auf dem dämmrigen Platz herum, als wäre er auf Fußstreife und wolle nach dem Rechten sehen. Doch in Wirklichkeit suchte er nach geflügelten Opfern. Die einäugige Verräterin aus der vorherigen Nacht war ein Sonderfall gewesen, denn Tauben waren rares Gut in Gilching. Im belebten Starnberger Zentrum dagegen fanden sich genügend Krümel des Überflusses, um die bunten Kulturfolger scharenweise anzuziehen.

Und tatsächlich, in einer menschenleeren Ecke des Kirchplatzes hockten ein paar Tauben um einen Mülleimer herum und pickten einträchtig an den Resten einer Leberkässemmel. Roland war sofort klar, welche es treffen würde: die mit dem schwarzen Halsring und den schimmernden lila Wangen. Sie sah am flugtauglichsten aus und hatte bestimmt schon so einigen unschuldigen Starnbergern auf den Kopf geschissen.

***

Drei Stunden später erreichte er Gilching völlig entspannt. Er lächelte in sich hinein, als er seine Wohnungstür aufschloss und Frau und Sohn friedlich schlummernd vorfand. Carla schnarchte wie ein Bauarbeiter nach dem zweiten Sixpack, bestimmt hatte sie sich nach dem Zubettbringen von Lukas noch ein einsames Glas Wein gegönnt. Oder zwei.

Er bedauerte, seine kleine Familie so oft allein lassen zu müssen, und nahm sich zum vierhundertsten Mal vor, nicht mehr so häufig an seinen beruflichen Aufstiegswunsch zu denken. Der Kommissarenstatus mochte zwar einen großartigen Karrieresprung, interessantere Betätigungsfelder, höhere Amtsbefugnisse und nicht zuletzt mehr Lohn bedeuten, aber ganz sicher nicht weniger Arbeit. Die arme Carla hatte ja schon in der jetzigen Situation ziemlich wenig von ihm. Und er von ihr. Er konnte sich kaum noch daran erinnern, wann sie beide das letzte Mal fit genug für eine anständige Liebesnacht gewesen waren. Doch, da war diese eine grandiose Nacht gewesen: Carlas Bruder als Babysitter und die jungen Eltern ganz allein im benachbarten »Hotel Thalmeier«, sein Geburtstagsgeschenk an sich selbst. Aber das war jetzt auch schon wieder etliche Wochen her. Seiner Frau war da genauso wenig ein Vorwurf zu machen wie ihm. Wenn er sich denn einmal ein paar Stunden ganz allein um seinen Sohn kümmerte, stand ihm hinterher auch nicht mehr der Sinn nach Sinnlichkeit. Eher schon nach Bier und Badewanne, um sich innen wie außen von dem ganzen Kleinkinderschmonz, den Lukas verbreitete, zu reinigen. Und Carla machte jeden Tag nichts anderes, nur meistens mit Dusche und ohne Bier. Wie hielt sie das eigentlich aus? Lief seine Carla etwa Gefahr, auch so einen harten Zug um den Mund zu bekommen wie so viele Gilchinger Mütter ohne Betreuungsplatz?, fragte er sich. Hatte sie nicht letztens im Supermarkt laut über den Erwerb eines Kuchencontainers nachgedacht? War das schon das beginnende Tupperware-Stadium? Da müsste er doch irgendwie schon den Anfängen wehren können.

Roland blieb eine Weile im halbdunklen Flur stehen, dachte scharf nach, gelangte aber zu keiner besonderen Eingebung. Vielleicht müsste er sich sogar zuerst an die eigene Nase fassen. Schließlich handelte es sich bei ihm um keinen x-beliebigen, wurstigen Ehemann wie jeden anderen. Wenn auch kein richtig toller Hecht, so war er doch ein ziemlich guter Fang. Wenn er also etwas an sich selbst zu ändern hätte – vorausgesetzt, da gäbe es etwas –, wie sollte Carla vorgehen, um das zu erreichen? Angenommen, er würde wieder anfangen zu rauchen. Da wäre es tatsächlich nicht verkehrt, ihn mit besseren Beispielen einer Vergleichsgruppe zu konfrontieren. Er müsste eben nur noch mit Nichtrauchern statt mit seiner alten Clique aus Münchner Marlboro-Cowboys herumhängen. Und es hatte ja auch funktioniert – seit er in die Inspektion Starnberg gewechselt hatte, wo einzig und allein Sybille rauchte, war ihm eigentlich so gut wie kein Glimmstängel mehr zwischen die Lippen gekommen. Ja, diese Art Gleichheitsprinzip schien ein guter Ansatz zu sein. Um Carla nicht zu einem kurzhaarigen Neutrum in Korksandalen verkommen zu lassen, musste er also stärker auf ihren Umgang achten. In dem Moment, wo die Mehrheit ihrer Freundinnen mehr über den Inhalt ihres Bio-Gemüsekorbes als über den ihres Kosmetikköfferchens nachdachte, wäre es vielleicht schon zu spät. Dazu durfte es keineswegs kommen. Wie aber sollte er als Mann mit einer Vollzeitstelle solcherlei Einflüsse verhindern? Er konnte Carla ja schlecht am Kühlschrank anketten. Theoretisch hatte sie den ganzen Tag Zeit, um ungehindert mit Schafwollsocken strickenden Spätemanzen Jasmintee zu trinken oder Vollkornkekse zu backen. Eine schreckliche Vorstellung!

Wie er sich eingestehen musste, wusste er sowieso wenig über den Umgang, den seine Frau unter Tags pflegte. Durch besonders viele soziale Kontakte glänzte Carla nicht gerade, seit sie vor zwei Jahren nach Gilching gezogen waren. Eigentlich war da nur diese Susanne oder Simone aus der Krabbelgruppe, mit der sie sich ab und an auf dem Spielplatz verabredete. Schlecht sah die nicht unbedingt aus: eine schlanke Brünette, trug oft ziemlich hohe Stiefel zu ziemlich kurzen Röcken, was Roland an seiner eigenen Frau wiederum etwas zu billig gefunden hätte. Diese Susanne war auf jeden Fall Lichtjahre vom Tupperware-Stadium entfernt. Im vorigen Jahr hatten sie ein paarmal zusammen gegrillt, aber weil er mit Susannes Mann, einem aufgepumpten Angeber aus der Versicherungsbranche, nicht gut klargekommen war, hatten sie es dabei bleiben lassen. Er konnte nur hoffen, dass Carla sich weiterhin mit ihr traf.

Und sonst? Sein Schwager Claus lebte zwar nicht weit entfernt in Fürstenfeldbruck, schaffte es als schwer beschäftigter Berufseinsteiger aber nur alle Jubeljahre überhaupt zu einem Familientreffen, geschweige denn zum Kaffeeklatsch mit seiner Schwester. Sogar Babysitterwünsche musste man Monate im Voraus anmelden.

Seine eigenen Eltern fielen fürs Babysitting leider komplett aus, weil sie ihre Rente enkelfrei auf Menorca verbrachten. Selbst schuld. Und zu Carlas Mutter bestand ebenfalls nur eine Fernbeziehung. Nach dem finalen Herzinfarkt seines Schwiegervaters war sie zurück in ihre Heimatstadt Bamberg gezogen, um sich um ihre eigene Mutter zu kümmern. Roland verstand sich gut mit Schwiegermama Christine, wenn es nach ihm gegangen wäre, hätte sie ruhig weiter südlich im Lande bleiben und lieber Tochter und Enkel als die topfitte Oma Resi betreuen sollen.

Er packte sich am Kragen, um sich in der Manier eines Baron Münchhausens selbst aus seinen Gedanken zu reißen, und löste den ersten Knopf seines sandfarbenen Polohemdes. Wie auch immer er das Problem, das ja eigentlich noch gar keines war, anpackte: Vermutlich hatte Carla gar keine Freundinnen, die sie negativ beeinflussen konnten. Irgendwie hatte sie überhaupt gar keine richtigen Freundinnen. Ihre Münchner Mädels von früher waren alle noch nicht auf den Zug der Ehe und Familie aufgesprungen und hatten am Wochenende anderes zu tun, als ins Fünfseenland zu fahren und Carla beim Windelnwechseln zuzuschauen. Und um in Gilching tiefe freundschaftliche Verbindungen zu knüpfen, hatte man als junges Elternteil keine Zeit. Ging ihm ja genauso.

Erschöpft zog er seine Uniform aus und hängte sie nachlässig auf einen Bügel. Er war zutiefst dankbar dafür, dass es seit einigen Jahren Jeans und bügelfreie Polohemden in Polizeifarben gab. An die kratzenden Hosen und müffelnden Hemden seiner Ausbildungszeit konnte er sich noch allzu gut erinnern. Jetzt würde er sich noch ein entspannendes Bad einlassen – ohne dabei zu singen – und sich dann für ein paar Stunden Schlaf zu seiner schnarchenden besseren Hälfte kuscheln.

Da Carla in den letzten Tagen emotional etwas angespannt gewesen war, bestimmt wegen Lukas' bevorstehender Eingewöhnung in diesem Hippie-Kindergarten, beschloss er, ihr erst einmal nichts von dem Zehenfund zu erzählen.

Begierde

12. September, 8.27 Uhr

Am nächsten Morgen fiel Carla das Aufstehen noch schwerer als sonst schon. Sie verfluchte sich und ihren schwachen Willen, das Prinzip Waldkindergarten, alle Nachbarinnen dieser Erde, die deutsche Filmindustrie und ganz besonders perlenden Rosé als solchen.

Es war halb neun, und die Matratze neben ihr war leer, während der schönste Spätsommer-Sonnenschein durch die Ritzen des Rollos vor dem Schlafzimmerfenster quoll. Roland musste schon lange in der Arbeit sein. Sie erhob sich und schlurfte in die Küche.

In seiner fürsorglichen Art hatte ihr Mann ein Kännchen Espresso vorbereitet, war zum Bäcker gegangen und hatte sogar ein Croissant für sie und eine Breze für Lukas übrig gelassen. Und all das mucksmäuschenstill, um seine faule, schnarchende Frau ihren Rausch ausschlafen zu lassen.

Carla fühlte sich ziemlich beschämt. Immerhin schlief ihr Sohn immer noch, eine Marabufeder in seiner kleinen verschwitzten Hand. Sie beugte sich zu ihm hinunter. Er roch nach Lavendel und träumte bestimmt von Palmen und glitzernden Handtaschen, in denen man ungestört herumwühlen durfte.

Es gelang Carla, sich zu duschen und vollkommen anzukleiden, bevor Lukas aufwachte. Sie fand sogar Zeit für Wimperntusche, einen Hauch Rouge und einen Anti-Kater-Drink aus frischen Tomaten und Haferflocken. Er schmeckte so ekelhaft, dass sie sich immer noch schüttelte, als sie vom Küchentisch aufstand, um ihr Kind anzuziehen, aber er wirkte.

Als sie geistesgegenwärtig noch einen Blick auf den großen Terminplaner in der Küche warf, schlug sie sich an die Stirn: Donnerstag! Ab heute gab es bei Aldi Spannbettlaken für Kinderbetten, zwei Stück für unschlagbare sechs Euro neunundneunzig. Davon musste sie unbedingt welche besorgen. Wobei, so oft, wie Lukas' Windeln nachts versagten, wäre ein ganzer Lkw von billiger Kinderbettwäsche eigentlich angebrachter gewesen. Hoffentlich würde sie nicht zu spät bei Aldi auflaufen!

In Sekundenschnelle hatte sie den verdutzten Verursacher ihres Einkaufsbedürfnisses tageslichttauglich gemacht und ins Auto gesetzt. Sie drückte Lukas seine Breze in die Hand, dann fuhr sie nach Weßling, weil sie aus Erfahrung wusste, dass in der dortigen Aldi-Filiale die meisten Aktionsartikel etwas länger vorhielten. In einer filmreifen Aktion gelang es ihr, die letzten zwei Packungen Spannbettlaken zu erwerben – eine davon leider in Rosa, das man aber bei diffuser Kinderzimmerbeleuchtung durchaus für Rostorange oder Hellrot halten konnte.

Leider verlief der Rückweg nicht mehr so glatt. Carla erreichte Gilching von der Landsberger Straße her und war kurz davor, dem Geschwindigkeitsmessgerät am Ortseingang ein trauriges Gesicht zu entlocken, als ein unklares Gefühl des Unwohlseins sie überkam. Sie runzelte die Stirn und ging vom Gas. Eigentlich war es eher ein Gefühl, als würde etwas fehlen oder als hätte sie etwas vergessen, einem Mangelzustand ähnlich. Ja, es war definitiv ein Mangelzustand, und zwar herrschte der sowohl in ihrer Magenregion als auch im Sättigungszentrum ihres Hypothalamus, der auf einmal ihr Gehirn mit wölfisch knurrenden Neurotransmittern flutete: Hunger!

Gleich zwischen der großen Tankstelle und der Gärtnerei Rafalzik lag auf der linken Straßenseite ein bekanntes Schnellrestaurant. Über seinem niedrigen Dach schwebte ein großer goldener Doppelbogen, der ihr fast schmerzhaft in den linken Augenwinkel stach, als sie das Gebäude passierte. In dem Moment wusste sie, dass die Erlösung nahe war. Sie musste auf der Stelle etwas von McDonald's haben! Und wenn sie erst einmal da war, würde ihr bestimmt auch recht schnell klar werden, was. Offenbar wollte die doch recht gesunde gestrige Fischsemmel vom See dringend mit Geschmacksverstärkern, Weißmehl und Zucker neutralisiert werden. Ganz zu schweigen von dem perlenden Rosé und dem Tomaten-

Haferflocken-Drink, die der Semmel hinterhergefolgt waren. Um diese eklige Mischung zu neutralisieren, würde Carla in diesem Moment alles tun.

Geistesgegenwärtig setzte sie den linken Blinker und wendete halsbrecherisch in der Einfahrt der Gärtnerei Rafalzik. Eine Minute später ließ sie vor der Gegensprechanlage des McDrive-Schalters das Fenster hinunter und hatte Mühe, die freundliche Stimme des Verkäufers zu verstehen, da Lukas' Jubelschreie sie übertönten. Schon bei ihrem unangekündigten Wendemanöver war er in ungläubige »Mäcko? Mäh-koo!«-Rufe ausgebrochen. Doch da Carla selbst noch nicht genau wusste, was sie eigentlich wollte, entschuldigte sie sich sehr laut bei dem Mitarbeiter und fuhr auf den Parkplatz.

Im Innern war noch nicht viel los. Vor der Fensterwand zur Terrasse saß ein Geschäftsmann beim Kaffee und tippte mit gequälter Miene auf seinem Notebook herum. Keine Schlange an der Theke, hinter der ein schlaksiger Jüngling mit blondem Pferdeschwanz lauerte und Carla aufmunternd anlächelte. Seine Körperhaltung ließ an ein Fohlen denken. Er sah nicht so aus, als dürfe er um diese Uhrzeit schon arbeiten. Dann fiel Carla ein, dass gerade noch Schulferien waren, und sie lächelte kurz zurück. In aller Ruhe studierte sie die Speisekarte, fand aber nicht das Gewünschte. Pommes, Onion Rings, Burger – alles nicht nach ihrem Geschmack. Immer noch konnte sie ihr kulinarisches Bedürfnis nicht wirklich spezifizieren, es blieb schwammig. Nur eines war sicher: Fettig und pikant sollte es sein, auf keinen Fall mit Salat und ausnahmsweise auch nichts aus der McCafé-Abteilung. Neben ihr juchzte Lukas noch immer voller Vorfreude.

»Guten Morgen, Ihre Bestellung, bitte?«, fragte der Jüngling, als Carla endlich vor seine Kasse trat.

Noch immer war ihr nicht klar, was sie bestellen wollte, doch wieder einmal rettete Lukas die Situation. »Tschiesbö!«, rief er.

»Wie heißt das? Einen Cheeseburger, bitte«, ermahnte Carla ihn instinktiv. Dann sagte sie zu dem blutjungen Jüngling: »Dann also zwei Cheeseburger, bitte.«

»Tut mir leid, aber Cheeseburger haben wir erst ab elf. Jetzt gilt noch die Frühstückskarte.« Freundlich wies er auf die entsprechenden Produkte, die über seinem Kopf auf einer großen Banderole prangten.

Stirnrunzelnd folgte Carla mit ihrem Blick seinem Zeigefinger nach oben. Und dort, vor weich gezeichnetem Hintergrund und erleuchtet von warmem gelben Licht, schwebte ihre Offenbarung. Carla erkannte ihn sofort. Er stach unter den ähnlichen Gerichten seiner Serie, die ihn umgaben, heraus wie eine himmlische Erlöserfigur zwischen einfachen Putten: Der Burger – oder wie auch immer er hieß, denn vor Hunger verschwammen schon die Buchstaben vor Carlas Augen – war mit einem dicken, in runde Form gepressten Spiegelei gefüllt. Damit wäre er im Kreise seiner Kollegen noch nicht einzigartig gewesen, doch über dem Spiegelei hingen die geschmolzenen Ecken einer Käsescheibe herab wie zähe Lava, und auf der Käselava thronte ein erkleckliches Eckchen braun gebratenen Specks. Von Salat oder ähnlichen frischen, gesunden Verunreinigungen keine Spur.

Sofort setzte Carlas Speichelfluss ein, und ihr wurde ganz heiß vor Begierde. »Den will ich, also, den da, den in der Mitte«, stotterte sie.

»Kein Problem«, schmunzelte der junge Mann mit dem Pferdeschwanz. Obwohl er schon eine Weile bei der Fast-Food-Kette angestellt war, freute er sich noch immer ehrlich mit, wenn Kunden sich für die Produkte begeisterten. »Das ist der Bacon & Egg McMuffin. Wir machen den für Sie ganz frisch, dauert nur einen kleinen Moment.«

Tatsächlich schmeckte der Erlöser-McMuffin so, wie er aussah. Das Gesamtensemble aus Ei, Speck und Schmelzkäse wurde noch von etlichen Gramm Butter gekrönt, die in die fluffigkörperlosen Brötchenhälften hineingeschmolzen waren. Überhaupt dienten die Brötchenhälften, die keine acht Zentimeter im Durchmesser maßen, nur zum Festhalten. Sie hatten eher schon eine Alibifunktion, als dass sie als tatsächliches Gebäck hätten bezeichnet werden können. Der Bacon & Egg McMuffin bestand zu fünfundneunzig Prozent aus reinem Fett und Eiweiß, und das war herrlich. Ein schmieriger, glitschiger, salziger Traum, der direkt auf Carlas Hüften wandern würde.

Sie verschlang ihn mit halb geschlossenen Augen, ohne Lukas auch nur ein Krümelchen abzugeben. Er war zu verblüfft, um zu quengeln, doch als Carla wieder in der Wirklichkeit angekommen war und in die enttäuschte Miene ihres Sohnes blickte, ging sie ein zweites Mal zur Theke und bestellte ihm ein Croissant und für sich gleich zwei weitere Bacon & Egg McMuffins.

Der schlaksige Jüngling kicherte vor Vergnügen, als er ihre Bestellung annahm. »Ich glaub, ich hab Sie angefixt.«

»Ist aber auch ein geiles Zeug«, lobte Carla, während sie sich bemühte, den Vorfreudespeichel bei sich zu behalten. »Und den gibt's echt jeden Tag?«

»Klar.« Er beugte sich verschwörerisch über die Theke. »Und wenn Sie's nicht weitersagen, mach ich Ihnen eine Extraportion Speck drauf, okay?«

Den folgenden halben Tag schwebte Carla im siebten Himmel. Die Stimmung hielt an, bis ihr zu Hause beim nachmittäglichen Beladen der Waschmaschine zwei Dinge auffielen. Erstens beinhaltete die Wäscheladung nur sexy Unterhosen, womit nicht die bequemen Baumwollteile gemeint waren, die sie während ihrer Periode trug. Wenn sie sich recht erinnerte, hatte sie schon ziemlich lange keine bequemen Unterhosen mehr gewaschen. Zweitens mochte sie gar keinen gebratenen Speck. Als Kind hatte sie häufig bei ihrer Bamberger Großmutter zu Mittag gegessen, die es mit dem Speck wirklich übertrieben hatte. Dass sie, Carla, sich soeben nun in ein Gericht aus Weizenmehl, verschiedenen tierischen Fetten und einer Extraportion Speck verliebt hatte, erschien ihr nach dieser Erinnerung doch verdächtig.

Lukas' Mittagsschläfchen nutzte sie denn auch, um in der nahe gelegenen Apotheke einen Schwangerschaftstest zu erwerben, hektisch auf den Teststreifen zu pinkeln und auf dem Balkon ihre Petunie zu hypnotisieren, während die Uhr tickte. Fünf Minuten musste sie warten.

Währenddessen rasten ihre Gedanken. Schon wieder schwanger? Und wenn ja, seit wann? Sie und Roland wollten zwar durchaus mehrere Kinder, mindestens ein Geschwisterchen sollte Lukas noch bekommen, aber nach seiner Geburt hatten sie das Thema schnell fürs Erste verdrängt. Carla hatte immer gesagt, dass sie nie zwei Wickelkinder wolle, und Lukas machte noch immer keine Anstalten, trocken zu werden. Ob sie das schaffen würde? Würde die neue Wohnung schon zu klein werden, bevor sie auch nur zur Hälfte abbezahlt war? Was, wenn das Kind – sie hoffte jetzt auf ein Mädchen – unausstehlich sein und sich mit Lukas weder vertragen noch das Kinderzimmer teilen wollen würde? Und eigentlich hatte sie doch gehofft, spätestens mit Lukas' Kindergarteneintritt wieder ein paar größere Aufträge annehmen zu können. Schon jetzt fühlte Carla sich manchmal schrecklich eingerostet. Ihre Software war hoffnungslos veraltet, und sie hatte keinen Überblick mehr über die neuesten Trends und Anforderungen im Grafikbereich. All das würde mit einem neuen Baby nicht gerade besser werden.

Sie wusste nicht, auf welches Ergebnis sie hoffen sollte. Doch als sie ihre Petunie aus ihrer Hypnose wiedererweckt hatte und auf wackligen Beinen ins Badezimmer zurückgekehrt war, waren auf dem Test unmissverständlich zwei Streifen zu sehen, und Carla schrie vor Freude so laut auf, dass Lukas im Kinderzimmer nebenan erschrocken in die Höhe fuhr.

»Du kriegst eine kleine Schwester!«, flüsterte sie ihm ins Ohr, während sie neben seinem Bett hockte, um ihn zu trösten. »Die wird bestimmt noch wilder werden als du. Manchmal wirst du sie hassen, aber wenn du groß bist, wirst du glücklich sein, dass du ein Geschwister hast. So wie ich. Jetzt bin ich froh, dass es Onkel Claus gibt, aber bis zu meinem sechzehnten Lebensjahr hätte ich ihn täglich erwürgen können.«

Lukas fixierte sie lange aus großen Augen, die sich farbtechnisch immer noch nicht zwischen Grün und Grau entschieden hatten. Er nickte, als hätte er jedes Wort verstanden. »Grauwal«, sagte er dann.

Um ihre innere Erregung irgendwie zu entladen, klemmte sich Carla Lukas unter den Arm, ging in den Garten und schnitt mit einer großen Astschere ziellos im Gebüsch herum. Als sie schließlich auf der Suche nach einem größeren Abfallsack im Treppenhaus die Grabow traf, die sie herzlich zu einem Nachmittagsschlückchen einlud, schlug sie voller schlechtem Gewissen wegen ihres gestrigen Rosé-Desasters das Angebot aus und gab vor, noch putzen zu müssen.

»Aber dann könnte doch wenigstens der kleine Mann zu mir nach oben kommen«, schlug der uralte Filmstar überraschend vor. »Bei mir kann er Zeitungen zerreißen, in Blumenkübeln graben oder was man in seinem Alter eben gern macht. Mir ist nachmittags immer so langweilig, wissen Sie? Und da heute auch noch mein Lieblingscafé geschlossen hat, habe ich wirklich nichts Besseres zu tun, als auf Ihren Kleinen aufzupassen. Und Sie können währenddessen in Ruhe putzen, ist das ein Vorschlag?« Sie beugte sich zu Lukas hinab, wobei ihr die schwarze Mohair-Stola von der Schulter rutschte und seine Wange streifte. Es sah aus, als wolle sie ihn damit verzaubern, und tatsächlich schlug ihn die Berührung des weichen Kleidungsstücks in den Bann. »Na, wäre das was für dich? Es gibt auch wieder Kakao!« Kurz entschlossen griff Gitte Grabow nach seiner Hand und wandte sich zur Treppe, während sie mit der anderen Carla zuwinkte und dabei verschwörerisch zwinkerte.

Lukas seufzte derweil zufrieden auf. Das Angebot war aber auch zu verführerisch. Ohne einen Blick zurück auf seine verblüffte Mutter zu werfen, umklammerte er die dünnen Finger des ehemaligen Stars und schritt an dessen Seite mit der selbstverständlichen Grazie eines weltmännischen Gentlemans die Treppe hinauf.

Zum ersten Mal seit langer Zeit allein in ihrer Wohnung, nutzte Carla die Chance und schrubbte tatsächlich sämtliche Waschbecken. In aller Ruhe. Doch kurz bevor sie sich auch noch den Fingerabdrücken auf der Balkontür und dem Dreckrand in der Badewanne widmen wollte, besann sie sich. Einer früh-schwangeren Kleinkindmutter mit einer geschenkten Mußestunde musste doch etwas Besseres einfallen, als zu putzen! Sie entledigte sich ihrer Gummihandschuhe, machte sich einen Tee und setzte sich auf das Sofa, um in sich hineinzuhorchen und ihre ureigensten Bedürfnisse zu erspüren.

Nach einer ganzen Weile angestrengten Spürens meinte Carla, eine zittrige Damenstimme »Alle meine Entchen« singen zu hören. Wahrscheinlich die Grabow, auch wenn der Gesang dafür eigentlich viel zu leise war.

In ihrem eigenen Inneren dagegen hörte sie erst einmal nichts. Hatte sie etwa keine ureigenen Bedürfnisse? Sie dachte so lange über die Frage nach, bis sie einschlief, die Teetasse noch genauso voll wie beim Aufbrühen. Minuten später schreckte sie hoch. Das war es! Ihr dringendstes Bedürfnis hatte sich von selbst manifestiert: Zeit für mich! Zeit ohne Lukas. Und wenn sie sie nur zum Schlafen nutzte. Sie musste dringend herausfinden, warum die Eingewöhnung im Waldkindergarten geplatzt war. Vielleicht bestand ja doch noch eine kleine Möglichkeit …?

Sie fasste sich ein Herz, griff nach dem Telefonbuch und suchte nach der Nummer von Sabine Wondratscheks Kollegin, die sich beim Planungs-Elternabend als Eva Müller vorgestellt hatte. Carla erinnerte sich genau daran, weil es so ein Allerweltsname gewesen war. Ein Allerweltsname, der sogar im relativ übersichtlichen Gilchinger Telefonbuch dreimal vertreten war.

Carla sah auf die Uhr: schon halb sechs. Menschen, die als Erzieherin arbeiteten, müssten jetzt eigentlich Feierabend haben. Sie atmete zweimal durch und wählte die erste der drei Nummern.

»Müller?«

Die dunkle Stimme klang bekannt. Volltreffer. »Grüß Gott, mein Name ist Maeßmer. Ich habe einen Platz – also, eigentlich hat mein Sohn Lukas einen Platz im Waldkindergarten bekommen, und da wollte ich fragen, wo ich vielleicht die Sabine Wondratschek –« Sie musste gar nicht weitersprechen.

»Sabine? Die ist für mich gestorben!«, echauffierte sich die dunkle Stimme sofort. »Die kann mir mal den Buckel runterrutschen, aber so was von, die Kuh, die hirnrissige! Einen Waldkindergarten gründen wollen, und ich fall auch noch drauf rein! Wissen Sie, was die letzte Woche schon alles für die Zulassung vorbereitet hatte? Nix! Überhaupt nix! Alles ist so schwarz, wie sich das noch nicht mal ein Bauunternehmer trauen würde. Rechtlich wären wir total am Arsch gewesen, wenn sich auch bloß ein Kind einen Pickel geholt hätte. Das muss man alles locker sehen, hat die gute Sabine gesagt. Ich wäre ein Sklave der Obrigkeit, und die Natur braucht keine Bürokratie. Unglaublich! Und so was hat auch noch ein Pädagogik-Diplom. Aber würde was passieren, würde ich genauso wegen fahrlässiger Körperverletzung im Knast sitzen!« Die dunkle Stimme hatte sich vor lauter Rage eine Oktave hinaufgeschraubt und klang jetzt glockenhell und auch ein wenig hysterisch. Eva Müller hielt inne und fuhr wieder etwas ruhiger fort. »Entschuldigung. Was ich also eigentlich sagen wollte: Der Waldkindergarten kommt leider doch nicht zustande. Maeßmer war Ihr Name, gell? Dann sind Sie das mit der Handynummer, die nicht funktioniert hat. Zahlendreher oder so. Die anderen Eltern hab ich schon letzte Woche erreicht.«

Das Gespräch öffnete Carla die Augen. Sabine war mit Sicherheit ein netter und vermutlich sogar guter Mensch, soweit vertraute sie ihrem eigenen Urteilsvermögen, aber in der heutigen Zeit konnte man nun einmal nicht mehr herumwirtschaften wie in einer Steinzeithöhle. Trotzdem hätte sie gern mit Sabine selbst gesprochen, um ihr noch einmal auf den Zahn zu fühlen, denn das Prinzip Waldkindergarten – vor allem mit freien Plätzen – gefiel Carla nach wie vor. Vielleicht ließe sich Sabine Wondratschek ja davon überzeugen, es im kommenden Jahr mit einer ordnungs- und fristgerechten Anmeldung erneut zu versuchen.

Auf die Frage, wie man die in Ungnade gefallene Möchtegern-Kindergartengründerin denn erreichen könne, gab ihr Eva Müller immerhin den Tipp, sich an das letzte Haus am Steinberg zu wenden.

Während Carla einen Becher Joghurt löffelte, hoffte sie inständig, dass der Joghurt auch die letzten Spuren vom perlenden Rosé aus ihrer Magenschleimhaut saugen würde. Als sie anschließend Gemüse für das Abendessen vorbereitete, war aus dem oberen Stockwerk noch immer kein Mucks zu hören. In absehbarer Zukunft würde Roland nach Hause kommen und mit der grandiosen Nachricht von seiner anhaltenden Zeugungsfähigkeit konfrontiert werden. Wahrscheinlich wäre es besser, wenn sie Lukas schon vorher aus der Grabowschen Wohnung holen würde. Außerdem wollte sie die Geduld ihres nagelneuen Babysitters nicht überstrapazieren, man konnte ja nie wissen, wozu die alte Dame noch gut sein würde.

Sie ging die Treppe hinauf, klopfte an die Wohnungstür und wartete. Eine halbe Minute lang passierte nichts. Kein Geräusch war zu hören. Sie klopfte noch einmal stärker. Nichts. Was, wenn etwas Schlimmes geschehen war? Hatte die Grabow beim Apfelschälen einen Herzinfarkt erlitten, und Lukas war vor Schreck in ihr Obstmesser gefallen? Oder waren beim Versuch, das schokoladenverschmierte Kind in der Badewanne zu reinigen, beide ertrunken? Die Küche war vermutlich noch im unrenovierten Originalzustand samt Gasherd, war damit etwas passiert? Dann fiel Carla wieder das eingeschränkte Hörvermögen der Grabow ein, und sie klingelte noch einmal voller Nachdruck.

Wenige Sekunden später öffnete eine strahlende Seniorin, während aus dem Salon Kinderlachen klang. »Sie sind schon wieder da? Das nächste Mal können Sie ruhig länger wegbleiben. Gehen Sie doch mal in Ruhe einkaufen und gönnen sich was Schönes«, schmunzelte die Grabow. Ihr Gesicht zierten merkwürdige blaue Flecken.

Carla betrat den Salon. Die Perserteppiche lagen aufgerollt in der Ecke, und der edle Parkettboden war mit blauen Autos übersät, die mit Kreide gemalt worden waren. Auch ein paar Bagger, von geübter Hand gezeichnet, konnte man erkennen, und zwischen den Palmenkübeln, gleich hinter dem Elefantenfuß-Schirmständer, linste eine sehr eckige Giraffe hervor. Lukas saß blau wie ein Schlumpf inmitten der Bescherung und schielte vor Spaß.

»Ich finde Papier nicht wirklich kindgerecht«, entschuldigte sich der uralte Filmstar. »Außerdem schneidet man sich nur an den Blattkanten. Und die Kreide ist ja mit einmal über den Boden wischen wieder weg. Sie war noch übrig von meinem letzten Dreh, das Skriptgirl hatte zu viel davon bestellt. Ist schon eine Weile her, heute macht man das ja alles digital, oder wie das heißt, aber damals wurden die Szenennummern noch mit Kreide auf die Klappen geschrieben. Jedenfalls wollte das Kind nichts anderes tun, als zu malen. Das viele Hinknien und wieder Aufstehen war zwar ganz schön anstrengend für mich, aber so bleibe ich wenigstens in Schwung, nicht wahr? *Mens sana in corpore sano!* Hoffentlich bekomme ich keine Sehnenscheidenentzündung, so was hatte ich mal 1968, weil ich mir unbedingt ein blödes Kleid häkeln musste, sehr unangenehm war das damals. Zu der Zeit mussten sich ja plötzlich alle Frauen, die etwas auf sich hielten, ein Kleid häkeln. Wie in der schlimmsten Notzeit, als ob es keine normalen Kleider mehr gegeben hätte. Erstaunlich eigentlich, was man in seinem Leben so mitgemacht hat. Aber davon abgesehen haben Sie einen ganz entzückenden Sohn. Der Nachmittag war eine schöne Abwechslung!«

Nach den letzten entspannenden zwei Stunden fühlte sich Carla zuversichtlich wie selten in letzter Zeit. Schwanger mit Kleinkind, aber ohne Kindergartenplatz? Wen störte das schon, wenn der begabteste Babysitter der Welt gleich nebenan wohnte? Dass Frau Grabow auch der vermutlich älteste Babysitter der Welt war – geschenkt. Vor so viel Lebenserfahrung konnte jede Schülerin nur einknicken. Sie würden die kommenden Monate schon wuppen und dabei noch dazu eine Menge Kohle sparen, die man ansonsten für Kinderbetreuung ausgegeben hätte. Kohle, die man vielleicht in eine neue Familienkutsche stecken konnte.

Carla geriet ins Träumen. Knapp zweihundert Euro pro Kindergartenmonat könnten sie so sparen, und das über die kommenden elf Monate hinweg. Dazu kämen noch die weihnachtliche Finanzspritze von Rolands Eltern und sein Urlaubsgeld für nächstes Jahr, das sie ebenfalls einsparen könnten, weil sie als dann Hochschwangere sowieso nicht mehr fliegen durfte. Zusammen ergäbe das einen ganz anständigen halben Gebrauchtwagen, eventuell vielleicht sogar einen Siebensitzer. Was für rosige Aussichten!

Sabine Wondratschek, die unzuverlässige Kuh, wie Eva Müller sie so schön genannt hatte, war nun auch für Carla gestorben.

Schnitzel

12. September, 16.03 Uhr

Dr. Said Al-Jamal unterschrieb das soeben von ihm ausgedruckte Dokument und lehnte sich stirnrunzelnd zurück. Zwei Tage hatte er den bierseligen Starnbergern für die Komplettanalyse genannt und hatte diese Zeitvorgabe nicht nur erfüllt, sondern um unglaubliche vierundzwanzig Stunden unterboten, was ihn selbst etwas überraschte. Ausnahmsweise war nichts Wichtigeres reingekommen, und so hatte er sich vollends auf das fragile Körperteil aus dem Ammersee konzentrieren können. Der Zeh hatte allerhand wissenswerte Aufschlüsse geliefert, doch Ali war nicht zufrieden.

Die Fakten bestätigten seine ersten Vermutungen, warfen allerdings auch eine Menge neuer Fragen auf. Die sich aus den neuen Fakten ergebenden Implikationen wollte Ali mit Spengler in Starnberg persönlich besprechen. Außerdem konnte er seine Ergebnisse so direkt übergeben. Für solche brisanten Dokumente vermied er den Postweg, wenn es denn ging. Entschlossen fuhr Ali seinen Computer herunter, steckte die Analyse in die Aktentasche und machte sich auf den Weg in die Tiefgarage.

Diesmal gab es keine besonderen Vorkommnisse auf der Autobahn. Sein Dienstwagen schnurrte souverän in den ersten Ausläufern des Feierabendverkehrs dahin, sodass er kurz vor siebzehn Uhr auf dem erfreulich großzügigen Mitarbeiterparkplatz der Starnberger Polizeiinspektion parkte. Gut gelaunt stieg er die Treppe in den ersten Stock hinauf und klopfte beschwingt an die Tür von Spenglers Vorzimmer.

Die Sekretärin Sybille kam gerade von einer Raucherpause auf dem Balkon zurück. Sie freute sich, ihn zu sehen, drückte ihm sogar ein nikotingeschwängertes Küsschen auf beide Wangen, dann teilte sie ihm mit, dass ihr Chef leider schon weg sei.

»Wie, weg?«

»Na, weg eben. Er ist nach Hause gefahren.«

»War ihm nicht gut?«

»Nein, das macht er immer so. Strenge Ehefrau.«

»Aber, aber … die Inspektion ist doch bis achtzehn Uhr geöffnet, das steht sogar unten am Eingang«, wandte Ali hilflos ein.

Sybille zuckte nur die Schultern. »Hätten Sie vorher angerufen, hätte ich Ihnen den schon festgenagelt. In puncto Strenge macht mir die Ehefrau nichts vor.«

Ali war schockiert. Natürlich, Beamte genossen im Allgemeinen einen schlechten Ruf, und am Ende war auch ein hochgedientes Tierchen wie Dr. Spengler nur ein Beamter – aber hatte der Mann denn gar kein Rückgrat? Vor der eigenen Sekretärin nach Hause zu gehen, und das gewohnheitsmäßig! Hingabe zum Beruf sah wirklich anders aus.

»Wissen Sie, normalerweise rufen die Leute ja mich an, weil sie dringend auf meine Ergebnisse warten«, rechtfertigte er sich. Man konnte es nicht anders ausdrücken, er war beleidigt. »Ich hab doch angekündigt, dass ich nur zwei Tage brauche, jetzt war ich sogar schneller und komme extra hier rausgegurkt, und dann ist der Chef lieber bei Schatzi und isst Schnitzel!«

»Sie sind ja nur neidisch, weil Sie kein Schatzi haben, das Ihnen jeden Abend um sechs ein Schnitzel hinstellt.«

»Ach, und woran haben Sie das erkannt?«

»An Ihrer ausgezehrten Erscheinung natürlich.« Sybille schielte auf seine Aktentasche. »Haben Sie denn was Gescheites herausgefunden?«

»Das wollte ich eben mit diesem Faulenzer von Ihrem Chef besprechen.«

»Ich mache Ihnen ein Angebot: Sie besprechen das erst mal mit mir, denn mir hört der Kerl wenigstens zu, wenn er morgen wieder da ist. Und im Gegenzug lade ich Sie im Gasthof ›Zur Sonne‹ auf ein anständiges Starnberger Schnitzel ein. Was sagen Sie?«

Al-Jamals Widerstandskraft schwand. Zögerlich kaute er auf seiner Unterlippe.

»Was ist jetzt? Oder essen Sie kein Schweinefleisch?«

»Doch, doch, bei mir ist nur der Nachname muslimisch. Aber Sie wissen doch ganz genau, dass ich Ihnen theoretisch nichts erzählen darf. Der Zeh ist ein ungeklärter Fall mit Geheimhaltungspflicht. Müsste man eigentlich direkt an die Kripo weiterleiten. Wir haben noch nicht mal eine offizielle Kommission.«

»Papperlapapp«, erklärte Sybille, während sie Al-Jamal auf den Flur hinauszog und ihr Büro abschloss. »Erstens bin ich für den Spengler zeichnungsberechtigt, und zweitens kenne ich unsere Leute besser als er. Ich arbeite hier seit '83!«

Ali stieß einen bewundernden Pfiff aus. »Vor so viel Erfahrung geb ich mich natürlich geschlagen. Ich hoffe nur, in diesem Gasthof gibt's auch Meerrettichsahne?«

»Selbstverständlich. So viel, dass Sie drin baden können.«

Auf dem Weg zum Parkplatz blieb Sybille im Erdgeschoss vor einer offenen Tür stehen und streckte einen Zeigefinger in die Luft. »Da gibt es noch jemanden, der ganz dringend mit uns ein Schnitzel essen muss. Jemanden, der hoffentlich die noch zu gründende Kommission leiten wird.«

Die Bedienung in der »Sonne« war eine der wenigen Starnbergerinnen, die Wert auf gute Kontakte zur Obrigkeit legte. Sie erkannte die Polizeisekretärin, Sybille war ein Stammgast, und spendierte nach kurzer Rücksprache mit dem Chef eine Runde Tagessuppe als Vorspeise. Im gemütlichen Gastraum war nicht viel los, und die Neuankömmlinge hatten sich in eine leere Ecke neben den noch verwaisten Stammtisch gesetzt. Als die Suppenteller abgeräumt waren und ein unaufdringlicher Schnitzelduft durch den Gastraum zog, waren die drei Verschwörer beim Du angelangt.

»Willst du eigentlich Said oder Ali genannt werden?«, fragte Roland. »Und wahrscheinlich wirst du das alle zwei Minuten gefragt, aber woher stammst du ursprünglich? Der Name klingt ägyptisch oder so.«

»Den Ali bin ich seit der Grundschule gewohnt, das ist schon in Ordnung. Und meine Mutter hat ihren Urlaubsflirt aus Marokko geheiratet, aber der hat's in Deutschland bis genau eine Woche nach meiner Geburt ausgehalten. Hat noch meine Anmeldepapiere zum Amt gebracht und ward nie mehr gesehen.«

Die Schnitzel kamen. Nur ihre schiere Knusprigkeit hielt sie davon ab, rechts und links über die Tellerränder zu hängen. Durch ihre Ankunft blieb es Dr. Said Al-Jamal erspart, seine unerfreuliche Familiengeschichte weiter auszuführen. Sie wünschten sich einen guten Appetit und stürzten sich auf das Essen. Für einige Minuten schaufelten alle still in sich hinein, erst nach zweihundert Gramm Schweinefleisch wagte Roland einen weiteren Vorstoß, der Alis traurige Erzählung in männlicher Kollegialität vom Tisch wischte.

»Sei froh, dass du in Bayern lebst und nicht wie ein Saupreiß ausschaust. Und jetzt zum Zeh. Kannst du uns eine Zusammenfassung liefern?«

»Jawohl, jetzt mal zum Geschäftlichen. Ich will euch nicht länger auf die Folter spannen.« In Wirklichkeit brannte Ali regelrecht darauf, seine taufrischen Erkenntnisse endlich mitteilen zu können. »Zuallererst ist unser Zeh weiblich.«

»Unser Zeh, hihihi«, kicherte Sybille.

»Korrekt ausgedrückt müsste ich wahrscheinlich vom Geschlecht des mir ehemals vorliegenden Untersuchungsgegenstandes sprechen.«

»Ich hab ihn zwar noch nicht persönlich gesehen, aber mir ist er jetzt schon sympathisch, unser Zeh«, witzelte Roland.

Ali öffnete die Aktentasche zu seinen Füßen und reichte ihm eine Mappe mit Farbfotos des betreffenden Objektes.

»Wahnsinn«, sagte Sybille, die sich ebenfalls über die Bilder beugte. »So vergrößert und mit Blitz fotografiert sieht er viel spektakulärer aus als im echten Leben. Eher wie ein Stück Mumie aus einem Hollywoodfilm.«

»Das mit der Mumie ist gar nicht mal so verkehrt, das ist leider auch mein Problem«, gab Ali zu. »Allzu viel habe ich nicht herausfinden können, weil der Zeh eben nicht mehr der Frischeste war. Aber er gehört zu einer Frau Mitte dreißig, der Pigmentierung nach recht hellhäutig, vielleicht sogar naturblond. Der Körperfettanteil ist sehr gering, also war sie schlank und sportlich. Dafür sprechen auch die Sonnenbräune der Haut und die starke Hornhaut vom Barfußlaufen. Wenn man die Größe des Zehs mit Statistiken zur deutschen Durchschnittsfrau vergleicht, müsste sie eine Schuhgröße von knapp vierzig gehabt haben und ungefähr eins siebzig groß gewesen sein. Ach ja, und obwohl die ganze Hornhaut für sie offenbar kein Problem war, hatte sie sich den Nagel wahrscheinlich aus ästhetischen Gründen lackiert.«

»Na ja, ich bin zwar schon Mitte fünfzig, aber auch ich lackiere meine Nägel aus ästhetischen Gründen«, schnaubte Sybille. »Aus welchen denn sonst?«

»Die dem Zeh zugehörige Person hat mit dem Lack Nagelfehlbildungen übermalt. Ungleichmäßige Verhornungen und Längsrillen. Beides könnten Anzeichen von Organfehlfunktion oder auch Folgen von Nagelpilz sein.«

»Iiih«, machte Sybille. »Organfehlfunktionen?«

»Ja, vielleicht Mangelerscheinungen. Die Literatur legt sich da nicht fest, aber meine Tante ist Fußpflegerin, und die meint, sie hätte so was schon oft bei jüngeren Frauen gesehen, die Veganer sind. Lässt auf zu wenig Eisen schließen.«

Roland lächelte. »Eine sportliche Blondine in den Dreißigern. Glatt mein Typ, wenn ich nicht schon glücklich verheiratet und sie nicht Veganerin wäre. Ist doch schon eine ganze Menge. Kann man ja gleich ein Phantombild zeichnen.«

»Hilft uns aber noch nicht bei der alles entscheidenden Frage, ob wir nach einer Leiche suchen müssen oder nicht«, sagte Ali.

»Wieso?«

»Weil das eben der knifflige Mist an der Sache ist: Durch die Zeit im See und die Verdauungssäfte von diesem Hecht ist zu wenig Blut im Gewebe erhalten geblieben. Das Blut wäre nur dann noch erhalten, wenn man den Zeh deutlich später als eine Stunde nach Todeseintritt abgetrennt hätte, denn dann wäre es schon etwas gestockt. Ist es aber nicht. Das heißt im Umkehrschluss, dass der Zeh der Frau entweder kurz nach dem Ableben oder auch vorher schon abhandengekommen ist.

An einem abgezwickten Zeh allein stirbt man jedenfalls nicht, selbst wenn man sich bemüht. Das wiederum heißt, wir haben nicht notgedrungen eine Leiche. Ich kann bei eurem fleißigen Dr. Spengler also keinen Druck machen, da ich so gut wie nix in der Hand habe. So unwahrscheinlich die Vorstellung auch ist: Meiner Analyse nach könnte die Dame jetzt auch mit Füßen, die endlich in ihre bisher zu engen Designerpumps passen, am Isarufer sitzen und Aperol Spritz trinken.«

»Stimmt, wie Aschenputtel. Die Möglichkeit, dass sich eine Frau die Zehen abschneidet, weil sie ihre Manolo Blahniks zwei Nummern zu klein bestellt hat, haben wir noch gar nicht in Betracht gezogen«, ätzte Sybille. »Ruckedigu, Blut ist im Schuh!«

»Manolo wer?« Roland schob seinen Teller, auf dem noch ein paar aufgeweichte Pommes lagen, von sich. »Wirklich eine komische Spitze vom menschlichen Eisberg, so ein Zeh. Aber mal angenommen, es war ein Unfall – von mir aus eine Bootsschraube oder ein besoffener Freund, der sich einen Scherz mit der Gartenschere machen wollte –, hätte die Frau dann nicht ärztliche Hilfe in Anspruch nehmen müssen? Können wir nicht bei allen Krankenhäusern und Praxen anfragen, ob sie in letzter Zeit so einen Fall hatten?«

Ali winkte ab. »Bei solchen Nachfragen hab ich selbst schon oft genug auf Granit gebissen. Ohne entsprechende Vermisstenanzeige geht da gar nix. Es sei denn, du bist zufällig mit dem Oberarzt verheiratet. Ansonsten gilt ärztliche Schweigepflicht.«

»Könnte sogar Absicht gewesen sein«, murmelte Sybille. »Es gibt ja Leute, die darauf stehen, sich was amputieren zu lassen. So wie bei diesem Kannibalenmord von Rotenburg. Vielleicht hat sich die Frau ja eigenhändig verstümmelt, weil sie der Meinung war, der Zeh gehöre nicht wirklich zu ihrem Körper, der müsse weg. Xenomelie nennt sich die Krankheit, glaube ich.«

»Du kennst dich aber aus«, staunte Roland. »Studierst du heimlich Psychologie?«

»Nein, aber ich lese gern Krimis«, gab Sybille ungerührt zu. »Könnte auch sein, dass die Frau psychisch so krank war, dass sie sich durch das Amputieren vor der Ausbreitung von irgendetwas schützen wollte. Damit es nicht auf den Rest ihres Körpers übergeht.«

»Nagelpilz?«, fiel Roland ein.

»Eher was Eingebildetes. Blutvergiftung, Parasiten unter der Haut, was weiß denn ich. In so einem Fall hat sie sich bestimmt nirgendwo gemeldet. Ist ja nicht verboten, einen Zeh weniger als der Normalo zu haben.«

Ali nickte. Ohne es zu merken, knabberte er mit den Zähnen an seiner Unterlippe herum, eine Unsitte aus Teenagerjahren, die er nicht abstellen konnte. »Wäre möglich. Übertriebene Hypochondrie, Drogenwahn. Leute haben sich schon halb gehäutet, weil sie eingebildete Würmer oder Käfer aus sich herauspulen wollten. Selbstverstümmelungen kommen auch in vielen Religionen vor.«

»Oder es war so eine Zahnarztsache«, schlug Roland vor. »Finger in die Kreissäge halten zwecks Berufsunfähigkeit und Versicherungsbetrug.«

Ali zog skeptisch die Brauen zusammen. »Wer lässt sich denn seinen großen Zeh versichern? Dazu fallen mir jetzt nur zwei Berufsgruppen ein: Primaballerinen oder Fußmaler. Bei Ersteren dürfte es wahrscheinlich keine Extraversicherung geben, weil die Betrugsgefahr so groß ist, das geht in Richtung der Zahnarztfinger. Keine Versicherung der Welt würde das zahlen. Und obwohl es bestimmt ganz wunderbare Fußmaler gibt – ich glaube, die haben wirklich andere Probleme als Berufsmüdigkeit.«

Im Gastraum wurde es voller, der benachbarte Stammtisch füllte sich langsam mit gesetzten Herren in Feierabendlaune. Ausnahmslos alle von ihnen trugen teure Lodenjoppen mit Lederbesätzen.

Roland senkte ein wenig die Stimme. »Und du kannst wirklich nicht beweisen, dass da irgendwo eine zehenlose Leiche rumliegt?«

»Korrekt. Das ist leider Ermessenssache der Kommission.«

Sybille klopfte wortlos mit den Fingernägeln gegen ihr leeres

Glas, bis ihr die aufmerksame Bedienung ein volles brachte. Apfelschorle. »Nix gegen deine Ergebnisse, lieber Ali. Tolle Arbeit, und vor allem so schön schnell. Aber ich muss euch mitteilen, dass es mit der Kommission trotzdem schlecht ausschaut. Erstens braucht man in solchen Fällen wenigstens eine Vermisstenanzeige, die es aber nicht gibt. Nicht mal im ganzen riesigen Rest von Bayern. Ich hab die Liste immer parat, falls mal jemand von denen bei uns auftaucht, aber wenn mich nicht alles täuscht, ist da gerade keine Blonde im passenden Alter dabei. Und außerdem hat unser Dr. Spengler ein kleines Steckenpferd, das, äh, unseren Absichten entgegensteht …« Roland und Ali guckten erwartungsvoll, während Sybille eine Kunstpause machte. »Und zwar die Goldene Wandernadel Leichenfreier Landkreis, auch GWLL genannt. Wenn im ganzen Jahr keine Leiche aufgetaucht ist, kann man sich dafür bewerben. Mit dem Gewinn sind allerlei tolle Kinkerlitzchen für die Inspektion verbunden.«

Roland lachte ungläubig. »Und was ist mit der schlimmen Massenkarambolage im Frühling? Und mit den Junkies? Allein in der ersten Jahreshälfte hatten wir doch schon drei goldene Schüsse. Ist der Spengler schon so dement, dass er das vergessen hat, oder was?«

»Bei der Wandernadel geht es nur um vorsätzliche Tötungsdelikte. Selbstmord, Unfälle und Drogen zählen nicht.«

»Oh, du goldene Steuergeldergießkanne«, sagte Ali abschätzig. »So was Albernes. Da haben doch fünfundneunzig Prozent aller Inspektionen sowieso nie eine Chance darauf. Zumindest nicht die mit mehr als drei Dörfern drumherum.«

»Es geht wohl auch eher darum, den Kollegen vom Land das Baucherl zu streicheln. Wenn es der Jahreshöhepunkt ist, dass der Meier seinen Traktor frisiert und beim Pfarrer eine Wurst geklaut wird, dann sollen sie sich wenigstens auch mal gelobt und wichtig vorkommen. Und ihre Angehörigen stolz machen. Ein Festl in der Landeshauptstadt mit einer schönen Eröffnungsrede vom Stoiber, mit Paradeuniformen, Ehrenurkunden und so.«

»Echt, da redet der Stoiber?«

»Warum denn nicht? Oder der andere, der Kronprinz vom Seehofer.«

»Na prima. Und in unserem Fall führt das alles also dazu, dass der Chef die Leiche am Ende mit eigenen Händen vergräbt, nur um diese blöde Nadel verliehen zu bekommen. Der Spengler ist doch so ehrgeizdurchlöchert, da braucht man kein Gedankenleser zu sein, was sich der noch alles für Aufstiegschancen ausmalt. Ein gestandenes Mannsbild mit einem echten Doktortitel, den ihm keiner wegnehmen kann, und einer verdammt weißen Weste: Seine Ehe ist in Ordnung, und die Töchter machen auch keine Probleme. Wer soll dem denn ans Bein pinkeln? Und besser reden als der Stoiber kann er allemal. Was wir hier veranstalten, ist dem doch wurst, für den Maxl ist Starnberg nur eine Übergangsstation.«

Roland und Sybille steigerten sich in ihre Spengler-Demontage hinein, bis Ali eine Lanze für den abwesenden Herrn brach. Immerhin sei der Kerl äußerst umgänglich und anscheinend sogar spontan bereit, mit fremden Schwarzfischern Brüderschaft zu trinken. Die unzufriedene Belegschaft aus Bayerns reichstem Landkreis solle sich mal den ein oder anderen Münchner Inspektionsleiter ansehen, von denen wiederum er selbst täglich gepiesackt wurde. Im Grunde hätten sie es mit Starnberg doch ganz gut erwischt.

Nachdem Sybille ihre Verdauungszigarette geraucht hatte, der letzte Teller abgetragen worden und die Frage nach einem Nachtisch negativ beantwortet worden war, herrschte unter den dreien grimmig-entschlossene Einigkeit: Wie auch immer Spenglers Entscheidung bezüglich Alis Laborbericht ausfallen mochte, man würde sie heimlich unterlaufen und eigene Ermittlungen anstellen.

***

»Tut mir leid, Mausi, ich hab schon gegessen. Aber ich habe eine gute und eine nicht so gute Nachricht für dich.«

»Zuerst die gute!«

»Okay. Ich leite jetzt ein Ermittlungskommando.«

»Toll! Hat der Spengler also endlich deine Qualitäten erkannt! Worum geht's denn?«

»Um eine Vermisstensache, oder besser, um eine Leichensuche.«

»Eine Leichensuche? Wie aufregend! Mensch, Roland, das wird bestimmt besser als jeder ›Tatort‹ im Fernsehen!«

»Danke, danke. Aber da wäre jetzt noch die nicht so gute Nachricht.«

»Ja?«

»Der Spengler weiß nichts davon. Wir ermitteln quasi geheim.«

Carla runzelte misstrauisch die Stirn. »Und wer ist wir?«

»So ein netter Gerichtsmediziner aus München und Sybille, die, ähm, Sekretärin.«

»Die Kettenraucherin? Lass dich von der bloß nicht wieder anfixen. Und warum ist der Spengler nicht dabei?«

»Weil es noch nicht ganz klar ist, dass es sich um einen echten Mord handelt. Momentan vermuten wir das bloß. Und der Spengler wird es eben wahrscheinlich nicht vermuten.«

»Wie kann denn ein Mord nur vermutet werden?«

»Weil, aber das ist alles natürlich noch streng geheim, weil man eben noch nicht das ganze Opfer gefunden hat. Dem momentanen Stand der Dinge nach zu urteilen, kann es sein, dass es sich gar nicht um einen Mord handelt, sondern nur um einen Unfall. Oder einen komischen Akt von Selbstverstümmelung.« Langsam dämmerte es Roland, wie wenig appetitlich das Thema war, auch wenn kein knuspriges Schnitzel mehr vor einem lag. Carla wirkte selbst im schummrigen Licht ihres Leselämpchens blass um die Nase. Aber jetzt war er schon auf die Überholspur eingeschert und konnte nicht mehr bremsen. »Ein Angler hat am Ammersee eine weibliche große Zehe gefunden. Die Möwen hatten sie schon angenagt. Also, eine menschliche große Zehe, von einer Frau, sogar noch mit Nagellack drauf. Rosafarbenem.«

Über die unmittelbare Wirkung seines unappetitlichen Gesprächsbeitrags war Roland dann aber doch überrascht. Für ein paar lange Momente sah ihn Carla an wie ein Reh im Scheinwerferlicht – ein sehr verzweifeltes Reh im Scheinwerferlicht –, dann beugte sie sich über die Bettkante und erbrach spektakulär ihr Abendessen, das wohl zum Großteil aus gelbem und grünem Gemüse bestanden hatte.

Eine Viertelstunde später, nachdem Roland die Bescherung entfernt, ungeschickt mit Sagrotan hantiert und seiner mitgenommenen Frau ein fast schon mitternächtliches Bad eingelassen hatte, gestand sie ihm die Details ihres gestrigen Vormittags.

»Ich habe den zweiten Zeh gefunden. Nein, Lukas hat ihn gefunden. Oh, mein Gott. Ich hab das Ding einfach weggeworfen, es war so ekelhaft … Ich wusste ja nicht … Wie schmierig das war! Vielleicht hat Lukas da sogar unbemerkt reingebissen! In ein Leichenteil! Ich habe unser Kind mit einem Leichenteil spielen lassen, und dabei wollte ich doch nur zum See, in der Sonne sitzen und eine Fischsemmel …« Bei der Erinnerung an die Fischsemmel würgte Carla erneut, obwohl das Auftauchen des Zehs nun wirklich nichts damit zu tun hatte. Die Fischsemmeln vom Weßlinger See waren und blieben über jeden Hauch des Zweifels erhaben.

Schweigen kehrte ein. Carla war anhaltend übel, Roland betroffen. Das üble, betroffene Schweigen wurde nur unterbrochen von Gitte Grabows Radiogerät, das im Stockwerk über ihnen eine Musiksendung in voller Lautstärke wiedergab.

Angesichts der neuesten Entwicklungen beschloss Carla, Roland vorerst doch noch nichts von seiner zukünftigen zweiten Vaterschaft zu erzählen.

Die Grabow

13. September, 11.02 Uhr

Gitte Grabow war eine glamouröse Person. Durch und durch glamourös, und das schon seit über neunzig Jahren. Falsch. Seit weit über neunzig Jahren. Schon als Kleinkind – davon gab es Fotografien, leider nur in Schwarz-Weiß – hatte sie auf Lippenstift bestanden, wenn sie mit der Mutter zum Kolonialwarenladen ging. Lippenstift und eine große, gestärkte weiße Haarschleife, mit der man andere kleine Mädchen jagen konnte. Solche Utensilien waren für Gitte keine Folterwerkzeuge, die sie vom Herumtoben abhielten, sondern identitätsstiftend. Insignien der Macht.

Die Macht, die sie jeden Tag zu Hause erlebte, wenn ihre Mutter ihren Vater um den Finger wickelte, war eine durch und durch weibliche. Dementsprechend dauerte es nicht lange, bis auch Gitte ihren Vater um den Finger wickeln konnte. Und als das geschafft war, kamen die großen Brüder an die Reihe, die ihr noch heute aus der Hand gefressen und sie gegen sämtliche Bedrohungen des Universums beschützt hätten, wenn sie nicht im Krieg gefallen wären.

Gittes Glamour jedoch blieb, und mit ihm wickelte sie weiterhin alle Männer um den Finger, die ihr irgendwie nützlich sein konnten. Eigentlich wickelten sie sich um diese langen weißen Finger mit den perfekten Nägeln fast schon von selbst. Gitte musste sich nicht wirklich anstrengen. Und weil man ja nie wusste, wer sich einmal als wichtiger Kontakt oder Nothelfer bewähren würde, versprühte sie ihren Glamour einfachheits- und vorsichtshalber auch noch unter den Freunden der Männer, unter deren Familien, ja, sogar unter deren Frauen. Sehr zum Vorteil, was das Versprühen von Gittes Glamour betraf, gereichte alsbald der Film, nach dem Krieg sogar der Farbfilm. Da ihre Brüder gefallen waren und ihre Familie aus einer Kleinstadt stammte, in der mittlerweile beinahe ausschließlich Polen wohnten, galt Gittes Herkunft als ausreichend unbedenklich, sodass ihr sogar ein paar Gastrollen in Hollywood angeboten wurden. Wegen Flugangst nahm sie diese allerdings nicht wahr – und als wenig später ein zurückgewiesener Verehrer die Sache mit ihrem Auftritt bei Görings Hochzeit in den Klatschblättern breittrat, sah sie sich gezwungen, ihren Glamour wieder auf einzelne Herren zu beschränken.

Ihr Gesicht war von einer klassischen Schönheit, die auch ihren dreißigsten Geburtstag überdauerte. Genauso wie ihren vierzigsten. Jahrzehntelang trug Gitte ausschließlich fließende Satinkleider mit Brüsseler Spitze, ihr makelloses Dekolleté und ihre weichen Ohrläppchen zierten Perlen und Diamanten der namhaftesten Bewunderer.

Erst nach ihrem fünfzigsten Geburtstag begannen die Einladungen seltener zu werden. Die Filmangebote waren zu dieser Zeit ohnehin längst verebbt. Gitte hatte den Wunsch gehabt, vom wenig erbaulichen Düsseldorf nach Starnberg zu ziehen und die nächsten Jahre in Blaufuchs und Sonnenbrille am Seeufer zu sitzen, doch durch irgendwelche fiskalischen Verwicklungen reichte ihr Vermögen nur noch für eine Dreizimmerwohnung in Gilching. Wo sie seit 1971 lebte.

Wenn Gitte Grabow nun im Discounter um die Ecke einkaufen ging, hoffte sie stets darauf, einer ganz bestimmten Verkäuferin nicht zu begegnen. Und das lag nicht etwa daran, dass diese ihr besonders unangenehm gewesen wäre. Im Gegenteil, sie fand die junge Frau mit den blonden Kraushaaren überaus sympathisch. Sie hatte ein nettes Lächeln und war aus dem Osten, was man deutlich hörte. Auch Gitte Grabow war einmal aus dem Osten gekommen, allerdings zu einer Zeit, als es weder eine Mauer noch den Gedanken an den Bau einer solchen gegeben hatte.

Zwischen der jungen und der alten Frau war also nichts vorgefallen. Stattdessen wollte die Grabow der sächsischen Verkäuferin nicht begegnen, weil dieser der Name Gitte Grabow nichts sagte. Fatal für den ehemaligen Star. Denn für jemanden, dem nie einer »Da kommt die Grabow! Oh, sieht sie nicht immer noch aus wie in den Siebzigern?« ins Ohr geflüstert hatte, war sie keine glamouröse Person, sondern einfach nur eine merkwürdige alte Frau. Doch Gitte Grabow brauchte diese unausgesprochenen oder nur geflüsterten Kommentare wie die Luft zum Atmen. Ein souverän überlächeltes »Diese Haut in dem Alter!« oder ein leises »Die Grabow trägt ja immer noch Lippenstift!« retteten ihre späten Tage. Sie hatte ja sonst nichts.

Leider aber wurden die geflüsterten Kommentare, sächsische Verkäuferin hin oder her, mit der Zeit immer seltener. Es waren nicht der graue Star oder das Gelenkrheuma, welche an Gitte Grabows Wohlbefinden nagten. Sie brauchte keine Leselupe und keinen Rollator. Sie mochte zwar nicht mehr die Allerschnellste zu Fuß sein, doch eine echte Dame hatte es sowieso nie eilig. Das Alter war bisher überaus mild zu ihr gewesen. Selbst der perlende Rosé, dem sie seit nahezu achtzig Jahren jeden Abend gern zusprach, hatte ihr nicht geschadet. Sie hatte sich an ihn gewöhnt wie andere Leute an zu viel Kaffee, er rann durch ihren zähen Körper wie Wasser, auch wenn er seit einigen Jahren vom Discounter stammte statt aus dem Feinkostladen. Nein, der Alkohol war nicht ihr Problem.

Gitte Grabows persönliches Drama war die Einsamkeit. Keine Verwandten kümmerten sich um sie, ihre Verehrer waren seit Jahrzehnten tot, und die kleine Nostalgie liebende Fangemeinde im Internet hatte wohl übersehen, dass von all den großen deutschen Filmstars der dreißiger Jahre sie noch immer am Leben war. Wirkliche Freunde hatte sie zuletzt in der Schulzeit gehabt. Von den Unterhaltungsmedien hielt Gitte Grabow nicht das Geringste, und sie weigerte sich auch, einzig aus Gründen der besseren Sozialisierung in eine Seniorenanlage zu ziehen. Zu all diesen gewöhnlichen Leuten mit ihren gewöhnlichen Problemen! Ein bisschen Stolz musste schon sein. Lieber blieb sie einsam. Und ließ absichtlich immer häufiger ihr Hörgerät zu Hause, um sich die geflüsterten Kommentare im Supermarkt wenigstens noch vorstellen zu können.

Klassik-Sendungen im Radio waren das Einzige, was sie ab

und an ertragen konnte, aber auch das war ja nichts, über das man sich großartig mit seiner Umwelt austauschen musste oder wollte. Wenn die früheren Nachbarn unter ihr, ein zänkisches Ehepaar in den Fünfzigern, alle paar Tage geklingelt und um Ruhe gebeten hatten, hatte das für Gitte Grabow immerhin etwas Abwechslung bedeutet. Manchmal hatte sie es sogar richtiggehend darauf angelegt, die garstigen Menschen zu sich heraufzulocken, um ihnen dann effektiv die Rolle vom bemitleidenswert tauben alten Mütterchen vorzuspielen.

Weil es also niemanden interessierte und sie ihre Tage ja irgendwie herumbringen musste, lebte die Grabow im Grunde das Leben eines Bummelstudenten. Bei heruntergelassenem Fensterladen schlief sie so lange wie möglich, setzte sich dann in ihrem rosa Morgenmantel von Dior in die Küche und aß etwas Shrimpscocktail und dazu drei Scheibchen Pumpernickel. Derart gestärkt trank sie ihr erstes Glas perlenden Rosé und versuchte dann, sich vor dem Spiegel in ein annähernd glaubwürdiges Abbild einer gut situierten älteren Dame zu verwandeln.

Je nach Jahreszeit mit Kaschmir-Strickjacke oder Nerzmantel – in zeitlosem Schnitt –, stets aber mit einer großen Sonnenbrille verließ sie gegen Mittag das Haus und ging gemessenen Schrittes in die Stadt, wie sie Gilching nannte. Den Nachmittag verbachte sie zumeist im Café Edelmann am Marktplatz, wo sie eine Kleinigkeit zu sich nahm und akribisch die Illustrierten studierte. Dabei war es ihr jedes Mal eine Genugtuung, wie billig sich die jungen Dinger an die Klatschpresse verkauften. Zu ihren Zeiten hatte sie es nicht nötig gehabt, dahergelaufenen Fotografen ihr Höschen zu zeigen. »Flittchen«, murmelte sie beim Anblick von Lindsay Lohan oder Paris Hilton befriedigt. Am sehr frühen Abend machte sie sich in der Manier einer müßigen Spaziergängerin wieder auf den Heimweg, betrachtete die Menschen in ihren Vorgärten, erledigte ihre Besorgungen und kehrte schließlich seufzend in ihre kleine Küche zurück, um ein weiteres Glas Rosé zu trinken und sich mit ihren Rechnungen oder Steuerunterlagen zu beschäftigen. Vor allem die

Steuerunterlagen machten sie innerhalb kürzester Zeit so müde, dass sie es häufig kaum noch schaffte, ihr Käsebrot zu verzehren und die Roséflasche zu leeren, bevor sie sich abschminkte und zu Bett ging.

So waren die Tage der Gitte Grabow in letzter Zeit vergangen. Und auch ihre Nachbarn aus dem Erdgeschoss hatten ihr nicht viel zu sagen gehabt, seit sie vor Jahren einmal wegen der Fällung eines alten Zwetschgenbaums in erbitterten Streit geraten waren. Sie hatten ihn einfach umgesägt, ohne Gitte Grabow zu fragen. Dabei hätten sie ihretwegen gern jeden anderen der ungepflegten Bäume im ganzen Viertel fällen können, nur nicht diesen einen, der jeden Sommer ein paar Kilo Ertrag brachte. Mit seinen Früchten hatte sie ihren jährlichen Zwetschgendatschi mit Zimt gebacken, mehrere Bleche voll, den sie für den Winter in kleine Stücke geschnitten einfror. Das Rezept dafür stammte von ihrer Urgroßmutter aus dem Jahr 1876, dessen handschriftliches Original hinter Glas geschützt über ihrem Küchentischchen hing. Es war das einzige Gericht, das Gitte Grabow selbst zubereitete. Seit der Baum weg war, musste sie sich ihre Zwetschgen im Supermarkt kaufen, aber die waren nie so weich und wurmfrei wie die von ihrem eigenen Baum.

Als die schrecklichen Nachbarn endlich ausgezogen waren, war das für Gitte Grabow kein Verlust gewesen. Das waren eh langweilige Leute gewesen, die nie etwas Spannenderes machten, als sich die Schwester der Frau und deren asthmatischen Mann zum Sonntagskaffee einzuladen.

Für ein paar Monate hatte die Grabow mutterseelenallein in dem kleinen Haus am ruhigen Ende der Sonnenstraße gelebt und war dazu übergegangen, sich den perlenden Rosé kistenweise liefern zu lassen. Das war zwar etwas teurer als im Discounter, aber sie ersparte sich das lästige Schleppen. Und wenn ab und an der Paketzusteller vorbeikam, fühlte sie sich nicht vollkommen isoliert. Bald schon vermisste sie sogar ihre langweiligen alten Nachbarn und deren ödes Leben. Sogar das kleine blaue Auto des asthmatischen Schwagers, das jeden

Sonntag pünktlich um fünfzehn Uhr vorgefahren war und ihrem Wochenende Struktur verliehen hatte, vermisste sie. All die kleinen Freiheiten des Alleinlebens waren für Gitte Grabow jetzt zu schnöder Routine geworden. Sie konnte zu jeder Tages- und Nachtzeit Gesangsübungen machen – es störte niemanden. Sie konnte mit einem Besenstiel den Takt zu den Abendnachrichten schlagen oder nur mit ihren Lackstiefeletten bekleidet in den Keller gehen, um ihren Plastikmüll in den Gelben Sack zu werfen – keine Reaktion, nicht einmal von dem dürren roten Kater aus dem Nachbarhaus, der sich angewöhnt hatte, auf ihrem Türvorleger seinen Mittagsschlaf zu machen. Das eine Mal, als sie voller Trotz tatsächlich nur in ihren Lackstiefeletten zur Mülltrennung geschritten war, hatte er überhaupt nicht aufgeblickt. Nicht einmal die Zeugen Jehovas kamen vorbei. Die Monate allein im Haus waren Gitte Grabows ganz persönliche Hölle gewesen.

Bis die Wohnung unter ihr doch noch verkauft worden und die nette Familie mit dem entzückenden Kleinkind eingezogen war. Was für eine Freude! Endlich hatte Gitte Grabow wieder etwas zu gucken, endlich war wieder etwas los. Die neuen Hausbewohner waren besser als jedes Fernsehprogramm. Wenn die hübsche junge Frau – wie die es nur schaffte, immer so frisch und adrett auszusehen? – mit dem kleinen Bub rausging, horchte sie immer kurz ins Treppenhaus. Und wenn sie das Haus verlassen hatten, eilte sie immer rasch zu ihrem straßenseitig gelegenen Schlafzimmerfenster und spähte den beiden durch die unauffällig gelüftete Gardine nach.

Zwar waren ihre Augen nach einer Grauen-Star-Operation in den neunziger Jahren nicht mehr die besten, aber die leuchtend grüne Jacke des Buben war auch für sie nicht zu übersehen. Die grüne Weste hatte er schon beim Einzug getragen, als seine Eltern noch Möbel schleppten, und später dann, als sie in farbbespritzten Jogginganzügen zaghaft den Gemeinschaftsgarten eroberten. Damals war sie ihm noch zu groß gewesen, aber jetzt passte sie ihm perfekt. Wenn er damit in Richtung Ortsmitte marschierte, konnte sie ihn noch weit hinten am Starnberger

Weg erkennen. Ein hüpfendes Glühwürmchen. So ein sympathisches Kind.

»Du Frosch«, murmelte Gitte Grabow jetzt zärtlich. »Komm ruhig mal wieder zu mir heraufgehüpft! Ich hab Kakao für dich und was kleine Frösche sonst noch so mögen.« Ihre Stimme versagte, ihre Kehle war wie zugeschnürt. Bis heute war es ihr nicht bewusst gewesen, was für ein Defizit an menschlicher Nähe sie seit Jahr und Tag ertragen hatte.

In dem Moment klingelte es. Die Grabow schrak auf. Ihr Telefon war ein vierzig Jahre alter Wählscheiben-Plastikbomber in Tannengrün, so alt wie ihre Wohnung in Gilching, und normalerweise klingelte es nie. Warum auch? Aus früher einmal gerechtfertigter Angst vor verrückten Fans stand ihre Nummer nicht im Telefonbuch. Gerade noch schaffte sie es, in den Flur zu stolpern und den schweren Hörer ans Ohr zu heben. Sie neigte zwar nicht zur Zittrigkeit, aber in der einen Sekunde zwischen Abheben und Gesprächsbeginn spürte sie das Blut in ihren Fingern pulsieren.

»G-G-G-Grabow?«, meldete sie sich.

»Guten Tag, mein Name ist … äh, mein Name ist Karl Rebner aus Gilching. Spreche ich mit der geschätzten Frau Gitte Grabow?«

Die Stimme am anderen Ende der Leitung war eine äußerst angenehme Herrenstimme. Sie war nicht zu tief, dennoch dunkel und geschmeidig und mit einem speziellen vibrierenden Unterton. Mit dieser Telefonstimme hätte der Mann sagen können, was er wollte, es hätte immer aufgeweckt und bedeutungsvoll geklungen. Seine Worte trieften aus dem Hörer direkt in Gittes Gefühlszentrum. Die ausgebildete Sängerin in Gitte genoss den Klang der Stimme, die total vereinsamte Frau in ihr noch mehr. Sie schluckte und gab mit einem unsicheren »Jawohl …?« zu, die geschätzte Frau Gitte Grabow zu sein.

»Frau Grabow, schön, dass ich Sie erreiche. Ich rufe Sie heute wegen einer Sache an, die jeden Gilchinger Bürger betrifft.«

Die Grabow kicherte gutmütig. »Ach so? Das erschreckt mich

jetzt aber ein bisschen. Ich habe nämlich noch gar nichts von dieser Sache gehört. Das betrifft mich nun wirklich. Also, ich meine, es macht mich ziemlich betroffen, genau!« Auf einmal war ihre Schlagfertigkeit zurück. Vermutlich existierte in ihrem Hirn ein beinahe hundertjähriger Schalter für Flirtlaune, der immer noch tadellos funktionierte, aber vor lauter Kalk nur immer seltener umgelegt wurde.

Der Anrufer ging sofort darauf ein und produzierte ebenfalls ein kleines Lachgeräusch. »Sicherlich doch, beste Frau Grabow. Sicherlich haben Sie schon davon gehört, und zwar jeden zweiten Werktag zwischen acht und elf Uhr morgens. Und da Sie in der Sonnenstraße wohnen, sollten Sie es sogar ganz besonders gut hören. Es handelt sich nämlich um ein helles, gleichmäßiges Brummen, manchmal holpert und rumpelt es auch.«

»Ach, Sie meinen das Zementwerk? Das ist mir natürlich ein Begriff. Aber was ist denn mit ihm? Ist es kaputt? Kurzarbeit oder so? Also, ich spende jedenfalls nichts, auch nicht am Telefon!«

Nun lachte der Anrufer herzhaft. »Nein, nein, Frau Grabow, weit gefehlt! Keine Angst, uns geht es nicht um Geld. Wir wollen nichts von Ihnen außer Ihrer, sagen wir mal, Präsenz. Aber am besten stelle ich mich und unser Projekt zuerst kurz vor. Sagen Ihnen die ›Bürger gegen Beton‹ etwas? Wir sind die mit den Aufklebern, die aussehen wie kleine Bäume.«

»Ach ja, kleine Bäume. Wissen Sie, ich sehe ja nicht mehr so hundertprozentig, da bin ich schon froh, wenn ich die großen Bäume rechtzeitig bemerke.« Was wollte der Mann von ihr? Sie persönlich hatte nichts gegen das Zementwerk, auch wenn es einigen anderen Gilchingern anders ging. Soweit sie wusste, gab es sogar eine Bürgerinitiative – eben die mit den besagten kleinen Bäumen –, die seit Jahren für einen sofortigen Stopp der Zementherstellung kämpfte. Sie selbst empfand das Brummen der Gesteinsmühlen nicht als störend und hielt auch den großen hellgrauen Industriekomplex an sich für recht apart. Sie wusste noch, dass er sie bei ihren Erkundungsspaziergängen der Gegend vor über vierzig Jahren an die Raffinerien außerhalb Wiens erinnert hatte, wohin sie in den fünfziger Jahren oft in den Urlaub gefahren war. Ihre Sozialisierung in der beginnenden deutschen Selbstherrlichkeit der Dreißiger hatte in ihr eine nachhaltige Ehrfurcht vor zupackenden Menschen mit Unternehmergeist hinterlassen, und das würde sie dem freundlichen Anrufer jetzt auch ganz unverblümt sagen. »Lieber Herr … äh, Karl, ich stehe unserem Zementwerk äußerst positiv gegenüber. Es ist wichtig für die Wirtschaft, und in ihm arbeiten ja auch eine Menge braver Familienväter, nicht wahr?«

Leider erklärte ihr der liebe Herr Karl daraufhin, wie viele brave Familienväter ihren Job aufgrund der zunehmenden Automatisierung verloren hätten. Die wenigen verbliebenen Angestellten seien samt und sonders Polen und Rumänen mit liederlichem Gebaren, lächerlichem Gehalt und ohne Bezug zur Region.

Das war natürlich ein Argument, gegen das auch Gitte Grabow nichts sagen konnte. Und noch weniger gegen das nächste: Die Zementherstellung der Welt produziere drei- bis viermal mehr CO_2 als der globale Flugverkehr! Sie war verblüfft. Das alles hatte sie nicht gewusst.

Im Handumdrehen gelang es Herrn Karl, die Einstellung der Grabow zum Zementwerk um hundertachtzig Grad zu drehen und sie für sein Vorhaben einzuspannen. Denn die »Bürger gegen Beton« hätten zwar Kampfgeist, Ausdauer, genügend Eigenmittel und auch die Moral auf ihrer Seite, jedoch genüge all das nicht, um von der Weltöffentlichkeit wahrgenommen zu werden. Selbst die Reporter der anzeigenfinanzierten Regionalpresse winkten schon seit längerer Zeit nur noch müde ab, wenn sie über eine ihrer Veranstaltungen berichten sollten. Zu dem Thema sei doch schon alles mehrmals gesagt, hieß es, und außerdem gäbe es außer einem Dutzend Rentnern mit Transparenten doch wieder nichts Aufregendes zu fotografieren.

Wenn aber ein Weltstar wie sie sich zu den »Bürgern« geselle, dann würde das plötzlich etwas ganz anderes sein. Da würde das eingerostete Journalistenpack schon wieder seine Schnüffelnäschen in die Luft halten, dafür würde er persönlich sorgen. Er könne sich schon vorstellen, wie die Schlagzeilen lauteten: »Die große GG singt für unsere Umwelt«. Oder: »Gilching gewinnt – mit Grabow«. Sie müsse auch gar nichts tun, außer sich bei der nächsten Demo zu ihnen zu stellen und ihren weltmännischen Charme und Glamour zu versprühen. Vielleicht noch ein wenig singen, aber selbstverständlich nur, wenn sie wolle.

»Genau so jemanden wie Sie brauchen wir jetzt. Ihre Bekanntheit wird ein kleines bisschen auf uns abfärben und unsere Initiative auf ein ganz anderes Level heben. Die Presse liebt Sie.«

»Ach, was sagen Sie denn da, Herr Karl? Die Presse hat mich vielleicht vor achtzig Jahren geliebt, aber heute wollen die doch alle nur so junge Flitt… äh, junges Gemüse.«

»Ich bitte Sie! Haben Sie übrigens gewusst, dass Sie auf den Tag genau fünf Jahre älter sind als das Zementwerk? Mit Ihnen verhält es sich in Sachen Alterungsprozess natürlich ganz anders. Sie haben mit den Jahren an Erfahrung und Souveränität dazugewonnen, um nicht zu sagen, auch an Größe, aber so ein Stück Schwerindustrie, das ist doch heutzutage auch schon irgendwie ein bisserl aus der Zeit gefallen, jedenfalls in unserem schönen Fünfseenland …«

Gitte Grabow konnte sich nicht erinnern, diesen Karl jemals persönlich kennengelernt zu haben. Aber so, wie er sich beschrieb, als überzeugten Hutträger und mittelgroßen Endsechziger mit leuchtend weißen Locken, hätte sie ihn eigentlich vom Sehen her kennen müssen. Nachdem sie weitere zehn Minuten geplaudert hatten, duzten sie sich wie alte Freunde, was allerdings weniger am Inhalt ihres Gesprächs lag, obwohl der für die Grabow natürlich so schmeichelhaft wie Honigplätzchen war, sondern eher an der erotischen Aufladung von Karls Stimme.

Als er aufgelegt hatte, lächelte sie versonnen. Wie früher bei aufregenden Telefonaten hatte sie sich die geringelte schwarze Hörerschnur um ihren linken Zeigefinger gewickelt, ohne es zu merken. Da lebte sie nun seit über vierzig Jahren in Gilching, und der gute Mann rief jetzt erst an. So was! Sie schüttelte den Kopf. Aber das war ein Herr nach ihrem Geschmack, dieser Karl! Er besaß nicht nur eine wunderbare Stimme, sondern auch eine Überzeugung, für die er eintrat. Wirklich seltsam, dass sie nicht schon früher von ihm gehört hatte. So jemand wie er musste doch ab und an in diesen kostenlosen Anzeigenblättern auftauchen, wo in zusammengeschusterten Textchen und mit haarsträubenden Fotos über Ortsteilversammlungen und Schulfeste berichtet wurde, Rentner mit Transparenten hin oder her. Wie war gleich wieder sein Nachname gewesen? Rebinger, Rehle, Reckmann? Nein, Reckmann hieß der Frauenarzt, bei dem sie jährlich brav ihre Krebsvorsorge machen ließ und der so unverschämt blutjung war, dass er ihr Urenkel hätte sein können. Dem Aussehen nach erinnerte Dr. Reckmann sie stets ein wenig an Clark Gable ohne Schnurrbart. Mit dem hatte sie nie die Ehre eines gemeinsamen Drehs gehabt. Schade, aber sie und dieser Karl duzten sich ja jetzt sowieso schon und würden sich sicher bald auch kennenlernen.

Da ihr tannengrüner Plastikbomber über keinerlei moderne Mätzchen wie etwa ein Display verfügte, hatte sie Karls Nummer auf ebendiesem auch nicht gesehen. Sie wusste also nicht, dass er sie von einem Mobiltelefon aus angerufen hatte. Und diese Nummer konnte sie wiederum nicht in eine Internet-Suchmaschine eingeben, um herauszufinden, dass sie als mobiler Kontakt zu einem Gilchinger Büro gehörte, in dem normalerweise nur die Sekretärin zu erreichen war. Die Seltsamkeit, dass ein Gilchinger Rentner, auch ein noch so wichtiger, Büro und Sekretärin besaß, musste der geschmeichelten Gitte Grabow also entgehen. Stattdessen überlegte sie schon, was sie zu ihrem ersten Auftritt bei den »Bürgern gegen Beton« tragen sollte.

Um die Nachricht über ihre wichtige neue Aufgabe etwas sacken zu lassen, beschloss sie, einkaufen zu gehen. Sie zog sich die Augenbrauen nach, versteckte ihre platte Dauerwelle unter einem Sonnenhut und schlüpfte in ihre besten Lackslipper. Doch als sie ihre Häkelstola umgelegt und die Hand schon an der Türklinke hatte, spürte sie ein großes Mitteilungsbedürfnis. Nein, heute wollte sie nicht allein die Landsberger Straße entlangtrippeln. Sie würde sich von jemandem begleiten lassen, und zwar von jemandem, dem sie die aufregenden Neuigkeiten erzählen konnte, ohne Kritik befürchten zu müssen. Von einem Kerl, dessen positive Lebenseinstellung zu ihrer heutigen guten Laune passte. Einem ganz verschwiegenen. Er würde bestimmt dichthalten und niemandem etwas von ihrem brisanten zukünftigen politischen Engagement bei den »Bürgern« erzählen. Und zwar einzig und allein deshalb, weil er schlichtweg noch nichts erzählen konnte: der kleine Lukas Maeßmer.

Dorftratsch

13. September, 11.51 Uhr

Unerwarteterweise bekam Carla schon wieder eine freie Stunde geschenkt. Lukas und sie hatten geschlafen, bis die Hitze dieses perfekten Spätsommervormittags unter den Rollläden hindurchdrang, dann waren sie wortkarg und verquollen wie die von Roland hinterlassenen Croissants und Käsebrotwürfel aufgestanden, die sie schließlich auch aufgegessen hatten. Der hunderttausendste freundliche Appell an Lukas, das morgendliche Geschäft doch zur Abwechslung einmal auf dem Töpfchen zu versuchen, war gegen elf Uhr genauso freundlich ignoriert geblieben. Wie immer.

Als sie jedoch eine erste Laufradrunde durch den Garten drehten, winkte Frau Grabow vom Balkon hinunter und lud Lukas ein, mit ihr den Tengelmann zu besuchen. Sofort war er Feuer und Flamme. Die Dame kam in den Garten, Lukas verfestigte souverän seinen Griff um ihren Zeigefinger, und schon schlug das unterschiedliche Paar den Weg zum Supermarkt ein. Ein Betrachter hätte denken können, der Zweieinhalbjährige führe die Filmdiva in ihrer Häkelstola aus, nicht andersherum.

Carla war so froh über die geschenkte Zeit, dass sie sich nicht mal die Frage nach der Sicherheit ihres Sohnes gestellt hatte. Natürlich, bei einer gebrechlichen Endneunzigerin handelte es sich nicht um die körperlich zuverlässigste aller Kleinkind-Betreuungslösungen, das wusste sie schon irgendwie im Hinterkopf, doch für solche Überlegungen war keine Zeit, wenn plötzlich das zweite Kind im Anmarsch und das mütterliche Gehirn hormonell schon etwas beeinträchtigt war.

Sie belud die Waschmaschine und räumte die Spülmaschine aus, bevor sie sich an den Kopf schlug und bei ihrem Frauenarzt Dr. Reckmann anrief. Bei einem positiven Test aus der Apotheke konnte man es ja schlecht bewenden lassen. Sie brauchte unbedingt einen Termin!

Leider schien die Sprechstundenhilfe das etwas gelassener zu sehen. »In der wievielten Woche sind Sie jetzt?«

»Äh, der Test hat gerade erst gewirkt, äh, funktioniert, meine ich«, stotterte Carla. Sie hatte noch gar nicht nachgerechnet.

»Ich würde also mal vermuten, ungefähr in der fünften oder sechsten. Da brauchen wir uns nicht zu beeilen, so früh sieht man eh noch nix. Außerdem sind wir ab sofort zwei Wochen im Urlaub.« Sie gab ihr einen Termin in drei Wochen.

Carla fühlte sich zurückgewiesen, aber irgendwie konnte sie die Reaktion der Sprechstundenhilfe auch nachvollziehen: Für Außenstehende war das wahnwitzige, die Welt verändernde Wunder, das da gerade in ihrem Körper ablief, nur eine weitere der sehr zahlreichen Gilchinger Schwangerschaften. Nichts Besonderes.

Wie um das Alltägliche ihrer Schwangerschaft zu unterstreichen, spürte Carla schon seit Tagen, wie sie sämtliche Klischees in sich zu vereinen begann. Sie lächelte ständig in sich hinein und bekam gleichzeitig feuchte Augen, wenn auch nur ein junger Hund den Gehsteig querte. Alles rührte sie, von der Meise im Gebüsch bis zum Gänseblümchen am Wegesrand. Sie versuchte alles, um ihren Putzfimmel und den Nestbautrieb zu unterdrücken, hatte sich aber doch schon dabei ertappt, wie sie abends im Internet nach wahnsinnig niedlichen Stramplern in Größe 62 suchte. Auch ihr Haar wirkte bereits glänzender und die Haut reiner. Dafür konnte sie nicht einmal mehr den Geruch von Kaffee ertragen. Rolands fürsorglich zubereiteten großen Milchkaffee hatte sie heute Morgen mit schlechtem Gewissen in den Abfluss gekippt. Zum Glück war ihr jetzt nicht übel, sodass sie ihren neuen Gelüsten nun hemmungslos nachgab. Zum Beispiel dem nach Schwarztee mit viel Milch.

Nachdem Lukas mit der Grabow außer Sichtweite war, entstaubte Carla ihre kleine Teebeutelkiste, setzte Wasser auf und hockte sich schließlich mit einer großen Tasse voller dampfendem hellbraunen Earl Grey ans Fenster. Sie würde ihre freie Stunde nutzen, um sich Gedanken über diesen Mordfall zu machen.

Dass es einer war, daran zweifelte sie nicht im Geringsten. Sie hatte das einfach im Gefühl. Von ihrer Vermutung hatte sie Roland noch nicht erzählt, aber für sie stand fest, dass die untergetauchte Sabine und die im wahrsten Sinne des Wortes aufgetauchten Zehen zusammenhingen. Und was sie verband, das war natürlich ein Mord – so sicher, wie es sich bei Joghurt um ein Milchprodukt handelte. Und sie, Carla, sie würde diesen Mord lösen.

Na schön, offiziell würde natürlich Roland derjenige sein, welcher. Er würde sich immerhin mit dem ganzen Bürokram herumschlagen und den amtlichen Weg durch die Instanzen nehmen müssen. Aber sie, sie hatte Zeit und Lust, all die kleinen Seitenpfade und abwegigen Gedankengänge entlangzugehen, die man als erfolgreiche Ermittlerin eben gehen musste, wenn man den Krimi-Klassikern denn glaubte.

Auf die Polizei war in diesem Fall kein Verlass. Dafür hatte der Chef ihres Mannes leider den Beruf verfehlt. Als Leiter des Starnberger Segelyachtclubs wäre der eher zu gebrauchen gewesen. Carla kannte Spengler gut genug, um sich ein Urteil gebildet zu haben. Auf der vorletzten Weihnachtsfeier in der Inspektion hatte sie ihn nach dem Weg zur Damentoilette gefragt, und er hatte ihn nicht gewusst. Er hatte keine Antwort geben können, wo sie sich befand! Wie, fragte sie sich seit damals immer wieder, wie wollte der Mensch denn in irgendeiner Weise investigativ tätig sein, wenn er nicht einmal die ungefähre Lage der Damentoilette in seinem eigenen Dienstgebäude kannte?

Allerdings musste auch Carla sich erst einmal langsam an investigative Gedankengänge herantasten. Nach fünf Schlückchen heißen Tees waren draußen auf der Sonnenstraße bereits drei silbergraue Mittelklassewägen vorbeigefahren, aber drinnen, hinter Carlas Stirn, war noch immer kein einziger weiterführender Gedanke aufgetaucht. Angesichts der spannend klingenden Aufgabe sah es in ihrem Kopf noch überraschend unspektakulär aus. Aber im wirklichen Leben war die Klärung von Mordfällen tatsächlich meistens unspektakulär.

Sie erinnerte sich an zwei, von denen Roland im letzten

Jahr erzählt hatte: Zum einen war ein Steuerberater im Affekt von seinem Steuerberaterpartner erschlagen worden, und zum anderen hatte ein Großneffe die sieche Tante erstickt, da sein Erbwunsch zu groß geworden war. Der Steuerberaterpartner hatte sogar selbst bei der Inspektion angerufen und sich als Mörder zu erkennen gegeben. Im Gegenteil dazu hätte der Großneffe seinen Mörderstatus gern für sich behalten, war aber bei der Tat von einer Pflegeschülerin überrascht und zweifelsfrei identifiziert worden. Carla seufzte. An solchen Morden gab es für eine Privatermittlerin wie sie nichts zu lernen. Das wirkliche Leben taugte eben nur selten zum spannenden Krimi.

In fiktiven Krimis waren es hingegen oft wichtige, manchmal nur kleine Details, die den oder die Ermittler auf die heiße Spur führten. Zum Beispiel die Tatsache, dass an der Badewanne in »Psycho« der Duschvorhang fehlte. Oder dass es in »Der dritte Mann« eben einen dritten Mann gab. Wenn es nach den Autoren ging, trugen solche scheinbaren Kleinigkeiten den Schlüssel zur Wahrheitsfindung in sich. Langsam lief die Gedankenmaschinerie in Carlas Kopf doch an. Zuerst also benötigte sie ein paar wichtige Details aus dem Leben von Sabine Wondratschek.

Aber wie erfuhr man wichtige kleine Details, die zwischenmenschliche Beziehungen in ein ganz anderes Licht tauchen konnten? Nun, in den meisten Beispielen, nicht nur bei »Derrick«, sondern auch in vielen »Tatort«-Filmen und sogar im Kino, wurden die Zusammenhänge schlagartig klar, weil ein beliebiger Nachbar, die Exverlobte oder ein ehemaliger Klassenkamerad ein klitzekleines Detail verriet, welches schlussendlich alles erklärte. Die Antwort musste demnach ganz klar lauten: Die meisten großen Kriminalfälle wurden durch Dorftratsch gelöst.

Erfreut nahm Carla einen tiefen Schluck Tee mit Milch. Dorftratsch! Mit ihrer deduktiven Logik stimmte alles, also konnte es mit der Schwangerschaftsdemenz nicht weit her sein. Erst beim nächsten Schluck Tee ging ihr jedoch auf, dass auch in der schönsten deduktiven Logik noch kein Praxisanteil enthalten war.

Ja, sie liebte Gilching, obwohl sie erst seit zwei Jahren hier lebte. Sie liebte ihre Straße, die nette Blumenfrau um die Ecke und den knurrigen Rentner von nebenan, der achtmal täglich die einzige Treppenstufe vor seinem Reihenhaus fegte. Sie liebte die entsetzlich praktischen, kleinteiligen Mehrzweckgebäude entlang der Pollinger Straße und des Seefelder Wegs und den Kontrast, den die wüste Kargheit der Glatze neben ihnen bildete. Sie liebte die Jugendlichen, die über die S-Bahn-Gleise rannten, und sie liebte die jährliche italienische Festwoche auf dem Markplatz, bei der vermutlich einige dieser Jugendlichen ihre alkoholischen Initiationsriten durchliefen. Sie liebte den Umstand, dass in jedem der wenigen Bäume immer irgendwo ein Vogel zwitscherte, ganz egal, wie viele Katzen rundherum durch die Gärten streiften. Sie liebte sogar den unbekannten Wüterich, der jede Nacht genau zwischen zwei und drei Uhr mit Tempo neunzig durch die Sonnenstraße donnerte. All das gehörte zu Gilching und machte ihr Leben hier einzigartig und ansatzweise sogar interessant.

Aber wo sollte sie Dorftratsch aufschnappen? Alle Leute, zu denen sie engeren Kontakt pflegte, stammten noch aus ihrer Münchner Zeit oder waren selbst erst in jüngerer Vergangenheit hergezogen. Die Kehrseite einer Boomtown eben. Niemand verfügte mehr über ein gewachsenes soziales Netz. Wer pflegte überhaupt noch klassischen Dorftratsch in einer Gemeinde, die seit Beginn der Achtziger um fast das Dreifache gewachsen war? Selbst der Bürgermeister, hatte sie gehört, war kein geborener Gilchinger.

Es klingelte. Unerwartet früh.

»Der Bub ist nach Hause gelaufen wie ein Uhrwerk!« Die Grabow brachte Lukas zurück und verabschiedete sich gleich wieder. Der flotte Ausflug habe sie doch etwas erschöpft.

Lukas rannte mit Straßenschuhen auf seine Mutter zu und klammerte sich schwungvoll an ihr rechtes Bein. Hinter sich her zog er eine Spur aus Steinchen und zertretenen Blättern, beides setzte sich sofort in den Ritzen des alten Eichenparketts fest. Seine Backen waren knallrot. »Wutz!«, forderte er. »Wutz ham!«

Carla strahlte ihn glücklich an. Wenn man großzügig sein wollte, konnte man das eben Gesagte als den ersten Zweiwortsatz ihres Sohnes durchgehen lassen: »Wurst essen.« Und wenn man noch großzügiger sein wollte, ließen sich die Laute sogar als »Ich möchte Wurst essen« deuten – das wäre dann sogar schon ein Vierwortsatz! Aber davon abgesehen hatte das Kind recht: Wer bei recht leerem Kühlschrank anständige Wurst essen wollte, musste sich erst einmal zum Metzger begeben. Praktisch in doppelter Hinsicht. Denn wo, wenn nicht in einem allen Schichten und Altersgruppen – mit Ausnahme der Vegetarier und strengen Muslime vielleicht – offen stehenden Zentrum der kulinarischen Infrastruktur gab es wohl mehr Dorftratsch aufzuschnappen als beim Metzger?

Carla küsste ihren Sohn auf die Stirn, ließ ihre Teetasse Teetasse sein und zog sich ihre Schuhe an.

Seit ihr Kind ansatzweise selbstständig essen konnte, kaufte Carla ihre Wurst nur noch bei Brändle. Das winzige Lädchen mit der angenehm übersichtlichen Theke lag nicht weit von ihrer Wohnung entfernt. Auch bei Brändle wandten sie einen uralten bayerischen Trick zur Kundenbindung an: Kindern wurde eine Scheibe Gelbwurst geschenkt. Die Scheibendicke variierte zwar von Verkäuferin zu Verkäuferin, aber das System funktionierte tadellos. Obwohl Carla es durchaus als die hinterhältige Bestechung verstand, die es war, fühlte sie sich dem Geschäft seither sehr verbunden. So wie sie überhaupt nur noch dort einkaufte, wo man Lukas freundlich begegnete.

Außerdem waren die Brändleschen Fleisch- und Wurstwaren natürlich tadellos. Hier, nahm sie an, kauften auch die eingeborenen Gilchinger ein, also würde sich bei den Fleischersleuten hoffentlich das ein oder andere Fitzelchen Dorftratsch finden lassen.

»Griaß Gott, was derf's denn sei?«, fragte die blonde Dame hinter der Theke, als Carla und Lukas den Laden betraten.

»Ich muss noch überlegen«, sagte Carla und ließ den Blick über das Angebot schweifen. Sie hatte Glück, denn bei der blonden Dame handelte es sich um Frau Brändle persönlich. Als Fleischersgattin und ausgebildete Wurstwarenfachverkäuferin war sie die Personifikation des sozialen Knotenpunktes schlechthin. Jetzt musste Carla sie nur noch zum Plaudern bringen. Fieberhaft überlegte sie, was wohl die zeitaufwendigste Bestellung wäre, als ihr Blick auf die Schneidemaschine fiel.

Frau Brändle, das wusste sie aus Erfahrung, war eine Göttin an ebendiesem Gerät. Ihre Schinkenscheiben waren hauchdünn wie Transparentpapier. Sie konnte Aufschnitt einpacken wie keine andere, konnte ihn liebevoll zu geradezu ornamentalen Mustern legen.

Mutig bestellte Carla ein ganzes Pfund Schwarzgeräuchertes in sehr dünnen Scheiben. Diese Aufgabe, so hoffte sie, würde der Fleischersgattin genug Zeit geben, um etwas Small Talk mit ihr zu machen.

Frau Brändle nickte, begab sich an die Schneidemaschine und schnitt den halben Schinken. Dann legte sie eine dickere Folie auf die Waage nebenan und begann konzentriert, Scheibchen um Scheibchen darauf anzuordnen. Dabei gab sie keinen Ton von sich. Das Schneiden und das hübsche Anrichten von Aufschnittware waren für sie bierernste Angelegenheiten, und Carla wurde klar, dass Frau Brändle nie im Leben von allein losplaudern würde. Da die verbliebenen Schinkenscheibchen nur noch für maximal eine Minute intensiver Konversation reichten, entschied sich Carla für einen direkten Vorstoß.

»Ich würde den Bub ja gern in den Kindergarten tun, aber wir haben keinen Platz mehr gekriegt«, sagte sie beiläufig. »Nur in dem neuen Waldkindergarten hätten sie ihn genommen, aber der hat jetzt ja doch noch nicht eröffnet.« Carla machte innerlich drei Kreuzzeichen: Die Angriffstaktik wirkte.

Die Brändle sah mit gerunzelter Stirn auf. »Ach, geh, so a moderner Schmarrn. Waldkindergarten … Da miassn de ganzen armen Kinder hin, die glaam, dass de Kiah lila san, weil de Öitern zu faul san, um eahna söiber die Natur zum zeign.« Frau Brändle schnaubte entrüstet. »Is doch so! Suin d'Leit doch söiber amoi an Waldspaziergang machen! Und der macht jetzt doch ned auf, ja? Na, anscheinend gibt's bei uns ned genug Bedarf für so was. Zum Glück.«

»Hm, eigentlich hat das einen anderen Grund. Die Leiterin ist spurlos verschwunden.«

»Ach so? Und wohi?«

»Das weiß man eben nicht. Deshalb auch spurlos.«

Mit zusammengekniffenen Augen blickte die Metzgersgattin hinter der Waage hervor. »Kennt ma de?«

»Sie heißt Sabine Wondratschek.«

»Ah, die. Jaja.« Mit einem befriedigten Seufzer legte Frau Brändle das letzte Schinkenscheibchen auf die Folie, rollte das Kunstwerk zusammen und steckte es in eine weiße Henkeltüte, die sie Carla über die Theke reichte. »De Wondratschek. Dann is ja ois klar. De Wondratschek war oiwei scho so a Rumtreiberin, de wird hoit nach Indien ausgwandert sei, oder was weiß ich. Des hat's von ihrem Opa. Derf's noch was sein?«

Elektrisiert nahm Carla ihre Schinkentüte entgegen. »Warum, was war denn mit ihrem Opa?«

In diesem Moment betraten zwei schwergewichtige Handwerker die Metzgerei, grüßten und verlangten nach einer schier unglaublichen Menge an Wurstsemmeln. Hilfesuchend blickte Frau Brändle in den leeren Brotkorb, der unter den hängenden Dauerwürsten stand. Es lagen nur noch zwei schrumpelige Semmeln darin, und sie war an diesem Vormittag allein im Laden. Carla witterte die einmalige Chance zur engeren Bekanntschaft mit der Metzgersfrau und bot an, in der Bäckerei auf der anderen Straßenseite Semmelnachschub zu holen.

Frau Brändle nahm gern an und begann, die Salami zu schneiden, während die Handwerker mit Lukas Verstecken spielten.

Als die dreißig Wurstsemmeln belegt und ihre neuen Besitzer gegangen waren, entsann sich Frau Brändle endlich der längst überfälligen Bestechung. »So, Bua, mogst vielleicht a Gelbwurscht?«

Lukas nickte und nahm kurz darauf mit großen Augen eine Wurstscheibe von gigantischem Ausmaß entgegen. Sie war beinahe so dick wie groß.

Als Carla genauer hinsah, schreckte sie zurück. »Was ist denn das? Da ist ja … was Oranges drin?«

»Ja mei, des is hoit so a Werbegag. Des ham s' zur WM aufn Markt bracht. Nennt sich Gelbwurst Summer Edition. Mit göiwe Ruam statt Petersil, stelln S' Eahna vor. Kafft doch koa Mensch! Solche Deppen …«

Doch dem bestochenen Kunden der Zukunft war all das egal. Lukas aß seine Gelbwurst mit Genuss, Summer Edition und gelbe Rüben hin oder her.

Seine Begeisterung stimmte Frau Brändle sofort wieder milder. »Schee, dass der Schmarrn wenigstens oam schmeckt«, stellte sie befriedigt fest. »Von dem Classic Style is nämlich nix mehr do, da ham s' Lieferengpässe.«

»Classic Style?«

»Na, die normale, anständige Gelbwurscht ham s' aa umtauft. Deppen«, setzte Frau Brändle ein weiteres Mal nach. Sie war in Redelaune geraten. »Und Sie, meng S' vielleicht an Schluck Kaffee?«

Kurz darauf drückte die feinmotorisch begabte Metzgerei-Inhaberin Carla eine gepunktete Tasse in die Hand und erzählte ihr die unerquickliche Geschichte von Sabine Wondratscheks Opa.

Die unerquickliche Geschichte von Sabine Wondratscheks Opa

13. September, 13.27 Uhr

»Sie kenna doch bestimmt den Gilchinger Penner, also den, der immer überall rumlafft?«

Carla nickte. »Den mit dem Bart, der nie was sagt?«

»Genau den. Des ist der Opa von der Wondratschek.«

»Aber die Wondratschek ist doch auch schon Mitte dreißig. Der müsste doch eigentlich steinalt sein?«

»Is er aa. Jahrgang '28 oder '29. Des ganze Rumlaufen hält hoit fit.«

Carla hatte schnell nachgerechnet. »Mitte achtzig ist der? Na gut, wer kann, der kann.« Seit sie näher mit Gitte Grabow bekannt war, wunderte sie in der Hinsicht so schnell nichts mehr.

Plötzlich verschwand die Brändle im Hinterzimmer und blickte dort kurz, aber sinnierend aus dem Fenster Richtung S-Bahn. Wann immer sie einen Schluck Kaffee trinken wollte, ging sie ins Hinterzimmer, damit der Kaffeegeruch im Verkaufsraum die Kunden nicht vom Wurstduft ablenkte. Eine jahrelange Angewohnheit. Für ihren Gast, die junge Frau Dingsbums, galt die Regel freilich nicht, die war ja Kundin und hatte daher im Hinterzimmer wenig verloren. Gestärkt kehrte die Metzgersgattin zurück und schnitt, bevor sie fortfuhr, eine neue dicke Scheibe Summer Edition für das brave Kind ab.

»Der Bachberger Ludwig, so heißt der, war bei den allerallerletzten armen Schweinen dabei, die noch eizogn worn sind. Zum Kriag. Da war er grad siebzehn. Jetzt san aber die Guichinger damals ja aa ned bleder gwen als heit, die ham also scho gspannt, dass man aus so am Kriag vielleicht nicht mehr allzu lebendig zurückkommen kunnt. Also hat der Luggi mit besonderer Erlaubnis vorher noch sei Madl heiraten dürfen, die Carola. Die zwei warn scho länger zam, es war hoit die große Liebe, und beide warn einzige Kinder. Die Öitern ham ghofft, dass so des Sach zambleibt und vielleicht no schnell a Enkerl dabei rauskommt, wenn scho der arme Bua verschossen wird.«

Dramaturgisch wertvoll nutzte Frau Brändle diesen Moment, um Lukas einen bedeutungsvollen Blick zuzuwerfen und ihm eine dritte Scheibe des Ladenhüters anzudrehen.

»Die zwei san in a Wohnung in der Astronautensiedlung zogn, damit's für die paar Tag vor der Einberufung noch recht griabig worn is, und des hat auch funktioniert. Neun Monat nachdem der Ludwig weg war, hat die Carola a kloans Maderl kriagt. 's war die Bachberger Antonia, die Mama von der Sabine.«

»Astronautensiedlung?«

»Ja, des is da glei hinterm Bahnhof, um die Sonnenstraß rum. Da hoaßn doch die Straßen alle so komisch nach Sternen, Merkur, Venus und so weiter. Des ist wegen dem DLR, des war eine Arbeitersiedlung, die ham s' damals grad baut.«

»Ah.« Carla erinnerte sich dumpf, darüber mal in einer Ortschronik-Broschüre gelesen zu haben. Das Deutsche Zentrum für Luft- und Raumfahrt, kurz DLR, gehörte zwar offiziell zur Gemeinde Oberpfaffenhofen und damit zu Weßling, hatte aber auch in Gilching eine Reihe historischer Spuren hinterlassen. Darunter eben die ehemalige Arbeitersiedlung mit den galaktischen Straßennamen.

»Die Carola hat beim DLR a Ausbildung gmacht, Sekretärin, glaab i, der Luggi war da Monteur. Da hat ja damals noch jeder und ois garbat. Ohne des DLR gäb's ja drei Viertel von Gilching ned, da gäb's nur drei verschimmelte Bauernhöf von achtzehnhundert und sonst nix.«

Sie unterbrach die Erzählung, weil sich eine ältere Dame mit Rollator der Metzgerei näherte. Carla öffnete ihr umständlich die Tür, dann musste sie lange warten, bis sie sich für ein Paar Wiener und ein kleines Schälchen Fleischsalat entschieden hatte. Sie zahlte mit gefühlten dreihundert Zwei-Cent-Stücken, und Carla, die sonst immer sehr verständnisvoll gegenüber älteren Mitbürgern war, konnte vor Ungeduld kaum an sich halten. Sie hatte schon Angst, das Ende der Geschichte vom armen Ludwig nicht mehr zu erfahren, und war nahe davor, der älteren Dame den Fleischsalat zu spendieren, damit sie nur schnell wieder ginge.

Lukas stand derweil überraschend zufrieden vor dem Regal mit dem Weißwurstsenf und studierte die Etiketten, eine halb aufgegessene Scheibe Summer Edition in der Hand.

»So«, fuhr die gute Frau Brändle endlich fort, als sich der Rollator samt Seniorin wieder auf dem Bürgersteig befand und sich langsam, aber stetig vom Laden fortbewegte. »Von seiner Tochter hat der Luggi aber nix erfahren, weil dann der Kriag aus war und ihn irgendwo bei Freising oder wo auch immer die Russen dawischt ham …«

Frau Brändle erzählte weiter und weiter. Als Ludwig Bachberger nach sechs Jahren russischer Zwangsarbeit und einem monatelangen Fußmarsch überraschend zurück ins heimische Gilching gekommen war, hatte er seine Frau im Bett mit einem amerikanischen GI angetroffen.

Die Zwangsarbeit – und natürlich hatte auch die Wucht des Moments ihren Einfluss – hatten aus dem verschollen geglaubten jungen Ehemann einen kraftstrotzenden Berserker gemacht. Ludwig packte den Eindringling, entzog ihn seiner Frau und warf ihn nackt, wie er war, aus dem Fenster des dritten Stocks. Die Fassade des nüchternen Arbeiterwohnhauses hatte keine Balkone, die den Sturz des Ehebrechers gebremst hätten, sodass er auf dem Gehwegspflaster aufschlug und sofort tot war.

Ludwig Bachberger war immer noch der Gentleman, zu dem ihn seine Eltern erzogen hatten. Um die Ehre seiner Frau zu schützen, verschwieg er ihr Verhältnis, und so musste die Polizei glauben, er hätte den GI einfach so aus dem Fenster geworfen. Und noch dazu ausgeraubt, schließlich war das Opfer nackt gewesen.

Der kaltblütige Mörder wurde vor ein amerikanisches Schnellgericht gestellt, das ihn zum Tod durch den Strang verurteilte. Im Jahre 1951 kannten amerikanische Schnellgerichte keine Gnade mit deutschen Straftätern.

Doch weil man sich im besetzten Land, das sich gerade wieder aufzurappeln und als Handelspartner zu etablieren begann, nicht noch unbeliebter machen wollte, wurde die Hinrichtung für ein Weilchen aufgeschoben. Drei Jahre saß Ludwig Bachberger im Todestrakt und bereitete sich täglich auf sein baldiges Ableben vor. Als er tatsächlich vollkommen auf sein baldiges Ableben vorbereitet zu sein glaubte, wurde er begnadigt. Man holte ihn aus seiner Einzelzelle und überstellte ihn in ein größeres, deutsches Gefängnis. Die politischen Umstände erforderten ein humaneres Bild der amerikanischen Besatzer, so hieß es, doch sie erforderten nicht, irgendwelche anderen Lösungen für psychisch angeschlagene Totschläger zu finden.

Ludwig Bachberger saß und saß.

Im fünfundzwanzigsten Jahr seiner Inhaftierung vergaß er seinen Namen. Zuvor hatte er sich lange bemüht, unsichtbar zu werden, und auch gewisse Erfolge erzielt. So hatte zum Beispiel der Gefängnisarzt nicht bemerkt, dass er sich über ein halbes Jahr die Zehennägel nicht geschnitten hatte. Offenbar waren seine Füße also schon unsichtbar gewesen.

Doch als ihm ein Zellennachbar beim Rundgang im Hof einen Magenschwinger versetzte, weil er meinte, angerempelt worden zu sein – dabei hatte er selbst Ludwig Bachberger angerempelt –, gab er das Projekt Unsichtbarkeit auf. Es ging ihm für seine Zwecke zu langsam.

Eine Weile lang vertrieb er sich die Zeit damit, die Spatzen zu beobachten, die auf dem Baum vor seinem Zellenfenster saßen und auf Brotkrumen hofften. Abgesehen von minimalen Details wie einem fehlenden Auge oder einer abstehenden Feder sahen die Spatzen alle gleich aus, sogar die Männchen und Weibchen waren kaum zu unterscheiden, und Bachberger fragte sich, ob sie sich überhaupt selbst unterscheiden konnten und wenn ja, woran, wo sie doch keine Namen hatten. Vielleicht an ihrem Geruch oder an einer bestimmten Art ihres Zwitscherns?

Auch nach längerem Nachdenken kam er nicht darauf, wie sich eine Spatzenidentität von einer anderen Spatzenidentität unterscheiden mochte. Vielleicht war es dem Spatz ja auch schlicht und einfach egal, wo er endete und wo der nächste

Spatz begann. Die Spatzen lebten eben für den Moment und freuten sich, wenn der Moment eine Brotkrume beinhaltete.

Aus seinen Beobachtungen entwickelte Ludwig Bachberger eine neue Theorie: Wenn es einem nur ausreichend egal war, was am nächsten Tag passieren würde, könnte man vielleicht auch auf ein eigenes Selbst verzichten. Im Grunde war ein eigenes Selbst, ein Begriff der persönlichen Individualität mit all ihren Macken und Haken, in seinem momentanen Leben doch nur hinderlich. Die Spatzen machten es ihm vor, sie hatten einfach keine Einzelidentität, und sie lebten offensichtlich glücklich damit.

Und womit begann das ganze Elend mit dem eigenen Selbst, das ewige, nervtötende Herumreiten auf dem Ich und all seinen tausend anstrengenden Wünschen und Befindlichkeiten, wenn nicht mit dem eigenen Namen? Die Spatzen brauchten auch keinen. Also, beschloss Bachberger, hinfort mit dem überflüssigen sozialen Ballast! Von nun an wollte er kein lästiges Ich mehr sein, sondern nur noch einfach er. Er war hier, woanders konnte er ja sowieso nicht hin, und das musste ihm zur Identifikationsstiftung genügen.

Nach wenigen Wochen Konzentration auf alles denkbar andere als sich selbst – vor allem auf die täglichen drei Mahlzeiten und die lustigen Umtriebe der Spatzen – war von seinem Namen tatsächlich nichts mehr übrig. Seine Theorie funktionierte. Er fühlte sich besser, leichter. Er war nicht mehr Ludwig Bachberger, er war nur noch ein Mensch, der im Moment wirkte.

Er hatte kaum zwei Jahre recht unbehelligt in diesem Zustand dahingelebt, als er unvermittelt erneut begnadigt wurde.

Die amerikanische Regierung hatte wieder einmal gewechselt, die aktuelle wollte sich gutmütig zeigen und auch die kostspieligen uralten Rechtsfälle endlich abwickeln. Wozu noch Dutzende alter Knacker in ausländischen Gefängnissen durchfüttern, nur weil sie vor Jahrzehnten mal gegen – amerikanisches! – Recht verstoßen hatten? Sollten sich doch die Deutschen um sie kümmern. Die interessierten doch keinen mehr.

Und so fand sich Ludwig Bachberger in den wilden Siebzigern plötzlich auf der Straße wieder, ohne Ziel und ohne Namen. Als Entlassungsgeschenk erhielt er hundert Mark, die er einem langhaarigen Gitarrenspieler in den Hut warf. Dann straffte er seine Schultern und ging Richtung Südwesten. Ohne dass es ihm jemand gesagt oder er gar jemanden gefragt hätte, nahm er richtig an, sein Gefängnis müsse sich wohl in München befunden haben.

Und Gilching, das wusste er, lag südwestlich von München.

***

»Seither is er so, wie er is. Schlaffa duad er im Heim drüben hinterm Autohaus Dingsbums, und ansonsten rennt er den ganzen Tag in da Gegend rum. Der woaß wahrscheinlich mehr über Guiching als jeder andere, der siagt ja ois, der heart ois. Hat aber koaner was davo, er red ja seit fuchzg Johr koa Wort mehr. Wia s' ihm gsagt ham, dass die Antonia sei Tochter is, hat er aber angeblich gwoant. Laut gwoant.« Die Metzgersgattin hatte selbst feuchte Augen vor Rührung, als sie ihre Geschichte beendete.

Carla ging es hormonbedingt nicht anders. »Hat er noch Kontakt zu seiner Tochter?«, schluchzte sie.

»Eher ned. Die Antonia hat an tödlichen Autounfall ghabt, des is jetz aa scho wieder fast zwanzg Johr her.« Der Brändle lief jetzt tatsächlich eine Träne über die Wange, die sie mit einem Zipfel ihrer weißen Schürze ärgerlich abtrocknete. »Was fangen S' denn aa mit dene oidn Kamöin o … Des is ja schlimm!«

»Tragisch, ja. Aber jetzt, wo Sie mir das erzählen, weiß ich endlich, was es mit dem armen Kerl auf sich hat. Weiß der Herr Bachberger überhaupt, dass er eine Enkeltochter hat?«

»Des is ned gwiss«, seufzte die Brändle. »Gsogt wern s' es eahm scho ham, aber ob des aa durchgsickert is in seim Oberstübchen?« Sie schnitt eine vierte Scheibe von der schlecht verkäuflichen Summer Edition ab und reichte sie dem erfreuten Lukas. »Sodala, des is jetzt aber wirklich die allerletzte!«, rief sie, dann wandte sie sich betont resolut, um ihre Rührung zu verbergen, an Carla. »Wenn S' mi etz entschuldigen, i miassat no an Sud fürn Sauerbraten vorbereiten. Derf's denn no wos sei bei Eahna?«

Nachdenklich spazierten Carla und Lukas davon und legten auf dem Heimweg eine längere Pause auf dem Spielplatz am Gernholzweg ein, obwohl man offiziell zu dieser Tageszeit hier nicht spielen durfte. »Benutzungszeit 8–12 und 15–19 Uhr« stand auf einem Schild am Eingang. Obwohl es vierzehn Uhr sechsunddreißig war, schien das Verbot niemanden zu stören. Der Spielplatz war bei dem schönen Wetter komplett überfüllt. Vor lauter Kindergebrüll ließ Carla prompt ihre Tüte mit dem Pfund Schwarzgeräuchertem in filigranen Scheibchen auf der Bank liegen, als sie den Spielplatz wieder verließen.

Kurz vor der Fußgängerampel an der Landsberger Straße bemerkte sie, dass der Einkauf fehlte, nahm Lukas fester an der Hand und kehrte leise fluchend um. Dabei entging ihr die schlurfende Gestalt mit den gelblichen Barthaarwürsten auf der anderen Straßenseite.

Hätte sie den Mann bemerkt, wäre Carla vermutlich auch aufgefallen, wie verändert er aussah. Seit etwas über zehn Tagen schlurfte Ludwig Bachberger noch stärker als vorher. Seine Schultern hingen tiefer herab als je zuvor, und sogar seine Barthaarwürste wirkten schlaff. Die große Sporttasche, die wie eine festgewachsene Geschwulst unter seiner Schulter klebte, schien voller Wackersteine. Als wäre sie eine fürchterliche Last, mit der er sich bis zum bitteren Ende abmühen musste.

Alles an dem Mann strahlte Schmerz und Verlassenheit aus. Wäre er ein normaler Gilchinger Bürger gewesen, hätte ihn bestimmt schon lange der ein oder andere Nachbar gefragt, was mit ihm los war. Doch weil Ludwig Bachberger kein normaler Gilchinger Bürger war, dachte sich jeder Passant nur ganz im Stillen seinen Teil und schwieg.

Ein Geschwisterchen für Lukas

13. September, 22.03 Uhr

»Schatz?« Ein zärtliches Anstupsen kurz vor dem Einschlafen.

»Seit wann nennst du mich Schatz, Schatz? Ist irgendwas?« Roland Maeßmer richtete sich im Bett auf. Er war sofort alarmiert. »Ist die Heizung doch ausgelaufen?«

»Nein, gar nichts ist ausgelaufen. Das ist es ja gerade, nichts läuft mehr aus. Also, so schnell jedenfalls nicht mehr. Du hast es quasi auf den Punkt gebracht.« Carla lächelte ihren Mann an, bevor ihr klar wurde, dass er sie im Dunkeln ja nicht sehen konnte. Sie lächelte trotzdem weiter. »Ich bin schwanger.«

Es dauerte zwei Sekunden, bis der Satz sich in den Gehirnwindungen ihres Gatten niedergelassen hatte. Dann sprang Roland auf, um zu jubeln, stieß sich böse den Kopf und fluchte erst mal eine Weile. Anschließend knipste er sein Nachtlicht an und umarmte Carla wortlos. Er war sich sicher, sie müsse das Zittern all seiner vierunddreißig Rückenhaare einzeln spüren. Vor Aufregung. »Darauf mach ich eine Flasche Champagner auf. Die Flasche Champagner!«, rief er, dann stürmte er aus dem Schlafzimmer.

Carla setzte sich, stopfte sich ein Kissen in den Rücken und war gespannt, ob ihr Mann sich an die grundsätzliche Unvereinbarkeit von Schwangerschaften und Alkohol erinnern würde. Ein großer Moment, denn die Flasche Champagner lag seit ewigen Zeiten im Kühlschrank und hatte sogar schon den Umzug mitgemacht. Mit einer gewissen Wehmut hörte Carla den Knall des Korkens aus der Küche.

Tatsächlich brachte Roland, als er zurückkehrte, ihr ein Glas mit – »Aber nur ein ganz kleines für mein Kleines!« –, er selbst würde aus der Pulle trinken. Gedankenversonnen nippend lehnten sie Arm in Arm in den Kissen.

»Wann kommt es denn ungefähr?«

»Im nächsten Sommer. Ich hab den Test erst vor ein paar Tagen gemacht.«

»Aber du bist dir sicher?«

Carla grinste Roland an. Ziemlich dreckig für eine Schwangere, fand er und stellte die Champagnerflasche beiseite. Er wollte sich seine Optionen für diese Nacht nicht durch selbst induzierten Suff verbauen.

»Das Wochenende im ›Thalmeier‹«, sagte Carla. »Einmal ist keinmal, hast du gesagt.«

»Ich erinnere mich! Ich war über mich selbst ziemlich überrascht. Dieses unermüdliche, äh, Stehvermögen, und das als überarbeiteter junger Vater!«

»Siehst du, das Wochenende hat sich also gelohnt. Ich schick den Thalmeiers bei Gelegenheit einen Blumenstrauß von uns.«

Für eine Weile schwelgte Roland in seiner zweifach bestätigten Männlichkeit, bevor ihn die aufkommende Fürsorglichkeit für die wachsende Familie übermannte und er seiner Frau anbot, ihr ein Bad einzulassen. Wenn sie schon kaum etwas von dem leckeren Champagner trinken konnte. Carla nahm dankend an.

Zehn Minuten später saß Roland neben der Badewanne auf dem geschlossenen Klodeckel, trank Champagner aus der Flasche, die er in einer Hand hielt, während er mit der anderen Carla die Schultern massierte, wobei er sich ziemlich verrenken musste.

»Wenn du schon dabei bist, könntest du mir eigentlich auch noch die Zehennägel lackieren«, sagte sie grinsend.

»Das willst du nicht wirklich. Ich kann doch nicht mal mit Pinseln umgehen. Also, mit den großen.«

»Noch nicht, mein Herz. Aber das wirst du üben müssen. Wenn ich erst mal einen dicken Bauch habe, kann ich das nicht mehr selbst, und dann wirst du immer ranmüssen, wenn du eine rundum gepflegte, glückliche Frau haben willst. Bei Lukas habe ich mich etwas vernachlässigt, aber das wird mir in dieser Schwangerschaft nicht mehr passieren.« Fordernd streckte Carla einen schaumtriefenden Fuß aus dem Wasser.

Roland stellte folgsam die Champagnerflasche ab und griff zum Handtuch. »Na gut. Für den ehelichen Frieden. Aber bitte keinen rosafarbenen Nagellack.«

»Warum denn nicht? Ich mag rosa.«

»Na, wegen dem Leichenzeh. Der hatte doch auch rosa Nagellack. Ich hab ihn ja nur kurz gesehen, aber Dr. Ali hat mir seine Befundmappe voller Fotos gezeigt. Ein verwesender Frauenzeh in Großaufnahme ist nicht so besonders schön, auch nicht mit rosa Nagellack.«

Trotz der angenehmen achtunddreißig Grad des Badewassers fröstelte Carla. Vor nicht allzu langer Zeit hatte sie eine gewisse junge Frau mit rosa lackierten Zehennägeln gesehen. Das war ihr deshalb so gut in Erinnerung geblieben, weil die Zehennägel einfach nicht zum sonstigen Gesamtbild passen wollten. Denn die Frau war ansonsten eher jemand, dem man solche femininen Feinheiten nicht zugestehen würde. Ein zu spät geborenes Hippiemädchen, eine Bio-Braut, eine Verfechterin von natürlichem Körpergeruch, wilden Achselhaarmähnen und freier, ganzheitlicher Entfaltung in der Natur. Eine passionierte Barfußläuferin, die angeblich nur ein einziges Paar Sandalen besaß für die Tage, wenn das Thermometer unter null Grad fiel oder wenn sie durch Scherben in der Großstadt laufen musste: die Waldkindergärtnerin Sabine Wondratschek.

»Roland, das, was ich dir gleich sagen werde, wird dein Durchbruch sein«, sagte sie feierlich. Ihr Gatte stand am Badschränkchen und suchte bereits pflichtschuldig nach dem Körbchen mit ihren Nagellackflakons. »Damit wirst du bestimmt Kommissar. Wenn nicht gleich Oberkommissar. Ich weiß, wem der Zeh gehört.«

»Man kann gar nicht gleich Oberkommissar werden, aber erzähl ruhig.« Auch wenn Roland noch immer von einer Beförderung zum Kommissar träumte – welcher Polizeimeister täte das nicht –, wirkte er nicht so, als würde er der Offenbarung seiner Frau sofortigen Glauben schenken. Momentan hatte er noch genug damit zu tun, die erste Offenbarung dieses Abends zu verarbeiten, nämlich die erneute werdende Vaterschaft. Glücklicherweise ließ sich seine Frau von seinem mangelnden Enthusiasmus nicht beirren.

»Der große Zeh und der, den Lukas und ich am Weßlinger

See gefunden haben, gehören zusammen. Erstens, weil das natürliche Vorkommen von einzelnen menschlichen Zehen in bayerischen Gewässern eher beschränkt ist, und zweitens, weil beide Nägel rosa lackiert sind. Oder waren.«

»Bis hierhin logisch. Und weiter?«

»Zufällig kenne ich eine Frau, die vor zwei Wochen noch genau denselben Nagellack draufhatte. Und die jetzt verschwunden ist. Spurlos. Was für uns übrigens äußerst unpraktisch ist.« Carla machte eine Kunstpause, die ihren Mann nur mäßig beeindruckte. Mit gerunzelter Stirn und offensichtlich hundert anderen Dingen im Kopf blickte Roland auf die Badewanne, als wolle er sich fragen, ob darin in einem knappen Jahr auch wirklich zwei Kinder Platz hätten. Für einen still vor sich hin dümpelnden Erwachsenen war sie jedenfalls ziemlich eng.

»Na?«, stupste ihn Carla an.

»Keine Ahnung, wen du meinst.«

»Ts!«, machte Carla. »Ich hab dir doch erzählt, dass die Eingewöhnung von Lukas geplatzt ist.«

»Echt? Und warum?«

Carla griff sich an den Kopf. Und da hieß es immer, Schwangere wären intellektuell beschränkt. Dabei traf es die Männer der Schwangeren anscheinend noch viel härter.

»Weil die Waldkindergärtnerin das Opfer ist!«

»Aha. Und woher kommt deine Eingebung jetzt so plötzlich? Ist das so ein Schwangerschaftsding?«

»Aber das ist doch eine glasklare Sache. Sabine Wondratschek ist verschwunden, sie ist eine Frau, und sie trug denselben Nagellack. Von wem sollen die Zehen denn sonst stammen?«

Roland seufzte. Manchmal beneidete er seine Frau wirklich um ihre frische, unbeschwerte Art, mit der sie an die Rätsel des Alltags heranging. Ihm hatte man seine Naivität in langen Jahren des Polizeidienstes abtrainiert. »Schatzischatzerleschatz«, begann er sanft, »jetzt überleg doch mal. Die allermeisten Mordopfer sind weiblich und eher jung. Das ist leider so. Und weil die allermeisten davon wiederum nicht ermordet werden, weil sie so ungepflegt und greislich sind, dürfte auch die Zehennagellackquote unter Mordopfern etwas höher liegen als die im bundesbürgerlichen Durchschnitt.«

»Alles musst du mir ausreden.«

»Ich rede dir gar nix aus. Du redest dir was ein!«

Carla schnaubte. »Es wäre aber nicht verwunderlich, wenn der Wondratschek etwas Schlimmes zugestoßen wäre. Auf der Familie liegt nämlich so was wie ein Fluch.«

»Tatsächlich?«

»Tatsächlich. Du kennst doch diesen Penner, den mit den Dreadlocks im Bart, der immer herumläuft? Das ist der Opa von der Wondratschek. Vor sechzig Jahren hat der den amerikanischen Geliebten seiner Frau aus dem Fenster geworfen und ist dafür in die Todeszelle der Amis gekommen. Seit er wieder draußen ist, ist er stumm wie ein Fisch und lebt die meiste Zeit im Wald. Seine einzige Tochter, die Mama von der Wondratschek, ist schon tot. Autounfall.«

»Das ist wirklich interessant«, stimmte Roland zu. Er spürte die Wirkung des Champagners mittlerweile deutlich und massierte Carlas immer noch aus der Badewanne ragendes Bein mit kleinen, langsamen Kreisbewegungen, von denen er stark hoffte, sie würden erotisierend wirken. »Aber trotzdem: Rosa Nagellack macht den Braten noch lange nicht fett. In was für anderen Farben lackierst du dir denn sonst die Zehennägel?«

»Erwischt.«

»Na also. Wenn auf den Zehen jetzt Lack in Neongrün oder in Schwarz mit Glitzer gewesen wäre, okay, aber rosa Zehen sind doch wohl eher Durchschnitt.«

»Durchschnitt?« Carla war entrüstet. »Du empfindest meinen Nagellack also als Durchschnitt? Weißt du eigentlich, wofür ich den ganzen Terz mache? Bestimmt nicht für den Weltfrieden, sondern für dich. Aber wenn mein geliebtes Ehegespons rosa Nagellack durchschnittlich findet, muss ich mir wohl für die Zukunft etwas anderes überlegen. Du bist vorerst und mit sofortiger Wirkung von deinen Lackierpflichten entbunden. Gefallen dir lackierte Zehennägel überhaupt?«

»Dunkelrot fände ich schöner«, hickste Roland und nahm

einen weiteren tiefen Schluck Champagner, der ihm sofort ins Blut rauschte und ihn vollends für das Amt als Fußpfleger seiner Frau disqualifizierte. Ihm war angenehm schwindlig. »So wie Frau Grabow welchen hat.«

Carla prustete vor Lachen. »Aaah, da liegt also der Hase begraben! Du stehst auf dominante ältere Damen, und das erfahre ich erst nach vier Ehejahren. Unglaublich. Jedenfalls gut, dass wir darüber gesprochen haben. Ich werde mir gleich morgen dunkelroten Nagellack kaufen. In Ordnung?«

»Es eilt nicht, ich finde dich auch so ziemlich heiß«, murmelte Roland in den Flaschenhals vor sich. »Und wenn überhaupt, dann liegt der Hase nicht begraben, sondern im Pfeffer.«

Kichernd ließ sich Carla tiefer ins Wasser sinken, bis nur noch ihre Nase aus dem Schaum ragte. Von außen als auch von innen schön durchgewärmt musste sie plötzlich an Sex denken. So entspannt und gleichzeitig angeregt war sie schon lange nicht mehr gewesen. Wenn sie jetzt aus dem Wasser stiege und ihr Roland vor lauter Champagner noch stehen könnte, würde sie ihn vielleicht noch zu einer halben Stunde Bettgymnastik bewegen können. Schließlich war sie schon schwanger, und die Tage ohne hinderlich dicken Bauch waren gezählt.

Mordkommission

14. September, 8.03 Uhr

Trotz der Flasche Champagner und seiner recht übersichtlichen Schlafdauer fühlte sich Roland am nächsten Morgen herrlich. Er unterließ spontan das Rasieren, es hätte seinem Männlichkeitsempfinden nur entgegengestanden, und spritzte sich stattdessen einen Extrasprühstoß Aftershave unter sein gelbes Polohemd. Dann backte er Croissants auf, schnitt für Lukas ein Käsebrot in Würfel und stellte der Mutter seiner Kinder einen riesigen Milchkaffee ans Bett, ohne sie zu wecken. Das Aufwecken würde sein Erstgeborener schon noch früh genug übernehmen, sodass der Kaffee nicht abkühlte. Er küsste Frau und Kind zum Abschied, sprang dann schwungvoll, wie es einem erfolgreichen Zuchtbullen auf der Höhe seines Schaffens zustand, in seinen taufeuchten Polo und bretterte mit Lichtgeschwindigkeit nach Starnberg, wo er seine ganze Motivation mobilisierte, um seinem Chef von der vermissten Gilchinger Waldkindergärtnerin zu berichten. Unter diesen Umständen müsse doch, so die Essenz seiner Worte, zumindest ein kleiner Tauchgang am Zehenfundort drin sein. Sozusagen als Nachlese in Sachen eventuell zerstückelter Frauenleiche.

Heute Morgen hatte er beschlossen, weibliche Intuition nicht unterzubewerten und Carlas Theorie eine Chance zu geben. Sie hatte schon öfter den richtigen Riecher bewiesen. Nicht zuletzt bei all den kleinen, ihm gänzlich unverständlichen Zusammenhängen des Haushalts. Kurz, in solchen Dingen war sie einfach mehr in Übung als er, der er den lieben langen Tag Raser ermittelte und Berichte über Mülltonnenvandalismus, verbotenes Rasenmähen am Sonntag und zu hohe Hecken schrieb. Und falls die Richtigkeit der Intuition seiner Gattin auch auf ihn abfärben und zu seiner ermittlerischen Profilierung beitragen sollte, hätte er dagegen nichts einzuwenden. Von letzterem Gedanken erzählte er Spengler allerdings vorsichtshalber nichts.

Sein Chef zeigte sich, wie nicht anders zu erwarten gewesen war, nicht besonders *amused.* Als ausgesprochener Morgenmuffel war er normalerweise vor zehn Uhr sowieso zu nichts zu gebrauchen, und dieser umtriebige Herr Maeßmer mit seiner frischen Lerchenlaune konnte von Glück reden, ihn überhaupt schon im Büro angetroffen zu haben. Dass seine Sekretärin Sybille, die er sonst sehr schätzte, diesen überfleißigen Mann nie ankündigte oder ihn gar warten ließ, war ein Umstand, der ihn zum wiederholten Mal ärgerte. »Und wie stellen Sie sich das vor, Herr Maeßmer? Heute ist der letzte Tag der Sommerferien, schönes Wetter, auf den bayerischen Seen herrscht noch reger Betrieb. Sollen auf der einen Seite die Münchner Bankiersgattinnen von ihrer Segelyacht ins Wasser hüpfen, während auf der anderen unser Polizeitaucher irgendwelchen Faulschlamm sortiert? Selbst wenn der nix findet, wäre der Einsatz an sich schlecht für unser Image. Außerdem wissen Sie doch auch, was so ein Tauchereinsatz kostet. Und dann bräuchten wir ja noch ein anständiges Boot und diesen Al-Jamal, und ohne die halbe Wasserwacht von Herrsching brauchen wir sowieso gar nicht erst anfangen. Am Schluss müssten wir vielleicht noch die Schifffahrt einstellen lassen, damit sich kein Rentner-Passagier vor Schreck mit seinem Fernglas ein Auge aussticht. Und wenn wir nix finden, wird die Presse es so interpretieren, dass die Starnberger das Geld zum Fenster rausschmeißen. Und da baden wird auch niemand mehr mögen. Wir sind ein wohlhabender Landkreis, und daran hat der Tourismus keinen geringen Anteil. Die Ausflügler, die brauchen wir besonders als, äh, sozusagen als Deckmäntelchen gegen den Sozialneid der anderen Landkreise. So ist das eben in Oberbayern.«

»Aber, Dr. Spengler«, wagte Roland, seinem Chef zu widersprechen, »seien Sie doch nicht gleich so negativ. Was wäre denn, wenn wir etwas finden würden? Wo doch eine erfolgreiche Mordaufklärung sich ausgesprochen gut in der Erfolgsstatistik –«

»Hören Sie mir bloß auf mit der Statistik! Ich bin sehr zufrieden mit meiner Statistik. Starnberg hat vielleicht ein paar mehr Einbrüche als andere Städte, aber bitte schön, wir haben ja auch ein paar mehr Millionäre. In Relation zur Vermögensdichte ist die Verbrechensquote immer noch niedrig. Lächerlich niedrig sogar! Deswegen leben die Millionäre ja auch bei uns und nicht in Neuperlach-Süd. Und wieso soll es sich bei dem Zeh-Fall überhaupt um einen Mord handeln? So ein Zeh kann einem ja auch einfach so abhandenkommen, ich will hier nur an diese Kreissägegeschichte vom letzten Jahr erinnern, die mit dem Zahnarzt und dem Versicherungsbetrug. Da hat auch keiner laut ›Hier!‹ gerufen, den Beteiligten war das mehr als peinlich, die wollten bloß unter sich bleiben. Mein Gott, es ist eben nur ein Zeh, wäre es ein ganzes Bein, dann wäre das natürlich was anderes. Sie sind noch junges Gemüse, Herr Maeßmer, ich will Ihnen Ihr Vorpreschen mal nachsehen. Ich kann Sie schon verstehen, manchmal möchte man auch etwas Spannendes machen. Etwas Großes. Deshalb ist man ursprünglich ja zur Polizei gegangen, nicht wahr?« Spengler lächelte väterlich. »Aber ich sage Ihnen was: Solange mir niemand aus der Familie dieser Wondratschek auf den Tisch haut, ist die Frau für mich einfach freiwillig verdampft, auf die Fidschi-Inseln oder so. Vielleicht ist sie ja mit ihrem neuen Lover durchgebrannt, was weiß denn ich? Hält sie denn irgendetwas in Gilching? Selbst als Kindergartenchefin hätte sie bestimmt kein Vermögen verdient.«

»Das stimmt natürlich, Chef. Aber das vermutliche Opfer hat keine Angehörigen außer einem verwirrten Opa, der nicht mal geschäftsfähig ist. Und ihr Freundeskreis ist auch mehr als überschaubar«, improvisierte Roland. »Da kann Ihnen außer mir leider niemand auf den Tisch hauen.«

»Herr Hauptmeister!« Spengler hob amüsiert die Augenbrauen. »Sie wollen mir doch nicht etwa drohen? Sind Sie mit meiner Amtsführung in irgendeiner Form vielleicht nicht einverstanden?«

»Doch, doch, aber –«

»Ich will Ihnen da mal etwas verraten, mein lieber Herr Maeßmer. Ganz unter uns. Sie sind jetzt – so gut kenne ich nämlich Ihre Personalakte! – fünfunddreißig Jahre und ein paar

Zerquetschte alt. Sie haben im Dienst als Garant der Sicherheit, wie man heute so schön sagt, bestimmt schon eine Menge erlebt, aber auch noch eine Menge vor sich. Fünfunddreißig, das ist ein nettes Alter, da bietet einem die Welt noch alle Möglichkeiten. Aber gleichzeitig sollte man schon eine gewisse Reife besitzen, die einen für Größeres qualifizieren könnte. Könnte, merken Sie sich das. Als ich fünfunddreißig war, also quasi in Ihrem Alter, das möchte ich Ihnen im Vertrauen einmal nahebringen, war ich bereits stellvertretender Inspektionsleiter von Rosenheim.«

Rosenheim? In Rosenheim gibt es auch ein Dutzend Drogentote im Jahr, allerlei Mafia-Aktivitäten und überhaupt mehr als genug fiese Verbrechen, um auch noch den letzten Hilfsarbeiter zum Oberkommissar aufsteigen zu lassen, wollte Roland sagen. Außerdem ist Rosenheim fast dreimal so groß wie Starnberg und als angebliches Zentrum der Polizeigewalt berühmt. Waren Sie daran auch schon mit fünfunddreißig beteiligt, Herr Spengler? Das alles ging Roland durch den Kopf, aber natürlich sagte er nichts davon. Stattdessen hauchte er mit schwacher Stimme: »Rosenheim ist schön. Warum sind Sie von da überhaupt weggegangen?«

»Wegen meiner Frau«, beschied Dr. Spengler ihm und deutete durch die kurze Antwort an, dass die Audienz sich dem Ende zuneigte.

Roland verstand den Wink, nickte und verabschiedete sich möglichst freundlich. Als er die Tür zum Vorzimmer hinter sich geschlossen hatte, blickte er auf eine geöffnete Zigarettenschachtel, die ihm Sybille auffordernd entgegenhielt. Mit einem Nicken unter der straff geföhnten Kurzhaarfrisur gab sie ihm zu verstehen, sich gemeinsam zum Raucherbalkon zu begeben. Sybille wirkte neugierig, doch das Lächeln auf ihrem solariumgebräunten Gesicht war eine Spur zu aufmunternd.

Roland ahnte, dass sie alles mitgehört hatte. Er nahm die Einladung trotzdem an, weil er hoffte, sein abhandengekommenes Zuchtbullengefühl vom frühen Morgen mit einer kleinen Zigarette wiederherstellen zu können.

Als der ach so tüchtige Herr Maeßmer endlich genickt und etwas niedergeschlagen das Büro verlassen hatte, fuhr sich Maxl Spengler erleichtert mit den Händen über die Geheimratsecken und genehmigte sich einen Schluck aus seinem Flachmann. Nur einen kleinen, es war ja schließlich noch lange hin bis achtzehn Uhr. Nachdem er den Flachmann wieder in sein Versteck ganz hinten im Schubfach zurückgeschoben hatte, widmete er sich wieder den Unterlagen, die auf dem Fensterbrett lagen.

Diesmal handelte es sich um keine Bestellscheine für Weihnachtsdekoration. Noch nicht einmal die weltfleißigste Sekretärin Sybille wusste etwas von diesem Formular. Es war das Bewerbungsformular für die jährliche polizeiinterne Wandernadel »Leichenfreier Landkreis«, und wenn es jemals einen zu allem entschlossenen Bewerber für diesen renommierten Preis gegeben hatte, dann mit Sicherheit Dr. Max-Josef Spengler. Die letzten Jahre war immer ein unglückliches Tötungsdelikt dazwischengekommen und hatte die Hoffnung auf einen Gewinn früh zunichtegemacht. Zuletzt dieser Steuerberater, der seinen Kanzleipartner erschlagen hatte, und vorher der Neffe mit der Erbtante. Doch seither hatten sie die Wichtigtuer von der Kripo Fürstenfeldbruck nicht mehr dagehabt, jedenfalls nicht wegen eines Kapitaldelikts. Dieses Jahr war bisher alles ruhig geblieben, mörderlos, und der Stichtag am 31. Oktober rückte immer näher. Diesmal standen die Chancen so gut wie noch nie. Diesmal könnte er es ganz nach oben aufs Podest schaffen. Er und seine bis zur Unglaublichkeit tüchtigen Leute von der Starnberger Inspektion.

Die natürlich noch nichts davon wussten. Sollten sie auch nicht. Wenn man von vornherein keine Morde in Betracht ziehen durfte, verminderte das die Ermittlungsmoral. Aber wenn sie die Wandernadel erst einmal gewonnen hatten – selbstverständlich mit Übergabe auf einer würdevollen Verleihungsveranstaltung in der Staatskanzlei der Landeshauptstadt –, dann würden sie schon sehen, was sie ihrem alten Cheffe alles zu verdanken hätten. Ruhm, Medienecho, Lob von ganz oben, eine beachtliche Erfolgsprämie, Fördergelder … Spengler ließ seiner Phantasie freien Lauf. Bestimmt würde die Zuwendung für noch flachere neue Monitore und eine Renovierung der Kaffeeküche reichen, und mit dem Rest könnte er nächstes Jahr, zum großen Jubiläum der Inspektion, den rauschendsten Polizeiball aller Zeiten schmeißen.

Und nicht zuletzt wäre er, Dr. Max-Josef Spengler, spätestens mit dem Zuspruch der Wandernadel als Nachfolger des etwas amtsmüden bayerischen Polizeidirektors prädestiniert.

Jimmy

14. September, 8.27 Uhr

Er hasste es. Er stand an der Heißtheke und schob roboterhaft Croissants in Papiertütchen, und er hasste es. Dann machte er einen Kontrollgang zu den Selbstbedienungsbereichen, sortierte zum vierhundertsten Mal an diesem Morgen die großen und die kleinen Plastikdeckel für die Kaffeebecher auseinander, und auch das hasste er. Mit jedem Deckel, den irgendein fröhlich pfeifender Depp auf den falschen Stapel gelegt hatte und den er wieder richtig einsortieren musste, wurden seine Handgriffe fahriger.

Obwohl er seit Beginn seiner Tätigkeit immer und immer wieder darauf hingewiesen hatte, ein ausgesprochener Morgenmuffel zu sein, wurde Jimmy Island Böck alle paar Wochen die Frühschicht aufgebrummt. Das bedeutete, er hatte um spätestens fünf Uhr aufzustehen, weil der um Punkt sechs beginnende Restaurantbetrieb vorbereitet werden musste. Die Kaffeemaschinen mussten warmlaufen, die ersten Croissants und McMuffins aufgebacken und die Rührei-Fertigmischung in die entsprechenden Förmchen gefüllt werden. Und immer musste alles kontrolliert werden. Nie durfte irgendwo ein Rührstäbchen herumliegen, eine Marmeladensorte fehlen oder gar noch die Tages- statt der Frühstückskarte herumstehen.

»Morgens ist der Kunde am pingeligsten«, predigte der Chef gern. »Frühstück ist die Königsdisziplin der Stammkundenbindung, und genau die Anzugträger, die in ihrem BMW auf dem Weg zur Arbeit bei uns vorbeischauen, die müssen wir kriegen. Die machen keinen Dreck und haben die dicksten Geldbeutel. Die fahren auch nach der Arbeit noch mal zum Autoschalter und nehmen drei Menüs und fünf Milkshakes für die Kinder mit. Das ist das Premiumsegment, und da wollen wir hin!«

Tagsüber oder gar abends hing die Messlatte schon beträchtlich tiefer. Aber an Teenagern mit einzelnen Cheeseburgern und Großfamilien, die alles mit Ketchup beschmierten, herrschte auch kein Mangel. Zudem waren die so anspruchslos, dass sie sowieso wiederkamen, selbst wenn man ihnen absichtlich das falsche Spielzeug in ihr Happy Meal packte und permanent das schon bezahlte dritte Mayo-Tütchen vergaß.

Wenn jemand allerdings in der Frühschicht Anlass zum Ärgernis gab, war es bereits häufig genug vorgekommen, dass der Chef mit der Kündigung gewunken hatte, und die wollte Jimmy nicht riskieren. Selbst im glücklichen Gilching mit seinen nicht einmal drei Prozent Arbeitslosen wurden vorbestrafte Langhaarige mit einem Grade-mal-so-Schulabschluss nicht mit Stellenangeboten überhäuft. Und im Grunde war der Job beim Mäckes sogar schwer in Ordnung, die Kollegen waren okay, und die Bezahlung war nach fast zwei Jahren Betriebszugehörigkeit auch zu ertragen. Würde er im Winter die Weiterbildung zur Kassenaufsichtskraft oder zum Crewtrainer absolvieren, dann stiege er bereits in Tarifgruppe 3 auf. Immer noch kein Ingenieursgehalt, aber besser als manches andere. Und auf der letzten Weihnachtsfeier hatte der Chef persönlich ihm gegenüber sogar durchblicken lassen, dass er sich Jimmy in ein paar Jahren als Assistenten vorstellen könne. Das wäre dann schon Tarifgruppe 6 – vorausgesetzt, er bestünde die betriebsinternen Qualifizierungsmaßnahmen, die dafür erforderlich waren. Tarifgruppe 6 bedeutete einen beinahe vier Euro höheren Stundenlohn als in der Tarifgruppe 3. Brutto natürlich. Der Aufstieg war mühsam, aber Urlaubsgeld und Nachtzuschläge gab es immerhin schon früher, wenn auch leider keine für die vermaledeite Frühschicht.

Doch auch am Morgen standen ihm pro Arbeitsstunde fünf Pausenminuten zu. Jimmy rechnete nach. Vor lauter Kaffeedeckelsortieren und Rührstäbchenaufheben hatte er die letzten drei Stunden durchgearbeitet. Das ergab eine ganze goldene Viertelstunde ohne fröhliche »Guten Morgen!«-Heuchelei! Jimmy sah sich im Restaurant um und gab der Kollegin hinter der Theke Bescheid, dass er eine rauchen ging.

Draußen fummelte er seine Elektrozigarette mit Apfel-Zimt-Geschmack hervor und lehnte sich an die Wand zwischen Lieferantenzugang und dem Bestellschalter für die Autokundschaft. Hinter der großen Mülltonne und einer mobilen Efeuhecke fühlte er sich ungestört.

Die Elektrozigarette war sein ständiger Begleiter, wenn er früh aufstehen musste. Der kalte Apfel-Zimt-Aromadampf – Rauch konnte man das ja nicht nennen – blieb in seinen Haaren und Klamotten hängen und überlagerte so den Haschischgeruch des Vorabends, falls er es wieder einmal nicht mehr unter die Dusche bei seiner Mutter geschafft hatte.

Im Grunde hasste er das Ding. Weder das Gefühl der Plastikspitze zwischen seinen Lippen noch das alberne LED-Aufleuchten bei jedem Zug gefielen ihm. Eine künstlichere Art des Genussmittelkonsums war kaum möglich. Das Ding vermittelte ihm nichts von dem, was ein echtes Raucherlebnis für ihn ausmachte. Eine E-Zigarette konnte man noch nicht einmal schnorren, aber sie eignete sich nun mal prima als Alibi-Duftmarke.

Er nahm ein paar Züge und rief dann seine Freundin an. Ihre Donnerstage begannen immer mit einer Freistunde, sie musste erst um Viertel vor neun im Klassenzimmer sitzen, also blieben ihm noch knapp zehn Minuten, um ein wundervolles Wochenende mit ihr zu planen.

Nach zweimaligem Klingeln hob sie ab.

»Hi«, sagte Jimmy. »Wie geht's dir, Mäuschen?«

Ein paar Sekunden hörte er nur schwaches Windrauschen, dann ein unwirsches: »Hä?«

»Wendy?«, hakte er nach. »Bist du das, Süße?«

»Spinnst du?«, knurrte sie jetzt. Sie war es.

Jimmy war verwirrt. »Das ist nicht gerade die Antwort, die ich jetzt hören wollte, Mäuschen.«

Am anderen Ende der Leitung lachte Wendy gehässig. Jimmy konnte ihre Schritte auf dem gepflasterten Pausenhof des Christoph-Probst-Gymnasiums hören.

»Ich bin auf dem Weg zu meinem Geschichtsreferat«, brummte sie, »und will jetzt nicht gestört werden. Das Display hat so gespiegelt, da konnte ich nicht sehen, dass du es bist.

Ich hab nur abgenommen, weil ich dachte, meine Mama wäre dran.«

»Das ist aber nett. Ich fühle mich sehr geschmeichelt.«

»Also, was willst du? Und mach flott, ich hab keine Zeit.«

Jimmy war verwirrt. Was sollte er schon wollen? »Na, ich wollte ein schönes Wochenende mit dir planen. Wie immer.«

»Da gibt es nix mehr zu planen. Ich habe noch ein halbes Jahr bis zum Abitur und muss auf meine Noten achten. Außerdem schmeißen mich meine Eltern raus, wenn ich dich weiterhin treffe, und diesmal glaub ich, die meinen ihre Drohung ernst. Und zusätzlich – zusätzlich muss meine Mama operiert werden, das hat sich gestern rausgestellt, da hat sie wirklich keinen Bedarf an so einem Drogendödel, der ihre Tochter von der Schule ablenkt. Und jetzt tschüss, Jimmy. Ich mache Schluss, das war's mit uns. Krieg dein Leben erst mal allein auf die Reihe.« Sie legte auf.

Jimmy, der Drogendödel, stand hinter der Mülltonne und ließ Elektrozigarette und Telefon sinken. Eine Weile starrte er der S-Bahn Richtung Herrsching nach, die gerade mal fünf Meter vor ihm vorbeigerauscht war, und wunderte sich dann über das Roggenfeld dahinter, das immer noch nicht gemäht war. Am Boden vor seinen Füßen rollte im Luftzug der S-Bahn träge ein einzelner Kaffeedeckel vorbei.

Das langweiligste Ehepaar der Welt

14. September, 21.09 Uhr

Am frühen Abend saßen Carla und Roland im Bett und lasen. Lukas war nach einem erneuten spätnachmittäglichen Tengelmann-Besuch – Frau Grabow hatte bei ihrem ersten gemeinsamen Einkaufstrip doch glatt ihren geliebten Krabbencocktail vergessen – quasi im Stehen eingeschlafen, kaum dass seine Füße die elterliche Wohnung betraten. Er habe, so erzählte die Grabow, im Supermarkt mehr als eine halbe Stunde vor dem Gemüse gestanden, das in minütlichem Abstand aus versteckten Düsen mit kühlem Wasserdampf besprüht wurde, um einen superknackfrischen Eindruck zu machen. Nicht überraschend also, dass Lukas nach diesem Wunder der Vermarktungstechnik sofort in seinen Verarbeitungsschlaf gefallen war.

Carla und Roland hatten den unerwartet langen Abend genutzt, um ein paar Brote mit hauchdünnen Scheibchen vom niederbayrischen Schwarzgeräucherten zu genießen, und wollten nun Qualitätszeit miteinander verbringen. Allerdings hatten die beiden etwas differierende Ansichten, was gemeinsame Qualitätszeit bedeutete. Carla las in einem schwerfälligen Beziehungsroman, den ihr eine Freundin geliehen hatte, eine Tasse Melissentee neben sich. Kurz nach Lukas' Zeugung hatte sie mit dem zähen Werk begonnen und kam einfach nicht voran, da sie jedes Mal, wenn sie das Buch zuklappte, sofort alles gerade Gelesene vergaß. Gleichzeitig war sie aber auch zu ehrgeizig, um den Roman endlich zurückzugeben, und zu guter Letzt hätte dies auch bedeutet, sich ihrer Freundin stellen zu müssen, die sie bei genauem Überlegen seit damals nicht mehr kontaktiert hatte. Also arbeitete sie sich lieber mit der Geschwindigkeit von zehn Seiten pro Jahr voran.

Roland wiederum saß auf seiner Seite des Ehebetts, ein langsam Zimmertemperatur annehmendes Bier neben sich, und blätterte in einem Magazin über Neuwägen, das er gleich am Morgen nach der Verkündigung der zweiten Schwangerschaft seiner Frau an der Tankstelle erworben hatte. Rein interessemäßig betrachtete er die größeren fahrbaren Untersätze. Nicht, dass er sich so einen schnell würde leisten können, schon gar keinen Neuwagen, aber wenigstens wäre er vorbereitet, wenn der Tag käme, und bis dahin wären aus all den hochglänzenden Neuwägen sowieso solide Gebrauchte geworden.

In Wirklichkeit allerdings gab das Ehepaar Maeßmer nur vor, sich mit Erzeugnissen des gedruckten Wortes zu beschäftigen. Auf jeder Seite des Ehebetts lauerten ganz andere Gedanken: Carla konnte nicht aufhören, zwischen jeder Zeile des schwerfälligen Liebesromans über Sabine Wondratscheks Schicksal nachzudenken, und Roland überlegte, wie er Carla elegant zum Beischlaf bewegen könnte. Schließlich war sie ja schon schwanger, bald würde dieser nicht mehr möglich sein.

Allerdings lag ihm immer noch der morgendliche Korb von Spengler im Magen. Obwohl er ihn extra für Carla und ihre fixe Idee vom Mord an der Kindergärtnerin bekommen hatte, erzählte er ihr lieber nichts davon. Es war ihm peinlich, dass er seinem begriffsstutzigen Schnösel von Chef nicht einmal ansatzweise in die Parade gefahren war. Nach einem langen Bürotag mit drei unerheblichen Auffahrunfällen sowie einer Anzeige wegen nachbarschaftlicher Lärmbelästigung durch exzessives Federballspielen hatte er weiblichen Zuspruch körperlicher Natur jetzt dringend nötig.

Als ob sie seine Gedanken lesen konnte, legte Carla überraschend ihren Roman nieder und begann, seine stoppelige Wange zu streicheln. Roland ließ seinen Neuwagenbericht sinken, drückte sich mit geschlossenen Augen ihrer Hand entgegen und fragte sich, ob es wohl übereilt wäre, seiner Frau im nächsten Schritt gleich unters Nachthemd zu fassen. Doch zur Tat kam es nicht. Carla zog ihre Hand weg und strahlte ihn an, im Gesicht einen Ausdruck, der eine ganz andere Motivation als die seine verriet.

»Guter Gatte«, sagte sie, während sie mit ihrer freien Hand den Roman in ihrem Nachtkästchen zu verstauen versuchte. »Ich kann mich sowieso nicht aufs Lesen konzentrieren, weil ich immer über unseren Mord nachdenken muss. Wir sollten die Fakten noch einmal zusammen durchsprechen. Du hast doch Zugriff auf diesen Laborbericht über den Zeh?«

»Klar. Und weißt du was? Weil du so eine tolle Ehefrau bist, habe ich ihn heute sogar für dich kopiert! Er steckt in meiner Jackentasche.« Roland grinste bemüht. Damit war die Aussicht auf ein intimes Beisammensein für diesen Abend dann wohl gestorben.

Carla strahlte, stand auf, küsste ihn flüchtig auf die Stirn und lief barfuß in den Flur, um den Bericht zu holen.

»Hm«, murmelte sie mit gerunzelter Stirn nach einer Weile, während der sie in Dr. Alis Bericht gelesen hatte. »Der Zeh wurde also vor dem finalen Abschneiden erst angesägt. Wer macht denn so etwas Ekelhaftes?«

»Normalerweise ein Mann mittleren Alters«, seufzte Roland. »Das sagt jedenfalls die Statistik über Mörder.«

»Wir suchen also einen Mann mittleren Alters, der nicht unbedingt besonders stark sein muss, sondern nur wild entschlossen. Zeichnet sich wahrscheinlich auch im sonstigen Leben eher als willensstark aus. Und er muss etwas von Sabine gewollt haben. Was, wissen wir leider noch nicht.« Carla verstummte und atmete tief durch. In der letzten Minute war sie immer tiefer unter ihre Bettdecke gerutscht.

»Und wenn der Täter sie einfach beim Spazierengehen im Wald getroffen und spontan beschlossen hat, dass er ihr jetzt gern die Zehen abschneiden würde? Ich meine, ich steh ganz bestimmt nicht auf so was, aber es soll ja Leute geben … Vielleicht haben ihn diese urigen, nackten Hornhautfüße in Rage gebracht. Noch dazu lackiert! Möglich, dass Sabine sogar ein bisschen Mitschuld an ihrem Mord trägt, oder? Wer läuft auch so provokativ barfuß durch die Welt, wo er doch jeden Moment einem entfesselten Fußfetischisten mit Sammeltrieb begegnen kann? Das ist doch geradezu fahrlässig.«

Die unterdrückte Lust auf ein Tête-à-tête hatte Rolands Phantasie hin zu einer etwas sexualisierten Sichtweise der Dinge beflügelt. Doch Carla bemerkte nichts davon, obwohl sie sonst durchaus sensible Antennen für die körperlichen Bedürfnisse ihres Gatten besaß. Stattdessen zog sie seine Ideen ganz sachlich in Betracht.

»Natürlich kann es sich tatsächlich um einen Zufallstäter handeln. Um irgendjemanden, der ein Problem mit Sabines Zehen hatte. Könnte sogar eine Frau gewesen sein.«

»Na dann. Eine Frau. Ich werde sie gleich morgen festnehmen.«

Carla achtete nicht auf den zynischen Unterton und die erotischen Signale ihres Mannes, der sich irgendwann leicht beleidigt zur Seite drehte und scheinbar von einer Sekunde auf die andere einschlief.

Eine Weile sinnierte sie noch darüber nach, was es wohl für Männer in Sabines Leben gegeben hatte. Und ob überhaupt. Wer schätzte denn heutzutage noch Hippies, also, auch im sexuellen Sinn? Die moderne Weiblichkeit war doch wohl eher glatt rasiert, künstlich duftend und mit sämtlichen Essenzen der Kosmetikindustrie getränkt. Sie selbst ging da völlig konform. Körperhärchen mussten zeitig entfernt, Kopfhaare aufwendig in Form und Farbe gebracht werden, und eventuell sich zersetzende Schweißatome durften erst gar nicht existieren. Dass zu viel Cremes und Shampoos den Eigenschutz der Haut zerstörten und Deodorants angeblich Krebs erzeugten, nahm auch Carla seit ihren Teenagerjahren billigend in Kauf.

Zwar hatte sie sich vor einiger Zeit nach der Lektüre von zwei oder drei »Emma«-Ausgaben kurzfristig gefragt, ob sie sich mit ihrer Körperpflege nicht zu einem weiteren Opfer des Patriarchats machte, ob sie das alles nicht nur tat, um dem männlichen Geschlecht zu gefallen und in überkommene Rollenstereotype zu passen, doch nach dem kurzen Versuch, sich die Haare nur noch alle vier Tage zu waschen und auf Make-up zu verzichten, hatte sie sich schnell besonnen: Es waren nicht nur die Männer, die saubere, duftende, hübsche Frauen forderten, eine gewisse Grundhygiene und der Wunsch, das optisch Beste aus sich zu machen, waren einfach dem reibungslosen gesellschaftlichen

Kontakt geschuldet. Zudem hatte Carla Spaß daran, Punkt. Seither hatte sie wieder ein loyaleres Verhältnis zum Lippenstift in ihrer Handtasche, dem zweimonatlichen Besuch eines besseren Friseurladens und zu ihrer Batterie an Nagellackfläschchen.

Um es mit einer naturbelassenen Frau wie Sabine aufzunehmen, bräuchte es also eine besondere Klientel. Und nicht nur körperlich, auch Sabines renitente Weltsicht war bestimmt nicht jedermanns Sache gewesen. Eigentlich konnte sich ihr Freund, so sie denn einen gehabt hatte, nur aus den eigenen Reihen rekrutieren. Ein Bio-Landwirt, ein Heilpraktiker oder Grundschullehrer mit stark ausgeprägtem Faible für Feng-Shui. Ein Wünschelrutengänger, eventuell ein Veganer, ein Buddhist, auf jeden Fall aber ein sportlicher Typ. Vielleicht ein Sozialpädagoge, höchstens aber ein dank Erbschaft finanziell unabhängiger Hobby-Imker. Jedenfalls niemand, der direkt von der kapitalistischen Gesellschaftsordnung profitierte. Oder der gern Kleidung aus industrieller Herstellung samt chemikalisch gegerbten Schuhen aus toten Tieren trug.

Carla gluckste. Da sie in ihrer kurzen Weltfriedens-, Kiff- und Hippiephase mit fünfzehn auf identische Typen gestanden hatte, wusste sie, dass es im wohlhabenden Fünfseenland mehr von ihnen gab, als man dachte. Dafür genügte nur ein Blick auf die Kassenschlange im örtlichen Reformhaus. Vielleicht sollte sie ja dort nach Sabines Bekannten fragen? Doch in erster Linie suchte sie ja nach Sabines Mörder, nicht nach ihrem Freund.

Roland träumte in dieser Nacht von eiskalten nackten Frauenfüßen, die sich an ihm rieben. Anfangs war das Gefühl durchaus angenehm, und er drückte sich den streichelnden Füßen entgegen, doch schnell wurden es derer mehr und mehr, bis es Dutzende und dann Hunderte von ihnen waren, die sich nicht mehr an ihm rieben, sondern hart zutraten, bis er kaum mehr Luft bekam und nicht mehr wusste, ob er seine Kronjuwelen oder doch lieber sein Gesicht vor den Tritten schützen sollte. Er entschied sich für die Kronjuwelen. Plötzlich bohrte sich eine Ferse in seinen Mund, und kurz bevor ihm weitere Füße die Augen auszudrücken begannen, sah er, dass sämtliche von ihnen nur noch blutige Stummel waren. Die Zehen fehlten. Er japste im Schlaf.

Am nächsten Morgen beschloss er gleich nach dem Aufwachen, dass es höchste Zeit für einen neuen Taubenmord war.

Shiny Pink

15. September, 14.02 Uhr

Der alte, ramponierte Buggy stand schon seit einigen Monaten im Keller hinter den Fahrrädern und hatte wohl gehofft, dort in Ruhe sein Gnadenbrot fristen zu können, bis ihn Carla an diesem frühen Nachmittag wieder ans Licht der Erdoberfläche schleppte. Heute würde sie einen längeren Spaziergang mit Lukas machen, einen, der ihr nahezu ganz zufällig das Privatleben einer vermissten Waldkindergärtnerin näherbringen würde. Hoffte sie jedenfalls.

Es war gar nicht schwierig gewesen, Sabine Wondratscheks Adresse ausfindig zu machen. Carla verpasste sich im Geist eine Watschn, weil sie nicht eher daran gedacht hatte. Ursprünglich hatte sie wie selbstverständlich angenommen, ein Waldschrat wie Sabine würde im Wald wohnen, und sich nicht die Mühe gemacht, an eine real existierende Haushaltsadresse zu denken. Doch diese hatte sich ruck, zuck aufgetan, kaum dass Carla auf die naheliegende Idee gekommen war, in ihren Unterlagen nachzusehen. Ganz unspektakulär stand sie oben auf dem Probeaufnahmevertrag des Waldkindergartens: »Alte Rathausgasse 24, 82205 Gilching«. Sabine wohnte also ganz in der Nähe des Bauwagens.

Bei herrlichem Wetter und mit wunderbarem Gefühl marschierte Carla los. Lukas wunderte sich nur kurz, seinen alten Buggy wiederzusehen, schlief bei dem regelmäßigen Gerumpel über Bordsteine und Schlaglöcher dann aber schnell ein. Seine Mutter hingegen wurde, obwohl sie das Tempo verringerte, immer kurzatmiger. Sie hatte ganz vergessen, was für ein Panzer dieser Kinderwagen war. Bald schon ließen ihre Arme sie deutlich spüren, dass sie das Schieben nicht mehr gewohnt waren.

Nach etwa halber Wegstrecke, auf Höhe der Römerstraße, musste sie sich eingestehen, dass hinter ihrer Erschöpfung mehr steckte als nur mangelndes Training. Ihre Beine drohten nachzugeben, und sie atmete wie ein Preisboxer vor der letzten

Runde. Vage erinnerte sie sich an ähnliche Zustände, die sie in ihrer ersten Schwangerschaft befallen hatten: Damals hatte sie einen romantischen Lissabon-Trip mit Roland gemacht und war einfach nicht vom Fleck gekommen, weil Lissabon zu neunzig Prozent aus Treppen bestand. Das Lissabon-Debakel hatte um die achte Woche herum stattgefunden, und tatsächlich hatte sie erst zwei Monate später wieder gleichzeitig Luft holen und sich normal bewegen können.

Carla rechnete nach und fand sich im gleichen Zeitfenster wieder wie damals in der portugiesischen Hauptstadt. Sie fühlte sich, als wäre sie gerade einen Marathon gelaufen. Na toll, und das gerade während ihrer ersten Mordermittlung!

Schnaufend querte sie die Römerstraße und machte sich an den Anstieg zum Steinberg. Das letzte Haus am Steinberg hatte doch auch die echauffierte Eva Müller erwähnt, als Carla sie nach Sabine Wondratschek gefragt hatte. Klang eindeutig, war aber eventuell nicht so leicht zu finden, wenn man in Orientierungsdingen dermaßen unbeschlagen war wie Carla. Sie hatte es bereits mehrmals geschafft, sich auf der Strecke vom Stachus zum Münchner Marienplatz zu verlaufen. Selbst altbekannte Lokalitäten mutierten auf ihrer inneren Landkarte innerhalb von Tagen zu blinden Flecken, und so hatte es auch passieren können, dass man sie nach dem Toilettenbesuch aus dem Untergeschoss der großen Eisdiele am Gilchinger Marktplatz befreien musste, weil sie zum wiederholten Mal auf der Suche nach dem Ausgang in der Vorratskammer gelandet war. Roland fragte sie in solchen Momenten gern, wie sie überhaupt den Weg aus dem Uterus ihrer Mutter gefunden hatte.

Carla war schon froh, wenn sie anhand des Sonnenstandes erkannte, wo Norden und Süden war. So ungefähr. Aber ob eine Straße nun parallel zu einer anderen verlief oder ob die Tankstelle vor oder hinter dem Kreisverkehr lag – solche Dinge würden ihr für immer ein Mysterium bleiben. Im Auto ging es noch ansatzweise, aber wenn sie zu Fuß unterwegs war, kamen all diese unvorhersehbaren Optionen, Abkürzungen und Ablenkungen dazu. Entfernte sich Carla mehr als vier Straßen von ihrer Wohnung, hätte sie gefühlt genauso gut schon in Kasachstan sein können. Mit dem Kinderwagen hatte sie sich bereits mehrmals so verlaufen, dass sie Roland telefonisch bitten musste, sie abzuholen. »Ich stehe auf so einem Hügel, dabei war ich gerade noch in Alling. Glaube ich jedenfalls«, sagte sie dann zerknirscht. Oder: »Da ist so eine Kreuzung mit einer großen Eiche, und es kommen ganz viele Radfahrer vorbei. Soll ich mal einen anhalten und fragen, wo ich bin?«.

Roland, ein psychologisch versierter Detektiv von einem Ehemann, fand sie stets innerhalb von Minuten. Ein ums andere Mal hatte er ihr angeboten, ihr ein schickes Mobiltelefon mit Fußgänger-Navigation zu kaufen, aber Carla, die an ihrem unzerstörbaren Beißknochen namens Handy hing, hatte sich bisher immer noch dem technischen Fortschritt verweigert. »Bloß nicht! Dann werde ich auch noch so eine Latte-macchiato-Mutter, die auf dem Spielplatz im Internet surft, während sich das Kind zwei Kilometer weiter vom Laster überfahren lässt. Nein, danke.«

Gilchings Topographie kam Carlas Orientierungs-Disposition allerdings sehr entgegen. Erst recht, seit der gigantische Kran über der Baustelle des neuen Rathauses unmissverständlich das Ortszentrum markierte. Darum herum formten die drei Hauptverkehrsrouten Landsberger Straße, Römerstraße und Starnberger Weg ein Dreieck Richtung Nordwesten, und wenn Carla sich einmal allzu sehr verfranzte, stieg sie einfach eine der drei eiszeitlichen Seitenmoränen hinauf und legte von dort ein paar Landmarken fest. Der Stein-, Öl- und der Parsberg boten auf ganzer Ortslänge einen schnellen Überblick.

So auch jetzt. Carla hatte zwar vergessen, wie die Straße hieß, nach der sie suchte, aber sie wusste noch, dass sie sich auf dem Steinberg befand, denn an dessen Fuß lag das alte Rathaus. Ganz einfach eigentlich. Dass es sich bei dem letzten Haus am Steinberg um eines in der obersten Bebauungslage handeln musste, schien auch klar. Also war es das letzte Haus vom Ort aus gesehen.

Trotzdem stiefelte sie zwanzig Minuten später ratlos umher.

Sie hatte die parallel zum Hügel verlaufende oberste Straße zweimal gründlichst abgegrast und kannte die Bepflanzung der Vorgärten mittlerweile schon auswendig. Hier oben waren die Grundstücke und auch die Gebäude großzügiger als im Tal, und es hatte eine ganze Weile gedauert, die Straße von einem zum anderen Ende abzulaufen. Das ursprünglich klare Vorhaben der Suche nach dem letzten Haus hatte sich in ein Herumirren durch ein unübersichtliches Labyrinth verwandelt. Die Villen unterschiedlichster Baustile lagen teils weit hinter Bäumen versteckt und machten es schwer, sich einen einheitlichen Eindruck von der Straße zu verschaffen.

Die alte Rathausgasse war nicht die schlechteste von Gilchings Adressen. Hier lag denn auch der ehemalige Park eines nie vollendeten und irgendwann abgerissenen Wochenendschlösschens, auf dessen Gelände nach wie vor der Bauwagen des zukünftigen Waldkindergartens stand. Jedes Mal wenn Carla auf ihrer Odyssee an ihm vorbeikam, schob sie den Buggy etwas schneller. Nach allem, was sie wusste, lag darin immer noch eine gewisse volle Windel. Sie meinte sogar, ihren Duft dezent durch die angelehnte Holztür riechen zu können. Für illegal platzierte Hundehaufen gab es jetzt schon Gentests, hatte sie vor Kurzem gelesen. Ob man die auch auf benutzte Windeln anwenden konnte? Bei dem Gedanken daran bekam Carla heiße Ohren.

Zudem wachte der Urheber der unschönen Hinterlassenschaft langsam auf und schien keine große Begeisterung darüber zu verspüren, sich in seinem alten Buggy wiederzufinden. Carla blieb stehen und verschnaufte einen Augenblick. Sie hatte keine Ahnung, an welcher Ecke der Straße sie weitersuchen sollte. Als sie sich zweifelnd umsah, erkannte sie einen lang gezogenen Hügel und die darunter verlaufende S-Bahn-Strecke. Der kümmerliche Grasbewuchs verriet die Nutzung des Hügels im Winter: als die am stärksten frequentierte Rodelabfahrt Gilchings.

»Grauwal, Tsug!«, rief Lukas. Eine sehr lange rote S-Bahn voller München-Pendler arbeitete sich aus Geisenbrunn heran.

Carla schob den Buggy näher an die Wiese, um Lukas eine bessere Sicht zu ermöglichen. Dann geschah etwas, das in einer unaufhaltbaren Folge von kleinen unschuldigen Einzelheiten sonst nur im ganz großen Kino geschah – oder eben im Alltag mit Kleinkindern.

Die Wiese war von Maulwurfshügeln zerfurcht und auch sonst kein Ort, der zum Bleiben einlud. Die blick- und verkehrsgeschützte Lage am Rand eines perfekt zum Gassigehen geeigneten Areals hatte sie zu einer Gefahrenzone voller Tretminen caniner Herkunft gemacht. Auch Carla erkannte das mit dem sicheren Blick aller Mütter innerhalb von Sekundenbruchteilen. Da sie den Buggy aber über so viele Monate hinweg nicht benutzt und ihren Sohn deshalb nicht in die viel zu kurz gewordenen Gurte geschnallt hatte, sprang Lukas beim Anblick des Zuges ungehindert aus dem Buggy, stolperte über einen Maulwurfshügel und landete mit dem Gesicht direkt im größten anzunehmenden Hundehaufen aller Zeiten. Um die Bescherung noch schöner zu machen, stützte er sich beim Aufrichten auch noch mit den Händen darin ab und rieb sich verwundert erst über Stirn und Haare, bevor er die Finger an seiner froschgrünen Jacke abstreifte. Es war ein sehr frischer Hundehaufen, bei winterlichen Außentemperaturen hätte er sicherlich noch gedampft. Carla erstarrte zu einer Säule des Ekels. Innerhalb von kaum zwei Wimpernschlägen hatte sich ihr adretter kleiner Begleiter in einen stinkenden Ausgestoßenen verwandelt.

»Scheiße«, fluchte sie und wich etwas zurück.

»Seise«, sagte etwas überrascht auch Lukas, bevor er zu weinen begann, weil die S-Bahn schon wieder verschwunden war.

Die Scheiße zog rotbraune Schlieren über Lukas' Nase, Backe und um das linke Auge. Sie hing zwischen seinen Fingern und in den Fasern seiner Fleecejacke. Sie klebte in kleinen Bröckchen in seinen Haaren und vermutlich auch an seinen Zähnen. Carla hielt die Luft an und öffnete ihre Handtasche, um die Feuchttücher herauszuholen, musste nach einer Weile hektischen Herumkramens aber feststellen, dass sie zwar mit jeder

Menge Sicherheitsnadeln, Kleingeld, Lippenstift und eisenhaltigem Kräuterblut in kleinen Fläschchen ausgestattet war, sich das Zuhauselassen der sperrigen Wickeltasche jetzt jedoch bitter rächte. In ihr waren Feucht- und Öltücher. Hektisch suchte sie nun auch in der hinteren Seitentasche ihrer Jeans. Vergeblich. Das antiseptische Desinfektionstüchlein im Einmalpack fehlte ebenso. Sie hatte das Tuch am Seeufer verwendet, um die von der Ente hervorgewürgte Zehe zu entsorgen und anschließend nicht wieder an Nachschub gedacht.

Carla schloss kurz die Augen, peinlich darauf bedacht, Lukas nicht zu nahe an sich heranzulassen, und überlegte. Sämtliche alternativen Reinigungsversuche mit Spucke und alten Tempotaschentüchern wären zwecklos beziehungsweise einfach zu eklig. Zudem würden sie die Sauerei nur noch tiefer in die Hautporen und Textilien einarbeiten. Der Geruch auch von kleinsten Mengen Hundescheiße bestach selten durch rasches Sichverflüchtigen, und die Übelkeit stieg jetzt schon in ihr hoch. Es half alles nichts. Sie brauchte fremde Hilfe.

Bevor sie Lukas anfasste, kippte Carla zwei Fläschchen Kräuterblut und hielt die Nase in den Wind. Dann griff sie zu, setzte ihren schluchzenden Sohn zurück in seinen Buggy und schob ihn schnellen Schrittes die nächste Hauseinfahrt hinauf, wo sie entschlossen klingelte. Es schien, als wären die Bewohner zu Hause, denn unter einem Carport stand ein Van, und aus einem gekippten Fenster drang Kinderweinen. Perfekt!

In der halben Minute, die verging, bis sie jemanden zur Tür schlurfen hörte, hatte Carla die Einkommensverhältnisse der Bewohner schon bis ins Detail analysiert: Das Haus stand in Alleinlage auf einer künstlich aufgeschütteten Terrasse und musste in den frühen Siebzigern des vorangegangenen Jahrhunderts eine atemberaubende Modernität ausgestrahlt haben. Der niedrige Bungalow hatte viele Ecken, angedeutete Seitenflügel und allerlei Mäuerchen, die von akkurat gepflanzten Säulenzypressen umgeben wurden. Das blau gedeckte Dach und die Streifen aus Glasbausteinen erzählten vom Eigensinn seiner Erbauer. Auch die jetzigen Besitzer hatten bestimmt viel

Geld in die Hand genommen, um das extravagante Anwesen zu kaufen. Der nachträglich angebaute Carport war eine kühn geschwungene Metallkonstruktion und der darunterstehende Van ein senffarbenes Modell eines teureren Herstellers.

Doch offenbar waren die aktuellen Bewohner erst vor Kurzem eingezogen und noch zu nichts anderem gekommen – oder der Kauf des Hauses hatte sie finanziell ruiniert: Das blaue Dach war vermoost, von den Ecken und Glasbausteinen ausgehend zogen sich Schmutzschlieren über den Putz, und aus den südländisch wirkenden Säulenzypressen war ein sardinenartig zusammengestauchter Wald geworden, durch den nur wenig Licht zum Haus drang.

Die Frau, die die Tür öffnete, hatte Augenringe bis zum Knie und trug trotz fortgeschrittener Tageszeit einen Bademantel aus marineblauem Frottee. Anhand der krustigen gelben Flecken auf dessen Vorderseite schloss Carla sofort messerscharf, dass sie gerade dabei gewesen war, ein Baby zu füttern. Vermutlich das, dessen Schreie Carla bereits vernommen hatte. Die Frau starrte Carla mit zusammengezogenen Augenbrauen an und stand auffällig breitbeinig in der Tür, was Carla zuerst wunderte, bis sie den Nachwuchs sah. Nicht ein, nicht zwei, sondern drei kleine Kinder drängten sich hinter den Beinen der Frau und versuchten zu entkommen. Die Größte war maximal drei Jahre alt, die beiden kleineren Jungs konnten gerade eben laufen. Alle hatten gelblich verschmierte Gesichter und Oberkörper und starrten Carla erwartungsvoll an, immerhin mit etwas wohlwollenderen Mienen als die ihrer Mutter. Auch das Weinen hatte aufgehört.

»Entschuldigen Sie vielmals«, sagte Carla und begann ihren Buggy wieder zu wenden. »Sie haben ja selbst genug um die Ohren, ich wollte Sie nicht stören.«

»Was wollten Sie denn?« Die Augen der Frau hatten Lukas entdeckt und blickten nicht mehr ganz so misstrauisch.

»Nichts, nichts. Mein Sohn hat einen Hundehaufen im Gesicht, aber den kann ich ja auch daheim wegwaschen. Ich hab nämlich die Feuchttücher vergessen.«

Kurze Stille. Der blaue Morgenmantel wurde etwas enger um den Oberkörper gezogen. Der größere der beiden kleinen Buben nieste. »Kommen Sie rein«, sagte die fleckige Frau dann müde, trat einen Schritt zurück und machte eine einladende Handbewegung. »Mich besucht ja sonst keiner. War wahrscheinlich eh mein Hund.«

Eine Viertelstunde später saß ebendieser Hund, ein enormer Mischling mit Berner-Sennenhund-Einschlag und dem Brustkorb eines Ruderweltmeisters, schwanzwedelnd auf einem fusselnden Duschvorleger.

Die Frau im Morgenmantel hatte sich als Bärbel Juncker vorgestellt und Lukas direkt in ihr Badezimmer geführt, wo sie ihn mit Hilfe von ellenbogenlangen lila Putzhandschuhen professionell entkleidete und in der Badewanne grob mit einem nassen Waschlappen abrieb, bevor sie ihm ein Schaumbad einließ. Während das Wasser lief, knotete sie die grüne Fleecejacke geruchsdicht in eine leere Mülltüte. Carla war ihr dankbar für dieses wortlos resolute Vorgehen und ihr dreckiger Sohn offenbar auch. Jedenfalls hatte er nur kurz protestiert, um dann die ersten Minuten bewegungslos im Wasser zu sitzen und die fremden Kinder anzustarren, die genauso bewegungslos im Türrahmen standen und den Eindringling musterten, bis ihre Mutter sie ebenfalls in die Wanne setzte. Als die gröbste Waschung erledigt war, zeigten sie Lukas, wie man aus der Entfernung von eineinhalb Metern einen Hund einseift.

Wie alles andere, was Carla im Vorbeigehen von der Inneneinrichtung des Hauses gesehen hatte, war auch das Bad schon in die Jahre gekommen. Altrosa Fliesen an Wänden und am Boden, und auch das Waschbecken mit dem darüberhängenden Spiegelschrank, die breite Badewanne, die Toilette mit dem muschelförmigen Deckel und sogar die Armaturen strahlten in Altrosa. Lukas' noch saubere Kleidungsstücke hingen auf einem Wäschetrockner, den man mittels einer Schnur von der Decke lassen konnte. Carla hatte gedacht, solche Dinger existierten nur noch in ein paar verlassenen Plattenbauten Ostmecklenburgs.

Das Baby, das Carla vor dem Haus stehend noch weinen gehört hatte, schien ein paar Zimmer weiter eingeschlafen zu sein. Bärbel Juncker hatte Carla kommentarlos eine Tasse Früchtetee in die Hand gedrückt und saß nun neben ihr auf einer Wäschetruhe, die mit bunt geblümtem Frotteestoff aus den Siebzigern bezogen war.

»War sowieso mal wieder Badezeit«, sagte Frau Juncker. »Na ja, für ein Kleinkind ist genau genommen ja immer Badezeit, eigentlich müsste ich auch mal wieder in die Wanne, aber Sie wissen schon … der Arterhaltungstrieb vernachlässigt die Elterngeneration. Wann haben Sie denn zuletzt gebadet?«

Carla glaubte, den stillen Neid der Mehrfachmütter aus der Frage herauszuhören. »Vor zwei Wochen oder so«, log sie schnell. »Ich dusche lieber, dauert nicht so lange.«

Mit sich etwas aufhellender Miene sah Frau Juncker den Kindern zu, die konzentriert mit Schaum und leeren Shampooflaschen spielten. Für ein paar kostbare Minuten waren sie zu ergriffen von der neuen Viererkonstellation, um aufeinander einzuhauen.

»Immerhin bin ich Badegäste gewohnt. Ich hatte eine, äh, sozusagen obdachlose Freundin, die immer zum Waschen bei mir vorbeigekommen ist. Alle vier Tage. Komplett mit Klamotten und allem Drum und Dran, volles Wellnessprogramm, drei Stunden lang. Tja, wenn's nicht die eigene Strom- und Wasserrechnung ist, ist es einfach, einen auf öko-bio zu machen! Total nachhaltig, das Ganze. Wie Atomkraftwerke im Nachbarland.« Sie lachte und unterbrach sich dann abrupt, als hätte sie sich über das blecherne Geräusch aus ihrer Kehle erschrocken. Es war unschwer zu erkennen, dass die arme Frau Juncker in Sachen Fröhlichkeit gewaltig aus der Übung war. »Aber jetzt kommt die eh nicht mehr. Hat wohl einen anderen Deppen gefunden, bei dem sie Sauna-Oase spielen kann.«

Carla stand auf der Leitung. »Und warum waren Sie mit ihr befreundet? Das Verhältnis klingt ja doch etwas einseitig, nach Ausbeuterei, wenn Sie mich fragen.«

Ihre befleckte Gastgeberin seufzte. »Es war eine Sandkastenfreundschaft, die kündigt man nicht so leicht. Ich war ein dickes Kind mit Sprachfehler. Und in der Schule ist es auch nicht besser geworden, da habe ich dann eine Zahnspange gekriegt. Und später Pickel. Wahrscheinlich hätte ich mich irgendwann vor die nächste S-Bahn nach Herrsching geworfen, wären wir nicht in die gleiche Klasse gegangen. Sie hat das Gröbste verhindert. Die Einzige, die immer zu mir gehalten hat, war Sabine.«

Carla schlug sich an die Stirn: Das hier war es, das letzte Haus am Steinberg! Und sie, das blinde Huhn auf der Suche nach dem Korn, saß in ihm auf einer Wäschetruhe. Nie und nimmer wäre sie auf die Idee gekommen, das etwas abgelegene Anwesen zur Alten Rathausgasse zu zählen! Zwischen dem alten Bungalow und den anderen Gebäuden lagen der Schlittenhügel und eine längere Wendekurve. Mit dem niedrigen Dach und den abweisend hohen Zypressenbüscheln hatte es so gewirkt, als würde es zur nächsten Straße gehören.

Carla wurde heiß. Mit großer Ernsthaftigkeit wandte sie sich ihrer neuen Bekannten zu. »Meinen Sie Sabine Wondratschek?«

Während des folgenden Gesprächs fielen für Carla einige kleine Puzzlestückchen von Sabine Wondratscheks schwierig zu greifendem Charakter ineinander.

So selbstgenügsam und altruistisch, wie sie sich gegeben hatte, war die Waldfee nicht gewesen. Ihre hehren Ideale hatte sie weitestgehend auf Kosten anderer erreichen wollen. Tatsächlich hatte die alte Sandkastenfreundschaft zu dem pickligen Zahnspangenmädchen Bärbel der unsteten Sabine ihr scheinbar schwereloses Dasein erst ermöglicht. Nicht nur die bequeme Infrastruktur eines bürgerlichen Haushalts, sondern auch der eine oder andere kleine Bargeldschein war Sabine von ihr zur Verfügung gestellt worden.

Bärbel hatte im Gegenzug dazu nichts bekommen außer dem Gefühl, einen weiteren Klotz am Bein zu haben. Nicht einmal ein paar Stunden Babysitting hatte Sabine angeboten. Außen hui, innen pfui, so konnte man das Verhalten nennen. Oder auch einfach nur parasitär.

Als Bärbel Juncker mit ihren Enthüllungen am Ende war, guckte sie Carla an wie ein Lämmchen. Sie genoss die rare Gelegenheit zum Tratsch unter Frauen sichtlich. »So haben wir das in letzter Zeit geregelt, seit Sabines Mutter tot und sie aus Berlin zurück ist. Sie hat mich nie wirklich gefragt, ob das okay wäre, aber ich hab auch nie Nein gesagt. Konnte ihr schon in der Grundschule nichts abschlagen. Der Postbote ist eingeweiht.«

»Und das funktioniert?«

»Kommt halt nicht alles an. Aber das ist ja bei der normalen Post auch so.«

Carla nickte. Das stimmte. Sie konnte nur ahnen, wie viele Sendungen ihr in der alten Münchner Wohnung entgangen waren, weil der Postbote zu faul gewesen war, in den dritten Stock zu laufen.

»Aber das muss unter uns bleiben.«

»Was denn?«

»Na, dass ich meine Adresse für die hergegeben habe. Wie steh ich denn sonst da. Frau vom Gemeinderat, studierte Biologin und alles, und dann mit so einer befreundet! Wenn Sabine wenigstens auch Mutter geworden wäre, aber nein … Sie muss sich ja immer verwirklichen, bis es wirklicher nicht mehr geht. Es ist fast schon ironisch, dass die jetzt plötzlich Erzieherin geworden ist. Erzieherin! Die!«

Bärbel Juncker schnaubte, und Carla fand, dass sie in ihrer Wut älter wirkte als die Grabow nach drei Flaschen Rosé. »Dann war Sabine noch gar nicht so lange in dem Job tätig? Was hat sie denn vorher gemacht?«

»Drogen natürlich! Angeblich war sie Künstlerin, aber wir wissen doch alle, was man in Berlin so macht! Das mit der Weiterbildung zur Erzieherin, das ist ihr erst vor drei Jahren eingefallen, mit einunddreißig. Auf Staatskosten, versteht sich.«

Als Carla sich schließlich tausendmal bedankt und verabschiedet hatte, war sie der sicheren Überzeugung, dass aus dem groß gewordenen Zahnspangenmädchen auch ein wenig Neid sprach. Trotzdem wäre Bärbel Juncker wahrscheinlich untröstlich, wenn sie erst einmal die Nachricht von Sabines Ermordung erhielt. Doch klar, im Moment musste diese im Vergleich zu ihr wirken wie eine fröhlich singende Amsel, die am Käfig eines unterernährten Kanarienvogels vorbeifliegt.

Sinnierend schob Carla den duftenden Lukas davon. Bärbel Juncker hatte ihr sogar noch geholfen, die Schiebestange des Buggys zu säubern. Wirklich heldenhaft. Ob sie selbst mit zwei Kindern auch so überfordert und schlecht drauf sein würde? Bei der Vorstellung schüttelte sie sich. Natürlich hatte auch sie als Mutter ihre Phasen, aber die dauerten glücklicherweise nie lange. Im Großen und Ganzen war Lukas ein pflegeleichtes Kind und sie eine körperlich gesunde Mutter. Und schließlich wusste sie ja nicht, was der armen Frau aus der Alten Rathausgasse außer Geduld sonst noch fehlte.

»He, Sie!«, wurde sie plötzlich in ihren Gedanken unterbrochen. Carla drehte sich um und sah Bärbel Juncker die Einfahrt hinablaufen. Ihr wehender blauer Morgenmantel offenbarte ein ausgewaschenes Bandshirt. Carla kannte das Album-Cover: »Lateralus« von den amerikanischen Experimentalrockern Tool. Roland besaß das gleiche. Unter anderen Vorzeichen, dachte Carla, hätte Bärbel vielleicht eine ganz sympathische Freundin abgegeben.

»Bleiben Sie stehen, ich hab da noch was!«, rief sie, kam näher und drückte Carla einen grauen Stoffbeutel in die Hand. »Gehört Sabine. Wenn Sie sie finden, schmeißen Sie's ihr an den Kopf, bitte. Und richten Sie ihr schöne Grüße von Bärbel aus.« Sie wandte sich ab und trottete zurück zu ihren plärrenden Bälgern.

Carla wunderte sich, schob sich und Lukas dann aber erst einmal in die sichere Entfernung der Gilchinger Talsohle und setzte sich am Marktplatz auf eine Bank. Der wieder saubere Lukas begann sofort, um die in den Boden eingelassenen Wasserfontänen herumzulaufen, während seine Mutter den grauen Stoffbeutel öffnete.

Zuerst förderte sie einen grau verwaschenen Damenslip aus löchriger Baumwolle zutage, dann ein Achselhemd aus demselben Material und eine langärmelige Bluse im Trekking-Stil aus undefinierbaren Kunstfasern. Keins der Textilien hätte Carla auch nur als Putzlappen verwenden mögen, aber das Muster der Bluse kam ihr bekannt vor. Offenbar waren das Sabines gute Klamotten, die Bluse hatte sie bei der Vorstellungsrunde des Waldkindergartens getragen. Glücklicherweise rochen die Sachen frisch. Anscheinend hatte sie Bärbel Juncker mütterlich gewaschen.

Als Carla zaghaft in dem scheinbar leeren Beutel herumtastete, um nicht unvorbereitet auf einen weiteren, eventuell noch nicht mütterlich gewaschenen Slip zu stoßen, ertasteten ihre Finger ein Stück Papier. Es war ein herkömmlicher Briefumschlag im Langformat, allerdings ohne Sichtfenster. Er war handschriftlich adressiert an S. Wondratschek, ziemlich dünn und ungeöffnet.

Carla überlegte nur kurz, ob sie das Kuvert aufmachen sollte, dann kniff sie die Augen zusammen und ritzte den Umschlag mit ihrem Daumennagel auf. Im Dienste der Aufklärung von Sabines Schicksal fand sie sich dazu berechtigt. Nur Bärbel Juncker wüsste davon, und die hatte ganz offensichtlich kein Interesse mehr daran, sich weiter mit Sabines Angelegenheiten herumzuschlagen.

Carla zog einen einzelnen Computerausdruck ohne Briefkopf aus dem Kuvert. Der Text war in Standardformatierung und Times New Roman, der gewöhnlichsten aller Schriften, verfasst. Stirnrunzelnd begann sie zu lesen.

Frau Wondratschek!
Ich gratuliere Ihnen zu Ihrem glücklichen Händchen – oder soll ich sagen, Füßchen? – in Sachen Flora und Fauna. Die Hamster dieser Erde werden Ihr Engagement sicherlich zu schätzen wissen, ich tue es jedoch nicht.
Wie Sie wissen dürften, bin ich der größte Unterstützer einer gewissen sozialen Einrichtung, deren Bausubstanz aus den siebziger Jahren stammt. Nicht nur mir als Sachverständigem ist bekannt, dass in dieser Art von Teilfertighäusern häufig Asbest-

platten verbaut wurden. Würden auch bei uns solche Platten gefunden, wäre ein sofortiger Sanierungsbeginn unumgänglich. Und selbst bei geklärter Finanzierung würde sich diese über mehrere Monate hinziehen.
Natürlich könnten die Gebäude während einer solchen gründlichen Sanierung nicht bewohnt werden, so tragisch das für die Bewohner mit ihrem starken Bedürfnis nach dem gewohnten Alltag auch wäre. Denn die Gemeinde Gilching verfügt, soweit mir bekannt ist, über keine alternativen Unterbringungsmöglichkeiten.
Sofern Sie Ihre Aussage nicht bis zum 1. September zurückziehen, werde ich die Bausubstanz des Obdachlosenheims einer genaueren Prüfung unterziehen.

Eindeutig ein Drohbrief mit erpresserischen Zügen. Doch Carla verstand nicht sofort, was es mit der Erpressung auf sich hatte. Asbest im Obdachlosenheim? Gemeinhin waren Leute doch froh, Asbest loszuwerden, oder etwa nicht?

Unterschrieben war das Blatt handschriftlich: *»KK, August«*. Anscheinend hätte Sabine Wondratschek den Unterzeichner sofort zuordnen können.

Auch Carla begann es zu dämmern. Auch sie wusste, wem das Kürzel gehörte. Natürlich! Eine Bauangelegenheit, der forsche Ton, die Alliteration, im Grunde konnte es sich bei dem Schreiber nur um Karl Klarl von KK Konstruktion handeln. Nur zu gut erinnerte sie sich an den unangenehmen Kerl und sein Neubauprojekt.

Als sie und Roland auf Immobiliensuche gewesen waren, hatten sie um keinen Preis einen Neubau kaufen wollen. In ihren Augen besaßen Neubauten keinen Charme, und auch preislich waren sie jenseits von Gut und Böse. Nein, so ein totgedämmtes Stück Ameisenhaufen im Toskanastil mit Fensterschlitzen wie Schießscharten, womöglich mit apricotfarbenem Anstrich, das kam gar nicht in Frage. Doch dann hatte es über Wochen hinweg so geschienen, als würde im ganzen Landkreis nie mehr auch nur eine klitzekleine Bestandsimmobilie auf den

Markt kommen, und die Maeßmers hatten sich zunehmend weichgekocht gefühlt, sodass sie ein einziges Mal nachgaben.

Das Projekt lag am südlichen Ortsrand und war gerade fertiggestellt worden. Die ersten Käufer und Mieter des Zwölf-Parteien-Hauses zogen bereits ein, nur der zentimeterbreite Grünstreifen um die Außenmauern, der sich Garten schimpfte, sollte noch mit Rollrasen und Granitquadern dekoriert werden.

Diese wegen der hohen Grundstückspreise eigentlich kaum vorhandenen Grünflächen stellten eine nicht unübliche Krankheit im gesamten Fünfseenland dar, besonders aber in der zugebauten Boomtown Gilching. Bei tausend Euro pro Quadratmeter verminderte sich die Anzahl der Hobbygärtner rasant. Jede Baulücke wurde ausgenutzt. Sobald irgendwo ein Geräteschuppen abgerissen wurde, konnte man sicher sein, dass der neue Besitzer innerhalb von ungefähr zwei Wochen einen Dreispänner mit Vierfachgarage auf die frei gewordene Fläche zwängte.

Carla näherte sich dem Neubau mit Widerwillen. Wozu würde sie denn von Obersendling in eine ländliche Gemeinde ziehen, wenn ihr noch zu gebärendes Kind nicht einmal ein Bobbycar im Garten parken konnte? Ganz zu schweigen von den lauen Grillabenden auf der eigenen Terrasse, von denen Roland schon seit Jahren schwärmte: »Wenn wir mal über dreißig sind, wohnen wir in einem Haus mit Garten. Dann schmeiß ich jedes Wochenende den Grill an und räucher die Fassade, bis es knackt. Ist ja dann unsere. So gesehen können wir das Haus gleich graubraun streichen.«

Dann betraten sie die elegant geschnittene, hochwertig ausgestattete Dreizimmerwohnung im zweiten Stock des Neubaus. Da der ursprüngliche Käufer seine Kreditwürdigkeit überschätzt hatte, war es in letzter Sekunde zu dem öffentlichen Besichtigungstermin gekommen. Von einer schlecht gelaunten Frau mit riesiger Versace-Sonnenbrille gescheucht, durften Carla und Roland mit den anderen Interessenten das Treppenhaus im Zehn-Minuten-Takt betreten.

An der offenen Wohnungstür wurden sie von einem großen, breiten Mann begrüßt, der sich trotz Innenraum und sommerlicher Temperatur nicht von seiner Lodenjoppe und dem samtgrünen Jägerhut trennen zu wollen schien. Genauso wenig wie von seinem arroganten Lächeln angesichts Carlas Achtmonatsbauchs. Wahrscheinlich dachte er, er hätte sie schon in der Tasche und könnte ihnen aufgrund der Dringlichkeit der Immobilienfindung alles aufschwatzen. Carla kam sich vor wie Maria mit Josef im Schlepptau bei der Herbergssuche im Krippenspiel.

Begleitet von der emotionslosen Aufzählung des Jägerhutträgers von Marken, deren Produkte man für dieses und jenes Detail des Innenausbaus verwendet hatte, trotteten sie durch die Räume und sahen sich schon im Flur wissend an. Das Totschlagargument gegen die Wohnung hatte sich zu erkennen gegeben: Lärm. Das Grundstück grenzte an eine hübsch eingewachsene Lärmschutzwand zur Lindauer Autobahn, deren Wirkung im Hof und im unteren Teil des Treppenhauses noch völlig zufriedenstellend gewesen war. Hier, im zweiten Stock, existierte die Schallabwehr jedoch nicht mehr beziehungsweise endete etwa auf Kniehöhe der Bewohner. Noch dazu blickten alle Fenster der Wohnung auf die Autobahn hinaus, auf der in unablässiger Karawane Pendler aus Landsberg am Lech, Schweizer Shoppingtouristen in goldbraunen Geländewagen und kunterbunte Lastwägen aller Nationen vorbeirauschten. Vom Kinderzimmer aus konnte man die Blechlawinenschlange mehr oder weniger von Germering bis zum Etterschlager Tunnel verfolgen: die ideale Bleibe für Hörgeschädigte mit Lkw-Fimmel.

Zu dem Zeitpunkt hatten Carla und Roland noch nicht gewusst, dass es sich bei ihrem Gegenüber um den Chef von KKK persönlich handelte. Vor ihnen stand Karl Klarl, der größte Baulöwe des Fünfseenlandes, der sich an diesem Vormittag aufgrund plötzlicher personeller Engpässe selbst für den Maklerjob hergab. Und da er es nicht für nötig hielt, sich vorzustellen, entwickelte sich zwischen ihm und den Maeßmers ein skurriles

Gespräch, das man als Negativbeispiel für ein Verkaufsgespräch in jeder Berufsschule hätte verwenden können.

»Nein, also, ich glaube, das ist doch nichts für uns, Herr …«

»Ach, und warum genau glauben Sie, dass das nichts für Sie ist? Ich muss Ihnen ja nicht extra sagen, wie viele Interessenten ich habe. Die stehen im Hof Schlange.«

»Der Schnitt gefällt mir sogar ganz gut, die Ausstattung ist auch toll, aber, ganz ehrlich …«

»Ja, bitte? Seien Sie ruhig ganz ehrlich! Mir wird hier sowieso die Tür eingerannt, also müssen Sie kein Blatt vor den Mund nehmen. Raus mit der Sprache, wie Ihnen das Schnäbelchen gewachsen ist!«

»Okay, also, ähm, es ist laut wie Sau.«

»Laut?« Karl Klarl in der Lodenjoppe runzelte die Stirn und machte eine Pause, als müsse er die Bedeutung des Wortes erst in seinem geistigen Wörterbuch nachschlagen. »Laut ist es also. Interessant. Sie finden es wirklich laut hier drinnen?« Er stand im Wohnzimmer, in dem sogar bei geschlossenen dreifach verglasten Fenstern der provisorische Schreibtisch vibrierte, als wenige Meter unter ihnen ein Sattelschlepper mit knatternder blauer Plane vorbeifuhr. Man konnte die Schallwellen förmlich sehen. In gespielter Verblüffung hielt sich der Bauunternehmer eine Hand ans Ohr. »Also, ich hör nichts, Sie?«

Und mit diesem Karl Klarl schien sich Sabine Wondratschek also angelegt zu haben. Der Umstand machte sie Carla gleich wieder sympathisch. In jedem Fall war sie mit Karl Klarl offenbar auf jemanden gestoßen, der so schnell vor nichts zurückschreckte. Auf einen eiskalten Geschäftsmann, der beruflich mit Sicherheit schon über viele Leichen gegangen war – vielleicht auch über die von Sabine? Sein Schreiben an sie konnte man durchaus als Drohbrief bezeichnen.

In Carlas Nacken begann es zu kribbeln. Sie schüttelte die leere Stofftasche auf und wollte sie schon zusammenlegen, als ihr eine kleine Ausbuchtung darin auffiel. Neugierig nahm sie den länglichen, vielleicht daumengroßen Gegenstand heraus:

ein halb geleertes Nagellackfläschchen. Carla kannte die Marke nicht, aber es war relativ offensichtlich, wem der Nagellack gehört hatte. »SANTE Naturkosmetik Nr. 14«, stand auf dem dicken Glas. »Shiny Pink«.

Carla hatte keine Ahnung gehabt, dass man sogar Nagellack in Bio-Qualität erwerben konnte. Nagellack war doch der Inbegriff einer hundertprozentigen Chemiekeule. Was genau an einem Fläschchen voller Formaldehyd und anderen schrecklichen Inhaltsstoffen sollte man denn organisch und im Einklang mit Mutter Natur herstellen können, noch dazu mit Plastikdeckel? Hatte man das Pinselchen zum Auftragen vielleicht aus artgerecht erzeugten und von selbst ausgefallenen Schweineborsten gefertigt?

Doch auch ohne investigative Grundausbildung erschlossen sich ihr im Anschluss an diesen Gedanken sofort die großartigen Konsequenzen ihres Zufallsfundes. Das Fläschchen »Shiny Pink Nr. 14« war nicht weniger als der Beweis für Sabine Wondratscheks Versehrtheit und ihren Vermisstenstatus.

Jetzt würde niemand mehr diesen Zusammenhang bestreiten können, schließlich war die Anzahl an Frauen, die genau diesen Nagellack verwendeten, doch bestimmt sehr übersichtlich. Nun war die Wissenschaft am Zug. Ein freundlicher Mensch mit Chemielabor musste die Übereinstimmung der rosa Flüssigkeit im Fläschchen mit dem Lack auf Sabines Zeh bestätigen. War dieser Dr. Ali nicht aus München? Roland konnte bestimmt herausfinden, wo er privat wohnte, und das Fläschen abends noch vorbeibringen!

Das diesjährige Oktoberfest war noch nicht eröffnet; also hatte er mit etwas Glück noch nichts vor und könnte den Nachweis vielleicht gleich an diesem Wochenende erbringen …

Der Lack ist ab

18. September, 10.58 Uhr

Am Montagvormittag gelang es Dr. Said Al-Jamal durch einen einfachen Anruf, ein Leben zu retten. Das Leben einer Taube. Roland Maeßmer hatte seine vorgezogene Mittagspause auf dem Parkplatz der Starnberger McDonald's-Filiale genutzt, um sich hinter einem dortigen Weißdorngebüsch zu postieren. Für ahnungslose Passanten mochte es aussehen, als ob er dort dem Wildpinkeln frönen wollte, doch in Wirklichkeit hatte er mit seinem Cheeseburger eine gehbehinderte Flugratte angelockt und zwischen dem Weißdorn und einer hölzernen Sichtschutzwand in die Enge getrieben. Sein Mobiltelefon klingelte eine Millisekunde, bevor er die Kante seines rechten Schuhs in Old-Shatterhand-Manier gegen ihr verdammenswertes Genick schmettern konnte. Fluchend senkte er den Fuß und ging ran.

»Lieber Roland Maeßmer, ich bin der Größte«, tönte eine Stimme salbungsvoll aus dem Lautsprecher. »Der Beste, der Klügste und der Schönste sowieso. Du darfst mich noch heute Abend auf ein Schnitzel in der ›Sonne‹ einladen. Oder ich dich, da bin ich mir noch unklar. Bring Frau und Kinder mit, ach, und deine Nachbarn, den Gynäkologen deiner Frau, deinen Ernährungsberater und deine Mutter. Und natürlich Fräulein Sybille. Wir feiern.«

»Wenn hier einer einen Ernährungsberater braucht, dann ja wohl du, du Schnitzelfreak«, hielt Roland dagegen. »Außerdem ist die Sybille seit heute für zwei Wochen im Urlaub, genauso wie der Gynäkologe meiner Frau. Deshalb weiß ich auch noch nicht, ob ich jetzt zwei- oder dreifacher Vater werde und es mir noch leisten kann, dich auf ein Schnitzel einzuladen.« Er befand sich auf einem aggressiven Testosteronhoch, vor dessen kleiner Adrenalinabfuhr durch Genicktritt ihn Ali zurückgehalten hatte. Es fühlte sich ein wenig so an, als hätte ihn seine Deutschlehrerin gerade beim Masturbieren überrascht. »Was willst du denn schon groß herausgefunden haben?«

»Es ist tatsächlich ›SANTE Nummer 14, Shiny Pink‹. Hat mir gerade mein Labor verraten, obwohl ich eigentlich gar nicht auf so viel Chemie eingestellt bin. Musste improvisieren, aber selbstverständlich bin ich auch im Improvisieren der Größte und Beste. Damit ist so gut wie bewiesen, dass unser Zeh der Zeh der abgängigen Madame Wondratschek ist. Wenn dein Spengler jetzt nicht sofort beim KSK anruft, dann weiß ich auch nicht.«

»Krasse Sache. Und fixe Arbeit, Mann. Freu mich schon, wenn ich dem Cheffe das gleich reinreiben kann. Vielleicht gibt's unter den Umständen am Wochenende ja doch noch was zu tun für die Taucher. Den Spengler haben wir damit im Sack.« Roland gluckste. Die Taube verkroch sich umständlich in das Gebüsch, doch er rührte sich nicht von der Stelle, blieb auf dem mageren Rasen stehen und sah ihr gutmütig nach. Sollte sie doch ihr kleines Taubenleben weiterleben. Er brauchte sie nicht mehr.

***

Eine halbe Stunde später dachte Dr. Max-Josef Spengler gar nicht daran, sich in irgendeinen Sack stecken zu lassen. Geduldig hörte er sich an, was sein tüchtiger Hauptmeister Maeßmer ihm zu berichten hatte, und war nicht ansatzweise beeindruckt. Der Mann schien etwas überspannt. Wahrscheinlich wegen der neuen Schwangerschaft seiner Gattin, von der ihm Sybille in bester Vorurlaubslaune noch erzählt hatte. Sie hatte sich wohl verplappert, weil sie ihn gleich danach bat, dem Maeßmer nichts von seinem Mitwissen zu sagen. Da hätte sie beruhigt sein können. Mit so etwas nun aufzutrumpfen oder es gar gegen den eigenen Mann zu verwenden, das war wirklich nicht seine Art. Als guter und verständnisvoller Vorgesetzter beschloss Spengler, dieses süße Geheimnis erst einmal für sich zu behalten.

Roland kam sich während seines Monologs immer mehr vor wie ein Schuljunge, den man zum Direktor zitiert hatte, um ein Vergehen zu gestehen. Spengler saß ihm die ganze Zeit milde lächelnd gegenüber und sagte kein Wort. Vielmehr nickte er sogar ab und an aufmunternd, wie um Rolands Geständnis, das es nicht gab, zu beschleunigen.

Roland geriet ins Stocken. »… und deshalb denke ich, also, denken wir, also, der Dr. Ali und auch meine Frau, äh, dass es vielleicht nicht das Schlechteste wäre, wenn man den See nach weiteren Teilen der Frau Wondratschek durchsuchen würde. Also, nach weiteren Körperteilen, meine ich natürlich.«

»Soso. Ihre Frau meint das also auch.« Spengler hob die Kaffeetasse, die zwischen ihm und dem Kommissar stand wie ein Symbol der Beamtengemütlichkeit. »Der Zeh in unserer Münchner Asservatenkammer – wo er jedenfalls hingehören würde, wenn der Herr Ali ihm nicht in seinem Labor einen Schrein gebaut hätte – ist theoretisch übrigens ein Fall von Unterschlagung oder zumindest doch Verzögerung! Das erwähne ich jetzt einfach mal so. Er trägt also Nagellack einer bestimmten Marke und Farbe, den auch Ihr vermeintliches Opfer besaß. Mehr haben Sie nicht, oder?«

»Äh, nein, nicht direkt.« Roland brach der Schweiß aus. Trotz seines gelben Polohemds aus reiner Baumwolle, die so viel atmungsaktiver war als der Kunstfasermix seiner Ausbildungszeit, klebte der Stoff an seinen Achseln. Es darf doch nicht wahr sein, wie Sie mich hier permanent auflaufen lassen!, wollte er seinen Chef anschreien. Sie stellen sich absichtlich einer Ermittlung in den Weg! Was, wenn der Zeh von Ihrer eigenen Frau wäre? Da würden Sie doch auch nicht so tun, als handle es sich um nichts Wichtigeres als um einen verloren gegangenen Regenschirm! Doch alles, was er herausbrachte, war: »Vielleicht liegt im Ammersee ja auch noch der Rest von der Leiche. Das kann man nicht ausschließen. So wie damals bei dem Fall um Fritz Haarmann. Da wurde dieser Fluss abgesenkt, die Leine, und alles war voller Knochen.«

»Oho, der Haarmann! Na, Herr Maeßmer, Sie spekulieren mir ja was zusammen. Ihre Beschlagenheit in Kriminalhistorik in allen Ehren, aber der Haarmann war ein Massenmörder. Und wir haben noch nicht mal eine einzige vollständige Leiche. Wie kommen Sie überhaupt immer gleich auf Leiche?

Es ist doch nur ein Zeh, der uns vorliegt! Es gibt Menschen, denen fehlen sämtliche Extremitäten, die leben aber trotzdem! Fragen Sie doch mal so einen Mundmaler, ob er vielleicht eine Leiche ist, nur weil er keine Arme hat. Wirklich, Herr Maeßmer, so ein abgetrennter Zeh, das kann doch mal passieren. Ich muss schon sagen, Sie haben in der Hinsicht einen gewissen Tunnelblick.«

***

Nach Spenglers Abfuhr hockte Roland für einige Minuten wie betäubt an seinem Schreibtisch. Sybille, die ihren blasierten und verfahrenen Chef möglicherweise noch hätte umstimmen können, sonnte sich wahrscheinlich schon am Gardasee. Nichts zu machen. Noch nicht einmal trösten konnte sie ihn jetzt.

Angesichts dieser unerquicklichen Sackgasse namens Spengler beschloss er, seine Kaffeepause großzügig nach vorn zu verlegen und wie schon am Vormittag zu McDonald's zu gehen. Dort lungerte er so lange auf dem Parkplatz herum, bis er sich eingestehen musste, dass er es in Wirklichkeit nicht auf eventuelle Verkehrssünder, sondern noch immer auf die verkrüppelte Taube abgesehen hatte. Diesmal aber wirklich. Jetzt würde ihn nichts von seiner Mission abbringen können. Seine Fußspitze zitterte schon, sobald sich irgendwo ein Blättchen oder Grashalm bewegte.

Vergebens. Zum Glück für die Taube hatte sie sich in der Zwischenzeit einen anderen Ort für ihre bettlerischen Schmarotzerumtriebe ausgesucht.

Nach einer Viertelstunde in der Abluft des McDrive-Schalters war Roland merkwürdig unwohl zumute. Er kaufte sich einen großen Vanille-Milkshake, von dem er sich die Beruhigung seines Magens versprach, und ging zurück zur Inspektion, wo er sich für den Rest des Tages krankmeldete. Da er das ganze Jahr über erst einmal wegen Frühjahrsgrippe gefehlt hatte, nickte der Kollege leichthin. »Ich trag's ein.«

Im Auto entschloss sich Roland angesichts der durch die geöffneten Fenster hereinströmenden Septemberwärme zu einem spontanen Waldausflug. Erstens war er trotz der vielen Überzeugungsversuche seiner Frau bisher noch nicht wirklich mit der Gilchinger Umgebung bekannt geworden, und zweitens konnte man ja nie wissen, auf welche Vögel man dort traf.

Um seinem Unterfangen einen etwas dienstlichen Anstrich zu verleihen und keine harmlosen Wanderer zu erschrecken – schließlich trug er noch seine Uniform –, würde er zuerst die nähere Umgebung des Zementwerks erwandern. Es konnte nicht schaden, diese Geißel des Gilchinger Nachbarschaftsfriedens endlich persönlich kennenzulernen.

An der Allguth-Tankstelle vorbei fuhr er nach St. Gilgen, nahm jedoch nicht die unübersichtliche Rechtskurve durch die Felder, sondern bog nach links ab. Da er nicht wusste, wo man in St. Gilgen am besten parkte und wie weit man auf der ungeteerten Straße überhaupt fahren durfte, stellte er den Wagen gleich neben der kleinen hellgrauen Kapelle ab. Falls ein nach Parksündern suchender Kollege vorbeikäme, könnte er vielleicht noch als Kirchenbesucher durchgehen.

Hinter der Kapelle wurde die Bebauung spärlicher, und Roland schlug den einzigen Weg ein, der weiter ins Gelände führte. Als wäre man mit dem Straßenbau dem schnellen Wachstum der Region nicht hinterhergekommen, war er nur auf den ersten paar Dutzend Metern geteert. Der Asphalt reichte nicht einmal bis zu den letzten beiden Wohnhäusern, deren nagelneue verschachtelte Fronten auf den gelbmatschigen Kies voller Pfützen und Grasbüschel hinaussahen.

Prompt blieb ein riesiger Matschklumpen an der Sohle von Rolands linkem Lederhalbschuh kleben. Missbilligend wechselte er auf den niedergetrampelten rechten Rasenrand und streifte den Batz bestmöglich ab. Hier jedoch wimmelte es nur so vor Hundehäufchen, wie er gerade noch rechtzeitig herausfand. Er krempelte die Beine seiner sandbraunen Jeans hoch, damit diese nicht auch noch in Mitleidenschaft gezogen würden, dann setzte er seinen Spaziergang in einem vorsichtigen Slalom fort, bis er endlich eine Weggabelung und damit etwas trockeneren Untergrund erreichte.

Um ihn herum offenbarte sich die Gilchinger Natur in ihren schönsten Farben. Sofern man von den hoch aufragenden Fördertürmen des Zementwerks absah, erstreckte sich bis zur Schneise der Lindauer Autobahn nur hügeliges Waldgebiet, das meiste davon relativ alt und wenig genutzt. Zwischen den Windwürfen und Fichten-Monokulturen, so hatte Roland in der kostenlos verteilten Gilchinger Ortschronik vor einiger Zeit gelesen, lagen sogar mehrere kleine Hochmoore.

Zwei gut im Futter stehende Seniorinnen mit ebensolchen Hündchen kamen ihm entgegen und grüßten angesichts seiner Uniform ehrfurchtsvoll. Seine Stimmung besserte sich, und er beschleunigte beschwingt seinen Schritt. Der wie akkurat abgeschnitten wirkende Waldrand näherte sich. Er verschluckte den Kiesweg, und das Zementwerk verschwand endgültig aus Rolands Sichtfeld, sodass nichts mehr auf die nahe Zivilisation hindeutete.

Kaum schlossen sich die Nadelbäume um Roland, wurde er sich der sauerstoffreichen Luft bewusst und atmete doppelt so tief ein wie sonst. Dankbar dehnten sich seine Lungenflügel, vor allem nach den heimlich gerauchten Gauloises der letzten Tage. Er wollte die Stimmung auskosten. Wenn schon, denn schon!

Spontan schlug er einen kaum sichtbaren Pfad ein, der noch tiefer in den Wald führte. Er war nicht mehr als ein Wildwechsel und wurde immer schmaler. Hier waren offenbar nicht allzu häufig Spaziergänger unterwegs. Alle paar Meter musste sich Roland einen Ast aus dem Gesicht schieben, aufgescheuchte Käfer summten um seinen Kopf, wilde Himbeeren säumten den Weg, am Waldboden entdeckte er verschiedene Pilze, und Roland nahm sich vor, demnächst ein bisschen Pilzkunde zu betreiben. Eines Tages würde er hier vielleicht mit seinem Sohn – oder seinen Söhnen! – spazieren gehen, und dann wollte er sich vor ihnen nicht blamieren.

Ein schöner Wald, wirklich. Voll mit den Geschenken der

Natur. Sollte es hier nicht vielleicht auch das ein oder andere Täubchen geben? Vielleicht sogar Wildtäubchen! Eine Wildtaube zu erledigen – das musste grandios sein. Eine Herausforderung. So ähnlich wie ein weißer Hai für einen Hochseeangler. Aber wo lebten diese legendären Wildtauben eigentlich? Sicherlich nicht im langweiligen Fichtendickicht des Waldrandes. Eher schon auf einer lauschigen Lichtung, wo sie verschiedene Beeren und Grassamen naschen konnten.

Hoffnungsfroh blickte Roland sich um und sah sie auch tatsächlich durch die Bäume leuchten: seine Lichtung. Ohne Rücksicht auf seine helle Uniform schlug er sich kreuz und quer durchs Unterholz, die Lichtung immer im Blick.

Als sich das Gelände vor ihm öffnete, blinzelte er direkt in die Spätnachmittagssonne. Nach einer Weile hatten sich seine Augen an das Licht gewöhnt, und er stellte fest, dass es außer ihm hier weit und breit keine Menschenseele gab. Und auch keine Wildtauben. Trotzdem war es schön hier. Sehr schön sogar. Roland blieb noch eine Weile stehen und genoss die gute Luft und die friedliche Atmosphäre. Obwohl keine hundert Meter von ihm entfernt das Gelände des Zementwerks mit einem massiven Stahlzaun begann, herrschte hier idyllische Ruhe. Nur ganz entfernt ließ sich das Brummen einer großen Maschine vernehmen, aber das beruhigende, tiefe Geräusch klang vielmehr so, als hätte es schon immer dazugehört. Es passte zu dem Surren und Singen der Insekten. Am Rand der Lichtung standen mehrere alte Laubbäume locker verteilt, zumeist Buchen oder Eichen. Wenn Roland sich anstrengte, konnte er zwischen den Stämmen in nordöstlicher Richtung die Metallstreben des Kalkförderbands blitzen sehen.

In der Mitte der Lichtung ragten ein paar tote Bäume empor, rindenlos und silbergrau vor Alter. Andere waren bereits umgefallen und in der ungemähten Wildwiese bis auf ein paar unbeugsame Äste kaum noch erkennbar. Das hohe Gras verwandelte sie in bizarre, tierähnliche Formen. Bestimmt wäre es spannend, hier in einer hellen Vollmondnacht auf irgendwelche anderen Wildtiere als Tauben zu lauern, dachte Roland.

Als er bemerkte, dass auffallend viele Bienen das schilfige Gras durchsummten, schaute er sich interessiert nach einem Bienenhaus um. Die Imkerei hatte schon immer eine gewisse Faszination auf ihn ausgeübt, als Teenager hatte er sich geschworen, sie spätestens als Rentner zu seinem Hobby zu machen. Er liebte Honig. »Du alter Bär, du«, nannte ihn Carla deshalb gern. Bestimmt wäre der Honig von diesem paradiesischen Fleckchen Wald sehr schmackhaft, dunkel und reichhaltig. Und wenn er das Bienenhaus entdeckte, könnte er dort vielleicht einen Hinweis auf den Imker und damit die Bezugsquelle finden.

Wieder kniff er gegen die tief stehende Nachmittagssonne die Augen zusammen und suchte den Waldrand ab. Doch es war kein Bienenhaus zu entdecken. Stattdessen blieb sein Blick an einer länglichen Konstruktion neben dem Stamm einer dicken Eiche hängen. Was war das? Zuerst schien es sich nicht groß von der Eiche selbst zu unterscheiden, schien nur ein abgebrochener Ast oder ein junger Baum zu sein, aber als Roland genauer hinsah, wurde der künstliche Ursprung eindeutig. Die Konstruktion war schnurgerade, aus dunklem Holz und besaß Sprossen: eine Leiter.

Roland ging ein paar Schritte auf sie zu, als er den eckigen Umriss über ihr bemerkte, den die noch immer saftig grünen Blätter der Eiche fast vollständig verbargen: ein Baumhaus, und zwar ein ziemlich großes. Roland, der sich als Münchner Großstadtkind mit einem windigen Indianertipi im Ostpark hatte begnügen müssen, verspürte einen nachträglichen Anflug von Neid und stapfte weiter auf seine Entdeckung zu: Er wollte sich genauer ansehen, was sich die Gilchinger Dorfjugend hier gegönnt hatte.

Doch als er unter dem Bauwerk stand, musste er seine erste Einschätzung revidieren. Dies war kein Baumhaus, wie es Kinder oder Jugendliche bauen würden. Staunend betrachtete er die rechten Winkel, das Spitzdach, die perfekte Ausführung und das Panoramafenster mit den unauffälligen Öffnungen darunter. Bei diesem luftigen Obdach handelte es sich um den luxuriösesten Jagdsitz, den er je gesehen hatte. Trotz seines in letzter Zeit etwas vernachlässigten Waffentrainings erkannte Roland die unauffälligen Öffnungen sofort als Schießscharten. Der Lauf eines klassischen Jagdgewehrs würde genau hindurchpassen, sogar genügend Raum zum Austarieren war vorhanden.

Die Rückwand des Hochsitzes befand sich genau vor dem Stamm der Eiche, deren starke Queräste die Last des Aufbaus trugen. Roland musterte anerkennend die Art der Befestigung: Das Bauwerk war mit einer Reihe starker Gurte an den Baum geschnallt worden, die sich nachstellen ließen und somit jede Verletzung des Baumes vermieden. Wer auch immer diese Luxushütte errichtet hatte, er konnte kein Unmensch sein.

Die Leiter führte zu einer seitlichen stabil wirkenden Tür mit Sichtfenster und großem Vorhängeschloss hinauf. Doch schon aus vier Metern Entfernung – denn so hoch hing der Jagdsitz – war zu sehen, dass nur ein Bügel des Vorhängeschlosses eingerastet war. Das hölzerne Domizil war unverschlossen.

Natürlich konnte ein Mann wie Roland, der seinem Sohn am liebsten schon vor dessen Geburt eine Eisenbahn gekauft hätte, sich das Hinaufklettern nicht verkneifen. Er besaß die seltene Gabe, in solchen Momenten sein inneres Kind ausleben zu können.

Unauffällig sah er sich um und horchte ein paar Sekunden konzentriert, konnte aber keine Anzeichen menschlicher Gegenwart wahrnehmen. Entschlossen griff er zu und setzte den Fuß auf die erste Leitersprosse.

Nun besteigt aber auch ein Polizist mit sehr selbstbewusstem innerem Kind nicht ohne Weiteres fremdes Eigentum. Gerade er weiß ja bestens um all die möglichen rechtlichen und auch sachlichen Fallstricke. Roland begann nachzudenken. Sein Vorhaben war im engsten Sinne Hausfriedensbruch, wenn dieser Jagdsitz denn legal errichtet worden war. Aber wer konnte schon ahnen, ob das schicke Holzhäuschen nicht als perfide gesichertes Drogenlager diente? Und gerade dann musste das Auge des Gesetzes ja mal einen Blick darauf werfen. Falls er erwischt wurde, könnte er sich immer noch mit einer Kontrollbegehung herausreden. Roland wackelte probehalber ein wenig an der

Leiter herum, aber sie schien stabil. Nicht angesägt, nicht mit abschreckenden Substanzen präpariert.

Dann fiel ihm die Schnitzerei auf. Neben der Tür, gleich auf Höhe der Bodenplatte, war ein faustgroßes Emblem ins dunkle Holz geritzt worden. Eine Art verschlungenes »W«. Sehr hübsch. Ob das für den Nachnamen des Besitzers stand? Genau nach so einer Vorlage suchte er schon länger. Selbstverständlich mit einem C statt eines Ws. Er hegte den geheimen Plan, sich ein Tattoo mit der Initiale seiner Liebsten auf den Rücken stechen zu lassen. Die Art des Buchstabens am Baumhaus gefiel ihm. Edel, aber nicht übertrieben.

Kurz entschlossen holte er sein altes Smartphone aus der Brusttasche und machte ein Foto von dem Buchstaben, bevor er die Sprossen endlich hinaufstieg. Die Auflösung des Bildes wäre nicht die beste, aber egal.

Wenige Sekunden später hob er das Vorhängeschloss aus dem Riegel und drückte die Tür nach innen auf.

Im Baumhaus roch es sehr stark. Vielmehr: Es stank. Und zwar so sehr, dass Rolands Nase noch vor seinen Augen Bescheid wusste. Beinahe wäre er einen Schritt zurückgetreten und die Leiter wieder hinuntergefallen. Nach der frischen Waldluft der letzten Viertelstunde schlug ihm der Gestank jetzt ins Gesicht wie eine übersehene Glastür.

Eine Substanz war klar herauszuriechen: frischer Menschenschweiß. Die anderen Aromen waren ein buntes Potpourri von nassem Hund, Schimmel, Friedhof und ranzigem Fett. Ein ganz kleines bisschen fühlte sich Roland an die Wohnung der Taubenfreundin mit dem Schweinsbraten erinnert. Er würgte kurz, fing sich aber gleich wieder. Bei näherer Überlegung handelte es sich hier vielleicht einfach nur um den Geruch von altem Menschenschweiß, der in sehr lange sehr ungewaschener Kleidung hing.

Dieser Eindruck wurde schließlich bestätigt, als er sich an das Zwielicht im Baumhaus gewöhnt hatte: Auf der hintersten Ecke einer langen Polsterbank saß ein uralter Mann. Seine Kleidung war zerlumpt, der lange Bart hing in gelb verfärbten Dreadlocks von seinem abgezehrten Gesicht hinunter, und zwischen seinen Beinen stand eine schmutzige Sporttasche. Die Kapuze seines unpassend jugendlichen Sweatshirts hatte er sich tief ins Gesicht gezogen, doch Roland erkannte ihn natürlich trotzdem. Das war der Penner, von dem ihm Carla erzählt hatte. Der Penner! Immer auf den Beinen, überall in und um Gilching herum zu sehen. Sabine Wondratscheks Opa, Ludwig Bachberger mit Namen, wenn er sich recht erinnerte. Ludwig Bachberger, der hier mucksmäuschenstill in einem erstaunlich eleganten Baumhaus saß und auf etwas oder jemanden zu warten schien.

»Hallo!«, sagte Roland betont freundlich. »Ich glaube, wir haben hier alle beide nicht allzu viel verloren. Aber ich für meinen Teil kann mich auf eine polizeiliche Recherche berufen. Darf ich fragen, was Sie hier machen?«

Der Alte sah ihn lange stumm an. Die eisblauen Augen blitzten unter der Kapuze hervor. Wie ein Jedi-Ritter, dachte Roland.

»Wollten Sie sich ausruhen, weil Sie den ganzen Tag so viel herumlaufen?« Roland wollte dem armen Kerl ein wenig auf die Sprünge helfen und ihm eine einleuchtende Erklärung liefern, doch der Mann reagierte nicht. Seine glitzerblauen Augen ruhten noch immer ruhig auf dem Eindringling.

»Sie laufen doch den ganzen Tag herum, ich seh Sie ständig irgendwo rumlaufen. Ist ja auch sehr gesund, das viele Herumlaufen«, murmelte Roland und wurde dabei immer unsicherer, denn der Alte schwieg weiterhin beharrlich. Endlich fiel Roland ein, dass ihm Carla von seiner freiwilligen Stummheit erzählt hatte, die irgendwann wohl in eine tatsächliche Unfähigkeit zu sprechen übergegangen war.

Plötzlich kam überraschend Leben in den müffelnden alten Mann. Er seufzte tief, bückte sich zu der Sporttasche zwischen seinen Füßen und öffnete mit langen, dreckverkrusteten Fingern den Reißverschluss, der klemmte. Als die Tasche endlich offen war, zog Ludwig Bachberger die ihm zugewandte Seite nach oben, um Roland den Inhalt zu präsentieren. Dieser hielt erneut den Atem an, doch diesmal waren der Grund dafür nicht die Ausdünstungen des Alten, an die er sich mittlerweile gewöhnt hatte. In der schmuddeligen Sporttasche, die zu Ludwig Bachberger gehörte wie ein Ohr an den Kopf, lagen zahlreiche Päckchen verschiedener Größen in Klarsichtfolie, alle säuberlich verschweißt oder zugeklebt. Die meisten waren dunkelbraun und kantig wie Ofenanzünder, ein paar jedoch enthielten kleine runde Tabletten, wahlweise in Weiß, Rosarot oder Hellblau. Es war schon eine Weile her, dass Roland in der entsprechenden Fahndungsabteilung gearbeitet hatte, doch die Umrechnung in den momentanen Gegenwert funktionierte noch immer automatisch. Der Penner hatte illegale Drogen für ein paar tausend Euro bei sich.

Die Substanzen mussten einem schwunghaften Handel entstammen. Das Hasch sah professionell verpackt aus, bei den Pillen handelte es sich vermutlich um Speed oder Ecstasy, keine Drogen also, die man unter der Brücke oder im Gilchinger Obdachlosenheim vertickte. Upper and Downer. Dieses Zeug richtete sich an Menschen, die abwechselnd runterkommen und sich dann wieder aufputschen wollten. Menschen, die unter Leistungsdruck standen und noch zu jung waren, um den Raubbau, den sie an ihren Körpern trieben, zu realisieren: Studenten und Gymnasiasten.

Roland überlegte nicht lange, Bachberger zeigte ihm sicherlich nicht ohne Not den Inhalt seiner konspirativen Tasche. Der Mann war vielleicht stumm und seltsam, aber ganz bestimmt nicht doof. Und dass sich ein über achtzigjähriger Penner freiwillig als Dealer betätigte, hielt Roland für unwahrscheinlich. Irgendwer hatte ihn dazu genötigt, und er wusste genau, was es bedeutete, dieses Zeug einem Polizisten zu zeigen.

Roland trat zwei Schritte auf ihn zu und streckte dem Alten auffordernd seine rechte Hand hin. »Herr Bachberger, das sieht nach einem massiven Drogendelikt aus. Ich muss Sie deshalb jetzt festnehmen und natürlich auch Ihre Tasche konfiszieren. Aber keine Angst, ich tue Ihnen nix, auf dem Revier kriegen Sie von den Kollegen sogar einen heißen Tee und was zu essen. Butterbrezen, Müsliriegel, Schokolade, was Sie wollen. Sie können auch schön warm duschen, wenn Sie möchten«, lockte er.

Die Miene des Penners blieb unverändert, doch der Blick aus seinen blauen Augen schien etwas weicher geworden zu sein. Er zog den Reißverschluss seiner Sporttasche sorgfältig wieder zu, hob sie hoch und Roland mit ausgestreckten Armen entgegen. Dann griff er tatsächlich nach der angebotenen Hand, stand etwas schwerfällig auf und folgte ihm die Leiter hinunter und durch den Wald bis zu dem weißen Polo neben der St. Gilgener Kapelle.

Roland öffnete Bachberger die Tür zur Rückbank, räumte eine Playmobil-Rakete vom Sitz und half ihm beim Anschnallen, bevor er die Sporttasche mit dem teuren Inhalt im Kofferraum verstaute und mit sehr weit geöffneten Fenstern Richtung Starnberg aufbrach.

In der Inspektion angekommen, trank Ludwig Bachberger literweise heißen Früchtetee mit viel Zucker, verschlang zwei Butterbrezen und beantwortete natürlich keine der Fragen des hinzugezogenen Psychologen. Die amtliche Umgebung machte ihn nicht nervös, er blieb freundlich und gelassen. Auf das wiederholte Angebot einer warmen Dusche reagierte er nicht, verbrachte aber eine längere Zeit auf der Besuchertoilette damit, im Waschbecken seine Socken zu waschen, die er anschließend mit dem Handtrockner föhnte.

In der schmuddeligen Sporttasche fanden sich neben einem Pfund feinstem Hasch der Sorte »Schwarzer Afghane« und zweihundert Speed-Tabletten auch knapp sechshundert Euro in kleineren Scheinen. Offensichtlich wurde der Mann als wandelnder Drogenumschlagsplatz missbraucht. Wahrscheinlich fingen der oder die Strippenzieher ihn ab und benutzten seine Sporttasche als Transportbehälter für das brisante Gut. Da er den ganzen Tag auf den Beinen war, konnten sie ihn an einem beliebigen Platz in der Gilchinger Umgebung treffen. Der ortsbekannte Penner, den niemand mit der Beißzange anfassen wollte, war der perfekte Kurier.

»Das höre ich gern! Das ist doch eine schöne Aufgabe für Sie!«, rief Spengler erfreut, als Roland ihm von den Neuigkeiten berichtet hatte. »Eine wunder-, wunderschöne Aufgabe für Sie, Herr Maeßmer. Endlich mal wieder ein anständiges, handfestes Drogendelikt. Nicht so ein Schmarrn mit Leichenzehen und Kriminaltauchern!« Er rieb sich die Hände. »Hat Sie irgendjemand zusammen beobachtet?«

»Ich glaube nicht. In der Gegend ist wenig los, das wäre mir aufgefallen.«

»Hervorragend. Also dürften die Bösewichte keine Ahnung haben, dass der Mann seine Socken heute bei der Polizei gewaschen hat. Sie, Herr Maeßmer, sind ab sofort von Ihren anderen Pflichten entbunden und kümmern sich ausschließlich um den Penner und seine Tasche, die er natürlich zurückkriegt. Wir wären ja schön blöd, wenn wir den großen Fischen ihr Appetithäppchen wegschnappen würden, bevor sie uns an den Haken gehen. Herr Bachberger ist ab sofort unser Köder.«

Roland konnte den Enthusiasmus von Dr. Spengler nicht teilen. Nachdenklich rieb er sich das Nasenbein. Mittlerweile war es beinahe neunzehn Uhr, und nicht nur die Gattin des Chefs fragte sich bestimmt schon, was die Herren so lange in der Inspektion trieben. »Grundsätzlich eine gute Idee, Dr. Spengler. Aber wissen Sie, was mich die ganze Zeit schon interessiert?«

»Schießen Sie los, mein lieber Herr Maeßmer!«

»Na ja, es ist mir etwas peinlich, weil ich den Fall ja gerade eben erst selbst an Land gezogen habe. Aber ich glaube ehrlich gesagt, dass es sich bei ihm um gar keinen richtigen Fall handelt.«

»Bitte wie?« Spengler blickte höchst entrüstet drein. »Fast ein Kilo feinste Drogen samt Schwarzgeld – und das soll kein richtiger Fall sein?«

»Genau. Und zwar deshalb, weil es einfach keinen Sinn ergibt. Ich meine, wir leben im Fünfseenland, im zweitreichsten Landkreis Deutschlands. In Gilching gibt es abgesehen von mir keine stationären Kollegen, weil da so wenig los ist. Normalerweise fährt einmal am Tag eine Streife aus Germering durch den Ort, aber das auch nur dann, wenn die Beamten gerade Lust haben. Die Gilchinger sind nette Menschen. Die zünden sich höchstens mal gegenseitig das Gartenhäuschen an, aber sonst trauen die sich nix. Im Register stehen insgesamt fünf wegen ein bisschen Gras vorbestrafte Jugendliche, ich hab nachgesehen. Ganze fünf! Und bei den meisten ist die Anklage Jahre her. Klar, dass wir vielleicht nicht alles wissen, aber das klingt für mich nicht nach einer besonders lukrativen Klientel. In Mexico City schaut die Sache bestimmt anders aus, aber wenn einer in Gilching sein Dope von A nach B transportieren möchte, kann er das einfach tun. Das merkt im Normalfall niemand. Und ganz sicher braucht ein Dealer dafür keinen Ludwig Bachberger, der eher ein Sicherheitsrisiko darstellt als ihn unterstützt. Der ist doch völlig überflüssig.«

Ungläubig runzelte Dr. Spengler seine hohe Stirn. Gerade eben war die Sache doch noch optimal geeignet gewesen, um den fleißigen Herrn Maeßmer von dieser unseligen Zehengeschichte abzulenken. Eigentlich war es eine sichere Bank, einen potenziellen Drogenpaten aufspüren zu dürfen. Eine Schnellstraße zur Beförderung. In Rosenheim damals hatte er selbst nichts anderes getan. Wieso biss der Kerl jetzt nicht an? »Herr Maeßmer, im Vernehmungsraum drüben sitzt nicht der Nikolaus, sondern Herr Bachberger mit einem Sack voller illegaler Drogen. Wie erklären Sie sich das, wenn Bachberger Ihrer Meinung nach doch überflüssig ist?«

»Das ist ein Ablenkungsmanöver. Auch wenn ich noch keine Ahnung habe, wer davon profitiert. Kein echter Dealer verhält sich so hirnrissig und wickelt seine Geschäfte über einen unzurechnungsfähigen Penner ab.«

»Aber … in Kolumbien nehmen sie auch alte Omas und Kleinkinder zum Schmuggeln! Fast jeder, der ein paar Koks-Kugeln schlucken kann, wird ins nächste Flugzeug nach Amerika gesetzt. Sogar schwangere Frauen, hochschwangere, die schieben sich das Zeug dann in die –«

»Ja, natürlich, so was kommt vor«, unterbrach Roland seinen Chef hastig. »In Kolumbien. Da müssen die Drogen auch über Länder- und Kontinentgrenzen geschmuggelt werden. Aber seit wann ist die Forststraße von Geisenbrunn nach Alling eine bedeutende Schmugglerroute? Oder der Radweg zum Tennisplatz? Wäre ich ein Dealer und jemand in Neugilching würde gern etwas Koks von mir kaufen, dann würde ich ihm das in den Briefkasten stecken und die Zahlung über einen Strohmann abwickeln. Oder er gibt mir die Kohle halt persönlich, wenn wir uns treffen, merkt doch eh niemand. Wir haben schon jahrelang keine Observationen gegen Verdächtige laufen, oder?«

Spengler schüttelte langsam den Kopf und sah zunehmend hoffnungsloser aus der Wäsche.

Roland redete einfach weiter. Er genoss es, endlich einmal Oberwasser zu haben. »Der Mann kann natürlich trotzdem als Lockvogel agieren, wer weiß, wen man mit ihm so alles aus dem Gebüsch klopft? Aber diese Drogensache dient ganz bestimmt einem anderen als dem offensichtlichen Zweck. Ich find das schon raus, wenn Sie mich lassen.«

»Selbstverständlich! Sie haben den Fall ja schließlich an Land gezogen.« Spengler kratzte sich an der Schläfe. Er sehnte sich nach einem guten Schlückchen aus seinem geheimen Flachmann. »Und was machen wir jetzt mit dem alten Kauz da drüben?«

Bachberger saß noch immer im Vernehmungsraum, noch immer trank er Früchtetee mit sehr viel Zucker. Inzwischen zeigte die Digitalanzeige der großen Uhr in Spenglers Büro schon halb acht. Soweit Roland von Carla wusste, schlief und aß Bachberger im Gilchinger Obdachlosenheim hinter dem innerörtlichen Gewerbegebiet.

»Ich fahr ihn zu seinem Schlafplatz«, beschied er seinem Chef. »Und gleich morgen früh beginne ich damit, ihn zu observieren.«

Nachdem Roland dem Alten erklärt hatte, dass er ihn jetzt ins Heim zurückbringen würde, folgte dieser ihm brav zum weißen Polo. Eine Viertelstunde später, während der Roland es bereute, angesichts der wieder weit geöffneten Fenster keine Jacke mitgenommen zu haben, erreichten sie das Obdachlosenheim. Roland parkte etwas abseits beim letzten Gebäude des Gewerbegebietes, um in seiner Uniform kein Aufsehen zu erregen, und nahm sich vor, am nächsten Morgen mit der Heimleitung zu sprechen.

Es gestaltete sich erstaunlich schwierig, Bachberger beim Abschied die immer noch unverändert mit Drogen bestückte Sporttasche zurückzugeben. Der Mann war schon grußlos ein paar Meter davongeschlurft, bis Roland den Kofferraum geöffnet und die Tasche herausgenommen hatte. Bachberger schien geradezu erleichtert, sein Gepäckstück losgeworden zu sein.

»He, Herr Bachberger, Sie haben da was vergessen«, zischte Roland möglichst leise und schwenkte die Tasche. Ihm wurde heiß bei der Vorstellung, die Deckung des Gewerbegebiets verlassen und dem Mann nachsetzen zu müssen. Da hätte er ihm ja gleich ein Schild umhängen können, darauf: »Wird polizeilich überwacht«.

Der Penner blieb stehen, drehte sich um und blickte ihn aus müden blauen Augen an, als wollte er sagen: War ja nur ein Versuch. Langsam schlurfte er zum Wagen zurück und streckte ergeben den dürren rechten Arm aus.

Roland brauchte ein paar Sekunden, bis er begriff, dass er dem Mann die Tasche über die Schulter hängen sollte. Als das erledigt war, zog Bachberger seine buschigen weißen Augenbrauen hoch, rieb sich die rechte Schläfe, eine Bewegung, die ein wenig wie ein Abschiedswinken aussah, und tappte in Richtung Obdachlosenheim davon.

Mit einem erleichterten Seufzer startete Roland den Polo und machte sich endlich ebenfalls auf den Weg nach Hause. Er hatte seinem Chef bewusst das wichtige Detail vorenthalten, dass es sich bei Ludwig Bachberger um den Großvater der verschwundenen Waldkindergärtnerin handelte. Er selbst wusste davon ja auch nur durch Zufall, weil Carla im richtigen Moment zum Metzger gegangen war. Mit diesem Wissen hätte ihm der gute Dr. Spengler sicherlich keine freie Hand gelassen, sondern sofort vermutet, dass Roland unter dem Deckmäntelchen des Drogen-Großvaters doch wieder nur dem Zeh hinterherforschen würde. Und mit dieser Vermutung hätte er vollkommen richtiggelegen.

Dreckig lächelnd betrat Roland seine Wohnung und schloss Carla in die Arme. Sie hatte sich schon Sorgen um ihn gemacht und begrüßte ihn ungewohnt zärtlich im durchsichtigen schwarzen Nachthemdchen und dem leuchtend roten Spitzentanga, den er ihr vergangene Weihnachten geschenkt hatte. Das teure Teilchen hatte ihr beweisen sollen, dass er sie auch als Mama noch verdammt sexy fand. Bei Carlas Anblick lächelte Roland noch viel dreckiger. »Hey, sexy Mama«, flüsterte er. »Ich hab heute ziemlich viel erlebt, deshalb bin ich so spät dran.«

»Du wirst gleich noch mehr erleben, wenn du mich jetzt nicht gleich was erleben lässt«, sagte Carla gespielt streng und zog ihn Richtung Schlafzimmer. »Dein Kind schläft, du musst den Moment nutzen. Deine Erlebnisse können bis später warten. Ich liebe ja Männer in Uniform, aber diese hier muss sofort runter …«

***

Spengler saß immer noch in seinem Büro, betrachtete seinen Flachmann und verstand die Welt nicht mehr. Warum wollte jemand, der wegen seines Fleißes und seiner gottverdammten Geradlinigkeit für eine Beförderung längst überfällig war und der nur auf den entsprechenden kleinen Extraermittlungserfolg wartete – jemand wie Roland Maeßmer –, diese »gmahde Wiesn« mit der Sporttasche voller Drogen unbedingt kleinreden? Konnte der Polizei doch egal sein, ob der hinter diesem Penner steckende Dealer ein Depp war. Auch ein dealender Depp ließ sich als Ermittlungserfolg feiern. Oder ein depperter Dealer.

Spengler stieß grunzend auf. Vielleicht hatte er doch schon einen Schluck zu viel intus. Seiner Frau würde das nicht gefallen, die merkte das sofort. Aber da sie ihn wegen seines langen Fernbleibens vom Abendessen sowieso ausschimpfen würde, war es eigentlich auch schon wieder egal. Erleichtert über die

Erkenntnis nahm er ein weiteres Schlückchen, rückte dann seinen Hemdkragen zurecht, schlüpfte in sein Jackett aus gewalkter Wolle und schloss das Büro hinter sich ab. Es war Zeit für den Feierabend.

Zumindest einen positiven Aspekt hatte er aus Roland Maeßmers Worten herausgehört: Er würde sich, aus welchen Gründen auch immer, erst einmal weiter um den Lockvogel kümmern. Damit wäre er hoffentlich für die nächsten Wochen verräumt und könnte in dieser Zeit keine unerwünschten Leichen hervorzaubern. Und mit zusätzlichen Appetithäppchen wie Extraspesen und einem neuen elektronischen Fahndungsspielzeug ließe er sich bestimmt für einige Zeit auf der Drogenspur halten. Beispielsweise könnte man diesem Bachberger einen Miniatur-Peilsender in die Tasche einnähen, das wäre fast schon hollywoodreif. Oder gleich eine Kamera anhängen und seine Aufzeichnungen bequem am Schreibtisch auf dem Tablet oder Smartphone verfolgen. Jaja, die modernen Zeiten. James Bond wäre neidisch gewesen! Falls es Spengler so gelänge, Maeßmer bis Ende Oktober hinter dem alten Dackel herstöbern zu lassen, wäre alles geritzt. Der 31. Oktober war nämlich der Stichtag für die Entscheidung zur Wandernadel. Und bis dahin, so schwor sich Spengler, würde ihm keine Leiche einen Strich durch die Rechnung machen.

Zeh um Zeh

19. September, 4.57 Uhr

Es entsprach eigentlich gar nicht Dr. Said Al-Jamals ausgeglichener Art, aber er hatte in der Nacht so lange kein Auge zugetan, bis er sich schließlich aufgerafft und unter starkem Espresso-Doping in sein Labor begeben hatte. Besondere Umstände erforderten besondere Maßnahmen, und das Institut der Rechtsmedizin in der Nußbaumstraße erschien ihm unter allen Orten noch am geeignetsten dafür, diese besonderen Maßnahmen zu ergreifen.

Rolands telefonischer Bericht von Spenglers erneuter Abfuhr hatte ihn am Vorabend während eines gepflegten Essens mit seiner Nichte erreicht. Dass Roland diesen Penner geschnappt hatte und nun unter dem Deckmäntelchen der Drogenobservation relativ offen vor sich hin ermitteln konnte, war ja prima für ihn – aber Al-Jamal selbst und seine Ermittlungsergebnisse waren damit trotzdem an die Wand gefahren worden. Wozu hatte er sich die letzten Tage mit all seiner Liebe und Hingabe diesem Zeh gewidmet?

Fassungslos hatte er nach dem Telefonat auf das leise ratternde Laufband mit dem besten Sushi der Stadt gestarrt, bis Shirin ihn besorgt fragte, ob ihm vielleicht die Zulassung entzogen worden wäre. Nach einer nichtssagenden Antwort bestellte er beim devoten vietnamesischen Kellner – so bleich und kurznäsig, dass man ihn auch für einen Japaner hätte halten könnte – einen doppelten Schnaps. Al-Jamal hatte den Appetit und die gute Laune vollständig verloren.

Dieser Spengler war wirklich eine Zumutung. Ein Schmerz im Arsch, wie der Amerikaner sagte. Was zur Hölle sollte er denn noch herausfinden, um diesen vermaledeiten Zeh endlich ins ihm gebührende Zentrum der staatsgewaltlichen Aufmerksamkeit zu rücken?

Noch dazu, wo er seine Bemühungen um das unscheinbare Körperteilchen seit der ersten Grobanalyse auf eigene Rechnung unternahm. Wo keine weitere polizeiliche Anordnung, da auch kein Geld für den rassigsten Rechtsmediziner Bayerns.

Und dann besaß das Arschloch von Spengler auch noch die Frechheit, ihn für sein unentgeltliches Bemühen um Recht und Ordnung zu veräppeln! Einen Schrein habe er dem Zeh gebaut, sollte er gesagt haben! Pah! Das war also der Lohn für die innere Gewissheit, auf einer ganz heißen Spur zu sein.

Er war sich immer noch sicher, dass dieser Zeh ein Fall war, wie man ihn nur alle Jahrzehnte einmal auf den Tisch bekam: ein Fall, wie ihn nur die aufmerksame Spürnase des Rechtsmediziners und zugegebenermaßen die Sekretärin des Arschlochs und vielleicht auch noch die unermüdliche schwangere Ehefrau des einzig verbliebenen aufrechten Polizeibeamten lösen konnten. Wenn sie es nicht schafften, würde der bedauernswerten Person, von der das unterschätzte Gliedmaß stammte, niemals Gerechtigkeit widerfahren. Die ganze Geschichte, so mysteriös sie auch sein mochte, verschwände in einer kargen digitalen Akte, der Zeh selbst bis zum Ablauf der Verjährungsfrist in einer zentralen Kühl- oder Asservatenkammer.

Und dabei handelte es sich bei einer großen Zehe um etwas, dessen Wert für den menschlichen Körper und dessen Wohlbefinden wohl nur jemand ermessen konnte, der selbst schon einmal mindestens unter Knochenbruch, Überbeinen oder einer Nagelentzündung gelitten hatte. Aufrechter Gang und manuelles Geschick machten den Menschen als solchen aus, und die großen Zehen konnte man glattweg als die Daumen der Füße bezeichnen: etwas am Rande befindlich, aber unersetzlich wichtig.

Diese Gedanken hatten Ali letztendlich dazu bewegt, um vier Uhr morgens in sein Labor aufzubrechen. Er wollte in Sachen Engagement niemandem nachstehen. Wenn die ihm persönlich noch unbekannte Frau Maeßmer selbst noch im frühschwangeren Stadium knifflige Details wie Nagellackzugehörigkeiten eruierte, dann würde er ebenfalls alles geben.

Eigentlich war es ja gar kein richtiges Labor, sein Zimmerchen im Institut. Ali gehörte dem biedersten, aber auch klassischsten aller forensischen Zweige an: der Histologie oder Gewebelehre. Er war derjenige, der an der Fleischtheke niemals Aufschnitt kaufte, weil der ihn zu sehr an seine eigenen Querschnittspräparate erinnerte. Zum Ende seines Studiums hin hatte er vom vielen Mikroskopieren eine ringförmige Einkerbung um sein linkes Auge gehabt, als ob er im vorvergangenen Jahrhundert gelebt und ein Monokel getragen hätte. Der Wahrheit näherte man sich eben am besten scheibchenweise. Aber seit seiner Promotion über Fettlebern und den Zusammenhang mit dem hepatozellulären Karzinom war er von der tatsächlichen Forschung am biologischen Präparat immer mehr zu den schriftlichen Ergüssen über dasselbe übergegangen. Vielleicht war auch das der Grund, weshalb er sich dem verschrumpelten, braun verfärbten und dabei unverkennbar realen Zeh so zugeneigt fühlte. Das war mal wieder etwas Handfestes.

Die anderen Kollegen besaßen richtige Labore. Bei den Isotopenanalysten, den Biomechanikern und hin und wieder auch den Neuropathologen blitzten die Plotter und ratterten die Zentrifugen, und Alkohollabor und DNA-Labor hießen offiziell sogar so. Da wurde pipettiert und in Formaldehyd eingelegt, dass es eine wahre Freude war. Bei denen standen mehr Rechner und Probensammelschränke in den Räumen als Topfpflanzen auf der Fensterbank im Foyer des Institut-Altbaus.

Und diese Kollegen, allen voran der viel gefragte, aber trotzdem – oder gerade deswegen? – hilfsbereite Dr. Meyer, hatten ihm auch in diesem Fall schon geholfen. Die DNA der Zehe verwies mit einer Wahrscheinlichkeit von 99,99 Prozent auf eine Frau Mitte dreißig als Ursprungskörper.

Ali streckte sich auf seinem Bürostuhl, stieß sich dann mit den Füßen ab und fuhr ein paarmal im Kreis. Es war schließlich ein Drehstuhl. Und auch in seinem Kopf drehte sich so einiges, was allerdings eher chaotisch anmutete. Was – außer seiner eigenen ermüdenden Reihe von histologischen Untersuchungen und der freundlichen Schützenhilfe aus dem DNA-Labor bezüglich Geschlecht und Alter – konnte er mit dem kleinen Fleischklumpen noch anstellen?

Eine Isotopenanalyse? Bestimmt wäre es hilfreich, die bevorzugte geografische Umgebung der Frau zu kennen. Wahrscheinlich Waldgebiete des Landkreises Starnberg, ein weiterer Beweis für ihre vermutete Identität. An entsprechenden Bestandteilen der Gilchinger Flora und Fauna würde zwischen den zerklüfteten Hornhautplättchen der Barfußläuferin kein Mangel herrschen. Doch das Thema war seit dem kleinen Tauchausflug des Zehs passé: Die pflanzlichen Isotope sollten damit so gut wie alle weggewaschen worden sein.

Ali kratzte sich unter seinen raspelkurzen dunklen Locken am Kopf. So kam er nicht weiter. Er musste noch einmal ganz von vorn anfangen, sichergehen, dass er nichts übersehen hatte. So schnell, dass vor Entschlossenheit der Drehstuhl auch ohne ihn noch ein paar Sekunden im Kreis fuhr, stand er auf und ging in den Kühlraum.

»Also, du Zeh«, sagte er dort seufzend zum Kühlschrank, der statt einer Antwort kaum wahrnehmbar summte, »ich bin der Arzt, du bist das Leichenteil. Jedenfalls gehe ich mit an Sicherheit grenzender Wahrscheinlichkeit davon aus. Wenn du eine komplette Leiche wärst, hätten wir diese ganzen Probleme nicht. Da du aber eben nur ein Teil von ihr bist, müssen wir der Welt irgendwie beweisen, dass irgendwo noch dein Restkörper zu finden ist, der genauso tot ist wie du. Leider haben sich unsere bisherigen Ansätze als nicht allzu überzeugend erwiesen, von daher wäre ein Totschlagargument überaus hilfreich, etwa ein dazugehöriger Mordverdächtiger. Ich baue diesbezüglich auf deine Kooperation. Wie könntest du, oh Zeh, mir wohl helfen, diesen deinen Mörder zu finden?«

Der Kühlschrank summte weiter leise vor sich hin, während Alis Blick zu den anderen Kühltüren schweifte, hinter denen sich jede Menge beneidenswert vollständige Leichen verbargen.

»Ich hab's. Ich werde dich noch mal mit in mein Büro nehmen. Dort werden wir es uns zusammen gemütlich machen, und dann werde ich einfach so tun, als ob du eine komplette Leiche wärst, und eine gründliche Leichenschau nach dem Bayerischen Bestattungsgesetz vornehmen, wie sie im Lehrbuch steht. Bewährte Praxis seit mindestens 1975. Dabei sollte einem nichts entgehen.«

Summend tippte er den Freigabecode in die Kühlfachtür und nahm den eingetüteten Zeh an sich. Das Stück totes Fleisch wie ein Entenküken an der Brust bergend, ging er zurück in sein Büro, legte den Zeh auf seine kleine Arbeitsfläche und griff zum entsprechenden Druckwerk. Feine Staubflusen flogen durch die Luft, als er das Buch aufschlug, das seinen Regalplatz so gut wie nie verlassen musste. Denn üblicherweise wusste Dr. Said Al-Jamal, was zu tun war. Das Gesetzbuch war ein Relikt aus Studentenzeiten. Beim Überfliegen des Inhaltsverzeichnisses wurde ihm ganz sentimental zumute.

»Lang, lang ist's her«, seufzte er, als er den richtigen Abschnitt gefunden hatte. »Also, dann schauen wir mal: Abschnitt eins, Ärztliche Leichenschau ... Paragraf eins kann ich auslassen. Die Leiche befindet sich nicht mehr dort, wo sie zur Leiche geworden ist, und wer ihre nächsten Angehörigen sind, weiß ich auch nicht. Wir könnten zwar angeblich Punkt d), die Großeltern, bemühen, aber der Penner ist bestimmt nicht geschäftsfähig. Paragraf zwei haben wir auch schon gebrochen, die Leiche ist bereits in einen Raum zur Aufbewahrung von Leichen verbracht worden. Hier wird's jetzt interessanter. Was sagt uns Paragraf drei? Hm, Leiche ist vollständig entkleidet, Todesbescheinigung stelle ich bei Erfolg später aus, Todesart wäre dann wohl ungeklärt. Punkt vier: Den behandelnden Arzt kenne ich nicht, für die Todesbescheinigung bin ich zuständig. Punkt fünf, die unverzügliche Weiterleitung an den Standesbeamten, kann ich mir auch erst einmal sparen. Gesundheitsamt und Staatsministerium bleiben auch außen vor, womit wir schon bei Paragraf sechs wären. Also, ungeklärte Todesart ... Da beißt sich jetzt halt die Katze in den Schwanz. Eigentlich müsste ich den Bericht an die zuständige Polizei weiterleiten. Aber weil ich die erst noch von meiner Leichenthese überzeugen muss, handle ich im Grunde genommen illegal. Aber weiter im Text: Schutzmaßnahmen, Zulässigkeit der Leichenüberführung, Leichenpass – hilft mir jetzt auch alles nicht weiter. Erdbestattung, Feuerbestattung, frühester Bestattungszeitpunkt … Genehmigung des Betriebs von Feuerbestattungsanlagen und Aufsicht? War mir gar nicht in Erinnerung, dass das so ein langer Abschnitt ist. Einäscherung, Urnen … Die armen Betreiber eines Krematoriums müssen sogar dafür sorgen, dass ihnen die Asche anschließend unvermischt vorliegt. Als ob das nicht komplett wurscht wäre, wenn da zwischen dem Kalziumphosphat vom Opa noch ein paar andere Moleküle rumkrebsen. Wir sind doch nicht bei ›Fight Club‹, wo daraus Seife gekocht wurde.« Amüsiert runzelte er die Stirn und warf dem Zeh einen Blick zu. »Weißt du, mein podologischer Freund, irgendwie scheint es, als ob uns das Bayerische Bestattungsgesetz auch nicht weiterbringt. Die Ordnungswidrigkeiten, gegen die ich schon verstoßen hätte, wenn du von vornherein als Leiche anerkannt gewesen wärst, sind vielleicht noch ganz interessant, aber sonst …«

Dr. Al-Jamal klappte das Gesetzbuch zu und stellte es zurück an seinen Platz im Regal, wo es für die nächsten Jahre wieder in Ruhe vor sich hin stauben konnte. »Wenn du eine vollständige Leiche wärst, würde ich dich erst einmal von oben bis unten gründlich anschauen, und dabei würde sich die Todesart zeigen: große Kopfwunde, Einschusslöcher, Stichwunden, schiefer Hals aufgrund von Genickbruch, so etwas in der Art. Der Verdacht müsste sich anschließend bei der näheren Untersuchung bestätigen. Ich würde deinen Bauchraum öffnen, den Brustkorb aufsägen und mir alles Wichtige in deinem Innenbereich ansehen. Wo Spuren von Gewalteinwirkung sichtbar wären, müsste ich natürlich besonders gründlich vorgehen. Schließlich wären wir ja nicht nur auf der Suche nach deiner Todesursache, sondern auch und vor allem nach deinem Mörder. Wenn du zum Beispiel mehrere Stichwunden hättest oder eine andere Verletzung aufweisen würdest, die darauf hindeuten würde, dass du dich gegen jemanden gewehrt hast, dann würde ich nach Kleidungsfasern und Haaren des Angreifers suchen. Vielleicht hättest du ihn ja gebissen oder mit ihm gerungen. Klassiker, die auf so etwas schließen lassen, sind abgekratzte Hautzellen unter den Fingernägeln. Besonders bei weiblichen Mordopfern beliebt, wegen ihrer längeren Krallen. Erst letzten Sommer war zum Beispiel eine erwürgte Verkäuferin bei mir zu Besuch. Mit zehn Zentimeter langen Fingernägeln aus Acryl. Lagunenblau lackiert. Unter denen hat fast die komplette Einrichtung des Mörders geklebt …«

Ali verstummte und wandte den Blick vom Zeh hin zur schneeweiß gestrichenen Zimmerdecke. Er ließ den Kopf ganz in den Nacken fallen und stöhnte auf. »Was bin ich nur für ein Depp! Wieso sollte sich nicht auch unter dem Zehennagel einer Frau allerlei Spektakuläres verbergen, zumal, wenn die ständig barfuß unterwegs war?«

Er sprang auf, zog sich ein frisches Paar Latexhandschuhe über und öffnete die verschweißte Folie, in die der Zeh eingepackt war. Mit der linken Hand hielt er das Körperteil vorsichtig fest, mit der rechten führte er einen feinen Spatel, drang mit ihm seitlich unter die dicke gelbliche Nagelkante des Zehs und fuhr dann mit leichtem Druck die ganze Länge entlang. Das kaum hörbare Kratzgeräusch ließ sogar einem hartgesottenen Rechtsmediziner wie ihm die Nackenhärchen zu Berge stehen, doch es lohnte sich: In Zeitlupe holte Ali mit seinem Spatel ein anständiges Klümpchen fettigen Schmodders hervor. Er grinste. Wenn das mal nicht der Schlüssel zur Auffindung des Zehenabschneiders war!

Eine Viertelstunde später hatte er unter dem Mikroskop ein paar Hautzellen isoliert, und weitere vier Stunden später war das Institut der Rechtsmedizin voll besetzt. Über ein Dutzend Kollegen verschiedenster Spezialgebiete saß vor dem ersten Kaffee des Tages und wusste über Alis Durchbruch schon Bescheid. Es hatte sich ausgezahlt, dass er mitten in der Nacht zur Arbeit gegangen war: Der ansonsten immer voll beschäftigte Dr. Meyer hatte sich der Hautzellen als sogenannten Aufwärmfall angenommen. Der DNA-Plotter ratterte schon.

Aufgerissen

19. September, 9.53 Uhr

»Hi. Heute könnte ich wirklich mal wieder ein Schnitzel vertragen. Kannst du mir diesmal einen richtigen Grund dafür liefern?«, meldete sich Roland, als sein Bürotelefon klingelte. Er freute sich über den Anrufer. Theoretisch. Mit Ali verband ihn bereits nach einer knappen Woche Bekanntschaft die dickste denkbare Männerfreundschaft, fast schon war es ihm mit der Kumpelei etwas zu schnell gegangen. Roland hatte sich über sich selbst gewundert, wie problemlos er mit dem schlagfertigen Rechtsmediziner warm geworden war.

Eigentlich neigte er eher zum Einzelgängertum, sein einziger richtiger Freund Jopsi hatte damals in der Grundschule wochenlang um seine Zuneigung kämpfen müssen. Wieso hatte er es diesem dahergelaufenen Leichenfledderer also so leicht gemacht? Aus Gründen des Selbstschutzes schlug er unbewusst einen minimal zu schnoddrigen Ton an. »Was gibt's denn, Sportsfreund? Ich hoffe doch, wieder etwas, womit ich mich beim Chef blamieren darf?« Die Blamage mit dem Nagellack war natürlich überhaupt nicht Alis Schuld gewesen, trotzdem wollte er die Schmach nicht ständig allein tragen müssen.

Entsprechend angesäuert reagierte sein Gesprächspartner. Ali schnaubte erst, dann sagte er mit gepresster Stimme und überdeutlicher Betonung: »Vielen Dank. Dann halt nicht, du Arschbacke.« Und legte auf.

Das war nun doch nicht die Reaktion, die Roland hatte hervorrufen wollen. Geradezu entsetzt saß er an seinem Schreibtisch, den Telefonhörer in der Hand festgefroren, einen Zeigefinger zwischen die Zähne geklemmt. Die Situation erinnerte ihn frappierend an eine Biologie-Schulaufgabe in der neunten Klasse, als er Jopsi nicht hatte abschreiben lassen wollen und der ihn daraufhin monatelang wie Luft behandelt hatte. So etwas wollte er nicht noch einmal durchleben. Er musste sein Verhalten wiedergutmachen. Seine unrasierten Wangen glühten heiß, als er die Rückruftaste drückte. »Entschuldigung, tut mir leid. Ich wollte nur einen Witz machen. Ist wohl danebengegangen«, gab er sich reumütig, als Ali endlich abnahm.

»Ein Scheißwitz war das.« Ali schnaubte schon wieder. »Was glaubst du eigentlich, warum ich mir seit Tagen – und sogar am Wochenende! – den Arsch für deinen blöden Zeh aufreiße? Wegen der Story von der armen Kindergärtnerin, oder weil eure Sybille so mütterliche Möpse hat? Nein. Für die globale Gerechtigkeit tu ich mir das an. Für das Berufsethos und weil es sonst keiner tut. Ethos, pah! Weiß so ein windiger kleiner Streifenbulle wie du überhaupt noch, was das Wort bedeutet, hä? Ich jedenfalls bin schon seit kurz nach vier Uhr im Labor und … na ja, reiß mir den Arsch auf.« Ali war schon viel ruhiger geworden. Er war ein Mensch von der Sorte, die ab und zu gewaltig explodieren muss, um sich hinterher wieder zu entspannen. Ähnlich einem isländischen Geysir.

»Und was war drin?«

»Wo?«

»Na, in deinem Arsch, den du dir aufgerissen hast.«

Ali hielt ein paar Sekunden inne, bevor er meckernd zu lachen begann. Das gute Verhältnis zu Roland war wiederhergestellt: Männerfreundschaft par excellence.

»Also, zum Ersten: Es gibt fremde DNA unter dem Zehennagel. Abgeschürfte Hautzellen, die auf einen Kampf hindeuten, du kennst das ja. Und zum Zweiten: Der Angreifer war ein Mann kurz vor dem Rentenalter.«

»Wow! Das ist ja schon mal ganz schön viel. Aber auf was für ein Rentenalter beziehst du dich jetzt? Das für Beamte oder für Normalsterbliche?«

Schon wieder kicherte Ali. »Maeßmer, ich mag dich. Trockener Humor, auch wenn er manchmal nach hinten losgeht. So um die sechzig, sagt mein Erbgutprofi. Also wahrscheinlich kurz vorm normalsterblichen Rentenalter. Damit müsstest du doch was anfangen können, oder?«

»Zugegeben, das ist wirklich ein Grund für ein Schnitzel. Aber nicht heute. Erst wenn ich den Mörder mit Geständnis und allem Drum und Dran eingebuchtet habe. Sorry für vorhin noch mal, aber der Spengler –«

»Du musst mir nix erzählen. Ist halt der Boss. Ich hatte so einen als Doktorvater. Hat mich zwei Jahre lang dumm angeredet und hinterher meine Forschungsergebnisse als seine eigenen verkauft. Ich kenn die Art.«

Der Stein, der von Rolands Herzen fiel, war so groß und schwer wie seine Zuneigung zu dem sympathischen Kollegen. Beide Männer seufzten, Ausdruck des wortlosen Verständnisses.

»Noch eine Frage, Ali, bevor ich's vergesse: Könntest du den Zeh von der Wondratschek vielleicht auch noch mal auf Drogenrückstände prüfen?«

»Wieso denn das?«

»Nur so. Ist noch geheim.«

»Wie gut, dass ich Geheimnisse mag«, knurrte Al-Jamal. »Dafür könnte ich mich glatt ein drittes Mal in Dr. Meyers Büro mogeln. Ich sehe zu, was ich tun kann, kann dir aber nicht versprechen, dass ich heute noch ein Ergebnis vorweisen kann.«

Aufgegessen

19. September, 10.27 Uhr

Fast zur selben Zeit saß Carla in ihrem Lieblings-Schnellrestaurant und aß ihren täglichen Bacon & Egg McMuffin. Währenddessen beschäftigte sie sich mit ihrem »neuen« Smartphone, das ihr noch ein großes Rätsel war. Roland hatte es ihr gleich am Morgen aufgedrängt, weil er überraschend ein neues Diensthandy bekommen sollte. Da hatte er die frohe Kunde von der zweiten Schwangerschaft zum Anlass genommen, ihr umgehend sein altes Gerät zu vermachen: »Damit du besser Hilfe rufen kannst, wenn mal was ist.« Sie hörte noch seine Worte, mit denen er ihr das Ding angepriesen hatte. »Pfennigguat, wie der Bayer sagt. Ein bissl angekratzt, aber sonst wie neu.«

Ein bissl angekratzt! Dass sie nicht lachte. Die winzige Kameralinse war trüb, an den abgestoßenen Ecken schimmerte das weiße Plastik durch, und über das Display zog sich eine lange tiefe Schramme, die sowohl das Erkennen als auch das Antippen von darunterliegenden Buchstaben oder sonstigen Details erschwerte. Carla konnte sich noch nicht besonders über ihr neues Spielzeug freuen, doch sie musste Roland recht geben: Ihr altes war in ihrer Situation nicht mehr angebracht gewesen. Dieses hier hatte sogar Internet! Und eine Navigationssoftware, die sich auch für Fußgänger eignete. Das hieß, dass sie nicht irgendwann beim Waldspaziergang niederkommen müsste, weil sie sich mal wieder verlaufen hatte. So schlecht war das neue ältere Smartphone also nicht und vor allem erstaunlich benutzerfreundlich. Es war ihr schon gelungen, die Galerie aufzurufen und sich Rolands Schnappschüsse anzuschauen. Neben den Bildern ihres schlafenden, essenden oder auf dem Bobbycar fahrenden Sohnes hatte sie auch eines mit einem geschnitzten Ornament entdeckt. Sehr hübsch, aber was sollte das bedeuten? Sie würde Roland danach fragen. Vielleicht steckte ja eine erste Idee zum Vornamen von Nummer zwei dahinter. Auch bei Lukas hatte zuerst der Anfangsbuchstabe festgestanden. »Carla und Roland. Wir haben drei Buchstaben gemeinsam: a, r und l. Such dir einen aus.« Allerdings kannte sie keine Vornamen, die mit W begannen. Jedenfalls keine, die sie ihrem zukünftigen Kind wünschte.

Apropos Lukas: Die Grabow hatte darum gebeten, ihn zum Mittagessen ins »Café Edelmann« einladen zu dürfen. Er würde frühestens in drei Stunden zu Hause sein, und zum ersten Mal seit Beginn der ungewöhnlichsten Babysitterbeziehung der westlichen Welt hoffte Carla, die Zeit möge schnell vergehen. Sie vermisste ihren Sohn. Der McMuffin, den sie in seiner Abwesenheit vollständig allein verzehren durfte, schmeckte nicht halb so gut wie sonst. Sie hatte eine unbestimmte Lust auf etwas anderes, wusste aber nicht, was dieses Etwas sein könnte. Die Unwissenheit ärgerte sie. Die schweren Regenwolken über Gilching waren ebenso unentschlossen wie sie. Draußen auf der Sonnenterrasse spielte ein kühler Wind mit der Fahne auf dem einsamen Klettergerüst und trug nicht gerade dazu bei, Carlas Stimmung aufzuhellen.

Während sie halbherzig das Form-Spiegelei in ihrem McMuffin anknabberte, gab ihr abgeledertes Smartphone einen aufreizend fröhlichen Klingelton von sich. Neugierig wischte sie mit dem Finger über das Display: eine SMS von Roland! Also hatte er sein neues Diensthandy schon. War ja fix gegangen.

»Der Mörder ist ein Mann um die sechzig.«

»Aha«, brummte Carla vor sich hin. Und was genau sollte sie jetzt mit dieser Neuigkeit anfangen? Und vor allem: Woher hatte Roland diese Information?

»Damit ist der Kreis der Verdächtigen also ungefähr eine Milliarde Personen groß«, tippte sie langsam zurück, da sie mit der zerschrammten Touchscreentastatur nur schwer zurechtkam. Als die SMS endlich erfolgreich verschickt war, legte sie das Smartphone erschöpft zur Seite und widmete sich dem neuen »Kreisboten«, den sie beim Verlassen des Hauses noch aus dem Briefkasten gezogen und mitgenommen hatte. Was für ein altertümliches und trotzdem schönes Material: Papier! So unkompliziert und verlässlich. Die Fingerspitzen wurden zwar von der Druckerschwärze schmutzig, dafür musste man es aber auch nicht alle fünf Stunden an ein Ladekabel hängen.

Der »Kreisbote« war in seiner vorhersehbaren Detailverliebtheit ebenso verlässlich wie das Material, aus dem er bestand. Interessant fand Carla eigentlich nur die Annoncen. Sie amüsierte sich über den »Mann fürs Grobe«, den man für »sämtliche Arbeiten an und im Haus« buchen konnte. Seit Langem vertreten war auch der Mensch, der »oide Lederhosn und oide Federkielstickereien« suchte. Ob er schon jemals welche gefunden hatte? Aus grundsätzlichem Interesse für die Formulierungen, durch die sich paarungswillige Menschen unwiderstehlich zu machen gedachten, las sie auch noch die Heirats- und Bekanntschaftsanzeigen, aber wie so häufig war nichts für sie dabei. Gleich daneben prangte ein langer Artikel über das Richtfest eines Germeringer Mehrzweckgebäudes, der in salbungsvollen Worten das Wirken des zuständigen Bauunternehmers pries: Karl Klarl von KKK. Auf dem dazugehörigen Bild war Klarl höchstpersönlich abgebildet, wie er lächelnd einen Maßkrug Richtung Kamera stemmte. Er trug eine Lodenjoppe ohne Federkielstickereien, aber dafür mit Goldknöpfen, und einen farblich passenden Hut mit immens großem Gamsbart. Das Outfit eines kaiserlichen Oberjägers. Was für ein Angeber! Als ob ein viel beschäftigter Immobilientycoon wie Klarl noch die Zeit hätte, selbst auf Gämsen zu schießen.

Müßig blätterte Carla die Zeitung bis zum Ende durch und griff nach ihrem McMuffin, doch der war bereits wie von Zauberhand in ihrem Magen verschwunden. Aber irgendetwas wollte sie noch essen. Vielleicht wusste ja Jimmy, was sie noch wollen sollte. Der ihr mittlerweile gut bekannte Bediener lümmelte sowieso nur gelangweilt hinter der Theke herum und faltete Geburtstagskronen, um den Anschein von Betriebsamkeit zu erwecken. Außer Carla befand sich nur noch ein älteres Paar im Restaurant, das sich über zwei Becher Kaffee hinweg anschwieg. Carla stand schwerfällig auf und watschelte in ihrem dem Babybauch um Monate vorauseilenden Entengang zum Bestellschalter. Wenn sie hier schon eine weitere Stunde totschlagen müsste, könnte sie sich genauso gut mit Jimmy unterhalten. Stöhnend stützte sie sich vor ihm auf die Theke.

»Madame McMuffin, was geht!«, rief er erfreut. »Darf's noch einer sein, vielleicht mit Extrabutter?«

»Nein, danke, mein Bester, mir ist heute nicht so ganz wohl. Ich würde zwar schon noch gern etwas essen, aber ich weiß einfach nicht, was. Eher nichts Pikantes.«

»Die Stimmung kenn ich«, nickte Jimmy. »Geht mir auch immer so, wenn ich verkatert bin. Ich mach mir dann meistens einen Milkshake mit Obst und Vitamintabletten drin. Und Wodka.«

»Klingt eigentlich nicht schlecht! Kannst du mir vielleicht was Ähnliches zaubern?«

»Geht klar.« Jimmy nahm einen großen Pappbecher, sah sich um und holte dann eine Obsttüte aus dem Kühlschrank. Ihren Inhalt schüttete er in den Becher, gab etwas Softeis darauf und hielt das Ganze, nachdem er sich noch einmal unauffällig umgesehen hatte, unter den Quirl der McFlurry-Eismaschine. Die Maschine gab ein gequältes Geräusch von sich, aber als Jimmy den Becher entnahm, einen Strohhalm hineinsteckte und ihn an Carla weiterreichte, war der Inhalt cremig püriert. »Einmal Jimmy Spezial mit ohne Wodka.« Er legte den Finger an die Lippen und flüsterte: »Ist offiziell natürlich streng verboten, also pssst!«

Carla war elektrisiert, aber nicht wegen des Geschmacks des Jimmy Spezials. Wie gebannt starrte sie auf Jimmys rechtes Handgelenk, dessen Innenseite er ihr bei der Schweigegeste zugewandt hatte. In schwarzer Farbe war dort ein ungewöhnliches Motiv eintätowiert: ein verschlungenes W.

»Was bedeutet dein Tattoo?«, fragte sie.

Hastig schob Jimmy die dicke Plastikuhr über sein Handgelenk, die die Körperzierde mehr schlecht als recht verdeckte. »Ach, nichts, 'ne blöde Sache, der Anfangsbuchstabe vom Vornamen meiner Ex.« Er wich ihrem Blick aus.

»Ist doch nicht so schlimm«, tröstete Carla. »Wenigstens warst du so schlau und hast dir nicht den ganzen Namen tätowieren lassen. Nicht so wie die Rockertypen, die eine ganze Liste auf dem Arm haben: Stefanie, Susi, Petra, Stefanie die Zweite, Stefanie die Dritte … Außerdem sieht das W schön aus. So was in der Art habe ich übrigens schon mal gesehen«, plauderte sie. »Warte mal einen Moment, ich zeig's dir.«

In aller Unschuld holte Carla ihr Smartphone heraus, rief das unscharfe Foto der Schnitzerei auf und hielt es Jimmy entgegen. Mit seiner Reaktion hätte sie niemals gerechnet.

Jimmy starrte auf ihr Telefon, als hätte er ein solches Wunderwerk der Technik noch nie gesehen. Wie das Kaninchen vor der Schlange verharrte er regungslos, bis sich das Gerät wieder in den Ruhemodus verabschiedete und das Display schwarz wurde. »Das ist … ich … ich hab da im Wald … im Wald, wo wir immer … Oh mein Gott, die Frau! Die war doch schon tot, oder? Der Mann … die Schere … die … die … die Zehen!« Seine Augäpfel waren leicht hervorgetreten und zuckten. Er war käseweiß. Egal, wie gründlich er das Erlebte in ein unzugängliches Kämmerchen seiner Erinnerungen verschoben zu haben geglaubt hatte, jetzt kam alles wieder zum Vorschein.

Carla war sofort klar, was sie da vor sich hatte: ein Kind am Rande eines Nervenzusammenbruchs oder Wutanfalls, was jedoch im Endeffekt auf das Gleiche hinauslief. Ein ziemlich großes Kind, ja, aber Jimmys Gemütslage war die gleiche wie die eines Zweijährigen. Wenn man sich ihm jetzt nicht sofort mit voller Liebe und Aufmerksamkeit zuwendete, würde es im McDonald's gleich rundgehen. Glücklicherweise wusste sie instinktiv, wie man solche Situationen handhabte. Sie schob die kleine Schranke neben der Theke auf, war mit wenigen Schritten bei Jimmy, schloss ihn in die Arme und drückte ihn an sich.

Die mütterliche Zuwendung ließ alle Hemmungen des jungen Mannes dahinschmelzen. Aufheulend schmiegte er seinen Kopf an Carlas Schulter. Er musste sich krümmen, um bei seiner Größe an ihrem Busen weinen zu können, und zitterte dabei wie Espenlaub.

Carla klopfte ihm abwechselnd verständnisvoll den Rücken

und streichelte seinen Nacken. Wer immer die beiden so gesehen hätte, er hätte sie für Mutter und Sohn gehalten. Eine sehr junge Mutter mit einem sehr alten Sohn. Vielleicht adoptiert. Oder doch für ein altersmäßig etwas ungleiches Liebespaar? Glücklicherweise kam in diesen Minuten kein neuer Kunde ins Restaurant, und das ältere Ehepaar schwieg sich weiterhin an, ohne hochzuschauen.

Als Jimmys Schluchzer nach einer Weile verebbten, löste sich Carla behutsam von dem pferdeschwänzigen Häufchen Elend und zog einen Hocker heran. »Jetzt setz dich mal und erzähl mir alles in Ruhe. Von vorn. Du hast im Wald also einen Mann gesehen, der einer toten Frau die Zehen abgeschnitten hat?«

»Ja«, erwiderte Jimmy schon etwas gefasster. »Mit einer Astschere, glaube ich.«

»Und wo?«

»Da, wo ich das W hingeschnitzt habe. Beim Palast.«

»Was denn für ein Palast?«

»Das ist so ein großer Jagdsitz, den meine Ex und ich als Treffpunkt benutzt haben. Gehört irgendeinem Bonzen, aber der hat sich nie blicken lassen.«

»Und die Frau, wie hat die ausgesehen?«

»Blond, glaube ich. Mit Locken. Hab nicht viel erkennen können. Und mit einer hellgrünen Fleecejacke.«

»Jetzt probier mal, dich an die Details zu erinnern. Wie sah der Mann aus? Hast du ihn gekannt?«

»Oh, äh, nein. Aber irgendwie ist er mir schon bekannt vorgekommen, ich weiß nur nicht, warum. Graue oder weiße Haare, aber die konnte man unter seinem Hut nur ansatzweise sehen.«

»Einen Hut hat er also getragen, das ist doch schon mal was«, sagte Carla aufmunternd und musste an Rolands Mann um die sechzig denken. »Heutzutage tragen ja nicht mehr viele Männer Hut. Und was war das für ein Hut?«

Jimmy zuckte mit den Schultern. »Weiß nicht mehr. Ein grüner oder brauner. Jedenfalls dunkel.«

»Aha. Und was hat der Mann sonst noch angehabt?«

»So was Bayerisches.«

Carla seufzte. »Jetzt lass dir doch nicht alles aus der Nase ziehen, du bist ja schlimmer als mein Mann! Was meinst du damit? Eine Tracht? Lederhose?«

»Nein. Keinen Oktoberfest-Dress. Eher was Normales. Wie ältere Herren halt so tragen. Aus so dunklem, dickem Stoff. Mir fällt der richtige Name grad nicht ein.«

»Moment mal.« Carla huschte zurück zu ihrem Tisch, blätterte den »Kreisboten« auf, lief zu Jimmy zurück und hielt ihm den aufgeschlagenen Artikel über das Richtfest entgegen. »War der Mann so angezogen wie der hier?« Sie deutete mit dem Finger auf die Fotografie von Klarl mit dem Maßkrug.

Jimmy betrachtete intensiv das Bild von Klarl und nickte. »Genau. Der ist's.«

»Wie, der ist's?«

»Na, der ist es. Das ist der Mann, den ich im Wald gesehen habe.«

»Der? Aber das ist Karl Klarl, der Baulöwe. Bist du dir ganz sicher?«

Jimmy nickte erneut.

Klarl sollte ein Mörder sein? Aber natürlich. Das ergab durchaus Sinn. Die angespannte geschäftliche Situation, die persönliche Feindschaft zu Sabine, der Feldhamster, der Drohbrief. Und jetzt hatten sie sogar einen Augenzeugen!

***

Zu Rolands Verteidigung musste gesagt werden, dass sich Sybille immer noch am Gardasee befand, als er wenig später an ihrem leeren Schreibtisch vorbeistürmte. Trotzdem war Spengler überraschend gut gelaunt, als sein Mitarbeiter wieder einmal unangemeldet in sein Büro platzte.

»Herr Maeßmer!«, sagte er geradezu überschwänglich. »Probleme mit dem neuen Telefon? Ich kann Ihnen da leider überhaupt nicht helfen, ich selbst verwende immer noch das Modell ›Finnischer Dinosaurierknochen‹. Aber trotzdem gut, dass Sie vorbeischauen. Ich habe hier nämlich einen netten jungen Kollegen, den ich Ihnen gern vorstellen möchte.«

»Jetzt nicht.« Roland würdigte den unauffälligen Mann neben Spengler keines Blickes. »Wir müssen einen Mordverdächtigen festnehmen. Im Zehen-Fall, Sie wissen schon. Wir haben einen Zeugen, der den Mann beim Abtrennen der Zehen beobachtet hat!« So gut er konnte, gab er die logischen Zusammenhänge wieder. Noch während er sprach, wusste er, dass er diesmal selbst für Spengler überzeugend genug klang.

Spengler hatte während Rolands Erzählung aus dem Fenster geblickt. Hinter den Hügeln im Westen, auf denen eindrucksvolle Villen thronten, begannen die schweren Regenwolken aufzureißen. Die siegreich hervortretenden Sonnenstrahlen waren in der tiefer gelegenen Inspektion nur zu erahnen. Doch über die marmorne Schreibtischplatte zwischen den Männern legte sich ein schwacher goldener Widerschein, als ob ein Kleinkind einen großen Becher Multivitaminschorle darüber ausgekippt hätte. Spenglers Gesichtsausdruck war leidend. »Dann nehmen Sie den Mann eben fest, verdammt. Hilft ja nichts. Ich wollte Ihnen eigentlich nur Ihren neuen Kollegen vom Austauschprogramm mit Israel vorstellen und euch dann in die Mittagspause schicken, aber was soll's! Wird er eben morgen gleich ins kalte Wasser geworfen, der Herr Weintraub. Gell, Herr Weintraub?«

Jetzt musterte auch Roland den neben Spenglers Chefsessel an der Wand lehnenden Mann. Seine Uniform hatte nur auf den ersten Blick vertraut gewirkt. Sie war blau wie die meisten Uniformen in den deutschen Bundesländern, mit einer dunkelblauen Hose und einem sehr hellen, fast schon lagunenblauen Hemd. Roland schielte auf die Schulterklappen, deren vier Sterne den Mann als Polizeihauptmeister zu erkennen gaben. Wenn die Dienstgrade in Israel nicht komplett andere waren als überall sonst auf der Welt, musste Herr Weintraub einen ähnlich ranghohen Posten wie Roland innehaben.

Der Neuling nickte Roland freundlich zu. »Eine baldige

Zusammenarbeit ist mir sehr recht«, sagte er dann überraschend akzentfrei.

»Wunderbar. Dann begleiten Sie Herrn Maeßmer am besten, wenn er diesen Klarl festnimmt, damit Sie sich von solchen Vorgängen bei uns ein Bild machen können. Und zwar morgen in aller Herrgottsfrüh! Heute Nachmittag haben Sie dann noch genug Zeit, um in aller Ruhe die Zeugenaussage aufzunehmen, die Gegenüberstellung vorzubereiten und so weiter. Den Dr. Al-Jamal können Sie dann auch gleich wieder herbestellen, der hat uns den Schlamassel schließlich eingebrockt.«

Pilatus

20. September, 7.04 Uhr

Also fuhr Roland in aller Herrgottsfrüh los, um den Verdächtigen abzuholen. Die Zeit war wichtig, damit der Verdächtige auch möglichst zu Hause war. Begleitet wurde er von Spenglers neuester Errungenschaft, dem Austauschpolizisten Weintraub aus Tel Aviv. Schlomo hieß der unauffällige junge Mann mit Vornamen. Ein netter Kerl mit angenehm festem Händedruck. Er war mittelgroß, hatte mittellanges mittelbraunes Haar und ein so altersloses Gesicht, dass man sich rein äußerlich keinen besseren Zivilpolizisten hätte vorstellen können. Es war unmöglich, ihn treffend zu beschreiben. Das einzige auffallende Merkmal war ein kleiner Leberfleck auf seinem linken Ohrläppchen, wie Roland im Wagen feststellte, als er den neuen Kollegen von der Seite her betrachtete. Weintraub müsste so universell einsetzbar sein wie kein anderer, dachte Roland. Mehr konnte er noch nicht über ihn sagen, da der Neue nicht gerade mit Worten um sich warf. Vielmehr beschränkte er sich auf unverbindliches Lächeln und das stumme Einsaugen von neuen Eindrücken. Wahrscheinlich ist Bayern für ihn ziemlich exotisch, dachte Roland und ließ ihn in Ruhe. Mit der Zeit würde er sicher noch auftauen.

Das überdimensionierte schmiedeeiserne Tor zu Klarls Anwesen stand offen. Roland parkte den Wagen auf dem hübsch gepflasterten Hof und klingelte um neun nach sieben an der wuchtigen Eichenholztür.

Diplom-Ingenieur Karl Klarl öffnete innerhalb weniger Sekunden persönlich. Es schien, als hätte er auf den Besuch nur gewartet. Allein seine Aufmachung passte nicht ganz zum Empfang seiner Besucher: Klarl trug graue Boxershorts unter einem offenen blauseidenen Morgenmantel mit goldenem Rankenmuster. Seine Wangen waren ein Stoppelfeld, die behaarten Füße auf dem Marmorboden nackt. Zudem entströmte ihm eine leichte Alkoholfahne. »Ich hab von den Russen nix gewusst!«, rief er zur Begrüßung.

»Was denn für Russen?«

»Na, die illegalen Arbeiter beim Innenausbau in Germering! So was Deppertes würde ich nie machen. Das war ein Kontraktor!«

»Aha, schön, dass Sie uns das sagen. Wir werden dem natürlich nachgehen«, staunte Roland. »Aber eigentlich sind wir aus einem ganz anderen Grund hier.«

Klarl stand jetzt kerzengerade. Nur sein Mantelsaum schwang noch etwas nach. »Wegen dem Feldhamster, oder?«

»Wegen des Feldhamsters«, korrigierte ihn Roland, »so viel Zeit muss sein. Und ja, in gewisser Weise jedenfalls. Anders ausgedrückt, wir haben ein Körperteil der Entdeckerin des Feldhamsters aufgefunden. Genau genommen einen großen Zeh, den wir bis ins kleinste Detail analysiert haben. Genauso wie das Zeug unter dem Zehennagel, in dem sich noch Hautzellen befanden, die vermutlich von Ihnen stammen. Das möchten wir jetzt überprüfen. Ebenso wie Ihr Alibi.«

»Aber wenn Sie doch keinen stichhaltigen Hinweis haben, warum bin ich dann gleich ein Mordverdächtiger?«

»Interessant, dass Sie sich selbst als Mordverdächtigen bezeichnen. Und es gibt natürlich auch einen Zeugen, der Sie beim Abtrennen der Zehen beobachtet und eindeutig identifiziert hat. Deshalb muss ich Sie jetzt leider sofort mit mir auf die Inspektion bitten.«

»Das ist dann wohl unvermeidlich. Aber ich wasche meine Hände in Unschuld!«, rief Klarl. »Ich gebe zu, ich habe die Nerven verloren. Ich habe sogar mit der Dame gerungen, weil sie mich ein … ein … ein, ach, irgend so ein Schimpfwort genannt hat. Aber ich habe sie nicht ermordet! Ehrlich nicht!«

»Können Sie uns das beweisen? Sollte sich das Fräulein Wondratschek abzüglich der großen Zehe noch bei guter Gesundheit befinden, dann können Sie uns jetzt gern ihren Aufenthaltsort mitteilen. Wir fahren sofort hin und überprüfen Ihre Aussage.«

Klarl zog seinen seidenen Morgenmantel zu, trat einen Schritt zurück in den Eingangsbereich seiner Villa und begann stumm, ein Paar lederne Halbschuhe anzuziehen. »Pack mir Klamotten zusammen«, sagte er zu seiner hinter ihm aufgetauchten, erschrockenen Frau, dann schritt er heldenhaft und mit erhobenen Händen zur Rückbank des Dienstwagens. »Von nun an spreche ich nur noch über meinen Anwalt.«

Schlomo Weintraub trat rasch vor Klarl und öffnete ihm die Wagentür. »Leider bezweifle ich, dass der Ihnen das Verhör abnehmen kann«, sagte er in perfektem Deutsch. »Als Mordverdächtiger müssen Sie sich schon selbst erklären.«

Gut zusammengefasst, dachte Roland. Er wusste nicht, wie die Verbrechensstatistik in Tel Aviv genau aussah, aber eins stand fest: Weintraub war kein Anfänger.

Verärgert raffte Klarl seinen Seidenmantel noch enger zusammen, dann schnallte er sich an. »Von mir aus. Der Hund pennt bestimmt eh noch, so wie wir gestern Abend gesoffen haben.« Er wartete fingertrommelnd, bis seine Gattin Roland wortlos eine kleine Reisetasche ausgehändigt hatte, und drängte dann ohne ein Wort des Abschieds zur Abfahrt. »Ich hoffe für euch, ihr habts an gscheidn Kaffee da.«

Legenden

20. September, 13.11 Uhr

Ob man den Kaffee aus der lieblos behandelten Maschine der Polizei-Cafeteria als gescheit bezeichnen konnte oder nicht, darüber schieden sich die Geister. Nicht jedoch darüber, dass es äußerst mutig von Dr. Spengler war, den allseits bekannten Baulöwen Klarl persönlich vorzuladen, selbst im Fall des Mordverdachts. Und dann noch mit dem Anwalt!

Bei diesem handelte es sich um einen, wenn das irgendwie möglich war, noch unsympathischeren Menschen als Klarl selbst. Nach allem, was man sich auf den Gängen der Polizeiinspektion Starnberg zuraunte, beteiligte ihn Klarl zu zehn Prozent an sämtlichen seiner Projekte, sofern diese Klarls weiße Weste nicht beschmutzten. Klar, dass RA Horst zur Hassel alles daransetzte, jedes rechtliche Problemchen schon im Vorfeld des Projekts auszubügeln. Auf der ganzen Welt gab es kein Bauunternehmen mit hieb- und stichfesteren Verträgen als die KKK.

Horst zur Hassel war eine sagenumwobene Gestalt von barocker Körperfülle und gewaltigem Genussmittelkonsum. Es hieß, er tränke täglich eine Flasche Mouton Rothschild zum Abendessen. Es hieß weiters, er habe seinen adeligen Nachnamen einer verarmten badischen Gräfin zu verdanken, die er mittels erpresserischer Vorgänge zuerst zur Heirat und dann in den Freitod getrieben habe – wenn auch Sybille gehört haben wollte, er sei im Gegenzug zum Erbringen einer gewissen Geldleistung adoptiert worden. Und nicht zuletzt hieß es, Horst zur Hassel trage über seinen schütteren, ehemals vollen Locken eine Perücke aus Schamhaaren jungfräulicher Oberpfälzerinnen.

Kurz, die Starnberger Inspektion lechzte förmlich nach RA Horst zur Hassels Erscheinen. Zu schade, dass er an diesem Morgen nach Klarls Festnahme nicht den Weg zu ihr fand. Im Gegenteil, allein durch ein paar kurze Telefonate gelang es ihm, auch seinen Klienten den Fängen der Staatsgewalt zu entziehen, noch bevor diese richtig zugepackt hatte. Auf sein Anraten hin gestand Karl Klarl nämlich prompt alles, was man ihm vorwarf – dass er der abgängigen Kinderpflegerin Sabine Wondratschek am Nachmittag des 3. September mittels einer Gelenkschere unterhalb seines Jagdsitzes die Zehen abgetrennt habe, um diese hinterher im Rahmen einer langen, anfangs planlosen Autofahrt in die verschiedenen Seen des Fünfseenlands zu werfen. Allerdings sei sie da schon tot gewesen. Denn nachdem sie sich am Morgen desselben Tages mit ihm zu einem klärenden Gespräch verabredet hätte und dies in einen handfesten Streit samt Prügelei ausgeartet sei, habe er den Ort zuerst voller Wut verlassen. Erst eine gute Stunde später, als er sich wieder beruhigt hatte und ihm aufging, wie dringend er in Sachen Feldhamster eine Einigung mit Frau Wondratschek erzielen musste, sei er zurückgekehrt. Er wollte sich mit ihr versöhnen, ihr sogar Geld bieten. Doch als er sie tot unterhalb seines Jagdsitzes auffand, dachte er nur noch an das Eine: Seine Hautpartikel, die sich nach dem Streit unter ihren Zehennägeln befinden mussten und die ihn in den Augen der kriminalistischen Wissenschaft zum Mörder stempeln würden.

Als er sein Geständnis zu Protokoll gegeben hatte, kam Klarl auf die Verlässlichkeit des Zeugen zu sprechen. Schon bei der Gegenüberstellung hatte er Jimmy einen wissenden, verächtlichen Blick zugeworfen, der Roland nicht entgangen war. »Was der junge Mann gesehen hat, entspricht der Realität, auch wenn die Realität dieses speziellen jungen Mannes des Öfteren ein bisserl … verschwommen ist, wenn ich das mal so sagen darf.«

»Wie meinen Sie das?«, warf Spengler sofort ein.

Klarl grinste genüsslich, während Roland plötzlich etwas alarmiert wirkte. »Als engagierter Bürger, der in allen wichtigen Gilchinger Vereinen Mitglied ist, kenne ich auch die zwei, drei Vertreter der jüngeren Generation, die mit der reibungslosen Integration ins Sozialleben so ihre Probleme haben. Es dürfte ja kein Geheimnis sein, dass Herr Böck gern zu pflanzlichen Entspannungsmitteln greift, die man in verschiedenen Formen zu sich nehmen kann und deren Besitz in solchen Mengen, wie sie Herr Böck in seinem VW-Bus aufbewahrt, in unserem Land strafbar ist.«

Roland und Dr. Spengler tauschten einen langen Blick aus. Es ist zwar gegen jede Ordnung, den Zeugen zur Vernehmung hinzuzuziehen, aber für Sie ist es vielleicht eine Chance, den durch Ihre schlechte Recherche entstandenen Bockmist wieder auszubügeln!, sagten Spenglers dräuende Brauen.

Rolands Brauen sagten nichts. Er stand auf, verließ den Raum und kehrte kurze Zeit später mit dem aufgeregten Jimmy im Schlepptau zurück.

»Der Herr hier wirft Ihnen vor, Sie seien aktenkundiger Drogenkonsument. Stimmt das, Jimmy?«, fragte Roland streng. Der Kerl war ja ein toller Zeuge! Ganz zu schweigen von der unangenehmen thematischen Nähe zu der parallel laufenden Observation vom alten Bachberger, die aber gerade auf Eis lag. Dabei hatte Carla ihm Jimmy doch wärmstens empfohlen! Aber was auch immer der Junge im Wald gesehen hatte, dürfte von diesem Moment an kaum noch verwendbar sein, wenn er jetzt seinen Marihuanagenuss zugab. Und Jimmy gab ihn zu, jedenfalls ansatzweise.

»Ich … ähm … ich wüsste nicht, woher der Mann davon wissen kann. Ich hab als Schüler mal gekifft, ja, aber das ist Jahre her.«

»Gegen Jimmy Island Böck liegen allein aus dem letzten Jahr vier Anzeigen wegen Besitzes unerlaubter Betäubungsmittel vor, wenn ich mir das richtig gemerkt habe«, trumpfte Klarl auf. »Die bei den Leibes- und Wohnungskontrollen sichergestellten Mengen gingen immer noch gerade so als Eigenbedarf durch, aber die Konsistenz des Rauschmittels deutete darauf hin, dass es aus semiprofessionellem Privatanbau stammte. Lebende Pflanzen wurden zwar keine gefunden, aber ich kann Ihnen gern noch mehr Details aus dem Gespräch mit meinem Anwalt zu Gehör bringen.«

»Das genügt. Vielen Dank für die gute Recherche, Maeßmer«, knirschte Spengler.

»Es heißt Jimmy Eiländ. Den zweiten Namen spricht man englisch aus«, sagte Jimmy leise und sah zu Boden.

Roland schüttelte den Kopf.

»Schön«, wandte sich Spengler seufzend an Klarl. »Dann ist das also so. Aber ich muss jetzt schon noch mal nachhaken, wie es zu dem Streit mit der Frau Wondratschek gekommen ist. Nach Ihren Angaben haben Sie sich ja sogar geprügelt. Sie, ein gestandenes Mannsbild, mit einer beinahe dreißig Jahre jüngeren Frau. Würden Sie das bitte näher erläutern?«

»Gern, Herr Doktor«, schmeichelte Klarl. »Das Fräulein Wondratschek hat mir an besagtem Vormittag an meinem Jagdsitz aufgelauert. Ich sage aufgelauert, weil sie schon seit Wochen in aufdringlicher Weise in meinem Revier spazieren gegangen ist und dabei laut und falsch gesungen hat, um das Wild zu erschrecken. Mein Jäger kann das bestätigen. Die Dame war eine Besessene. Sie war nicht nur gegen den Fortschritt, den Kapitalismus und das Versiegeln von Bodenflächen, sondern vor allem gegen das Töten von Tieren. Veganerin und alles. Da war ich ihr natürlich ein besonderer Dorn im Auge. Sie hat mich sogar gefragt, ob ich wieder kleine Wildschweinbabys abstechen wolle. Damit hat unsere Auseinandersetzung erst richtig angefangen. Kleine Wildschweinbabys abstechen!« Aufs Neue entrüstet, schlug sich Klarl beide Hände an die Stirn. »Abgesehen davon, dass ich mir nicht die Mühe mache, Schadwild abzustechen – wofür gibt es schließlich Knarren? –, töte ich selbstverständlich Frischlinge. Ich muss es sogar tun.«

»Ach, und warum?«, wollte Roland interessiert wissen. Als ehemaliger Großstädter hatte er keine Ahnung von Schwarz-, Schad- und sonstigem Wild.

Klarl sah ihn an wie einen renitenten Erstklässler. »Weil die Mistviecher sonst schon mit einem Jahr werfen, bis zu zehn Junge! Kann sich ja jeder ausrechnen, wie sich die sonst vermehren würden. Die fressen alles, sag ich Ihnen, was ihnen in die Quere kommt, von der Kartoffel bis zum Stallhasen.«

»Oho.«

»Oho, da haben Sie recht. Leider verhält es sich ja nicht

so, dass einem in der Bevölkerung irgendwer dafür danken würde. Vielleicht die Bauern, aber das war's dann auch schon. Diese ganzen verblendeten Ökofritzen sehen in einem bloß den brutalen Schweinebaby-Killer. Die Wondratschek war genauso, nur dass sie es nicht bei Worten belassen hat. Ich habe mich nur gerechtfertigt, aber sie hat mich auch körperlich angegriffen.«

Misstrauisch meldete sich Roland zu Wort. »Die Wondratschek hat wirklich Sie angegriffen? Die war doch höchstens die Hälfte von Ihnen.«

»Schon, aber sie konnte irgendeinen asiatischen Kampfscheiß, das hätte man der nicht zugetraut! Unser Gespräch ist schnell ausgeartet, nach zwei Minuten haben wir uns nur noch Schimpfwörter an den Kopf geworfen. Mir hat das gereicht. Und das an einem Ort, in den ich viel Geld, Zeit und Engagement investiere. Mein Jagdsitz wird nämlich häufig aufgebrochen. Die Gilchinger Jugend nutzt ihn zum Vögeln. Gegen das Gevögel an sich hab ich ja nichts, aber muss die Saubande ausgerechnet bei mir einbrechen? Das ist Sachbeschädigung und Eigentumsverletzung.«

Roland fühlte sich plötzlich sehr erhitzt. Peinlich berührt schaute er sich um, ob ihm jemand einen mahnenden Blick zuwarf, doch niemand schien etwas von der von ihm begangenen Eigentumsverletzung zu ahnen.

»Ich habe der Wondratschek also vorgeworfen, dass sie dort oben bestimmt auch schon gevögelt hat. Und sie gebeten, es in Zukunft zu lassen. Schließlich ist das mein Jagdsitz, und sie lässt es sich bestimmt doch eh am liebsten von einer Wildsau besorgen, einer männlichen natürlich. Da macht sie einen Schritt zurück, und ich denk schon, sie ist endlich beleidigt und geht heim, aber sie holt aus und tritt mir voll ins Gesicht. Wie in einem Kung-Fu-Film. Ich bin zwar nicht komplett unsportlich, aber ich bin direkt zu Boden gegangen. Dann hat sie nachgetreten, und zwar mit Schmackes. Ich konnte gerade noch so meinen Kopf schützen.« Zur Verdeutlichung hob Klarl kurz die Arme vors Gesicht. »Mit den Fußnägeln hat sie meine

Unterarme aufgekratzt. Ich habe geblutet wie ein Schwein, der Schorf ist erst vor ein paar Tagen abgefallen.«

»Und Sie haben sich nicht gewehrt?«, fragte Spengler.

»Wie gesagt, ich war auf so einen Angriff überhaupt nicht vorbereitet. Aber ich hätte auch niemals zurückgeschlagen. Das war es doch, was sie gewollt hat. Mann schlägt Frau, da ist die Schuldfrage doch sofort geklärt, und wenn die Frau eine Kettensäge bei sich hat. Irgendwann hat die Wondratschek immerhin aufgehört und mich aufstehen lassen. Die Diskussion schien für sie beendet, und ich bin zurück zu meinem Wagen gegangen. Eine ganze Weile lang hab ich noch gehört, wie sie mir hysterisch hinterhergelacht hat. Erst als ich schon wieder daheim war und mir ein Beruhigungsschnapserl gegönnt habe, habe ich es mir anders überlegt.«

Klarl unterbrach seinen Bericht, den er mit beeindruckender Gestik untermalt hatte, um ein paarmal tief durchzuatmen und bedächtig hin und her zu schreiten. Die Hände vor dem Bauch gefaltet, den Kopf leicht gesenkt, wirkte er so demütig und bescheiden, wie ein ehemals millionenschwerer Bauunternehmer demütig und bescheiden wirken kann.

Klarl wurde am selben Nachmittag noch entlassen. Mangels Strafanzeige der Geschädigten konnte ihm nichts vorgeworfen werden, und weder der fragwürdige Zeuge noch die gestandene Leichenschändung boten eine Handhabe, ihn noch länger festzuhalten. In einer Videoschaltung zu Herrn Dr. Al-Jamal in München musste dieser zugeben, anhand des Zehs allein keinen genauen Todeszeitpunkt festlegen zu können. Herr Klarl hätte, auch wenn ein DNA-Abgleich ihn als Urheber der Hautzellen unter dem Nagel identifizieren würde, diese Zellen theoretisch auch Tage vor dem Tod der Wondratschek dort hinterlassen können. Spengler selbst begleitete Klarl zur Tür und machte dabei, so meinten seine angewiderten Untergebenen später, beinahe noch einen Hofknicks.

Die schweigsame Frau Klarl wartete schon draußen, an ihr Sportcoupé gelehnt. Sie trug eine gigantische strassbesetzte

Sonnenbrille zur Silberfuchsweste, ließ ihren Gatten wortlos einsteigen, dann brauste das Klarlsche Coupé vom Innenhof der Inspektion.

»Des war ja jetzt nix«, murmelte Sybille, die Spengler extra aus ihrem Urlaub zurückzitiert hatte, dem teuren Flitzer hinterher. »Und wegen dem und seinem Hamster sitze ich heute Abend nicht mehr mit einem Glaserl Wein beim Giuseppe auf der Terrassn, sondern mit meinem Kater und einem Tasserl Tee vorm Fernseher. Scheiß Immobilienblase!«

Wendy in the Sky with Diamonds

21. September, 11.53 Uhr

Über den sich überstürzenden Ereignissen rund um den Zeh hatte Roland seine Drogenobservation ganz vergessen. Erst als sich die Wogen nach Klarls Vernehmung wieder geglättet hatten, führte er die Observation fort. Dazu schnappte er sich Weintraub, der nur zu froh war, sich nicht länger Spenglers väterliche Ratschläge anhören zu müssen. Beide Männer trugen Zivil und liehen sich mangels offiziellem Fuhrpark Sybilles silbergrauen Golf.

»Aber nicht im Auto rauchen!«, rief sie ihnen noch hinterher. »Meine Tochter merkt das sonst. Die denkt, ich hätte die Qualmerei Weihnachten vor sechs Jahren aufgegeben.«

Auch den Golf hätte Sybille besser schon Weihnachten vor sechs Jahren aufgeben sollen. Roland schaffte es kaum, den Wagen zu starten. Nachdem er an der Kupplung gezerrt hatte wie ein Ochs, empfand er neuen Respekt vor den voluminösen Oberarmen der Wagenbesitzerin. Nur durch seine persönliche Vertrautheit mit VWs jenseits ihrer besten Tage klapperten sie etwas später Gilchings Straßenzüge ab. Stumm steuerte Roland den Wagen erst die großen Durchfahrtsstraßen entlang, dann immer unplanmäßiger und möglichst zufällig durch allerlei verschlungene Seitenwege. Von Ludwig Bachberger keine Spur.

»Also, der Plan ist folgender«, erklärte Roland nach einer Weile. »Wir cruisen hier herum, bis wir den Typ irgendwo sehen. Dann verfolgen wir ihn unauffällig und hoffen, dass er für jemanden die Tasche öffnet. Den nehmen wir fest, karren ihn zum Spengler, und die Sache ist geritzt.«

»Okay«, sagte Schlomo gut gelaunt. Sonst nichts.

Nach einer Weile begann das konzentrierte gemeinsame Schweigen an Rolands Nerven zu zerren. Schlomo hingegen saß scheinbar entspannt neben ihm, ließ das Gilchinger Ortsbild auf sich wirken und genoss die Rundfahrt. Roland entschloss sich, ein Gespräch mit seinem ausländischen Kollegen anzufangen, aber das war gar nicht so leicht wie gedacht. Abgesehen von einem längst vergangenen Schutzeinsatz bei der Eröffnung der neuen Münchner Synagoge hatte er noch nie einen echten Juden getroffen, jedenfalls nicht bewusst, und das Thema »Juden in Deutschland« hielt eine überwältigende Anzahl von möglichen Fallstricken und Fettnäpfchen parat. Schlomo wirkte auf ihn ganz sympathisch, und gerade deshalb wollte er nichts falsch machen. Als er sich räusperte, schaute der Kollege zu ihm herüber.

»Und was machst du so in Israel?«, fragte er schließlich.

Schlomo grinste. »So ungefähr das Gleiche wie du hier, würde ich sagen.«

»Und gibt es große Unterschiede zu der Polizeiarbeit in Deutschland?«

»Eigentlich nicht.«

»Aber warum bist du dann hier? Also, versteh mich bitte nicht falsch«, unterbrach sich Roland hastig, »ich find's ja cool, dass du hergekommen bist, aber du willst hier doch bestimmt etwas lernen. Oder ist das nur eine Art bezahlter Urlaub?«

»Ein Zwischending. Mein Vater ist mit zwei Jahren aus Deutschland geflohen. Seine Mutter, also meine Oma, hat's nicht geschafft. Er kann sich an fast nichts erinnern und ist logischerweise noch immer traumatisiert. Seither war keiner der Familie mehr hier, also habe ich die Gelegenheit zu diesem Austausch einfach genutzt. Wenn ich mir jetzt nicht die alte Heimat ansehe, traut sich vielleicht nie mehr einer von uns, habe ich mir gedacht.«

Roland brummte verständnisvoll. Sie klapperten gerade das Industriegebiet ab und querten zum dritten Mal die Talhofstraße. Zum Glück war die Geschichte nicht ganz so schlimm wie befürchtet. Aber vielleicht ersparte ihm Schlomo auch nur bewusst die Details von Pogromnacht, Hungerwintern und Schornsteinen, um die Stimmung nicht kippen zu lassen.

»Und wo war eure alte Heimat?«

Schlomo deutete grob nach Nordosten. »Pommern, sagt man, glaube ich. Ganz kleines Dorf. Ein Gutshof. Liegt jetzt in Polen.«

»Ist ja nicht gerade ums Eck. Warum dann Starnberg?«

»Zum Aufwärmen. Akklimatisieren. Ich wollte nicht gleich ins kalte Wasser springen.«

Verstehe, wollte Roland gerade sagen und Schlomo aufmunternd zunicken, doch es wurde ein »Ver…dammt!« daraus. Am Ende der Carl-Benz-Straße, von der sie gerade in die Gutenbergstraße abbogen, erschien in diesem Moment eine gebeugte Gestalt mit Strickmütze und Sporttasche. »Da hinten ist Bachberger!«, rief Roland und steuerte den Wagen in eine Parkbucht hinter ein paar Altglascontainer. »Wenn ich jetzt umdrehe, ist es zu auffällig, oder?«

Schlomo lachte auf. »Ihr macht wohl selten Observationen im Auto? Hier ist doch keine Sau unterwegs. Da kenn ich ganz andere Situationen. Aber wenn's dich beruhigt, lass das Auto doch hier stehen.«

»Und dann?«

»Dann gehen wir zu Fuß. Wir könnten doch bei dem Weinladen drüben was einkaufen wollen«, schlug Schlomo vor und deutete auf ein großes Schild in Fassform, an dem sie gerade vorbeigefahren waren.

»Gute Idee«, seufzte Roland und drehte den Motor ab. Schlomo hatte vollkommen recht, sie machten selten Observationen im Landkreis Starnberg. Und genau deshalb war er auch so aufgeregt wie ein Schulkind bei der Sicherheitsprüfung für Radfahrer.

Sie stiegen aus, drehten um und gingen auf den Weinladen zu, während sie Bachberger möglichst unauffällig im Blick behielten. Es war zwar wirklich niemand unterwegs, aber man konnte ja nie wissen, hinter welchem Hauseingang gleich der größte Drogenpate Oberbayerns hervorspringen würde.

Es war eine Szene wie im Western: Von der einen Seite schlurfte der Penner heran, von der anderen näherte sich der doppelte Arm des Gesetzes.

Ludwig Bachberger wirkte unverändert, hob beim Gehen den Blick kaum vom Boden. Falls er Roland, der keine hundert Meter mehr von ihm entfernt war, erkannte, ließ er es sich nicht anmerken.

In einem echten Western hätten die Beteiligten nun ihre Knarren gezogen und eine Schießerei begonnen, doch das Gilchinger Industriegebiet bot sich als Ort nicht für eine Schießerei an. Stattdessen erklang plötzlich lautes Fahrradklingeln, und Ludwig Bachberger schrak zusammen und blieb stehen.

Gleich darauf hielt neben ihm ein rosa Traum von Mädchenfahrrad, Modell Beachcruiser mit Hawaiiblumendruck. Die Fahrerin trug wild gemusterte Leggins und einen hellgrauen Kapuzenpullover, der ihr Gesicht verbarg. Sie stieg nicht einmal ab, als sie Bachbergers Tasche packte, zu sich heranzog, den Reißverschluss aufriss und gezielt das Geld herausnahm. Dann schloss sie die Tasche wieder und gab Bachberger einen Stoß mit dem Ellenbogen, sodass er beinahe das Gleichgewicht verloren hätte. Sie stopfte das Geld in die Kängurutasche ihres Kapuzenpullovers und wollte schon weiterfahren, als Roland sich bemerkbar machte.

»Halt, stehen bleiben, Polizei!«, brüllte er und musste sich eingestehen, dass er diesen Satz schon verdammt lange nicht mehr geschrien hatte. Wahrscheinlich sogar noch nie. Er wirkte trotzdem – die Frau hielt inne, vor Schreck wie versteinert. Die beiden Polizisten erreichten sie im Laufschritt, wiesen sie an, abzusteigen, und konfiszierten ihr Fluchtfahrrad.

Als die junge Frau ergeben ihre Kapuze abnahm, kam darunter eine Flut langer Locken zum Vorschein. Dunkelbrauner Locken. Roland starrte das Mädchen verblüfft an. Er kannte sie. Sie hatte sich auf Carlas Aushang im Tengelmann gemeldet, sich aber dann doch wieder auf ihr anstehendes Abitur konzentrieren wollen. Lukas' alter Babysitter! »Wendy?«

»So, Fräulein Barbaro«, sagte er eine Stunde später auf dem Revier. Das Aufnahmegerät lief, er musste offiziell klingen. Dass er seinen eigenen ehemaligen Babysitter beim Dealen erwischt hatte, tat für den Ablauf nichts zur Sache. »Was haben Sie sich davon versprochen, einen alten Mann als Drogenlager zu missbrauchen?«

»Na, Geld natürlich«, sagte Wendy mit gerunzelter Stirn.

»Ich hab ja auch Bedürfnisse. Meine Eltern geben mir kein Taschengeld mehr, ich steh kurz vor dem Abi und kann nicht noch irgendeinen Kackjob nebenher machen.«

»So einen Kackjob wie Babysitten?«, meinte Roland pikiert.

»Nix gegen Babysitten, aber da kriegt man acht Euro die Stunde, und so viele Stunden hab ich nicht zu verschwenden. Mein Abitur wird übrigens einen Schnitt von null Komma sieben haben, höchstens null Komma acht, damit kann ich sofort mit dem Medizinstudium anfangen. Ich bin hochintelligent.«

»Na, herzlichen Glückwunsch. Und hochkriminell sind Sie noch dazu.«

Wendy streckte die Arme aus und betrachtete selbstzufrieden ihre perfekt manikürten Fingernägel. »Ach, das hat sich halt alles so ergeben. Als bayerischer Gymnasiast braucht man das Zeug heutzutage einfach. Upper, Downer, Upper, Downer, je nach Prüfungsphase. Aus meiner Klasse kaufen alle bei mir. Ich fixe niemanden an, das ist einfach ein Selbstläufer. Je näher das Abi rückt, desto besser gehen die Geschäfte. Aber seit mir die blöde Ökoschlampe draufgekommen ist, kann ich zu Hause in meinem Kinderzimmer nichts mehr lagern, Sie verstehen? Zu riskant.«

»Verstehe. Und was für eine Ökoschlampe ist das?«

»Die Blonde, die immer barfuß rumrennt. Kennen Sie die etwa?«

»Äh, ich glaub schon«, murmelte Roland, ging aber nicht weiter darauf ein. Er wollte Wendys Geständnis nicht beeinflussen.

»War übrigens gar nicht so leicht, den Penner zur Mitarbeit zu überreden«, sagte die mit einem Hauch von Stolz in der Stimme. »Der säuft ja nicht, und Geld ist ihm auch egal.«

»Also haben Sie Gewalt angewendet«, konstatierte Roland.

»Was? Aber nein! Das würde ich doch nie tun. Außerdem ist der Kerl so eklig, den würd ich nicht mal mit der Beißzange anfassen. Nein, ich hab ihm erzählt, wenn er nicht macht, was ich will, geht's ihm wie seiner Tochter.«

»Wieso, was ist denn mit der?«, fragte Roland.

»Na, die ist doch vom Trecker überfahren worden.«

»In den Akten steht Autounfall«, bemerkte Roland überlegen. Er war erleichtert, sich die Unterlagen zum Fall Bachberger/Wondratschek ausgeliehen und tatsächlich auch komplett durchgelesen zu haben. Es war aber ausnahmsweise auch eine wirklich interessante Akte gewesen – wenn auch sehr tragisch.

Wendy zuckte mit den Schultern. »Ja, weil der Traktor zuerst mit ihrem Auto zusammengestoßen ist. Danach ist sie ausgestiegen und irgendwie unter die Mähmaschine gekommen. Angeblich war's Absicht von dem Bauern, weil sie was mit seinem Sohn hatte. Sagen jedenfalls alle. Egal, beim Penner hat die Geschichte gewirkt.«

»So was nennt sich psychische Gewalt.«

»Und die ist auch keine Lösung, oder? Jetzt hören Sie mal, Herr Kommissar –«

»Polizeimeister«, korrigierte Roland verkniffen.

»Na schön, dann eben Herr Polizeimeister. Ich würde Ihnen gern einen Deal vorschlagen.«

»Bin ganz Ohr.«

»Logischerweise ist es in meinem Interesse, mit diesem Penner und seiner Tasche offiziell nichts zu tun zu haben. Jedenfalls nicht mit der Tasche, wie sie jetzt ist. Ein paar Drogen sind okay, was halt grad noch als Hausgebrauch durchgeht, Sie wissen schon. Sie organisieren das, und dafür gebe ich zu, der Tante das Zeug gegeben zu haben, an dem sie gestorben ist.«

»Welcher Tante?«

»Na, der Wondercheck, oder wie sie heißt.«

»Du hast die auf dem Gewissen?« Roland war so baff, dass er zum Du übergegangen war.

»Nicht wirklich. Sie hat mich erpresst. Wenn ich ihr das Zeug nicht gebe, verpetzt sie mich bei meinen Eltern, hat sie gesagt. Also hab ich's ihr gegeben. Konnte ja nicht ahnen, dass die nix verträgt und es sie gleich dermaßen auf die Schnauze haut, dass sie tot ist.«

»Und was für Zeug war das?«

»Speed. Gute Qualität. Nehme ich auch, wenn ich lernen muss. Aber halt nur eine.«

»Und wie viele hast du ihr gegeben?«

»Hm, so zwanzig, würd ich sagen.«

»Du warst doch früher mal bei der Drogenfahndung, das hab ich in deiner Akte gelesen«, sagte Sybille hinterher auf dem Raucherbalkon.

Roland hustete. »Na ja, im ersten Dienstjahr, da hab ich vor allem Kaffee gekocht und Kurier gespielt.«

»Genau meine Jobbeschreibung. Und ich krieg auch alles Wichtige mit«, brüstete sich Sybille.

»Was willst du wissen?«

»Was passiert denn jetzt mit der Wendy? Mir tut sie schon ein bisserl leid. Ich meine, irgendwie hat die ja auch bloß die eigenen Bedürfnisse befriedigt.«

»Nichts Schlimmes. Aber ein Jurastudium kann sie vergessen, Beamtenlaufbahn auch, alles andere kommt auf den Richter an. Ich tippe mal auf zwei Jahre auf Bewährung, und wenn sie sonst noch nix auf dem Kerbholz hat, wird sie mit zwanzig Sozialstunden dabei sein. Ihr Medizinstudium sollte nicht gefährdet sein. Volle Berechnung, das alles.«

»Darf die überhaupt noch ihr Null-Komma-sieben-Abitur machen?«

»Klar, es sei denn, die Schule schmeißt sie raus. Aber wie's ausschaut, hat sie auf dem Schulgelände nicht mit Drogen gedealt, also ist das unwahrscheinlich.«

»Wird schon gut ausgehen«, sagte Schlomo, der zwar nicht rauchte, aber anscheinend wie einst schon Dr. Ali gern auf dem Balkon stand, um teure Autos zu zählen. »Alle Chirurgen dopen doch, da muss sich keiner Sorgen machen. Wendy wird nur eine weitere Ärztin mit Drogenvergangenheit. Mit Speed kann man sich angeblich ganz ausgezeichnet konzentrieren. Haben übrigens die Nazis erfunden, wusstet ihr das?«

Ein Wink von hinter dem Zaunpfahl

21. September, 10.04 Uhr

Trotz des kleinen Rückschritts in Sachen Mördersuche blieb Carla ihrem täglichen Spezial-McMuffin treu. Jimmy war durch die Ereignisse etwas mitgenommen, aber auch stolz. Schon am Tag nach der Gegenüberstellung stand er wieder hinter der Theke und wirkte mindestens vier Zentimeter größer als sonst. Keiner seiner Freunde hatte schon einmal in einem echten Mordfall ausgesagt, und diese kleine Steigerung seiner sozialen Stellung verdankte er seiner besten Kundin in letzter Zeit: Carla.

Außerdem – in seiner jugendlichen Einfalt hatte er mehr Glück als Verstand gehabt – hatten die freundlichen Leute von der Polizei sein kleines Dope-Geständnis mit vornehmem Schweigen übergangen. Das hätte auch ganz anders ausgehen können. Wenn man seine Exfreundin Wendy nicht einen Tag später mit Mengen geschnappt hätte, die nicht so einfach zu übergehen waren, wäre es vielleicht auch tatsächlich anders ausgegangen, aber dank polizeilicher Schweigepflicht wusste Jimmy davon nichts. Er durfte weiterhin ein ahnungsloser kleiner Fisch bleiben.

Seine Dankbarkeit drückte er aus, indem er Lukas einen Luftballon nach dem anderen und dessen Mutter jetzt den dritten McMuffin aufs Haus an den Tisch brachte.

»Jimmy, hör auf damit, den schaff ich echt nicht mehr«, klagte Carla und hielt sich den Bauch. »Und Lukas hat auch schon genug Eiweiß intus.«

»Aber wenn er doch Hunger hat! Oder hättet ihr lieber Cheeseburger?«, fragte der blonde Junge besorgt. »Ist ja eigentlich noch zu früh, aber für euch würde ich eine Ausnahme machen.«

»Tschiesbö!« Lukas packte Jimmys Hand und zog ihn zur Theke.

Carla verdrehte die Augen und blieb sitzen, bis Lukas allein zurückkam und ihr stolz eine Tüte mit zwei Cheeseburgern reichte. Sie hatte gerade einen ausgepackt und Lukas in die Hand gedrückt, als sie im Augenwinkel eine Bewegung wahrnahm: Auf dem Rad- und Fußweg vor dem Restaurant schlurfte mit coolen Turnschuhen, neongrüner Bommelmütze und flatternden gelben Barthaarwürsten eine vertraute Gestalt vorbei. Ludwig Bachberger, Gilchings stummes Menetekel.

Carla hoffte spontan, dem alten Mann Informationen entlocken zu können. »Tut mir leid, Jimmy, ich muss weg. Bis morgen!«, rief sie, packte Lukas in seinen Buggy und rangierte hastig durch die beiden Schwingtüren am Ausgang. Doch Ludwig Bachberger war bereits außer Sichtweite.

Instinktiv wandte Carla sich Richtung Norden, wo das Obdachlosenheim lag. Nach allem, was sie von Bachberger wusste, war das sein einziger permanenter Fixpunkt. Sie folgte seiner vermuteten Route die St. Gilgener Straße entlang, überquerte in halsbrecherischer Manier die scharfe Kurve zur E 54, hinter der Werksfahrzeuge hervorzurasen pflegten, und eilte den leichten Anstieg zum Reiterhof hinauf. Ein Cheeseburger, nur einmal angebissen, rollte dabei zu Boden und blieb auf der Strecke. Doch tatsächlich, auf der langen Geraden unter den rauschenden Bäumen, die die Pferdeweide von der Straße trennten, erblickte sie Bachberger. Seine Windjacke bauschte sich im Luftzug der vorbeifahrenden Autos.

Glücklicherweise fand Lukas die Verfolgungsjagd aufregend genug, um den Verlust seines Cheeseburgers stillschweigend zu akzeptieren, sodass Carla rasch aufholte. Auf Höhe des Ortsschildes schob sie den Buggy neben dem Landstreicher her.

»Herr Bachberger!«, rief sie, vorsichtshalber etwas lauter als gewöhnlich, da sie nicht wusste, wie es um seine sechsundachtzigjährigen Ohren bestellt war. »Wie schön, dass ich Sie treffe! Mein Name ist Carla Maeßmer, ich bin eine Bekannte Ihrer Enkeltochter Sabine. Ich möchte gern mit Ihnen reden, jetzt warten Sie doch einen Moment!«

Bei der Erwähnung von Sabine warf ihr der alte Mann einen schnellen Blick aus kindlich hellblauen Augen zu. Schmerz lag darin. Doch gleich darauf guckte er wieder starr auf den Asphalt vor seinen Füßen und beschleunigte sein ohnehin schon flottes Tempo. Er war nicht stehen geblieben.

Carla holte ein paarmal Luft und nahm die Verfolgung wieder auf, diesmal in gebührendem Abstand von ein paar Metern. Wenn der arme Kerl sich erst einmal an ihre Anwesenheit gewöhnt hatte, würde er vielleicht langsam auftauen. Vermutlich hatte seit Jahren kein Mensch mehr das Wort an ihn gerichtet. Außer vielleicht die Betreuer im Obdachlosenheim.

Weiter ging es durch ganz St. Gilgen, an der hellgrauen Kapelle und den beiden alten Höfen vorbei, dann durch die Felder, hinter denen der Winkelhof lag. Die Verfolgungsjagd erinnerte an einen Cartoon, bei dem jemand auf Zeitlupe umgestellt hatte: Ein vornübergebeugter uralter Mann lief vorneweg, eine keuchende junge Frau mit einem Kleinkind im Buggy hinterher. Im Grunde waren alle drei nicht viel schneller als sportliche Schildkröten, doch der Abstand zwischen ihnen verringerte sich kein bisschen.

Irgendwann fing Lukas an zu heulen. Sei es, weil er die verbissene Anspannung seiner Mutter spürte, sei es, weil er sich plötzlich wieder an den verlorenen Tschiesbö erinnert hatte. Doch als er laut und enttäuscht quäkte, blieb Ludwig Bachberger stehen und wartete, bis Carla aufgeholt hatte. Dann beugte er sich zu Lukas hinunter, schnitt ein paar Grimassen, und bereits nach der ersten war Lukas verblüfft genug, um den Grund für sein Gequengel vergessen zu haben. Auffordernd hielt der Penner Lukas die Hand hin, der wie ferngesteuert aus seinem Buggy kletterte und danach fasste. Lammfromm schritten der alte Mann und das Kleinkind auf die Weggabelung vor ihnen zu und setzten sich dort auf eine Holzbank unter einer alten Eiche.

Carla stellte keuchend den Buggy ab und ließ sich daneben ins Gras fallen. »Herr Bachberger, ich weiß, dass Sie nicht mehr reden. Aber wenn das nur ein Gerücht ist, dann wäre jetzt die Gelegenheit für Sie, das klarzustellen!«

Stille. Der alte Mann schwieg, wandte sich aber an Lukas, der neben ihm auf der Bank herumrutschte und fasziniert seine Bartwürste anstarrte.

»Na gut«, murmelte Carla. Dann würde sie eben die Gelegenheit beim Schopf packen und einfach drauflosquatschen. »Ist zwar seltsam, dass ich von den drei Menschen auf dieser Bank der einzige sprachbegabte bin, aber sei's drum. Dann rede halt nur ich. Kurz und gut, Herr Bachberger, jemand hat Ihre Enkelin auf dem Gewissen, und ich möchte gern herausfinden, wer. Es muss jemand sein, den sie gekannt hat. Die allermeisten Morde sind Beziehungstaten im Affekt.«

Carla zuckte zusammen, als ihr einfiel, dass diese Tatsache für Ludwig Bachberger nichts Neues sein konnte. Der Greis neben ihr war ja selbst ein Mörder. »Sie wissen, von was ich rede. Trotzdem liegt irgendwo die Leiche Ihrer Enkeltochter, die vielleicht ein bisschen zu ökologisch korrekt war, die aber niemandem etwas Böses wollte. Das kann man doch nicht einfach so stehen lassen! Ich will herausfinden, warum Sabine tot ist, und dafür brauche ich Ihre Mithilfe.« Während der letzten Sätze war Lukas aufgestanden und hopste nun um sie herum. Carla stand auf, um ihn von der Straße fortzuziehen und ihm einen Ast zum Spielen in die Hand zu drücken. Dann wandte sie sich wieder an den alten, zu schwer gestraften Mörder.

»Sie wissen doch alles. Seit Jahrzehnten sind Sie jeden Tag in Gilching unterwegs, Sie kennen jedes Gebüsch und jeden Stein, Sie wissen wahrscheinlich, was im Haus da drüben gekocht wird und wann der Bürgermeister aufs Klo geht. Sie müssen das Gilchinger Orakel sein, also, bitte, orakeln Sie für mich! Wer wollte Ihrer Enkeltochter ans Leder?«

Der greise Penner saß nach wie vor regungslos auf der Bank. In der letzten Minute war er mit dem Oberkörper ein wenig nach vorn gesunken und stützte sich nun mit den verschränkten Armen auf seinen Oberschenkeln ab, als hätte er einen Magenschwinger kassiert. Lange schaute er über die westlichen Wälder hinweg. Obwohl die Wälder und die Blätter der Eiche hinter der Holzbank noch frisch grün waren, strahlte die Mittagssonne bereits etwas milder als vor zwei Wochen. Hätte sie schon tiefer gestanden, hätte das Gebäude des Zementwerks einen langen spitzwinkeligen Schatten über das gemähte Maisfeld vor ihnen geworfen.

Unvermittelt stand Ludwig Bachberger mit der Geschwindigkeit eines jungen Mannes auf und trat hinter die Bank an den Zaun zum angrenzenden Grundstück, hinter dem eine Mischhecke wuchs. Durch die Latten des Zauns griff er in das Gebüsch und brach etwas ab, das er Carla vorsichtig reichte.

Es war eine frisch erblühte Rose, rosarot wie der Lack auf den Zehennägeln von Sabine. Fragend sah Carla ihn an, doch er wich ihrem Blick aus, hob den Arm und deutete in nordwestliche Richtung.

Carla folgte mit ihrem Blick seiner Geste. Es bestand kein Zweifel: Ludwig Bachberger deutete auf das Zementwerk. Mit einer Rose. Auch ohne Worte verstand sie, dass es um eine amouröse Beziehung gehen musste.

Genau in diesem Moment hielt ein unauffälliger, wenn auch etwas angerosteter silberner VW Golf neben ihnen. Roland stieg aus, in seiner Begleitung einen unauffälligen Mann ungefähr seines Alters, der entschuldigend grinste. Beide trugen Jeans und Pullover, die einen Tick zu normal und gleichgeschaltet wirkten. Beinahe so, als wären sie Zivilpolizisten.

»Papa!«, jubelte Lukas und klemmte sich stürmisch an Rolands Bein.

Doch Roland sah nicht besonders erfreut aus. Strafend blickte er Carla an. »Was genau machen Sie hier, werteste Frau Maeßmer, wenn ich fragen darf?«, polterte er.

»Nur das, was ich machen muss, weil's sonst keiner macht«, entgegnete sie schnippisch. »Ich ermittle!«

»Und da kommt dir nicht in den Sinn, dass du mir mit deinen Alleingängen gehörig dazwischenfunken könntest? Ich versuche, diesen Menschen zu observieren! Das ist mein Revier, merk dir das!«

»Aber ich wollte dir nur helfen! Und überhaupt haben nur Hirsche Reviere. Außerdem dachte ich, diese Drogensache wäre erledigt? Du hast mir doch gestern erzählt, du hättest unsere alte Babysitterin verknackt.«

Roland fuchtelte wild mit den Händen, um Carla zum Schweigen zu bringen. »Aber wir haben noch keine Konsumenten. Wir wollen doch auch die Leute erwischen, die das Zeug kaufen, und zwar auf frischer Tat, deshalb lassen wir Herrn Bachberger immer noch mit seiner Tasche rumrennen, kapiert?«

»Ja, ist das nicht gefährlich?«, entrüstete sich Carla. »Was, wenn ihn einer bedroht? Oder gleich zusammenschlägt? Ihr könnt ihn doch nicht einfach so schutzlos –«

»Peilsender!«, knurrte Roland zwischen den Zähnen hervor. »Wir wissen immer, wo er gerade steckt. Wird alles auf meinem Diensthandy aufgezeichnet.« Er sah sich immer wieder nervös um, während er gleichzeitig versuchte, seinen Sohn davon abzuhalten, ihm mit dem Stock in die Eier zu hauen, was seinem Vortrag etwas die Schärfe nahm. »Ich wollte vorhin gerade einen anständigen Kaffee für den Kollegen Weintraub holen, da hab ich zufällig gesehen, wie du aus dem McDonald's raus bist, Carla. Zum Glück! Du musst Herrn Bachberger jetzt wieder in Ruhe lassen, das ist doch total auffällig, wenn du mit Buggy und allem hinter ihm herrennst!«

»Und wenn du und dein total unauffälliger Kumpel in euren total unauffälligen Klamotten mit diesem total unauffälligen Auto überall herumfahrt, dann ist das unauffälliger, oder wie? Warum geht ihr nicht einfach gleich ins Gymnasium und lasst euch Haarproben vom ganzen Abijahrgang geben?«

»Hab ich auch schon vorgeschlagen«, lächelte Schlomo.

Roland stöhnte auf. »Würd ich ja gern, aber dafür reichen die Verdachtsmomente nicht. Diejenigen, bei denen man nichts findet, können uns hinterher verklagen.« Er fixierte Bachberger mit bedauerndem Blick. »Ehrlich gesagt beneide ich euch. Ihr könnt hier bei dem guten Wetter rumlaufen, und Schlomo und ich müssen dem Spengler über jede Viertelstunde Bericht erstatten.«

»Schlomo?«

»Ach ja, Entschuldigung. Schlomo – meine Frau Carla, Carla – mein Kollege Schlomo Weintraub, er nimmt am deutsch-israelischen Polizeiaustausch teil und kommt aus Tel Aviv.«

»Sehr erfreut, Carla.«

»Ganz meinerseits, Schlomo. Aus Israel also? Ich liebe dieses Zeug aus Kichererbsen, Hummus!«

»Wenn der Fall abgeschlossen ist, können wir Schlomo ja mal zum Essen einladen«, zischte Roland. »Aber jetzt müssen wir verschwinden, und ihr am besten auch. Wir sollten Ludwig Bachberger wieder allein lassen, damit niemand seine kleinen Kunden verschreckt. Gell, Herr Bachberger?« Tatsächlich blinzelte ihn der alte Mann an, als würde er ihm recht geben. Aber vielleicht war es auch nur die Mittagssonne, die ihm in die Augen stach.

»Im Moment ist die Luft rein, wir haben die ganze Gegend gründlich gecheckt«, sagte Roland. »Aber jede Sekunde kann eine Übergabe stattfinden, schließlich ist jeder Gymnasiast ein potenzieller Käufer illegaler Substanzen.«

Die beiden Herren in Zivil stiegen wieder in den Golf und fuhren davon. Auch Carla und Lukas machten sich wieder vom Acker und überließen den bärtigen Zausel sich selbst.

Carla hatte erfahren, was sie von Bachberger erfahren wollte. Sogar mehr als das. Grummelnd zerrte sie Lukas mit sich nach Hause. Roland könnte heute Abend etwas erleben. Sie vor allen Beteiligten – sogar vor ausländischen! – als Depp hinzustellen!

Verflixt und zementiert

22. September, 9.18 Uhr

Ein Regentag, der einen Vorgeschmack auf die kommenden Monate des Nebels und der über die Glatze pfeifenden Eiseskälte lieferte. Carla überlegte, was sie mit ihm anfangen sollte. Nach dem kleinen Streit über die ehelichen Ermittlungszuständigkeiten am Vortag war sie heute wild entschlossen, wegen dieses vermaledeiten Zehs keinen Finger krumm zu machen.

»Heute machen wir einfach mal, was du willst«, sagte sie deshalb in rebellischer Manier zu ihrem Sohn. »Jetzt komm schon, Lukas, wonach ist dir heute? Such dir was aus. Und wenn du nur Pommes essen oder in diese Indoor-Spielhölle willst, von mir aus. Heute bin ich dabei. Ganz Mama und nix sonst. Also, was ist?«

Lukas versuchte, die Stirn in grüblerische Falten zu legen, was ihm mangels überschüssiger Haut nicht gelang. Dann pupste er angestrengt und sprach schließlich: »Bagger!«

»Bagger was? Bagger anschauen?«

»Ja! Bagger! Grauwal!«

»Okay, Sohn. Dein Wunsch ist mir Befehl.«

Noch nie hatte Lukas sich bereitwilliger in Matschhose und Gummistiefel begeben. Zu ihrer beider nicht geringen Enttäuschung mussten sie jedoch zehn Minuten und zwölf mittelprächtige Pfützen später merken, dass die Baustelle an der St. Gilgener Straße nichts mehr hergab, was für Lukas von Interesse war. Der Bagger war abgezogen, auch vom Kipper und der Rüttelplatte keine Spur mehr. Der Rohbau stand schon. Auf dessen Dach kletterten zwar noch ein paar Handwerker herum, doch die konnte selbst Carla nur dann sehen, wenn sie sich auf der gegenüberliegenden Straßenseite auf die Zehenspitzen stellte. Allerdings wäre es vergebene Liebesmüh gewesen, unter Aufbietung größerer Verrenkungen Lukas die Dachdecker zu zeigen, da sie nicht ein einziges lärmendes Gerät benutzten.

Was also tun? Carla hatte ihrem Sohn versprochen, Bagger

anzuschauen, und Versprechen musste man halten. Ratlos sah sie sich nach einem Kran in der Nähe um. Denn wo Kräne, da oft auch Bagger. Doch im sonst so bauverrückten Neugilching war an diesem feucht-kühlen Freitag nichts zu holen. Kein Kran weit und breit, kein verräterisches stampfendes Rattern, kein stumpfes Dröhnen oder metallisches Kreischen, das auf Baustellen hätte hinweisen können. Und zum riesigen, klaffenden Loch im Herzen Gilchings, an dessen Grund gerade die Fundamente des neuen Rathauses entstanden, war es ihr dann doch zu weit.

Sie war kurz davor, umzudrehen und Lukas zum vierhundertachtzigsten Mal auf Youtube Baggervideos zu zeigen, als ihr Blick an der kantigen, hohen Silhouette des Zementwerks hängen blieb. Natürlich, die Steinbrüche! Dort gab es jeden Tag Bagger und was das Herz noch begehrte. Zumindest große Radlader, die als Bagger durchgingen, waren immer in Aktion.

So kam es, dass Carla und Lukas Maeßmer an diesem Vormittag das Gelände des Kneißlschen Zementwerks besuchten. Zuerst sogar ganz ohne ermittlerische Absichten.

Sie hatten am Bauzaun, gleich neben der offen stehenden Zufahrt, Position bezogen und sahen auf die Geschehnisse hinunter: Etliche Meter unter ihnen wechselten sich zwei Radlader und ein Muldenkipper dabei ab, staubige Kalksteine hin und her zu verfrachten. Vermutlich sollten sie irgendwann auf das Förderband geladen werden. Im Hintergrund, etwas schräg im Hang, stand ein riesiger Bagger, der träge neue Kalksteine aus dem Gilchinger Untergrund kratzte. Es rumpelte, ratterte, dröhnte, kreischte und staubte. Lukas hatte nichts zu beanstanden.

Mutter und Sohn hätten im feinen Nieselregen noch eine Weile den Steinbruch beobachtet, hätte sich nicht plötzlich Lukas' Schal gelöst. Von einer kurzen Windbö erfasst, wand sich das hellgrüne Wollscheusal scheinbar ohne jede Vorwarnung wie eine Schlange durch den Bauzaun und sank dahinter zu Boden. Hatte sich Lukas selbst seiner entledigt? Er hasste Schals, doch dieser hier war von Rolands Mutter persönlich gestrickt und per

Luftpost aus Menorca geschickt worden. Und obwohl Clara den Schal mindestens ebenso hässlich fand wie Lukas ihn störend, wollte sie es sich mit der Schwiegermutter nicht verderben. Sie ermahnte ihren Sohn, an Ort und Stelle stehen zu bleiben, und trat auf die andere Seite des Bauzauns.

»Sind ja bloß ein, zwei Schritte, da kann eigentlich nichts passieren«, murmelte sie. Der Schal hatte sich keine zwei Meter neben der Zufahrt in einem Gestrüpp verfangen. Carla fasste gerade danach, als eine Alarmsirene ohrenbetäubend losschrillte. Plötzlich blinkten auf den Spitzen des Bauzauns Dutzende roter Lichter, und die Fahrzeuge in und um den Steinbruch kamen zum Stillstand. Als ob er aus einem extra dafür vorgesehenen Versteck im Boden herausgewachsen wäre, stand Sekunden später ein grimmiger Mann im Blaumann hinter ihr.

»Wos dean S' denn do?«, zeterte der Vorarbeiter, der die Verantwortung für die Vorgänge im Steinbruch trug.

»Oh, äh, ich wollte nur den Schal von meinem Sohn holen«, stotterte Carla und wies entschuldigend auf das Stück grüne Wolle in ihrer Hand. »Die Zufahrt war offen.«

»Freili is de mitten am Werkdog offn! Ham S' die Verbotsschilder ned gseng?«

»Ich bin ja auch gleich wieder weg.«

»Nix da! Sie san glei beim Chef, dem i jetz erklärn muass, warum mir scho wieder an Arbeitsstopp ham! Kommen S' mit!«

Gerade so fest, dass es nicht als unsanft bezeichnet werden konnte, packte er Carla am Oberarm und wollte sie mit sich fortzerren. Es gelang ihr gerade noch, den wütenden Mann davon zu überzeugen, ihr Kleinkind mitzunehmen. Im Steinbruch waren die Arbeiter aus den Fahrzeugen geklettert. Einer fluchte, während die anderen sich Zigaretten anzündeten und die Zwangspause zur Erholung nutzten. Lukas winkte ihnen freudig zu, als er und Carla im Schlepptau des Vorarbeiters zum Hauptgebäude marschierten.

Aus der unmittelbaren Nähe wirkte das Zementwerk weitaus gepflegter als vom Rande Gilchings aus. Die Betonfassade war frisch gestrichen, davor kämpften kleine Rabatten mit anspruchslosen heimischen Gewächsen tapfer gegen den allgegenwärtigen Kalkstaub an.

Nach kurzem, strammem Marsch gelangten sie zu einer unauffälligen Stahltür unweit des fauchenden Schachtes, in den das Förderband seine staubige Fracht entlud. Während es am Rand der Anlage vor Schildern nur so gewimmelt hatte, waren hier weit und breit keine zu sehen. In diesem Bereich waren unwissende Besucher offenbar nicht vorgesehen.

Der grimmige Blaumann führte sie erst durch die dicke Stahltür, dann eine verglaste Wendeltreppe hinauf und einen langen dunklen Flur entlang, bis sie ein großräumiges Büro mit weichem Teppichboden erreichten. Zwei Herren, einer jünger, einer älter, standen laut diskutierend am Fenster.

»Und wenn man denen zur Abwechslung mal zuhören würde, damit sie sich verstanden fühlen? Vielleicht an einem runden Tisch?«, sagte der Jüngere.

»Kommt überhaupt nicht in die Tüte, Paul! Du weißt, wohin das führt. Wenn man denen den kleinen Finger reicht, werden die nur noch lauter. Wir geben nicht nach, und zwar ein für alle Mal«, entgegnete der Ältere.

»Chef!«, rief der Vorarbeiter jetzt den Mann an, der zuletzt gesprochen hatte. »Chef, entschuldigen S', ich unterbrech wirklich nur ungern, aber mir ist da eine Dame zugelaufen.«

Die Herren sahen sich überrascht um und kamen näher. Der ältere, ein großer weißhaariger Mittsechziger mit der Ausstrahlung eines viktorianischen Gentlemans, reichte Carla seine trockene, warme Hand und lächelte gewinnend. »Grüß Gott, mein Name ist Matthias Kneißl, Geschäftsführer dieses gastlichen Werkes. Was kann ich für Sie tun? Sie müssen unsere kleine Meinungsverschiedenheit zwischen Vater und Sohn entschuldigen. Nichts Wichtiges.«

»Wahrscheinlich wegen der Bürgerinitiative, oder? Ich bin nur wegen Lukas da. Mein Sohn hat nämlich einen Baggerfimmel, müssen Sie wissen. Also, wenn es Sie beruhigt, ich habe noch nie irgendetwas Komisches gerochen, und dabei wohne ich am Ende der Sonnenstraße. Ich hab nichts gegen

Ihr Werk«, sagte sie, blickte zum Jüngeren der beiden hinüber und erschrak.

Der Juniorchef sah geradezu unglaubwürdig gut aus. Paul Kneißl, ein eher kleinerer, aber ziemlich kompakter Mann, hatte die scharf geschnittenen Züge eines längst vergessenen Filmstars der Stummfilm-Ära. Er war sichtlich oft in der Natur, und Carla glaubte, ihn schon des Öfteren auf seinem Mountainbike den Germannsberg hinaufstrampeln gesehen zu haben. Die vom Vater geerbten hellen Augen in seinem wettergegerbten Gesicht erweckten den Anschein, als trüge er farbige Kontaktlinsen. Jetzt hob er die Hand, um ärgerlich an seinem deutlich sichtbaren goldenen Ohrring zu drehen, der ihm ebenso wie das sonnengebleichte Pferdeschwänzchen einen piratenhaften Ausdruck verlieh. Seine beeindruckenden Schultern spannten sich unter einem konventionellen und bestimmt nicht billigen grauen Anzug. Auch seine schwarzen Lederschuhe sahen nicht aus, als hätte er sie bei einer günstigen Filialkette erworben. Er verkörperte eine merkwürdige Mischung: halb Pirat, halb Businessman. Carla fragte sich, ob Paul Kneißl das Unternehmen seines Vaters wirklich übernehmen wollte oder nur in diese Rolle hineingepresst wurde.

»Jaja, die Bürgerinitiative, unsere Freunde und Helfer«, sagte der schöne Sohn jetzt. »Aber was soll man machen, die Klimawerte sind nun mal nicht komplett ausgedacht, und ein bisschen Urteilskraft muss man den Anwohnern ja auch zugestehen. Ich sag ja nicht, dass diese ganzen Irren recht haben, aber wenn ein grundanständiger Rentner fünfhundert Meter entfernt in seinem Garten sitzt und meint, dass es nach Gift riecht, dann kann man dem doch nicht einfach –«

»Und das ist also unser kleiner Stargast?« Der Seniorchef unterbrach seinen Sohn ungerührt, als Lukas mit einiger Verzögerung hinter Carla aus dem Dunkel des Flurs in den Raum trat. Zögernd blickte er mit schief gelegtem Kopf die streitenden Männer an.

»Lukas schaut für sein Leben gern Bagger an. Es tut mir leid, dass ich auf Ihr Gelände eingedrungen bin, ich wollte ja nur seinen Schal –«

»Das macht doch nix. Und was soll man auch mit einem Schal, wenn man mal ein großer Baggerfahrer werden möchte?« Der eben noch so unbeugsame Herr des Zements, Matthias Kneißl, schmolz zu einem Häufchen großväterlicher Rührung zusammen. Er war Butter in Lukas' klebrigen Kleinkinderhänden.

Der piratenhafte Junior presste währenddessen ungeduldig die Lippen zusammen und wandte sich zum Fenster. Von draußen war entfernt das Aufdröhnen von Motoren zu hören, die Radlader fuhren wieder an. Für eine halbe Minute versuchte der Seniorchef gurrend, Lukas weiter in den Raum zu locken, dann redete Carla einfach drauflos. Sie wollte sich die mütterliche Macht nicht widerstandslos aus der Hand nehmen lassen.

»Äh, ich wohne noch nicht so wahnsinnig lang in Gilching und finde das eigentlich ganz gut, dass hier auch was produziert wird. Ich meine, außer den Reisenthel-Taschen muss es ja auch noch etwas anderes geben. Ich persönlich war in der Schule leider keine große Leuchte in den Naturwissenschaften, aber bei Reisenthel habe ich mal eine Werksführung gemacht, die war sehr interessant.«

Matthias Kneißl, der sich gerade auf alle viere niedergelassen hatte, um mit dem langsam auftauenden Lukas hinter einer Stuhllehne Guck-Guck zu spielen, horchte auf. »Eine Werksführung? Die können wir Ihnen auch bieten. Sehr gern sogar! Was halten Sie von einer persönlichen Führung durch das ganze Gelände? Passt Ihnen gleich der Montag? Da gibt's dann auch schwere Maschinen, Motoren und, äh, natürlich Bagger. Das wär doch was fürs Buzerl, oder? Sagen wir, gleich um zehn, da sind wir alle noch frisch?«

Carla war ganz überwältigt von so viel Entgegenkommen. Der alte Kneißl war vielleicht nicht der umweltfreundlichste, dafür aber sicherlich der kinderliebste aller Gilchinger Unternehmer.

»So, und obwohl ich Ihr Interesse an uns sehr zu schätzen weiß, würde ich Sie jetzt gern wieder hinausbitten, wir waren gerade in einer internen Besprechung.« Kneißl senior wandte sich zur Tür und lächelte Carla durchaus freundlich an. »Bis Montag, dann nehmen wir uns alle Zeit für Sie und das Buzerl, gell?«

Carla wurde heiß, und das hatte nichts mit ihrer Schwangerschaft zu tun. So einfach konnte sie sich jetzt doch nicht hinauskomplimentieren lassen. Wer wusste denn schon, wann sich die nächste Gelegenheit bieten würde, mit gleich zwei Mordverdächtigen zu sprechen? Bachberger sollte ihr den Tipp mit der Rose nicht umsonst gegeben haben. Sie ging aufs Ganze. »Natürlich, Herr Kneißl. Ich freue mich, dass Sie ein so offenes, äh, Werk haben. Aber ich wollte den Herrn Junior noch was fragen.«

»Ja?« Paul Kneißl hob eine Augenbraue und sah noch besser aus. Wenn man denn auf naturverbundene Firmenerben stand, die einen Kopf kleiner waren als man selbst.

»Wissen Sie eigentlich, was aus Sabine Wondratschek geworden ist? Sie waren doch mit ihr befreundet.«

Der Juniorchef sah sie überrascht an. Allerdings nicht erschrocken oder ertappt, wie Carla gehofft hatte. »Wir sind immer noch befreundet. Warum?«

Ja, warum fragte sie ihn das eigentlich? Dass zwei Tage zuvor ein Bautycoon gestanden hatte, ihrer noch immer vermissten Leiche die Zehen abgezwickt und anschließend in verschiedenen Gewässern des Fünfseenlandes versenkt zu haben, war hier wohl zu viel der Information. Ebenso, dass sie selbst heimlich auf der Suche nach dem Mörder war und gestern erst einen verklausulierten Hinweis vom verrückten Opa der Frau erhalten hatte. So viel hatte sie während Rolands Ausbildungsjahren immerhin aufgeschnappt: Einem Verdächtigen sollte man nicht zu viel erzählen.

»Mein Sohn sollte eigentlich bei ihr in den Waldkindergarten gehen, aber seit über zwei Wochen rührt sie sich nicht mehr.«

»Ach ja, der Waldkindergarten. Davon habe ich ihr gleich abgeraten. Das war wieder eine dieser Weltverbesserungsideen, die für alle supertoll klingen, nur nicht für den, der am Schluss die Arbeit machen muss. Würden Sie vielleicht jeden Tag mit dreißig Kids im Gebüsch sitzen wollen? Noch dazu schlecht bezahlt? Und manche von denen wären ja noch nicht mal sauber gewesen.«

Carla zwang sich zu einem verständnisvollen Nicken, was ihr angesichts der frechen Wortwahl nicht gerade leichtfiel. Der Mann hatte gut reden! Als ob irgendjemand sein Kind wegen des Weltfriedens in Betreuung geben würde. Und dann auch noch meckern, weil kleine Menschen einen Stoffwechsel hatten.

Lukas und der Seniorchef waren zwischenzeitlich wieder in die Besprechungsecke getollt, wo Lukas unter den stählernen Freischwingern hindurchkroch. Matthias Kneißl unterließ es, ihm zu folgen, erklärte aber Carla nun, weshalb der Vorarbeiter sie so scharf angegangen hatte.

»Jedenfalls macht uns die Bürgerinitiative große Sorgen. Seit der Rebner an deren Spitze steht, sind sie wilder denn je. Ihr Verhalten ist wirklich unter der Gürtellinie. Der hat da so ein paar Spezln zusammen, bei denen ist damit zu rechnen, dass sie sich vor einen Radlader werfen, um zum Märtyrer zu werden. Außerdem vermischen die ihren Protest mit privaten Gründen. Ein Nachbar von uns ist zum Beispiel auch dabei. Der hat immer schon gefunden, dass unser Apfelbaum zu hoch ist, und jetzt schreit er plötzlich am allerlautesten von wegen Lärmbelästigung. Genau wie diese Exfreundin von Paul. Stimmt doch, Paul?«

»Exfreundin ist gut gesagt. Mit der Julia war ich in der zehnten Klasse zusammen, Papa.«

»Und wenn du dich damals wie ein Gentleman benommen hättest, würde sie jetzt bestimmt keine Steine auf unsere Baggerführer werfen«, mahnte Matthias Kneißl.

»In der zehnten Klasse? Und die ist immer noch sauer?«, warf Carla ein. Das war jetzt mal interessant. Das hieß, der Junior benahm sich also nicht immer wie ein Gentleman. Er neigte doch nicht etwa zur Gewalt gegen Frauen? »Aber mit der Sabine haben Sie sich nicht so schlimm gestritten, oder?«, fragte sie neugierig.

»Das mit der Sabine ist eine ganz andere Sache«, meinte Paul

Kneißl. »Sie ist halt ziemlich impulsiv und taucht dann gern mal eine Weile unter. Hat ja kein Handy und nix. Aber sie wird sich bestimmt bald wieder bei mir rühren. Wenn Sie mir Ihre Nummer oder E-Mail-Adresse dalassen, kann ich Sie dann ja kurz informieren. Für die Unannehmlichkeiten mit dem Kindergarten entschuldige ich mich jetzt schon mal an Sabines Stelle.« Der Juniorchef war wirklich nicht der Größte, gerade im Vergleich zu seinem weißbärtigen Titanen von Vater. Und je länger er sprach, desto mehr schien er in sich zusammenzuschrumpfen.

Da es nichts mehr zu besprechen gab, bedankte sich Carla und verabschiedete sich. Lukas, der auf eine weitere Baggersichtung hoffen konnte, folgte ihr bereitwillig und winkte den beiden Kneißls im Gehen.

»Bis Montag, junger Mann«, lächelte Matthias Kneißl und winkte salbungsvoll zurück. »Und schaut euch ruhig noch ein bisserl um. Ich geb den Maschinenführern gleich über Funk durch, dass ihr mit den Deppen gegen Beton nichts zu tun habt.«

Die Bagger, Radlader und Kipper waren wieder in Betrieb. Tatsächlich nutzte Carla die Anwesenheit der schweren Geräte, um von Lukas ungestört nachdenken zu können. In respektvoller Entfernung zum Schaufelbagger sammelte sie sich und ihre Gedanken.

Auch wenn man sich vor kleinen – und zu schönen! – Männern nicht genug hüten konnte: Paul Kneißl war bestimmt nicht Sabines Mörder gewesen. Der Mann hatte nicht gerade so reagiert, wie man es von einem erwischten Totschläger erwartete. »Entweder ist er der abgebrühteste Brühwürfel unter der Sonne, oder er hat tatsächlich keine Ahnung«, murmelte Carla in den Kragen ihrer Softshelljacke und zog sich die Kapuze tiefer ins Gesicht.

»Hallo!«, erschallte es plötzlich neben ihr.

Sie erschrak fürchterlich. Durch die eingeschränkte Sicht unter der Kapuze hatte sie nicht mitbekommen, dass sich ihr Paul Kneißl genähert hatte. In Regenkleidung stand er neben ihr, eine Hand an einem teuren Mountainbike.

Unbewusst versuchte Carla trotz Regenkapuze, ihr Haar glatt zu streichen. Ganz immun war sie gegen das gute Aussehen des Juniors nicht. »Haben Sie schon Feierabend?«

»Ich kann gehen, wann ich möchte. Aber gut, dass ich Sie noch treffe«, lachte er charmant. »Ich wollte Sie nämlich auch noch etwas fragen.«

Oh, was kam denn jetzt? Carla war gespannt.

»Was kostet eigentlich so eine Pampers?«, stellte der schöne kleine Mann dann seine Frage.

»Eine Pampers?« Sie lachte verwirrt. Mit allem hatte sie gerechnet – mit Vorhaltungen, weil sie sich immer noch auf dem Firmengelände befand, mit an ihren mütterlichen Busen geschluchzten Geständnissen –, aber nicht mit der Frage nach Windelpreisen. »Äh, so um die dreißig Cent, je nach Größe, würde ich sagen. Es gibt natürlich auch günstigere Alternativen. Oder Mengenrabatt, wenn man zweihundert auf einmal kauft.«

Paul Kneißl rechnete ein paar Sekunden stumm, dann strahlte er sie wieder an. »Und wie viele braucht man so im Monat?«

»Kommt drauf an, wie viel das Kind kackt«, sagte Carla trocken. Unglaublich, dachte sie dann, sie unterhielt sich mit einem Mordverdächtigen allen Ernstes über Kinderscheiße. »Lukas ist da zum Beispiel eher ergiebiger. Ich brauche bestimmt fünf, sechs am Tag, also gut hundertfünfzig im Monat. Aber warum wollen Sie das wissen? Werden Sie bald Papa?«

»Oh, ich sammle erst mal Argumente. Argumente gegen Stoffwindeln. Ich bin zwar auch der Meinung, dass Wegwerfwindeln unnötigen Müll verursachen, aber andererseits bin ich ja sozusagen vom Fach. Mit dem richtigen Ofen und der richtigen Filtertechnik kann man auch volle Windeln verbrennen. Das wirft dann sogar Energie ab. Da muss man sich doch nicht mit Stoffwindeln plagen. Die Waschmaschine läuft ja auch nicht umsonst«, sagte er fröhlich.

»Sie sind ein Mann mit Verstand«, lobte Carla. »Ich hoffe, Ihre Freundin weiß das zu schätzen.«

Der kleine Pirat seufzte, dann starrten sie gemeinsam schweigend auf die gleichmäßig schaufelnden Bagger.

»Kennen Sie das Ammertal?«, fragte er plötzlich unvermittelt. »Da wollten wir campen gehen, am zweiten Septemberwochenende. Mit dem Rad hinfahren und am Kiesufer schlafen, Sabine ist nicht gerade der Typ für so Gartenzwerg-Zeltplätze. Wir nehmen unseren ganzen Kram hinterher auch wieder mit, da sieht man dann gar nicht mehr, dass da jemand übernachtet hat. Haben wir schon mal gemacht, im Frühling, als wir ganz frisch zusammen waren. Ohne großen Proviant, ganz pur. Nur ein paar Handvoll Nüsse und zwei, drei Tupperschüsseln. Sabine macht so einen hervorragenden Frischkornbrei, der hält wahnsinnig lange vor«, schwärmte er.

»War also alles ganz harmonisch zwischen Ihnen«, sekundierte Carla.

»Grundsätzlich schon. Jedenfalls bis vor zwei Wochen. Ich wollte Sabine an dem Kindergarten-Bauwagen abholen. Wie immer hatte ich für unseren Ausflug alles besorgt und eingepackt und habe dann zwei Stunden auf sie gewartet. Ich dachte, sie wollte mich auf die Probe stellen, ob ich auch hartnäckig bin. Kurz zuvor hatten wir uns nämlich schlimm gestritten.«

»Worum ging es denn bei dem Streit?«

»Sie dachte, sie wäre schwanger.«

Ein Ziehen ging durch Carlas Unterleib. Ein junges Paar im Sommer, die Liebe frisch und strahlend, und dann passiert das, was einen brutal aus der überfließenden Zweisamkeit herauskatapultiert und was man sich doch für viel, viel später aufheben wollte – wenn denn überhaupt. Der Klassiker. Sie ächzte innerlich. »Und Sie wollten kein Kind.«

»Nein! Nein, das war's nicht. Überhaupt nicht!« Der junge Kneißl lachte. »Ich hätte überhaupt nichts dagegen gehabt. Im Gegenteil, ich war schon im Gymnasium einer der wenigen, die sich immer mit Kindern gesehen haben. Wirklich, von mir aus gern auch zehn! Aber das wollte mir die Bine nicht glauben. Das heißt, glauben wollte sie es schon, aber sie war damit nicht einverstanden.«

»Bitte was? Sie wollten das Kind, aber Sabine nicht?«

Paul hob die Hände und ließ sie wieder sinken. »Tja, was

fragen Sie mich das? Das muss so ein scheiß Frauending sein. Entschuldigung. Aber irgendwie wollte sie es doch wohl schon. Sonst hätten wir das ja auch mit der Verhütung hingekriegt, wir sind ja keine Teenager mehr. Aber wir haben davor nie darüber gesprochen. Und dann ist sie mit dem positiven Test angekommen und hat scheinbar erwartet, dass ich mich aufrege und sie zur Abtreibung dränge oder so. Sie war richtig enttäuscht, als ich gesagt habe, ich freue mich. Lauter Argumente hat sie aufgezählt, warum das nicht geht: Wir wären erst so kurz zusammen, sie hätte doch gerade den Kindergarten aufgemacht, sie würde sich in Abhängigkeit von mir begeben …« Er schüttelte den Kopf. »Ich hab nur drauf gewartet, dass sie mit der Ökobilanz und dem CO_2-Fußabdruck von so einem Baby anfangen würde. Und eben von den Pampers-Müllbergen. Als ich dann gesagt hab, wie gern ich für sie und unser Kind und gern auch noch für mehr Kinder sorgen würde, haben wir uns fies in die Wolle gekriegt. Sie hat mich sogar einen reaktionären Chauvinistensack genannt. Einen Chauvinistensack, der sie an die sozialdarwinistische Sklavenkette legen will. Einen Vergewaltiger im Geiste.«

Carla und Paul Kneißl schwiegen betreten. Lukas, den das ganze Thema nicht besonders zu interessieren schien, betrachtete mit ernster Miene den Radlader, der zum fünften Mal vergeblich einen besonders großen Steinbrocken aufzuschaufeln versuchte.

Dann wandte sich der Juniorchef wieder an Carla. In seinen Terence-Hill-Augen lag tiefer Kummer, den sie ihm nicht zugetraut hätte. »Wissen Sie, was von dem ganzen Emanzipationskram übrig geblieben ist? Ihr Frauen könnt alles machen, habt aber keine Ahnung, was ihr überhaupt wollt. Und wehe, dann machen wir Kerle mal einen Vorschlag. Dann ist der Ofen aber gleich so was von aus.«

Oide Kamöin

24. September, 16.34 Uhr

»Hetty! Nein, das ist doch … Muss das denn sein? Wirklich, von allen garstigen Drachen auf dieser Erde ausgerechnet die?« Der »Südwest-Anzeiger« rutschte aus Gitte Grabows Hand, bis er den Parkettboden ihres Wohnzimmers erreichte und gänzlich undramatisch in sich zusammenfiel. Für einen Moment ließ sie sich daneben auf ihr Fauteuil sinken und starrte auf die Girlandenreliefs der silbernen Palmenkübel. Wenn ihre dreimal am grauen Star operierten Adleraugen sie nicht trogen, mussten diese Reliefs mal wieder abgestaubt werden.

»Hetty, ausgerechnet Hetty! Mit dieser Nase!« Sie schnaufte und erhob sich, um sich in der Küche vom perlenden Rosé nachzuschenken. Doch als sie in den Kühlschrank sah, stellte sie voller Entsetzen fest, dass an der Stelle, an der sonst ihre Flasche stand, ein großes Nichts war. Sie erinnerte sich wieder, für ihren Morgentrunk hatte es gerade noch gereicht. Seit vielen, vielen Jahrzehnten trank sie ein Gläschen Rosé als Muntermacher und nahm dazu etwas Pumpernickel und ein paar Gäbelchen Krabbencocktail. Sie nannte das ihr Katzenfrühstück. Zu Krabbencocktail passte der Rosé geschmacklich ja auch viel besser als schnöder Kaffee.

Jetzt aber, gerade dann, wenn sie ihn am dringendsten brauchte, war der perlende Rosé aus. Sie hätte die nette Nachbarin neulich nicht einladen sollen, dann wäre das nicht passiert! Hektisch durchsuchte sie ihren Vorratsschrank, doch außer einem uralten Strohrum befand sich kein Tröpfchen Alkohol mehr in ihrem Besitz. Und das am Sonntag. Wie sollte sie das ertragen? Sollte sie die Nachbarin um Ersatz bitten? Die hätte doch bestimmt einen Weißwein oder etwas Ähnliches auf Lager. Aber nein, das ging nicht. So etwas machte man nicht, nicht in ihrem Alter. Die würde sich bestimmt denken, sie hätte ein Alkoholproblem.

Ratlos stand Gitte Grabow in ihrer Küche und rang die

Hände, bis sie auf die Idee kam, sich einen heißen Kakao zu kochen. Die Jahreszeit war zwar eigentlich noch nicht reif dafür, aber in heißem Kakao würde man den Strohrum nicht so stark herausschmecken.

Zehn Minuten später saß die Grabow wieder im Wohnzimmer, nippte an ihrem sehr gehaltvollen Kakao und strafte den anklagend auf dem Boden liegenden »Südwest-Anzeiger« mit Ignoranz. Der Rum hatte ihre Nerven schnell beruhigt. Wer las schon den »Südwest-Anzeiger«? Das war doch nur eines dieser kostenlosen Käseblätter, die bei jedermann ungefragt den Briefkasten verstopften. Nicht einmal die roten »BITTE KEINE WERBUNG«-Aufkleber halfen gegen den Schund. Eigentlich enthielten diese Schmierfetzen, die sich Zeitung schimpften, nichts als schlecht recherchierte Berichte über Autoschauen und Propaganda für schwarz arbeitende Fliesenleger. Arbeiteten bei dem Blatt überhaupt echte Journalisten? Aber in irgendetwas musste man die Hochglanzwerbebroschüren der Super- und Baumärkte schließlich einwickeln können.

Also gut, man hatte ihrer uralten Rivalin Hetty Mahlmann zur Ehre eine Erinnerungsausstellung in Starnberg veranstaltet, das war schon ein starkes Stück. In der Starnberger Schlosshalle sogar, was mindestens so nobel klang, wie sie auch war, wenn man den langen Weg auf den Schlossberg hinauf erst einmal überlebt hatte und sich nicht davon abschrecken ließ, dass im selben Gebäude das Finanzamt residierte.

Allerdings war Hetty Mahlmann auch schon lange tot und sie nicht. Ob nun vier Leute mehr oder weniger in diese Ausstellung gingen, konnte ihr eigentlich egal sein. Trotzdem. Dass Hetty ihr vor fast siebzig Jahren diese Traumrolle bei Billy Wilder weggeschnappt hatte, nagte noch immer an ihr. Die Rolle hätte ihr Comeback bedeutet. »Hetty Mahlmann, der vergessene Herrschinger Filmstar«, so titelte die Zeitung. So ein Quatsch, dachte die Grabow, die dumme Nuss war doch genauso wenig Herrschingerin gewesen wie sie selbst Gilchingerin!

Hetty hatte eine grobschlächtige Kartoffelnase und breite

Hüften gehabt wie eine Fleischerstochter vom Land. Und genau genommen war sie das auch gewesen, eine Fleischerstochter vom Land – aber eine, die rasch herausgefunden hatte, worauf Männer nach dem Abend- beziehungsweise Wurstbrot sonst noch so Wert legten. Trotz der Kartoffelnase hatte sie ein vorwitziges Lächeln, ein überaus loses Mundwerk und einen Schlafzimmerblick gepflegt, mit dem sie alle Türen in der Filmbranche geöffnet hatte. Jedenfalls die, hinter denen sich Produzenten mit weich gepolsterten Couchen befanden.

Grimmig schüttelte Gitte Grabow den Kopf. Nicht ohne Grund hatte sie zu diesem ungehobelten Ochsen von einer Frau nie den Kontakt gesucht, obwohl sie ihre Altersruhe eine Zeit lang nur wenige Kilometer voneinander entfernt verbracht hatten. Nein, die liederliche Lustigkeit der Mahlmann war ihr immer schon zuwider gewesen, obwohl gerade die auf der Leinwand ganz gut gewirkt hatte. Aber da hatte man auch die Nase und die starken Hüften vorteilhaft aus- beziehungsweise als Schatten wegleuchten können. Sie selbst hatte sich immer einer anderen, höheren Klasse zugehörig gefühlt.

»Lieber in Kultiviertheit untergehen als in Schande triumphieren«, murmelte sie und wunderte sich anschließend über sich selbst. Was für ein hübscher Satz, einem Zitatenbüchlein würdig. Aus welchem Eckchen ihres knarzenden Gehirns war der bloß entsprungen?

Ein Klingeln erlöste sie von ihrer Vergangenheitsbewältigung. Das Telefon! Das war nun wirklich kein alltägliches Ereignis. Wie jedes Mal mischte sich die Freude darüber, dass das Ding noch funktionierte, mit der Furcht, wer denn am anderen Ende der Strippe sein könnte. Ein fieser Heizdeckenverkäufer? Eine Person mit osteuropäischem Akzent, die sie dazu bringen wollte, fünfzigtausend Euro nach Guatemala zu überweisen, um ihrer verschollenen Großnichte die lebenswichtige Nierentransplantation zu ermöglichen? Enkeltrick, so nannte man so etwas. Alles schon passiert, das wusste sie aus dem Fernsehen.

Dann aber fiel Gitte Grabow ein, dass keine zwei Wochen zuvor dieser nette Herr angerufen hatte. Karl … Karl Rebner, wenn sie sich richtig erinnerte. Der Mensch, der sie für diese lobenswerte Initiative »Bürger gegen Beton« gewonnen hatte. Nein, nicht bei allen Anrufern handelte es sich anscheinend um Verbrecher. Wenn er sich jetzt erneut meldete? Sie beschloss, das Gespräch anzunehmen.

Das Telefon stand auf einem Wandbord im Flur und konnte dank der dicken schwarzen Schnur zwischen Basis und Hörer nicht verloren gehen. Im Dämmerlicht tastete Gitte eine Weile herum, bis sie den Hörer endlich sicher in der Hand hielt. Sie war aufgeregt und konnte ein gewisses Zittern ihrer Stimme nicht verhindern.

»Ha-a-a-lloh-ch-ch?« Wie ärgerlich. Sie klang uralt. Verständlicherweise würde der Anrufer annehmen, sie wäre siebenundneunzig – mindestens. Der Eindruck musste sofort korrigiert werden. Sie räusperte sich keckernd und versuchte es noch einmal. »Grabow am Apparat, hallo?« Diesmal war sie zufrieden mit sich. Ihre Stimme hätte problemlos für die einer Siebzigjährigen durchgehen können.

Es war tatsächlich ihr neuer Freund Karl. Ob sie wüsste, dass an diesem Nachmittag, gerade in diesem Augenblick, die jährliche Herbst-Autoschau stattfände? Ja, genau hier, in Gilching. Und ob sie schon etwas vorhätte, wo doch so schönes Wetter …?

Gitte Grabow verneinte zögernd. Was sollte das denn werden? Es klang verdächtig nach der ersten Einladung eines Mannes seit über vierzig Jahren. Sie wartete gespannt.

Karl fuhr fort, sie mit seiner volltönenden Stimme einzuwickeln: Dummerweise hätte der Bürgermeister nämlich die anlässlich der Autoschau geplante Informationsveranstaltung der »Bürger gegen Beton« auf dem Marktplatz untersagt, weil die Veranstaltung den gewerblichen Rahmen nicht überschreiten durfte. Aber gegen ein bisschen Stimmungsmache ohne formellen Zusammenhang würde man nichts sagen können, Gewerbe hin oder her. Also wolle man die Gelegenheit nutzen, den Gilchinger Bürgern die überaus gesellschaftsrelevante Tätigkeit ihrer Initiative gegen Beton nahezubringen. Sie wollten ein paar Argumente liefern, natürlich hübsch verpackt, und hatten dabei an sie, die gute Gitte, gedacht. Statt der spröden Informationsveranstaltung könnte man den Leuten doch auch ein bisschen Unterhaltung präsentieren und von ihrer mediengewandten Präsenz profitieren, das wäre doch ein Knaller. Ein Mikrofon und eine kleine Bühne stünden schon bereit. Und wenn man jetzt, rechtzeitig vor der abschließenden Darbietung der Gilchinger Einradgruppe, handle, wäre das der optimale Zeitpunkt. Ob sie in einer halben Stunde vor Ort sein und sich derweil ein paar Gedanken über Liedgut machen könne, das zur Situation passte?

»Aber selbstverständlich«, hauchte Gitte geschmeichelt, ohne sich große Gedanken über die Durchführbarkeit ihrer Zusage zu machen. Dieser Mann nahm sie ernst, sie würde ihn nicht enttäuschen. »Wann immer die Pflicht ruft, steht die Grabow schon bereit! Meine Auftritte als Chanteuse waren legendär. Allerdings sind diese schon ein ganzes Weilchen her, wenn ich ehrlich bin –«

»Papperlapapp!«, unterbrach sie Karl. »Eine kleine Ruhepause verleiht einer großen Stimme doch erst den richtigen Glanz, das ist wie mit Weintrauben. Wer ein süßes Tröpfchen genießen will, darf nicht zu früh ernten, gell?«, sang Karl in den Hörer. »Wir sehen uns dann in einer halben Stunde, meine beste Gitte Grabow!«

Beinahe zwei Stunden später stand sie mitten auf dem Marktplatz und hielt Ausschau nach ihren Mit-»Bürgern«. Der Nachmittag war vorbei, die Abenddämmerung war bereits mehr als eine Ahnung, die Einradgruppe längst nach Hause geradelt. Zwischen all den glänzenden Neuwägen, Werbeluftballons und kreischenden Kindern kam sich Gitte Grabow in ihren Marlene-Hosen aus Satin und dem eleganten schwarzen Cape mit Nerzbesatz mehr als nur etwas fehl am Platze vor.

Blöderweise gelang es ihr nicht, in dem Getümmel auch nur ein einziges Mitglied der Beton-Initiative zu identifizieren. Sie kannte ja noch niemanden persönlich. Irgendwie hatte sie sich das leichter vorgestellt. Trugen Protestler nicht immer auch Protest-Kleidung?

Hilfesuchend zupfte sie einen jungen Mann in orangefarbener Latzhose am Ärmel, der summend Abfalleimer leerte. Er trug zwar auch keine Protest-Kleidung, sah aber immerhin offiziell aus. »Entschuldigen Sie, ist wohl von der Bürgerinitiative noch jemand anwesend?«

»Ich weiß leider nicht, wen oder was Sie meinen. Aber der Bürgermeister hat vorhin eine Rede gehalten, das war da drüben.« Er zeigte auf ein Stehpult samt Mikrofon, das unbeachtet am Rande des Platzes stand. Es wurde etwas verdeckt von einem kackbraun lackierten Geländewagen, der angeblich komplett klimaneutral fuhr, wenn man seiner Seitenbeschriftung denn Glauben schenkte.

Gitte Grabow verfluchte sich dafür, statt der angekündigten halben Stunde doch etwas länger gebraucht zu haben. In aller Eile hatte sie ihre Frisur in Form gebracht, die Augenbrauen nachgezeichnet, die Fingernägel frisch lackiert und dreimal ihre Kleidung gewechselt und sich trotzdem noch sehr spontan gefunden. So ein Auftritt wollte eben vorbereitet werden! Man musste doch nach etwas aussehen. Außerdem hatte es allein schon eine halbe Stunde gedauert, bis sie das passende Lied ausgesucht und ein paarmal durchgesungen hatte.

»Glamourös wird man nicht vom Herumsitzen«, murmelte sie. Dennoch ärgerte es sie, dass diese »Bürger« anscheinend schon nach Hause gegangen waren.

Doch so leicht gab eine Gitte Grabow nicht auf. Das hier war ihre Chance auf ein Comeback! Eine Aktion, eine spontane Glanzleistung, die sie schlagartig zurück ins Licht der Öffentlichkeit katapultieren würde. Und das, im Gegenteil zu Hetty Mahlmann, auch noch in lebendigem Zustand. Gitte Grabow würde ihre Chance nutzen.

Sie lächelte, als sie den noch immer belebten Marktplatz überquerte, über Kabel und spielende Kleinkinder stieg und das kleine Pult hinter dem kackbraunen Geländewagen betrat. Es war ja ihre Schuld, den werten Herrn Rebner durch ihr Getrödel versetzt zu haben, aber sie wusste, wie sie ihr Zuspätkommen wiedergutmachen konnte. Mit der einen Hand griff sie nach dem Mikrofon, während sie sich mit der anderen Haare und Cape richtete.

»Guten Abend, Gilching«, flötete sie in das Mikrofon, das prächtig funktionierte. »Mein Name ist Gitte Grabow, dem einen oder anderen bin ich vielleicht noch ein Begriff aus der Frühzeit des deutschen Films. Aber heute bin ich hier, um meine Stimme für die ›Bürger gegen Beton‹ erklingen zu lassen. Ich möchte Ihnen den Ausklang dieser schönen Autoschau musikalisch untermalen und schenke Ihnen ein kleines Lied. Ein kleines Lied, das hervorragend zu einem Sommerabend in Oberbayern passt.«

Sie räusperte sich. Vor ihr hatten sich ein paar Kinder versammelt, die eben noch wild umhergetobt hatten. Nun standen sie reglos da, alle mit großen roten und weißen Luftballons eines lokalen Werkstattbetriebs in der Hand, und starrten sie erwartungsvoll an. Auch ein paar Dutzend der erwachsenen Marktbesucher sahen jetzt zu ihr hinauf. In ihren Gesichtern lag durchweg freundliches Interesse, in einigen von ihnen meinte sie, sogar Neugierde zu sehen. Oder war es Bewunderung? Jemand fing an zu klatschen. Ja, dachte Gitte Grabow, es muss wohl Bewunderung sein!

Ihr Herz schlug immer schneller. Richtiges Lampenfieber hatte sie nie gehabt, doch das Adrenalin, das nach all den Jahren der Bühnenabstinenz wieder durch ihre Adern rauschte, fühlte sich großartig an.

Sie räusperte sich noch einmal und sang ein paar Übungstöne. Das war schon immer das Schwierigste am Singen gewesen – der Beginn. Wenn sie das einigermaßen gut hinbekam, wenn die Stimme sie über die ersten Sekunden hinwegtrug, dann konnte nicht mehr allzu viel schiefgehen.

Sie schloss die Augen und begann.

Es war amal an Abend spat,
A wunderschöne Nacht.
Die Sterne am Himmel, die leuchten so hell,
Es war a liebliche Pracht.

Auf einmal fallt's mir in mei'm Herzen drin ein:
Heut möcht ich bei meiner Herzliebsten sein.
Und war das Weglein auch noch so weit,
I kunnt's nicht erwarten heut …

Es lief wunderbar. Sie hatte bewusst zu einem Lied gegriffen, das auch ohne instrumentale Begleitung gut klang. Das langsame, getragene Tempo des alten Volkslieds erlaubte sogar kleine Stimmfehler und den ein oder anderen unsauberen Ton. Die sanfte Melodie löste ihre steife Rumpfmuskulatur und lief durch ihre brüchige Kehle wie Balsam. Durch die leichte Dialektfärbung wurden die Worte noch weicher. Als sie endete, fühlte sie sich wie nach einer der professionellen Massagen, die sie damals nach ihrer Hüft-OP bekommen hatte: erwärmt, erschöpft und glücklich.

Ein paar Leute klatschten, die Kinder packten ihre roten und weißen Luftballons fester und rannten, wie es Kinderart ist, wortlos neuen Abenteuern entgegen.

»Vielen Dank für Ihre Aufmerksamkeit. Ich wünsche Ihnen noch einen wunderbaren Sonntag!«, sagte sie ins Mikrofon. Es klang rauer als geplant, dabei war sie nur gerührt von dem Publikum, das sie so freundlich aufgenommen hatte. Mit verschämt niedergeschlagenen Augen raffte die große GG ihr Nerzcape zusammen und verließ das Pult. Sie war sehr zufrieden mit ihrem Auftritt.

Genauso wie Karl Rebner, der in Wirklichkeit einen anderen Nachnamen trug und der Darbietung aus sicherer Entfernung beigewohnt hatte. An dem Getränkestand des Roten Kreuzes hatte er scheinbar unbeteiligt an einem Hefeweizen genippt. Anfangs hatte er sich über die Verspätung der Grabow heftig geärgert. Nur unter allerlei Ausflüchten war es ihm gelungen, den bereits etwas angetrunkenen Teilzeitjournalisten vom »Fünfseen-Kurier« bis zu ihrem finalen Auftauchen bei der Stange zu halten.

Doch die Mühe hatte sich gelohnt. Die einfältige Schachtel

hatte sich selbst übertroffen. Ihr Auftritt war nicht nur optisch höchst skurril und akustisch grenzwertig gewesen, sondern unerwarteterweise auch noch ziemlich … nun ja, Autobahn. Es war immer schon Teil seines Plans gewesen, dass die Grabow in ihrer Eitelkeit vielleicht auf so ein Stück zurückgreifen würde. Ihr Repertoire stammte nun einmal aus den späten Dreißigern und frühen Vierzigern des vergangenen Jahrhunderts. Aber dass sie es ihm tatsächlich so leicht machen würde, das hatte er nicht zu träumen gewagt.

»Na, ham S' auch ein schönes Foto von der Dame gmacht?«, fragte er den Journalisten, als der zurück an den Stand kam, und klopfte ihm väterlich auf die Schulter. »Kommen Sie, ich geb Ihnen noch a Hoibe aus. Man muss ja seine lokalen Künstler unterstützen, gell? Und noch dazu an so einem schönen Abend, also, wirklich. Aber hätten Sie gewusst, dass die gute Frau da gerade eins von Adolf Hitlers Lieblingsliedern zum Besten gegeben hat?«

Ein Geständnis aus Liebe

25. September, 10.02 Uhr

Die Werksführung am Montag wurde ein voller Erfolg. Matthias Kneißl persönlich holte Carla und Lukas an der Zufahrt zum Gelände ab und kutschierte sie in einer Mischung aus Golf-Caddy, Gabelstapler und Safari-Jeep kreuz und quer durch sein Reich. Seine Begeisterung für seine Arbeit konnte man in jeder seiner Gesten erkennen. Der Mann war noch immer stolz auf das, was er tat.

Nur als sie an einer Stelle des Bauzauns vorbeikamen, wurde er auffallend wortkarg. Eine einzelne ältere Frau mit hennaroter Dauerwelle hielt dort Mahnwache. An Bändern über den Schultern trug sie ein großes Plakat: »Beton = Monoton!« Als sie den Werks-Caddy mit Matthias Kneißl und seinen Gästen erblickte, pfiff sie laut auf einer Trillerpfeife. Der Seniorchef senkte den Blick und gab Gas.

»Die brauchen sich gar nicht so anstellen«, sagte er wenige Momente später. »Noch vor dreißig Jahren war es hier doppelt so laut und der Filter ein Witz. Seit ich das Werk von meinem Vater übernommen habe, ist es umweltfreundlicher, als es den Vorschriften nach überhaupt sein müsste. Viel umweltfreundlicher. Wir unterschreiten sämtliche Grenzwerte. Manchmal hätte ich fast Lust, die Ausstöße absichtlich wieder zu erhöhen.«

Carla schwieg. Wer war sie, sich ein Urteil über den uralten Gilchinger Grabenkampf zu erlauben oder sich gar einzumischen? Trotzdem war sie erleichtert, dass es auch an diesem Vormittag nieselte und sie sich die Kapuze ihrer Softshelljacke tief ins Gesicht hatte ziehen können, bevor sie an der Protestlerin vorbeigefahren waren.

Ein Besuch im aktuellen Steinbruch setzte der Werkstour die Krone auf. Die Maschinenführer waren entzückt von dem ihnen entgegengebrachten Interesse. Sie tätschelten Lukas mit riesigen, staubigen Händen den Kopf, schenkten ihm Bonbons und eine Flasche Limo. Der Vorarbeiter, der sie in der Woche zuvor noch grob behandelt hatte, ließ ihn jetzt sogar von seinem Wurstbrot abbeißen, und der Baggerfahrer nahm Lukas für ein paar Minuten mit in seine Kabine, wo er ein paar Knöpfe drücken und an einem Hebel ziehen durfte.

Lukas' Backen glühten rot vor Aufregung. So überwältigt war er, dass er auf dem Rückweg zum Hauptgebäude noch im Werks-Caddy einschlief.

»Den haben Sie ganz schön geschafft, Herr Kneißl«, lächelte Carla. »Allerdings wird er ab sofort eine gewisse Erwartungshaltung gegenüber Ausflügen mit Mama haben. Was mach ich denn morgen, wenn ich ihm keinen Bagger mehr präsentieren kann?«

»Dann kommen Sie einfach wieder«, sagte der Unternehmer ruhig. »Ich habe mich nach Ihnen erkundigt. Einen Background-Check gemacht, wie mein Sicherheitsberater immer so schön sagt. Verstehen Sie mich bitte nicht falsch, aber wer Farbbeutelanschläge auf sein Privathaus erlebt hat, muss mit allem rechnen. Vor ein paar Jahren haben sie sogar mein Auto angezündet, die verblendeten Spinner. Aber Sie sind sauber.«

»Wie beruhigend«, schnaufte Carla entgeistert. Der Mann war doch paranoid! Er hatte ihr nachspioniert! Ihr, der netten jungen Mutter eines Kleinkinds! Zu was war der Kerl wohl noch fähig? Sie sah sich um. Konnte sie notfalls mit Lukas aus dem fahrenden Caddy springen? Zu gefährlich. Außerdem war das Gelände eine Mondlandschaft voller Splitt und scharfkantiger Steinbrocken. »Was haben Sie denn bei diesem Background-Check noch alles herausgefunden? Kennen Sie jetzt auch die Farbe meiner Unterhosen, oder was?«

Kneißl grinste entschuldigend. »Aus dem Alter bin ich raus. Ich weiß nur das, was Google auch weiß.«

»Und das wäre?«

»Sie sind in Coburg geboren und haben dort Ihr Abitur gemacht. Bei der Gelegenheit darf ich übrigens Ihre sprachlichen Fähigkeiten loben. Die Fränkin hört man nicht mehr raus.«

»Danke«, knirschte Carla etwas beleidigt. »Und was steht noch so alles über mich im Internet?«

»Sie haben vor vier Jahren geheiratet, leben seit zwei in Gilching, essen gerne Schokolade und wollen noch mehr Kinder. Und Sie sind Grafikerin.«

Natürlich, fiel es Carla erleichtert ein. Kneißl hatte ihre Webseite studiert.

Kneißl senior fuhr gut gelaunt fort, als hätte er ihre Gedanken gelesen. »Ihre Webseite ist zwar nicht besonders aktuell, aber Ihre Arbeiten gefallen mir. Kennen Sie eigentlich unser Firmenlogo? Einfach der Name Kneißl in Großbuchstaben. Ziemlich langweilig, stammt noch aus den Fünfzigern. Ich denke tatsächlich schon länger darüber nach, es zu verändern. Zu modernisieren. Und ein bisschen eingängiger sollte es auch werden. So zeitlos wie unser Produkt, aber mit Pfiff … Ich vergebe meine Aufträge gern lokal, deshalb wollte ich Sie fragen, ob Sie vielleicht Lust hätten, mir ein neues zu entwerfen?«

Natürlich hatte Carla Lust. Eine Stunde später, nachdem sie den immer noch schlafenden Lukas bei Gitte Grabow deponiert, sich einen schon etwas angestaubten Skizzenblock geschnappt und hastig ein Käsebrot hinuntergeschlungen hatte, saß sie mit Matthias Kneißl in seinem Büro und notierte sich dessen Wünsche.

Es war ein merkwürdiges Gefühl, endlich wieder zu arbeiten. In den ersten Wochen nach Lukas' Geburt hatte sie andere Dinge zu tun gehabt, als neue Aufträge anzunehmen. Dementsprechend waren in der folgenden Zeit immer weniger Anfragen eingegangen, und nach ein paar Monaten war der ehemals recht zuverlässige Strom ihrer Stammkunden ganz versiegt. Zwar hatte sie immer wieder vorgehabt, sich um neue Kunden zu bemühen, aber zwischen Spielplatz und Wickeltisch war es bei dem bloßen Vorhaben geblieben.

Es war erstaunlich aufregend, jetzt wieder neben einem Interessenten zu sitzen und sich geschäftsmäßig zu fühlen. Geradezu prickelnd. Der frisch gespitzte Bleistift in Carlas Hand zitterte, als könne er es gar nicht erwarten, loszulegen. Das war doch mal wieder etwas ganz anderes, als stumm sein Eltern- und

Kindergeld zu beziehen! So unverbraucht und tatendurstig hatte sie sich zuletzt beim Erstellen ihrer Diplomarbeit gefühlt.

Obwohl Carla immer gut darin gewesen war, Kunden mit einfühlsamen Fragen ihre Wünsche zu entlocken, konnte sich Matthias Kneißl nicht recht festlegen. Es fiel ihm schwer, sich zwischen den Gestaltungsvarianten zu entscheiden, die sie ihm vorschlug. Viele Worte hatte er noch nie gehört. Serifen? Kapitele? Laufweite, Glyphen, Groteske? Proportional oder unproportional? Allein die Schriftart bot ein Universum an Möglichkeiten, und einen gewissen Wiedererkennungswert sollte das neue Logo ja auch haben. Immerhin war er sich rasch sicher, dass er diesmal etwas Nettes wollte. Nicht einfach nur seinen Namenszug, sondern auch ein begleitendes Motiv. Das Werk vor der aufgehenden Sonne vielleicht und darum ein paar Rosenranken? Die von Gilching aus bei guter Wetterlage sichtbare Alpenkette? Auch Sterne gefielen ihm. Und Girlanden.

Innerlich begann Carla mit den Zähnen zu knirschen. Natürlich illustrierte sie auch symbolkräftige Motive, aber so ornamental und geschmückt würde das neue Firmenlogo am Ende aussehen wie eine von einem Tattookünstler gestaltete Hieroglyphenwand in der Cheops-Pyramide. Ganz klar: Man musste dem Mann Einhalt gebieten, wenn das Ding überhaupt noch auf einen Briefkopf passen sollte. Nachdem sie ihm die aufgehende Sonne und die Rosenranken ausgeredet hatte, schlug sie vor, einen Rundgang um das Hauptgebäude zu machen, um herauszufinden, von welcher Seite aus das Zementwerk am besten wirkte, wenn sie es später tatsächlich zeichnen sollte.

Doch der Plan gestaltete sich als schwierig. Der Boden war so zerklüftet, dass es aussichtslos war, komplett um die Anlage herumgehen zu wollen. Aufgelassene Kiesgruben hatten sich in Baggerseen verwandelt, und alte Förderanlagen aus vergangenen Jahrzehnten rosteten vor sich hin. Immer weiter mussten sie sich vom Kerngebäude entfernen, sodass sie bald im Wald standen, der von drei Seiten her an das Werksgelände herankroch und schlichtweg ignorierte, dass die Abbaugenehmigung bereits erteilt und auch seine Vernichtung schon besiegelt war. Da man zwischen den Bäumen hindurch das Werk ebenfalls nicht gut sehen konnte, steuerte Matthias Kneißl nach einiger Überlegung eine nahe gelegene Lichtung an. »Sie liegt etwas höher, vielleicht haben wir von ihr aus einen besseren Blick.«

Auf einem schmalen Pfad führte er sie zu dem ausgesprochen idyllischen Ort. Perfekt für ein Abenteuerpicknick mit kleinen Kindern, dachte Carla. Hier konnte nichts passieren, außer dass man mit seinem Gummistiefel in einem Büschel ungemähten Grases stecken blieb. Doch auch von hier sah man nur die obere Hälfte des Zementwerks.

Carla wollte sich schon wieder zurück auf den Trampelpfad begeben, als sie am Rande der Lichtung etwas in den Bäumen bemerkte. In einer beachtlichen Höhe von vier oder fünf Metern hing eine Art Holzhütte an einer riesigen Buche. Dem Panoramafenster mit Schießscharten zufolge handelte es sich bei ihr um einen Jagdsitz, doch mit ihrer ungewöhnlichen Größe und der guten Verarbeitung wirkte sie eher wie ein Baumhaus.

»Moment, ich möchte mir nur kurz dieses … dieses Ding da drüben ansehen!«, rief Carla und stapfte neugierig durch das hohe Gras. Beim Näherkommen entpuppte sich der Jagdsitz tatsächlich als Baumhaus. Ein nobles Baumhaus, das auch einem blickgeschützten Champagner-Picknick zur Ehre gereicht hätte. Ein Gartenpavillon, der sich verirrt hatte. Die äußere Bretterverschalung bestand nicht aus grober Fichte, sondern eindeutig aus edlerem Holz. Struktur und Farbton erinnerten Carla an die Teakholzmöbel auf dem Balkon der Grabow.

»Das ist der Hochsitz vom Klarl«, erklärte Kneißl, der ihr etwas widerstrebend über die Lichtung gefolgt war. Zwar waren seine robusten Schuhe für das Gelände gut geeignet, aber die Säume seiner anthrazitfarbenen Anzughose waren im taunassen Gras feucht geworden.

»Vom Klarl? Dem Baulöwen?«, staunte Carla.

»Ja, der hat das ganze Gelände gepachtet. Das eigene Revier ist ein Statussymbol, das man scheinbar braucht. Der Jäger ist nur dazu da, dass er ihm einmal im Jahr den dicksten Hirsch vorbeiführt. Nicht mal schlachten tut er ihn selbst.«

»Ist der Sitz offen? Von da oben hat man bestimmt einen tollen Blick auf Ihren Hauptturm! Wenn ich mir die Bäume wegdenke, könnte das ein gutes Motiv sein. Meinen Sie, ich kann da mal rauf?«

»Lieber nicht, Frau Maeßmer. Der Klarl lässt da nicht mit sich spaßen.«

»Ach, kommen Sie, Sie haben doch selbst gesagt, der wäre nie da!«, rief Carla, klemmte sich den Zeichenblock unter die Achsel und erklomm die stabile Leiter. Auf der vorletzten Sprosse stockte sie: Ein faustgroßes, geschnitztes Ornament prangte neben der Tür wie ein Brandzeichen. Es war das geschnitzte W, das Jimmy als Tattoo trug und das sie in Rolands alter Handygalerie entdeckt hatte. Roland war also auch hier gewesen! Hier hatte er das Foto geknipst, das letztendlich zu Klarls Geständnis geführt hatte … und trotzdem so viele Fragen offen gelassen hatte. Nach all der Baggerseligkeit erwachte wieder ihr Ermittlerinneninstinkt. Jetzt musste sie erst recht da hinauf. Ein dickes Vorhängeschloss an einem Sicherungsriegel hing nutzlos an der Seite, die Tür des schicken Holzbaus war nur angelehnt. Innen herrschte der Charme einer finnischen Einbausauna, gemischt mit der durchdachten Enge eines Raumschiffs. Es gab keine Möblierung außer einer dick gepolsterten breiten Sitzbank. Der Stauraum unter ihr war ebenfalls mit einem dicken Schloss gesichert, das im Gegensatz zu dem an der Tür geschlossen war. Die Luft war warm und trocken. Es roch miefig, als hätte eine ungewaschene Fußballmannschaft hier oben übernachtet. Durch die Panoramascheiben hatte man einen wunderbaren Blick. Leider nur auf die sumpfige Lichtung, das Zementwerk war von hier aus nicht zu sehen, weil die Äste der Buche so weit überhingen.

Carla hatte sich schon wieder zur Tür gewandt, als zu ihrer Überraschung ein weißhaariger Kopf in der Öffnung auftauchte. Kneißl senior war zu ihr in den hölzernen Raum geklettert.

»Ist schon lang her, dass ich hier oben war«, murmelte er und setzte sich behutsam auf die Polsterbank. »Der Klarl ist auch ein geborener Gilchinger wie ich, wissen Sie? Wir waren in derselben Klasse, haben uns aber noch nie leiden können. Zwei Alphatiere sind eins zu viel für so ein Dorf.«

Neugierig setzte sich Carla neben ihn. Kneißl schwieg eine Weile. Seine Hände ruhten auf den Oberschenkeln, er sah aus wie ein braves Schulkind, das auf Ermunterung wartet. Hin und wieder seufzte er.

Man brauchte nicht die weibliche Intuition einer Schwangeren, um zu spüren, dass ihm etwas auf dem Herzen lag. Nach einer Minute hielt es Carla nicht länger aus. Herumdruckserei war ihr zuwider. »Also los, Herr Kneißl, heraus damit«, sagte sie strenger als beabsichtigt. »Sie wollen mir doch irgendetwas sagen.«

Kneißl warf ihr einen erschrockenen Seitenblick zu und studierte dann die Nägel seiner immer noch auf den Oberschenkeln liegenden Hände. Sie waren weiß, so fest presste er die Fingerspitzen in den grauen Stoff darunter. »Paul ist mein einziges Kind. Wir wollten zwar gern mehrere, aber bei der Geburt von Paul ist irgendetwas schiefgelaufen. Meine Frau hatte nach ihm nur noch Fehlgeburten. Wie Sie vielleicht wissen, hat sie sich vor ein paar Jahren das Leben genommen.«

Das hatte Carla nicht gewusst. Sie nickte mitfühlend, um Matthias Kneißl zum Weitersprechen zu animieren.

»Wir hatten uns im Wald verabredet, wo sonst. Hier, unter dem Jagdsitz vom Klarl, wollte sie sich mit mir treffen. Nicht weit entfernt vom Kalkförderband.«

»Wer denn überhaupt?«, fragte Carla naiv.

»Sabine Wondratschek natürlich. Sie hatte sich mit mir verabredet, weil sie mir etwas sagen wollte.«

»Und was?«

»Dass sie schwanger sei. Von Paul. Das Kind wäre auf ebendiesem Jagdsitz vom Klarl entstanden. Mein Sohn sei ein ganz anderer Mensch als ich, an anderen Dingen interessiert als an der Unternehmensnachfolge, und ich würde das nicht wahrhaben wollen. Er wäre nicht nur ein anderer, sondern natürlich auch ein viel besserer Mensch als ich, hat sie gesagt, nicht so ein Blutsauger und Naturzerstörer. So ein berechnendes Bonzenschwein. Sie werde Paul heiraten. Aber nicht, weil sie ihn liebe, sondern für die gute Sache. Und spätestens dann sei Schluss mit dem Zementwerk. Mit der Zementscheiße, so hat sie sich ausgedrückt.« Matthias Kneißl atmete tief ein und lehnte sich zurück. Er nahm die Hände von seinen Oberschenkeln und begann mit seinen langgliedrigen, knochigen Fingern seine Schläfen zu massieren.

Carla schwieg. Sie tat sich schwer, die Wendung der letzten Minuten zu verarbeiten. Kneißl offenbarte ihr da gerade ungefragt und Stück für Stück ein Motiv, wie es glaubwürdiger nicht sein konnte. Sie war sich nicht sicher, ob sie überhaupt hören wollte, wie es weitergegangen war zwischen ihm und seiner angehenden Schwiegertochter. Doch sie brauchte nicht zu fragen. Kneißl räusperte sich und fuhr unaufgefordert fort.

»Ich mag es nicht, wenn man meine Tätigkeit abwertet. Manche sagen, ich sei nicht kritikfähig. Aber dies«, er nahm die Finger von den Schläfen und wies mit beiden Armen und offenen Handflächen in Richtung seines Firmengeländes, »ist nicht einfach nur irgendein Unternehmen. Wir haben in der Zementherstellung eine Tradition, die noch länger als bis zur Firmengründung zurückreicht. Mein Großvater hat das Werk im Jahr 1922 eröffnet, hat damals aber schon auf die Erfahrung seines Vaters und Großvaters zurückgreifen können. Finden Sie mal anderswo eine solche, ja, eine solche Dynastie! Unsere Firma ist eine Dynastie, und keine schlechte. Sie hat Tausende von Menschen ernährt. Unser Zement ist vielleicht der wichtigste Industriezweig von ganz Gilching, jedenfalls außer der Raumfahrt. Wobei die ja offiziell zu Weßling gehört, aber sei's drum. Noch wohnen die Leute halt auf dem Erdboden und nicht im Orbit, und dafür brauchen sie Zement, wenn sie nicht in einer Laubhütte mit Ziegenleder als Dach vegetieren wollen. Halb Bayern ist mit Kneißl-Zement erbaut worden!«

Wieder musste er eine Weile verschnaufen. Als er weitersprach, klang er müde. »Und der Paul sieht das nicht anders. Als Kind hat er stundenlang die Bagger und die Lkws angeschaut, genau wie Ihr Lukas. Er hat das Werk geliebt. Immer geliebt. Da gab es keinen Druck oder Zwang von unserer Seite, das Interesse ist von ihm selbst ausgegangen. Ganz natürlich war das. Und dann kommt so eine ungewaschene Person im Kartoffelsack daher, noch dazu ohne Schuhe, und will mir meinen Sohn wegnehmen. Das war ja noch nicht mal eine Frau, das war ein Zustand! Wo leben wir denn, im Pleistozän, oder was?«

Carla holte tief Luft. Sie war eine junge Frau und würde sich wahrscheinlich gleich mit Matthias Kneißl streiten. Und die letzte junge Frau, die sich mit Matthias Kneißl angelegt hatte, war jetzt tot. Ihr war bewusst, dass sie sich mit der folgenden Behauptung ziemlich weit aus dem Fenster lehnen würde, was ihre eigene Sicherheit anbelangte, wagte es aber trotzdem. Sie musste endlich Klarheit haben. »Und deshalb haben Sie Sabine umgebracht«, flüsterte sie und nickte ihrem Gesprächspartner aufmerksam zu, um ihm das nun folgende Geständnis zu erleichtern.

»Und deshalb habe ich … Was? Wer sagt denn so was?« Kneißls Reaktion fiel nicht ganz so aus wie von Carla erwartet. Aus seiner Miene sprach nichts als ehrliche Entrüstung. »Ich hab die doch nicht … Ich würde doch niemals … Natürlich hätte sich das theoretisch so entwickeln können.« Er lachte. »Ich hätte sie nur schubsen müssen. Aber so was mache ich nicht.« Er kicherte tatsächlich. »Ausgerechnet ich. Der ich schon im Kindergarten immer derjenige war, der geschubst worden ist. Vom Klarl Karl zum Beispiel. Nein, ich bin kein gewalttätiger Mensch, und das wird Ihnen jeder bestätigen. Auch meinen Sohn habe ich nie geschlagen, geschubst oder sonst etwas. Niemals. Und erst recht nicht diese Person.« Er hielt inne. »Die ist ganz von allein heruntergefallen. Wir sitzen hier drin ziemlich hoch, und am Boden sind überall diese steinharten Wurzeln. Auf die muss sie mit dem Kopf unglücklich aufgekommen sein.«

»Und dann?«

»Ich habe sie angesprochen und geschüttelt, damit sie wieder zu Bewusstsein kommt. Ungefähr so.« Kneißl ergriff Carlas Schultern und rüttelte zaghaft daran. »Aber da war nichts mehr zu machen. Als mir klar wurde, dass sie tot ist, bin ich zurück ins Büro. Ich wollte in Ruhe überlegen, wie ich jetzt vorgehe.«

Carla war mittlerweile überzeugt, dass Kneißl ihr nichts tun würde. Forsch fuhr sie fort: »Entschuldigung, aber was hat es denn da zu überlegen gegeben?«

»Eine ganze Menge sogar! Sabine war immerhin die Verlobte von Paul. Die Frau war schon vor ihrem Ableben ein Problem für mich, doch durch ihren Tod ist dieses Problem nicht kleiner geworden. Mein Sohn wäre nicht nur außer sich gewesen, er hätte mich vermutlich auch noch verdächtigt. Deshalb wollte nicht ich derjenige sein, der ihm die Todesnachricht überbringt. Dabei hatte ich mir die ganzen Monate vorher schon gewünscht, die Frau wäre einfach weg und würde meinen Paul für immer in Ruhe lassen. Kurz und gut: Auf unserem Gelände gibt's nun mal die perfekte Einrichtung, um so ein Problem zu entsorgen.«

»Wie meinen Sie das?«

»Ich hab Ihnen ja schon gesagt, dass das Kalkförderband nicht weit entfernt von diesem Jagdsitz liegt. Man kann es von hier aus sogar sehen. Gleich da drüben!« Er deutete vage in eine Richtung. »Was auf dem Förderband in den Brenngutspeicher kommt, wird normalerweise vorher natürlich noch geprüft. Aber natürlich nicht nach Betriebsschluss, wenn man allein auf dem Gelände ist. Der Brenngutspeicher leitet seinen Inhalt direkt in die Brennkammer, wo eine Mindesttemperatur von achthundert Grad herrscht. Das ist mehr als in jedem Krematorium, da bleibt von einem Menschen nichts mehr übrig.«

»Um Gottes willen, Herr Kneißl!«

Jetzt wirkte er doch ein wenig zerknirscht. »Tut mir leid, aber so ist es.«

»Warum haben Sie denn nicht einfach die Polizei verständigt?«

Der stattliche Unternehmer legte kurz den Kopf in den Nacken und starrte durch das Panoramafenster in das Geäst der Buche, wo die ersten Blätter schon eine deutliche Braunfärbung zeigten. »Wegen der Zehen«, sagte er dann. »Ich war vielleicht eine halbe Stunde weg, und als ich zurückgekommen bin, um das, äh, Problem zu entsorgen, waren die Zehen weg.«

Die Zehen! Natürlich! Tausend Gedanken schossen Carla

durch den Kopf, doch sie schwieg, um Kneißls Redefluss nicht zu unterbrechen.

»Im ersten Moment hab ich gedacht: Mein lieber Kneißl, jetzt bist du reif für die Klapsmühle. Aber wirklich. Ich meine, dass da die Verlobte meines Sohnes tot am Boden liegt, das war ja schon unglaublich. Aber dann hatte ihr noch jemand die Zehen …? Ich konnte es nicht fassen.« Der Unternehmer fuhr sich mit beiden Händen durch den vollen weißen Schopf. »Mein erster Gedanke war tatsächlich, dass ein Bär sich an ihr vergangen hatte! Ein Raubtier, vielleicht aus dem Zirkus entlaufen. Ich war froh um die Nähe von Karls Jägerstand, damit ich im Fall der Fälle hinaufklettern und mich in Sicherheit hätte bringen können. Dann aber habe ich genauer hingeschaut und gemerkt, wie sauber die Zehen abgeschnitten waren. Ganz akkurat, wie beim Metzger. Das war ekelhaft, hat mich aber auch beruhigt. Also kein Bär, sondern ein Mensch. Doch wer tut so etwas? Ein Lustmörder? Ein Perverser, der auf Frauenfüße steht?« Er atmete tief ein. »Mit vierzehn oder fünfzehn hatte der Paul mal so eine Phase, da habe ich ihn mal überrascht, wie er die Schuhe meiner Frau anprobiert hat. Die hohen. Also hab ich gedacht, das könnte doch irgendwie alles miteinander zusammenhängen, vielleicht hat mein Bub der Frau die Zehen abgeschnitten. Doch das durfte niemand merken, sonst hätten die den doch in die Anstalt gesteckt. Ich muss doch meinen Bub beschützen. Was dann folgte, war wohl die berühmte Kurzschlusshandlung. Hat auch gar nicht lange gedauert, sie die hundert Meter rüberzutragen. Und als sie erst mal auf dem Förderband gelegen hat, bin ich einfach wieder ins Büro und habe die entsprechenden Knöpfe gedrückt. Tja, und das war's dann.« Zum ersten Mal seit Beginn seines Berichts drehte Kneißl senior sich zu Carla um und sah ihr ins Gesicht. Seine hellgrauen Augen wirkten wie die eines Kindes, das nicht fassen kann, wie seine Mutter sein perfektes Süßigkeiten-Geheimversteck unter der Matratze entdeckt hat.

»Meine Fast-Schwiegertochter Sabine Wondratschek hat sich beim Sturz von diesem blöden Baumhaus das Genick gebrochen, und eine gute halbe Stunde später habe ich ihre Leiche über das Förderband in meine laufende Brennkammer fahren lassen. In der Zwischenzeit sind ihr irgendwie die Zehen abhandengekommen. Mehr kann ich dazu nicht sagen. Ich weiß, dass Sie mit einem Polizisten verheiratet sind. Weil ich deshalb nicht ausschließen konnte, dass Sie mit mehr Überlegung vorgehen, als man es Ihnen auf den ersten Blick zutraut, und also eventuell zwecks Beweissicherung ein verstecktes Aufnahmegerät bei sich tragen, habe ich meine Worte mit Bedacht gewählt. Man kann sie vor Gericht exakt so verwenden.«

Carla wusste nicht, ob sie wegen der Unterstellung des unüberlegten Vorgehens sauer oder wegen der Vermutung eines versteckten Mikrofons stolz sein sollte. Sie entschied sich für Letzteres. »Wollen Sie vor Gericht nicht noch einmal persönlich aussagen?«

»Nicht, wenn es sich vermeiden lässt. Ich will das meinem Sohn nicht antun. Ich habe Ihnen das alles erzählt, weil es mich belastet und weil ich Ihre Sucherei beenden will. Nicht aus Angst und schon gar nicht aus Reue, höchstens aus Liebe zu meinem Sohn. Liebe, die auch der Grund für meine Tat war. Kein Gericht dieser Erde wird mich als Mörder verurteilen. Nicht einmal für einen Indizienprozess werden die Beweise reichen. Es gibt ja nicht einmal Beweise für Sabines Ableben.«

»Und was mache ich jetzt mit Ihnen, verdammt noch mal? Wenn Sie mir nicht so sympathisch wären, würde ich sofort die Polizei oder zumindest meinen Mann informieren, aber so?«

»Sie haben auch einen Sohn. Urteilen Sie selbst.«

Alles nur gemalt

26. September, 14.09 Uhr

Die guten Dinge treten gern dann ins Leben, wenn sie eigentlich ein klein wenig ungelegen kommen. So wie ein lieber Freund, der einen nach seinem jahrelangen Auslandsaufenthalt gerade dann besucht, wenn man unter Brechdurchfall leidet. Carla hatte den Auftrag von Kneißl nach dessen überraschendem Geständnis auf Eis gelegt. Sie sei zu befangen und müsse die Sache erst einmal mit ihrem Mann besprechen, so hatte sie sich ausgedrückt.

Roland aber, der Drückeberger, war zu einem zweitägigen EDV-Seminar nach Landshut gefahren. Der Termin hatte seit Wochen im Familienkalender gestanden, war aber von Carla kontinuierlich übersehen worden. Wenn einem der charmanteste Zementunternehmer der westlichen Welt aber gerade gestanden hatte, illegal eine Leiche verbrannt zu haben, war das nichts, was man mit seinem Polizistengatten am Smartphone besprechen wollte.

Und so befand sich Carla am Folgetag im Drogeriemarkt und reichte der Kassiererin gerade einen Zwanzig-Euro-Schein, als ihr Handy klingelte. Ihre Nase lief, und Lukas, für den es eigentlich höchste Mittagsschläfchenszeit war, benahm sich schon den ganzen Tag, als hätte man ihn gegen einen bösartigen kleinen Gnom aus der Unterwelt ausgetauscht. Er hatte bereits drei Stinkewindeln produziert und anschließend so lange in sein Bettzeug gespuckt und nach Baggern und Brezn gequengelt, bis Carla eingeknickt und zum Bäcker aufgebrochen war. Natürlich hörte Lukas selbst dann nicht auf zu quengeln, als er die Brezntüte schon längst in der Hand hielt, doch wo sie nun schon einmal unterwegs waren, karrte ihn Carla auch noch in den Drogeriemarkt, um wichtige Haushaltsdinge zu erwerben.

Trotz der schlechten Stimmung elektrisierte sie das Handyklingeln binnen Sekundenbruchteilen. Seit sie Mama geworden war, riefen sie nicht mehr allzu viele Leute an. Meistens handelte es sich um Roland oder ihre Mutter, aber keiner von beiden hätte diese Uhrzeit gewählt, denn beide wussten, wie wichtig Carla ihre – wenn auch meist nur theoretische – Mittagsruhe war. Der Anrufer musste also jemand Fremdes sein. Vielleicht ein potenzieller neuer Auftraggeber? Schwitzend kramte Carla das Telefon aus ihrer übervollen Handtasche, wo es zwischen Feuchttüchern, benutzten Tempos, Lippenstiften und kleinen Fläschchen mit Kräuterblut vibrierte und leuchtete.

Als sie es endlich in der Hand hielt, erkannte sie auf dem Display eine unbekannte Festnetznummer mit Gilchinger Vorwahl. Vielleicht tatsächlich jemand, der ihr einen Auftrag geben wollte? Um den potenziellen Kunden nicht schon vor Beginn zu verlieren, jonglierte Carla einhändig mit ihren Einkäufen, dem Rückgeld und der Brezntüte für Lukas, während sie mit dem Ellenbogen des anderen Arms den Buggy aus dem Kassenbereich schob und sich dabei in einem Neunzig-Grad-Winkel über die Rückenlehne beugte, weil sie mit ihrer verbliebenen Hand das Telefon ans Ohr presste. »Maeßmer, hallo?«

»Guten Tag, Lugsteiner von FreiSpiel am Apparat«, meldete sich eine warme Frauenstimme. Sie klang etwas unsicher. »Ich hoffe, ich bin richtig bei der Grafikerin? Ich habe mir Ihre Website angesehen. Meinen Kolleginnen und mir gefällt Ihr Stil, und da dachten wir, dass Sie vielleicht etwas für uns gestalten könnten?«

»Aber gern!«, rief Carla so eilfertig und ungeplant schrill, dass man ihre Aufregung hören konnte. Sie musste sich zusammenreißen, um im Eingangsbereich des Drogeriemarktes nicht auf der Stelle vor Begeisterung im Kreis zu hüpfen. Eine Anfrage von FreiSpiel! Das war doch dieser wunderschöne, nagelneue Kindergarten, in dem sie ganz besonders gern einen Platz für Lukas bekommen hätte. Aber natürlich wurde gerade dieser eine Kindergarten, Träger eines Architekturpreises, von Eltern überrannt wie der einzige Südfrüchteladen in Dresden im Jahr 1983. Sie mahnte sich zur Ruhe. Das war schließlich erst eine Anfrage, nichts Konkretes, und sie wollte nicht so verzweifelt wirken, wie sie war. Allein die Möglichkeit, mit ausgerechnet diesem Kindergarten jetzt eventuell eine Geschäftsbeziehung einzugehen, bedeutete noch gar nichts. »Worum geht es denn?«, fragte Carla schon etwas cooler.

»Ich bin die stellvertretende Leiterin von einem Kindergarten. Dieser Neubau mit dem Flachdach, den haben Sie bestimmt schon mal gesehen. Alles ganz neu und schick, aber wir hätten da noch eine Wand, die etwas Farbe vertragen könnte. Was Kindgerechtes natürlich. Dafür wäre im Budget noch ein kleines Kontingent übrig. Vielleicht möchten Sie mal vorbeikommen und sich selbst ein Bild davon machen?«

»Klar! Wie wäre es mit jetzt gleich?« Während sie versuchte, den Geldbeutel in ihrer Jackentasche zu verstauen, fiel er herunter und verteilte ein halbes Pfund Kleingeld vor dem Drogeriemarkt. Gleichzeitig setzte Lukas zu einem Wutanfall an, weil er jetzt sofort Schokolade statt Brezn wollte. Doch Carla ließ sich nicht beirren. »Das wäre wirklich kein Problem, ich bin sowieso grad unterwegs«, flötete sie ins Telefon, auf einmal ungemein gut gelaunt.

Zehn Minuten später schüttelten sich Carla und die stellvertretende Leiterin auf der Schwelle des architekturpreisgekrönten Kindergartens die Hände. Das Gebäude war menschenleer. Wegen einer Fortbildung der anderen Erzieherinnen hatte der Betrieb heute schon mittags geendet, erklärte die nette Dame. Lukas kletterte beim Anblick der vielen Kinderspielgeräte im Außenbereich gleich aus seinem Buggy und rannte an Frau Lugsteiner vorbei, um auch das Innere des Gebäudes zu erforschen.

»Ja, wen haben wir denn da mitgebracht?«, fragte diese. »Ist das vielleicht eins unserer zukünftigen Kindergartenkinder?«

»Sehr zukünftig«, seufzte Carla. »Lukas wird erst im Januar drei. Nicht mal in diesem Container-Kindergarten hat er noch einen Platz gekriegt.«

»Oh«, sagte die stellvertretende Leiterin und machte eine bedauernde Miene, woraufhin Carla mit den Schultern zuckte. »Ist halt so, leider. Sie können die Erzieherinnen ja nicht klonen.«

Der Eingangsbereich des Kindergartens war eine Art lang

gezogener Flur. An der einen Seite waren Garderobenleisten, Sitzbänke in Miniaturformat und Wandschränke angebracht, die andere war weiß gestrichen und wirkte ein wenig nackt.

»Das ist die Wand«, erklärte Frau Lugsteiner. »Eigentlich ist sie mit Absicht so weiß und kahl. Der Architekt hat sie als gewollten Kontrast zum Garderobengewimmel so geplant. Damit sich das Auge mal ausruhen kann. Ist ja auch ein lobenswerter Einfall, aber ganz ehrlich: Das hier ist ein Kindergarten. Wer sein Auge ausruhen will, muss halt woanders hingehen. Das Gebäude soll ja auch nicht uns Erwachsenen gefallen, sondern in erster Linie den Kindern, und die finden weiße Wände halt ziemlich langweilig. Ganz abgesehen davon, dass wir sie zweimal die Woche neu streichen könnten – von wegen Fingerabdrücken und Flugrotze.«

Wie zum Beweis von Frau Lugsteiners Ausführungen lehnte sich Lukas an die Wand und rieb mit einer verschmierten Hand über den feinen Putz. Dann räusperte er sich und machte den Eindruck, als würde er gleich anfangen zu husten. Oder zu niesen.

»Flugrotze wird aber auch auf einer bunt bemalten Wand landen«, wandte Carla ein.

»Nicht in der Häufigkeit. Glauben Sie mir, die Kinder haben tatsächlich mehr Respekt vor Sachen, die liebevoll gestaltet sind. Also, meistens jedenfalls. Wir dachten übrigens an ein Motiv mit Tieren. Vielleicht einen Dschungel … Können Sie sich das vorstellen?«

»Ich male Ihnen da alles hin, was Sie wollen.«

»Prima. Dann wäre da noch die Sache mit der Bezahlung. Wie ich schon erwähnt habe, ist von unserem jährlichen Budget noch etwas übrig. Mit Betonung auf etwas.« Sie sah Carla bedeutungsvoll in die Augen. »Die Wand hat ungefähr siebzig Quadratmeter, und pro Quadratmeter können wir Ihnen nicht mehr als zehn Euro zahlen. Tut mir leid. Ich hoffe, Sie lehnen jetzt nicht ab?«

Carla wimmerte innerlich. Lukrative Aufträge sahen anders aus. Von diesen etwa siebenhundert Euro würde sie, dem

Ehegattensplitting sei Dank, mindestens zweihundert Euro an Steuern abziehen müssen, selbst wenn sie die Kosten für Farbe, Pinsel, Abdeckmatten und Klebeband wieder absetzen konnte. Und das für tagelange, liebevolle kreative Arbeit – die sie allerdings ganz hervorragend von den unangenehmen Fragen des Zehen-Falls ablenken würde. Sowie die Familie Maeßmer mit einem Fuß in die Tür des hipsten Gilchinger Kindergartens bringen … Sie schluckte. Egal, zu welchem Preis – das war es wert. »Nein, nein, das ist schon okay. Ehrlich, Frau Lugsteiner. Außerdem will ich in Zukunft häufiger großformatige Sachen machen, da wird sich dieser Auftrag gut in meinen Referenzen lesen. Das darf ich jetzt eigentlich nicht zu laut sagen, aber von meiner Seite wird es am Geld nicht scheitern.« Carla unterdrückte ein Seufzen und kramte einen großen Handwerkerbleistift hervor, den sie in ihrem Chaos von Handtasche immer bei sich trug. »Wenn ich schon mal hier bin, würde ich gern gleich noch ein paar Markierungen machen. Damit ich ein Gefühl für die Größenverhältnisse kriege.«

Frau Lugsteiner ließ sie machen. Offenbar hatte sie bereits vollstes Vertrauen in Carlas Fähigkeiten. »Bleiben Sie, so lange Sie wollen, dann können meine Kolleginnen morgen schon mal was sehen. Ich muss leider weg, eine Verabredung.« Sie verabschiedete sich von Carla und Lukas und verließ den Kindergarten. »Wenn Sie gehen, müssen Sie einfach nur die Tür ins Schloss ziehen.«

Lukas wartete höflich ab, bis sie außer Sichtweite war, bevor er sich in einen der offen stehenden Gruppenräume begab und sich an eine große Kugelbahn setzte. Sofort war er ins Spiel vertieft, und Carla entspannte sich. So still und menschenleer fühlte sich der schicke Kindergarten noch viel eher an wie der Traum, der er für die Familie Maeßmer erst einmal bleiben würde.

Gleichzeitig war sie von dem entgegengebrachten Vertrauen geschmeichelt. Es ist doch immer dasselbe, dachte Carla, kaum hat man ein rotzendes Kleinkind dabei, ist man für die meisten

Leute automatisch eine Art Kreuzung aus Mutter Teresa und Schweizer Bankschließfach. Moralisch unantastbar. Sie lächelte. Rein theoretisch könnte sie jetzt das komplette Duplo aus allen Räumen einsacken und damit türmen. Bestimmt war das mehr wert als siebenhundert Euro.

Mit dem weichen Bleistift setzte sie hier und da ein paar Marken, dann überkam sie an Ort und Stelle die Inspiration, und sie zeichnete aus dem Stegreif auf den Putz die Außenlinien von phantastischen Bäumen und Blüten. Umrisse von Elefanten, Giraffen und riesigen Schmetterlingen folgten, ebenso von hüpfenden Affen und jeder Menge Papageien. Die Linien, anfangs noch zögerlich, gerieten ihr mit zunehmender Übung immer schwungvoller. Sie stieg auf eine Schuhbank aus unbehandeltem Buchenholz, um in alle Ecken zu kommen. Der Bleistift tanzte und raste, bis von der Mine nichts mehr übrig war und nur noch das pure Holz über die Wand kratzte. An der Vorlage würden sich im Malprozess noch etliche kleine Änderungen ergeben, doch ein erster Eindruck der großen Dschungelwand war zu erkennen.

Irgendwann näherte sich eine bis dahin unsichtbare Putzfrau und machte sie darauf aufmerksam, dass sie das Gebäude jetzt abschließen müsse. Carla sah auf die Wanduhr: Zwei Stunden waren wie im Flug vergangen. Wenn sie so weiterarbeitete und statt der angepeilten fünf Arbeitstage nur zwei oder drei investieren würde, wäre der Stundenlohn sogar noch akzeptabel.

Glücklich packte sie den widerstrebenden Lukas ein und schob den Buggy nach Hause. Sie hatte ganz vergessen, wie gut es sich anfühlte, einer – wenn auch übersichtlich – bezahlten Tätigkeit nachzugehen.

Es herrschte also Harmonie zwischen Carlas hormondurchwalltem Körper und ihrem Geist. Genauso wie zwischen ihr und Roland, als er von seinem Landshuter Seminar wieder zurückkam. Beide schienen sich mit dem inoffiziellen Abschluss des Wondratschek-Falls abzufinden. Harmonie herrschte auch in der Polizeiinspektion Starnberg, im kleinen Bürolabor von

Dr. Ali, im Gilchinger Obdachlosenheim und sogar zwischen den Gilchinger Bürgern selbst.

Und harmonisch ging es auch weiter, während die Wolken über Gilching tiefer sanken und die Nadeln der zahlreichen Lärchen in den winzigen Vorgärten sich auf ihr Fallen vorbereiteten.

Bombig verplanscht

28. September, 8.42 Uhr

Natürlich konnte es nicht ewig mit der allseitigen Harmonie weitergehen, auch nicht mit der zwischen Frau Grabow und den Maeßmers. Sie waren schließlich Nachbarn. Eine solche, im Grunde ja nur auf der räumlichen Nähe basierende Beziehung unterlag zwangsläufig einer gewissen Fragilität, und im Falle dieser beiden Parteien war es eine simple Schraube, die das fragile Gleichgewicht aus der Balance brachte.

Carla wünschte sich schon lange einen Haken im Flur, um Lukas' Jacke daran aufzuhängen. An diesem langen Morgen vor Beginn seiner Spätschicht hatte Roland endlich in das Anbringen desselbigen eingewilligt und holte nach dem ersten Espresso des Tages seine Bohrmaschine aus dem Keller. Lukas sah ihm fasziniert zu, wie er beim ersten Versuch einen Stahlträger und beim zweiten beinahe die Stromleitung traf, die zur Deckenlampe führte. Erst beim dritten Mal gelang es ihm, ein tiefes Loch an ungefähr der von Carla gewünschten Stelle zu bohren. Der Dübel saß perfekt, und wenig später prangte der Mantelhaken im Flur, als hätte er nicht monatelang neben dem Kühlschrank auf seinen Einsatz gewartet. Er hatte die Form eines grinsenden Piratenkopfes mit Augenklappe und machte alle dreieinviertel Maeßmers für ein paar Minuten glücklich.

Um zwanzig vor zehn, als Roland vom Bäcker zurückkam und dabei mehr aus Routine in den Briefkasten sah, lag darin ein säuberlich »An meine Nachbarn« beschrifteter Umschlag mit Seidenfutter. Er öffnete ihn. In schwungvollen, kaum verwackelten Buchstaben stand darin auf einem etwas angegilbten Briefbogen Folgendes:

Lieber Herr Maeßmer!

Sie hatten mir versprochen, nicht mehr ohne Vorankündigung zu bohren. Was habe ich Ihnen getan, dass Sie mich so erschrecken

müssen? Es war absolut entsetzlich, noch dazu so früh am Morgen. Ich stand kurz vor einer Ohnmacht, selbst jetzt am Küchentisch rast mein Puls noch wie ein Schnellzug. So viele Herztabletten kann ich gar nicht nehmen, wie ich jetzt bräuchte. Es geht mir gar nicht um das Bohren selbst, sondern um den unerwarteten Beginn desselben. Wie Sie vielleicht wissen, habe ich die letzten Kriegstage in Hamburg verbracht und dort etliche Fliegerangriffe miterleben müssen. Jedes Mal, wenn die Sirenen heulten, flüchtete man in den nächsten Keller und wartete hilflos auf die Bombeneinschläge. Das ungewisse Warten im Keller war fürchterlich. Irgendwann hoffte ich nur noch, die Bombe möge bald kommen und der Ungewissheit, der ständigen inneren Alarmbereitschaft ein Ende machen. Diesen unangenehmen Erinnerungen ist es auch geschuldet, dass ich meinen eigenen Keller niemals betrete.
Wenn Sie aber aus heiterem Himmel drauflosbohren, sind die Erinnerungen sofort wieder da. Dann sitze ich wieder in meinem Hamburger Luftschutzkeller und warte auf den Tod.
Tun Sie das einer alten Frau nicht an. Es bittet Sie darum inständig,

GG

»Wusstest du das?«, fragte Roland stirnrunzelnd. »Hat sie uns wirklich schon mal darum gebeten, jeden Dübel vorher anzumelden?«

Carla kaute auf ihrem Croissant herum, als wäre es aus Pappkarton. »Kann schon sein. Bei unseren ersten Begegnungen hat sie so allerhand erwähnt.« Sie erinnerte sich da an einen surrealen Nachmittag unter Palmen in Silberkübeln neben einem Elefantenfuß-Papierkorb und vielen, vielen Gläsern mit perlendem Rosé. Wenn damals bedeutende Informationen ausgetauscht worden waren, hatte sie sie jedenfalls vergessen.

»Na ja. Da müssen wir uns dann wohl mit einem kleinen Fresskorb entschuldigen. Die Arme.«

Sie entschieden, dass Carla einen solchen am kommenden

Freitag beschaffen würde, und als Lukas im nächsten Moment wegen der bröseligen Konsistenz seines Croissants einen Wutanfall erlitt, gerieten Gitte Grabows Fliegerangriffsängste schnell in Vergessenheit.

So verging der Vormittag. Dann kam der Nachmittag und mit ihm ein mittelgroßes DHL-Paket, dessen Inhalt das Verhältnis zwischen beiden Parteien endgültig zu vergiften drohte.

Obwohl es Ende September war, war es noch angenehm warm. Nach dem regnerischen Juli und dem wechselhaften August wurde es an diesem Tag noch einmal so heiß, dass Carla sich zum Aufstellen ihres soeben gelieferten Planschbeckens veranlasst sah. Gar nicht so sehr, um damit Lukas einen Gefallen zu tun, sondern in erster Linie für sich selbst und ihre Beine, deren Knöchel sich in den letzten Tagen immer mehr wie frisch erhitzte Kirschkernsäckchen anfühlten. Das Planschbecken hatte sie vor einer Woche bei einem Online-Händler entdeckt. Es war so billig gewesen, dass sie es ohne viel Nachdenken sofort bestellt hatte.

Schon während des Aufpumpens wurde ihr klar, dass sie sich vor dem Bestellen vielleicht noch ein paar mehr Gedanken hätte machen sollen. Das Ding war riesig und bunt verziert, also nicht gerade das, was man dezent nennen konnte. Mit einem darübergespannten regenbogenfarbigen Schlauchbogen samt Spritzfunktion und einem Durchmesser von annähernd vier Metern wirkte es wie die verlorene Badesandalette eines Riesen-Michelin-Männchens auf Drogen. Eigentlich fehlte nur noch, dass das Planschbeckenmonster im Dunkeln leuchtete und dabei Musik machte.

Aber Lukas gefiel die Neuerwerbung, und das war die Hauptsache. Carla erreichte durch Befüllen mit dem Gartenschlauch einen Wasserstand von etwa zehn Zentimetern und kippte noch ein paar Ladungen aus dem Wasserkocher hinterher, damit der Inhalt auch eine angenehme Temperatur hatte. Ihr Sohn war schon während der Vorbereitung in seiner roten Spiderman-Badehose durch den Garten gehüpft und konnte es kaum erwarten, endlich planschen zu dürfen. Nachdem Carla das Wasser gründlich durchgerührt und die Temperatur für gut befunden hatte, kneippte Lukas ein wenig darin herum, bevor er sich dafür entschied, lieber auf den verschiedenen Luftkammern herumzuhopsen und sie auf ihre Festigkeit hin zu überprüfen.

Das ging etwa eine Viertelstunde so. Gerade überlegte Carla, ob sie sich einen Eistee machen könnte, ohne dass Lukas sich in der dafür benötigten Zeit ersäufen würde, da erschien die Grabow auf ihrem Balkon. Sie trug einen blasslila seidenen Morgenmantel im Kimono-Schnitt, der die ungesunde Farbe ihrer leidenden Miene perfekt unterstrich. Als Reaktion auf Carlas fröhliches Begrüßungswinken hob sie schwach ihre Hand.

»Finden Sie das schön?«, fragte sie schließlich zögerlich.

»Was denn, bitte?«

»Na, das da. Dieses Ding.«

»Das Planschbecken?«

»Jawohl.«

»Na ja, was heißt schon schön, es ist halt praktisch.«

»Also, ich möchte ehrlich mit Ihnen sein: Mich stört es. Es ist sehr, sehr bunt. Es schmerzt in meinen Augen.«

»Aber, Frau Grabow, es ist schönes Wetter, wer weiß, wie lange wir das noch genießen können? Und sehen Sie doch nur, wie viel Spaß Lukas hat!«

Mit schwungvoller Geste wies Carla auf ihren Sohn, der bis dahin unbeholfen auf dem Rand des Beckens geritten war, in dieser Sekunde aber das Gleichgewicht verlor und mit dem Gesicht voraus ins Wasser fiel, wo er reglos liegen blieb.

»Ein toller Spaß!«, kreischte die Grabow. »Er wird noch ertrinken!«

Hektisch sprang Carla zu ihrem Sohn in den Pool. Als hätte sie mit ihrer Berührung einen Fluch gebrochen, strampelte und hustete Lukas erst los, als er in ihren Armen lag. Schnell ging sein Husten in ein jämmerlich röchelndes Heulen über.

»Sehen Sie, was Sie angerichtet haben!«, schrien die beiden Frauen sich jetzt gleichzeitig an.

»Wenn Sie mich nicht so blöd angemacht hätten, hätte ich auch besser aufpassen können!«, brüllte Carla weiter.

»So eine Frechheit! Ich wohne hier seit über vierzig Jahren, aber so etwas ist mir noch nie passiert! Ich bin fast hundert Jahre alt, da wird man doch mal in Ruhe auf seinem Balkon sitzen dürfen! Der Garten ist eine Ruhezone – kein Freibad!«

Es war vergebliche Liebesmühe von Carla, nun in die Wohnung zu flitzen und im Ordner »Neue Wohnung« nach der geänderten Hausordnung zu suchen. Obwohl sie sich genau an den Wortlaut der Änderung aus den neunziger Jahren erinnern konnte, war sie in der Hektik nicht aufzufinden. Also kein Beweis für die einvernehmliche Rücknahme der Ruhezone aus mangelndem Bedarf, wie es die Vorbesitzer beim Notartermin noch ausdrücklich betont hatten. Eigentlich hatte sie den Wisch kopieren und der Grabow triumphierend in die Hand drücken wollen, doch sie blätterte und blätterte, und in der Zwischenzeit begann Lukas auch noch mit seinem berechtigten Hungergequäke.

Die beiden Frauen traten sich an diesem Tag nicht mehr unter die Augen. Jede war der festen Überzeugung, die andere hätte urplötzlich nicht mehr alle Tassen im Schrank und endlich ihr wahres Gesicht gezeigt.

Doch hätte man hinter die Fassade geblickt, hätte man erfahren, dass die schlechte Laune der beiden auf ganz andere Einflüsse als das Planschbecken zurückzuführen war. Bei Carla waren es die Hormonwallungen, und bei der Grabow war es die tief sitzende Enttäuschung darüber, dass sie nach ihrem Auftritt bei der Autoschau weder um eine Zugabe noch um ein einziges Autogramm gebeten worden war. Wie auch immer: Der Haussegen hing gründlich schief.

Das Planschbecken reagierte mit seiner eigenen Dynamik auf den Zwist. Schon am Abend hatte sich in ihm eine Ursuppe aus Tannennadeln, Laub, Erde und toten Insekten gebildet. Auf dem Wasser schwamm eine ölige Schicht von Sonnencreme, doch Carla war noch immer zu stolz, um etwas daran zu ändern oder zuzugeben, dass es sich bei dem Becken wirklich um eine Ausgeburt des optischen Grauens handelte. Das Ding diente ausschließlich dem Vergnügen von Lukas, basta. Und die blöde alte Nuss war eine Spielverderberin, wenn sie den Rest des Sommers nicht noch ausnutzen wollte.

In dieser Nacht badete die Grabow besonders lange und sang dazu so laut und falsch wie nie zuvor – auch wenn nicht Dienstag, sondern Donnerstag war.

Showdown

29. September, 7.49 Uhr

In der letzten Nacht hatte Gitte nicht nur sehr lange und laut gebadet, sondern anschließend auch sehr unruhig geschlafen. Deshalb war sie, wie es sonst nicht ihrer Art entsprach, bereits früh aufgestanden und saß nun etwas unschlüssig an ihrem Küchentisch. Eigentlich hatte sie sich eine Tasse Kakao machen wollen, aber das war ihr beim Betreten der Küche sofort wieder entfallen. Jetzt hockte sie im Morgenmantel am Tisch, stützte die Unterarme auf das Deckchen aus böhmischer Spitze und überlegte. Ein angenehmer Nebeneffekt an dieser Situation war, dass man vom Küchenfenster aus das entsetzliche Plastikdings nicht sehen konnte.

Was sollte sie mit einem so taufrischen Tag wie diesem anfangen? Die Vögel zwitscherten, die Sonne gab jetzt schon alles. Hätte sie nicht so schlecht geschlafen und so einen Ärger mit ihren Nachbarn gehabt, hätte sie sich sogar ein gemeinsames schönes Gartenfrühstück auf der Terrasse vorstellen können, dachte sie. Der junge Herr Roland hätte beim Bäcker sicher frisches Gebäck geholt, während Carla und sie Kaffee gebrüht und den Tisch hergerichtet hätten. Mit Krabbencocktail, Obstsalat und harten Eiern. Wie hieß das heute noch mal, wenn man sich beim Frühstück Mühe gab? Genau: Brantsch. Oder so ähnlich. Ja, wenn sie nicht so einen Ärger miteinander hätten, hätten sie jetzt gemütlich zusammen brantschen können, die Familie Maeßmer und sie.

Das waren Gitte Grabows Gedanken, als sie aus dem Küchenfenster sah und urplötzlich von einem gelben Blitz geblendet wurde. Sie schloss die Augen und blinzelte ein paarmal, dann war das Phänomen wieder spurlos verschwunden. Aus der Uhrzeit, aus der Richtung, wo es geblitzt hatte, und vor allem daraus, dass sie das nicht das erste Mal erlebte, schloss sie auf eine ganz natürliche Ursache: Frau Jahnke. Gitte Grabow stand auf, wagte einen Kontrollblick aus dem Küchenfenster und entspannte sich.

Die Klappen des Briefkastens schwangen von der Wucht, mit der soeben die Postsendungen des Tages hineingesteckt worden waren, hin und her. Ja, der gelbe Blitz war wieder einmal nur Frau Jahnke gewesen, die überpünktlichste Briefträgerin aller Zeiten. In ihrem reflektierenden gelben Wettermantel schoss sie tagtäglich um die Kurven, als wolle sie bei der Kavallerie anheuern. Dabei war Frau Jahnke nicht gerade athletisch gebaut, eigentlich konnte das gar nicht mit rechten Dingen zugehen. Womöglich gab es bei der Post auch schon diese Fahrräder mit Motor, und das hatte man nun davon. Es war nur eine Frage der Zeit, bis Frau Jahnke endlich einen Passanten zu Brei fuhr oder mitsamt ihrem gelben Postfahrrad im Straßengraben landete. Oder beides. Wie man nur so rasant sein konnte!

Nachdem sie sonst nichts zu tun hatte, machte sich Gitte Grabow auf den Weg hinunter zum Briefkasten. Wie immer war der Weg nach unten halb so beschwerlich wie der zurück. In der Wohnung der Maeßmers, an deren Tür sie misstrauisch lauschte, herrschte noch Ruhe. Sie war erleichtert, der garstigen Carla nicht über den Weg zu laufen. Mit einer kostenlosen Zeitung und einem Brief ihrer Bank – die immer gleichen Kontoauszüge mit ihren sehr übersichtlichen monatlichen Bewegungen – keuchte sie wieder hinauf in den ersten Stock.

Mal sehen, was diesmal wieder drinsteht, dachte sie. Vielleicht war ja bald wieder Herbstmarkt. Da würde sie glatt hinmarschieren, um ein Pfund von diesem bekömmlichen Magenbrot zu kaufen. Oder auch zwei, das würde dem kleinen Lukas bestimmt auch schmecken. Sie seufzte. Wenn sie denn jemals wieder auf das kleine Fröschlein aufpassen durfte.

Mit einer anständigen Tasse Kakao setzte sich Gitte Grabow an ihren Esstisch und blätterte durch die Zeitung.

Es war der »Fünfseen-Kurier«, der ihr das Herz brach. Das Blatt wurde nur einmal die Woche ausgeliefert und enthielt deshalb, sofern sich einer der freiberuflichen Lohnschreiber dazu berufen fühlte, Artikel über Dinge, die sich teilweise schon mehrere Tage vor der Drucklegung zugetragen hatten. Ereignisse wie der Spatenstich zum neuen Gilchinger Bürgerhaus, der dritte Platz einer Germeringer Turnhoffnung bei der Landesmeisterschaft in Weiß-nicht-wo und der unerklärliche Brand des Spargelverkaufshäuschens an der Landsberger Straße. Oder eben die unangekündigte Kultureinlage der »Bürger« während der Autoschau auf dem Marktplatz am letzten Freitag.

»Das bin ja ich!«, entfuhr es Gitte Grabow, als sie das großformatige Foto auf Seite drei entdeckte. Sie konnte sich gar nicht erinnern, abgelichtet worden zu sein, aber das Bild war nicht übel: Es war eine Frontalaufnahme, ihr Nerzcape flatterte stimmungsvoll im lauen Abendwind, das goldene Sonnenlicht schmeichelte ihren Gesichtszügen und legte sich wie ein Weichzeichner über ihre kleinen Fältchen. Die Luftballons schwenkenden Kinder vor dem Pult vermittelten den Eindruck eines großen begeisterten Publikums. Es war sogar Vierfarbdruck.

Dann aber entzifferten ihre Augen die dazugehörige fett gedruckte Überschrift und wanderten schreckgeweitet zum Artikeltext hinunter. Den Herzschrittmacher, den ihr Hausarzt ihr schon vor Jahren vergeblich hatte aufschwatzen wollen, hätte sie nun zum ersten Mal gut gebrauchen können. Gitte Grabow sank auf ihrer beige-braun gestreiften Polsterbank immer tiefer.

Nazi-Dinosaurier singt gegen den Fortschritt
Es gibt Dinge, die man definitiv nicht mehr ausgraben muss. Dazu gehört auch Gitte Grabow, einst Görings Hofchansonnière, seit 1945 verdient in der Versenkung verschwunden. Nun ist die Wahl-Gilchingerin wieder aufgetaucht, um ihr dünnes Stimmchen in den Dienst der politisch bedenklichen Protestgruppierung »Bürger gegen Beton« zu stellen. Ihre schamlose Instrumentalisierung unschuldiger Kinder – die Luftballonfarben Weiß und Rot sind in diesem Zusammenhang wohl eindeutig als Anspielung auf die großdeutsche Kriegsfahne zu sehen – und die gezielte Wahl eines Liedes, das zu Hitlers Lieblingsstücken gehörte, spottet jeder Beschreibung.

Tränen verschleierten die Buchstaben. Den Schlusssatz las Gitte Grabow schon gar nicht mehr, was vielleicht auch gut war. Denn der Journalist hatte ganze Arbeit geleistet.

> *Für die Zukunft wünscht man sich, dass verblendete Nazi-Dinosaurier wie dieses faltige Relikt rasch zurück in die staubige Gruft finden mögen, in die sie seit Jahrzehnten gehören!*

Gitte Grabow wischte sich die Tränen aus den Augen. Rache. Das schrie nach Rache. Sie stieß einen schrillen Schmerzenslaut aus, der die Fensterscheiben vibrieren ließ.

Starkstrom

29. September, 8.32 Uhr

Carla brach schon früh auf, um mit ihrem Werk in dem Kindergarten voranzukommen. Von dem Planschbecken-Streit mit der Grabow hatte sie Roland nichts erzählt. Erstens war er so spät nach Hause gekommen, und zweitens hatte sie abwarten wollen, bis sich das Vorgefallene etwas gesetzt hatte. Den vereinbarten Geschenkkorb als Entschädigung für den Fliegerangriff würde sie jedenfalls nicht besorgen.

Roland, der also von dem Zerwürfnis nichts ahnte, wollte Lukas wie mittlerweile gewohnt bei der Grabow abgeben, bevor er sich auf den Weg zum Baumarkt machen würde. Er hatte den Tag freigenommen, um endlich die Fußleisten im Untergeschoss anzudübeln. Und auch sonst würde ihm bestimmt noch eine Menge einfallen, was er noch brauchen könnte, wenn er erst einmal im Baumarkt wäre.

Die Grabow öffnete mechanisch. Sie konnte sich wegen der Diskreditierung im »Fünfseen-Kurier« kaum auf den Beinen halten. In ihr tobte ein Sturm aus Verletztheit, Schmerz und Wut, der sich bisher noch für keine Seite entschieden hatte. Doch da sie sich Roland gegenüber keine Blöße geben wollte, nahm sie Lukas nonchalant wie immer in Empfang. Nach der ersten anfänglichen Verwunderung über den kleinen Frosch war sie sogar ganz froh, sich nicht allein mit den Dämonen ihrer jüngsten Vergangenheit auseinandersetzen zu müssen.

Sie führte ihn in die Küche, um erst einmal einen ordentlichen Kakao für sie beide zu kochen. Ihren zweiten heute. In stummer Vorfreude kletterte Lukas auf einen Korbsessel und sah ihr gespannt zu, wie sie die Milch in einem Kupfertöpfchen erwärmte, das Kakaopulver und den Zucker hineinrührte und sich nebenher einen ordentlichen Schuss Rum in die Tasse schenkte, die sie für sich selbst zu verwenden gedachte. Die mechanischen Tätigkeiten taten ihr gut. Für ein paar Sekunden, in denen sie sich konzentrieren musste, hob sich der Tränenschleier.

»Diese Kasserolle ist noch älter als ich«, murmelte Gitte Grabow, als sie den kupfernen Milchtopf am Stiel griff und den Kakao mit relativ sicherer Hand in die Tassen schenkte. »Von meiner Mutter geerbt. Eines der wenigen Dinge, die ich durch alle Zeiten retten konnte. Aber pass auf, mein lieber junger Freund, der Kakao ist noch ziemlich heiß.«

»Eisch«, flüsterte Lukas und starrte seine Tasse respektvoll an.

Im Kopf seiner Gastgeberin herrschten derweil keine sehr viel geringeren Temperaturen als in der Kupfer-Kasserolle, in der eben noch die Milch gekocht hatte. Gitte Grabows Gedanken und Gefühle liefen heiß und heißer und kreisten eine Weile in einer solchen Geschwindigkeit um sich selbst, dass ihr ganz schwindlig wurde. Sie musste sich setzen. Ein tiefer Zug Kakao, durch den vielen Rum nur noch lauwarm, kühlte sie auf Betriebstemperatur herunter.

Gitte Grabow erinnerte sich, dass sie durchaus mit negativen Gefühlen umzugehen wusste. In den vielen Jahrzehnten ihres Lebens hatte sie das Abreagieren perfektioniert, besonders Männern gegenüber. Früher, wenn ihr einer ihrer Verehrer, ein aufdringlicher Bewunderer oder gar ihr Agent dumm gekommen war, hatte sie ihm einfach ihren Regenschirm übers Haupt gezogen und ein wenig gekreischt. Diese Strategie hatte immer recht zufriedenstellende Ergebnisse gezeigt, sie war nur ein wenig in Vergessenheit geraten. Doch grundsätzlich sollte es nicht schwierig sein, auf diese altbewährte Weise auch jetzt ihre Wut und ihren Zorn loszuwerden. Dafür benötigte sie nur ihren Regenschirm und einen Schuldigen. Und wer eignete sich dafür besser als Karl Rebner, der sie in den ganzen Schlamassel erst hineingezogen hatte? Ohne ihn wäre sie niemals bei dieser Autoschau aufgetreten. Eine Autoschau! Das war ja auch wirklich keine angemessene Umgebung für jemanden, der seinerzeit in Las Vegas hätte auftreten können. Nur ihm zuliebe hatte sie sich darauf eingelassen, und er hatte es im Gegenzug für den erwiesenen Gefallen schmählich versäumt, sie vor der Journaille zu warnen oder gar in Schutz zu nehmen. Nichts hatte er unternommen, um ihre Ehre zu retten. Das war kein Mann, das war ein Wicht!

»Selbst ist die Frau«, murmelte Gitte Grabow. Die Anwendung des Regenschirms würde ihr persönliche Befriedigung verschaffen, doch auf längere Sicht würde das nicht genügen. Der Quell des Bösen sprudelte noch immer. Sie hätte keine Ruhe, solange der infame Artikel noch kursierte. Ein weiterer Schluck Kakao, dann hatte sie es. Die Endlösung war ganz einfach: eine Gegendarstellung. Sie musste eine Gegendarstellung im »Fünfseen-Kurier« erwirken! Am besten gleich in der nächsten Ausgabe. Und vielleicht sogar in diesem sagenumwobenen Internet, das würde der unverschämte Verbrecher von rufmordendem Schreiberling schon hinbekommen, wenn sie ihm erst einmal mit dem Anwalt gedroht hatte. Bei der letzten Streitigkeit, einer karriereschädlich falschen Darstellung ihres Alters in einer Illustrierten, hatte sie sich von einem schneidigen Kerl namens Horst zur Hassel vertreten lassen. Der war gut gewesen, vor allem aber sehr höflich.

Doch zuerst wollte sie selbst für das nötige Quäntchen Gerechtigkeit sorgen und diesem Karl Rebner persönlich ihren Regenschirm über das verlogene Haupt ziehen. Oder ihren Gehstock. Oh ja, sie konnte jetzt schon spüren, wie gut sich das anfühlen würde. Wieder hob sich der Tränenschleier. Und dazu müsste sie nur zum Zementwerk fahren. Sie hatte gelesen, dass dort jeden Vormittag um zehn eine Mahnwache der »Bürger« stattfand.

Ob es wohl in Ordnung war, sich im Taxi zu einer ökologischen Kundgebung fahren zu lassen? Nun, es musste einfach in Ordnung sein, denn anders würde sie es niemals rechtzeitig bis zehn Uhr zum Werk schaffen. Kurz entschlossen stand sie auf, ging in den Flur und nahm ihren farngrünen Telefonhörer in die Hand, um das Gilchinger Unternehmen »Taxi Rudi« anzurufen. Rudi selbst nahm das Gespräch entgegen und versprach, sie in fünf Minuten persönlich abzuholen, sie könne sich schon einmal auf der Straße postieren.

Voller Energie warf die alte Diva sich ein edles auberginefarbenes Strickjäckchen und die schwarze, selbst gehäkelte Glitzerstola aus Angorawolle über. Sie wollte keineswegs den äußerlichen Eindruck erwecken, unter der Last der bösen Anschuldigungen zu leiden. Im Bad trug sie noch etwas Rouge auf. Sollte sie die bequemen oder die schicken Schuhe wählen? Es handelte sich ja immerhin mehr oder weniger um eine Landpartie mit teilweise unbefestigten Straßen. Sicherlich gäbe es um das Zementwerk herum den einen oder anderen Erdklumpen, wenn nicht gar Schlimmeres. Denn wie sie aus ihrem Schlafzimmerfenster täglich beobachten konnte, nahmen auch die Hundebesitzer ganz Neugilchings den Weg nach St. Gilgen, wenn der gute Fiffi einmal musste. Gitte Grabow entschied sich für die Lackstiefel, die leicht abzuwischen waren.

Erst als sie in die Küche ging, um ihre Handtasche zu holen, fiel ihr wieder ihr kleiner Gast ein, der immer noch respektvoll schweigend vor seiner dampfenden Kakaotasse saß.

Gitte Grabow stockte. Das Kind! Unmöglich konnte sie Lukas mitnehmen, er würde sich nur schmutzig machen. Wahrscheinlich wäre auch die Lautstärke der Veranstaltung nicht besonders kinderfreundlich. Was sollte sie tun? Der Vater war schon lange unterwegs, und sie wusste seine Telefonnummer nicht, und die unmögliche Carla mit dem entsetzlichen Schwimmbecken konnte ihr im Moment den Buckel hinunterrutschen. Na gut, das hatte sie dann eben von ihrer unverschämten Art. Ihr eigenes Kind würde hinter ihrem Rücken für die gerechte Sache einstehen! Die Idee begann ihr zu gefallen. Außerdem konnte doch nichts Schlechtes dabei sein, so einen kleinen Racker mit in die Natur zu nehmen. Grimmig lächelnd beugte sie sich zu dem Jungen und seinen himmelblauen Hausschuhen hinunter.

»Na, Schätzelein, zum Glück hat uns dein Vater auch anständige Schuhe dagelassen.«

Die Mahnwache fiel übersichtlicher aus als gedacht. Keine fünfzehn Leute standen am Bauzaun, als Rudi in seinem Taxi vorfuhr. Für seine gute Kundin Frau Grabow hatte er ohne Umschweife den Notfall-Kindersitz aus dem Kofferraum geholt, obwohl sie am Telefon ihren kleinen Mitpassagier verschwiegen hatte. Jetzt half Rudi seinen Fahrgästen persönlich dabei, sauberen Fußes ihr Ziel zu erreichen. Zuerst schnallte er den kleinen Jungen ab und hob ihn großzügig über drei benachbarte Pfützen. So motiviert war er, dass die elegante Greisin gerade noch verhindern konnte, ebenfalls von ihm auf das nächste Stück trockenen Bodens getragen zu werden. Stattdessen ließ sie sich von ihm am Arm geleiten.

Nachdem der tatkräftige Rudi ein großzügiges Trinkgeld erhalten hatte, entfernte er sich samt Taxi freundlich winkend, woraufhin der kleine Streifen sandigen Grases zwischen Werkseinfahrt und aktiver Kiesgrube noch menschenleerer wirkte als vorher.

»Guten Tag! Wir kennen uns noch nicht, aber mein Name ist Gitte Grabow, und ich bin hier, um für Gerechtigkeit zu sorgen«, flötete die Diva mit professionellem Lächeln. Leider hatte sie in all der Eile sowohl Regenschirm als auch Gehstock vergessen und musste sich nun mit verbaler Bestrafung begnügen. Sie versuchte dennoch, ihrer Stimme keinen allzu lauernden Unterton zu verleihen. Vielleicht steckten sie gar nicht alle mit Karl Rebner unter einer Decke. »Der ein oder andere mag vielleicht schon von mir gehört haben?«

Das gute Dutzend »Bürger gegen Beton« nickte ihr wortlos entgegen. Es machte nicht den Eindruck, als ob auch nur einer von ihnen einen Nazi-Dinosaurier in ihr sah. Vielmehr wirkten die Teilnehmer der Mahnwache leicht verwundert bis reserviert über die ungewohnt noble Erscheinung in ihren Reihen. Diese Reaktion war Gitte Grabow nun auch wieder nicht recht. Sie fühlte sich an wie Ignoranz – und Ignoranz war noch schlimmer als gar keine Presse.

»Ja, lesen Sie denn keine Zeitung?«, fragte sie mit großen Augen in die Runde, während sie mit der einen Hand nach Lukas' warmen Fingerchen griff und mit der anderen unauffällig ihr Portemonnaie aus echtem Schlangenleder in ihrer Tasche verstaute. Instinktiv nahm sie an, dass ein solches bei Naturschützern nicht besonders gut gelitten wäre.

»Nein«, beschied ihr ein glatt rasierter Rentner zur Linken knapp, »keine Zeit. Außerdem steht eh nur Scheiße drin.« Er trug eine etwas enge Jacke aus Ballonseide und eine Papptafel mit der Aufschrift: »Zefix Zement, die Frischluft brennt!«

»Da haben Sie nun wirklich recht. Aber vielleicht können Sie mir anderweitig helfen? Ich suche den Herrn Karl Rebner. Wo kann ich den finden?«, fragte sie nach.

»Der telefoniert dahinten noch mit dem Bürgermeister. Da gibt's ein besseres Netz.« Der Rentner wies die Straße hinab, wo es offenbar besseres Netz gab. Mit dieser Auskunft musste sich Gitte Grabow wohl vorerst zufriedengeben. Sie sah sich in der Gruppe um und blickte in lauter verschlossene, missgelaunte Gesichter. Es gab noch zwei weitere Transparente, einen roten Wimpel und ein paar runde neongelbe »BGB«-Anstecker. Eine dicke Frau hielt ein Megafon in der Hand. Alle Anwesenden hatten schlammbespritzte Schuhe und Hosenbeine. Offenbar war die Stimmung der »Bürger gegen Beton« schon im Keller, bevor sie überhaupt zu demonstrieren begonnen hatten. Prima, dachte Gitte Grabow, das ist ja eine grandiose Landpartie!

Die Atmosphäre schien sich innerhalb kürzester Zeit auf das Kind übertragen zu haben. Lukas stand immer noch brav neben ihr auf dem Grasstreifen, trug aber eine Miene zur Schau, als wolle er gleich sein erstes selbst verfasstes Gedicht über die Klimaerwärmung vortragen. Sogar seine Körperhaltung war schon so gebeugt wie die der erwachsenen Mitstreiter. Gitte Grabow beschloss, sie beide bald von diesem misslungenen Ausflug zu erlösen. Sobald sie Karl ihre Meinung gegeigt hätte, würde sie einen Demonstranten bitten, für sie den Taxi-Rudi anzurufen, damit der sie nach Möglichkeit sofort wieder abholen würde. Vielleicht könnte Rudi es ja sogar einrichten, sie beide direkt zum Redaktionsbüro des »Fünfseen-Kuriers« zu bringen, wo sie dann nicht eher Ruhe geben würde, bis man ihr die Druckfahnen der Gegendarstellung zeigte.

Und auf dem Weg dorthin würde sie ihrem treuen Begleiter eine Butterbreze spendieren. Teilnahmsvoll drückte sie Lukas' kleine heiße Hand.

Er drückte zögerlich zurück und sagte dann ein Wort, das

seinem glamourösen Babysitter einen fünfsekündigen Herzstillstand bescherte: »Kacka.«

Du liebe Güte, dachte die Grabow, die ganze Situation war wohl doch zu aufwühlend für ihn. Aber woher jetzt eine Windel nehmen, geschweige denn Reinigungsmaterialien und die Kraft, so ein Menschlein auf dem Boden herumzuwuchten? Der Frosch wog bestimmt schon so viel wie ein Neuner-Karton voll perlendem Rosé, und den konnte sie auch nicht allein anheben. Oh, du grüne Neune, aber einmal hatte es ja so weit kommen müssen.

In den ihrem Herzstillstand folgenden fünf Sekunden kam sie zu dem Schluss, den bereits vollzogenen kindlichen Entleerungsvorgang bestmöglich zu ignorieren, bis sie wieder zu Hause wären. Würde Rudi sie fahren, wären sie spätestens in einer halben Stunde wieder in ihrer Wohnung. Und so lange würde sie eben so tun, als wäre mit ihrem Alter ihr Geruchssinn geschrumpft. Einigermaßen zufrieden mit diesem Plan strich sie Lukas übers Haar und wandte ihr Gesicht unauffällig ein wenig von ihm ab.

»Kann ich vielleicht helfen?«, fragte da eine ausladende Frau hinter ihr. Freundlich stellte sie ihr Pappschild mit der Aufschrift »Stromfresser – nein, danke!« ab und wedelte mit einem bunten Häkelbeutel. Sie besaß nicht nur eine frappierende Ähnlichkeit mit der Venus von Willendorf, jedenfalls von Frisur und Rumpf her, sondern offenbar auch den siebten Kacka-Sinn, denn aus ihrem Häkelbeutel zog sie tatsächlich eine zusammengeknüllte, aber unbenutzte Windel nebst Einmalwaschlappen.

»Meine Tochter hat Drillinge«, erklärte sie und wartete gar nicht Gitte Grabows Antwort ab. Sie bückte sich, klemmte sich den überraschten Lukas zwischen die prallen Oberschenkel und wickelte ihn mit einer so militärischen Zackigkeit im Stehen, dass er viel zu verblüfft war, um zu protestieren. »Fertig«, sagte die großmütterliche Venus eine Minute später und verwandelte mit einer an Origami erinnernden Kunstfertigkeit die benutzte Windel in eine Art kompakte kleine Schleife, die sie in ihrem Häkelbeutel verschwinden ließ. Dann beugte sie sich vertraulich zu Gitte Grabow vor. »Find ich wirklich gut, dass Ihr Enkel Industriewindeln trägt. Muss doch auch mal zur Abwechslung sein, und die sind so praktisch! Meine Tochter verwendet ausschließlich Mull, und bei drei Kindern können Sie sich ja vorstellen, was da zusammenkommt. Immerhin hat sie seit Kurzem eine Waschmaschine.«

»Aha«, sagte Gitte Grabow verständnisvoll. Der Stolz darüber, für Lukas' Großmutter gehalten worden zu sein, rieselte ihr warm durch die Glieder. Sie war so erleichtert wie selten, und das ganz ohne einen einzigen Schluck perlenden Rosé. Nicht einmal den Kakao mit dem Schuss hatte sie heute Morgen ausgetrunken, wie sie sich erinnerte. Sie hatte sich gerade von dem Kacka-Schreck erholt, da stupste sie der Rentner mit der zu engen Ballonseidenjacke an: Karl sei vom Telefonieren zurück.

Gitte setzte ihr übertriebenstes Lächeln auf und wandte sich suchend um, doch weit und breit kein Karl. Jedenfalls nicht der Karl, den sie gehofft hatte zu sehen. Aber der rotgesichtige Herr im Trenchcoat, der soeben zu der Gruppe stieß, stellte sich ihr seltsamerweise ebenfalls als Karl vor. Er war genauso groß wie sie, seine Schweinsäuglein glänzten fiebrig. Der pelzige Haaransatz und die spitze Nase verliehen ihm etwas Rattenhaftes. Er war Rechtsanwalt und Journalist, stellte er sich vor, und stritte immer auf der Seite der Kleinen.

Schon bei seinen ersten Worten überkam Gitte Grabow die Enttäuschung. Er hatte sie offenbar überhaupt nicht erkannt. Und dann noch diese Erscheinung! Nein, dieser Karl war kein Verführer. Nie im Leben konnte er der charismatische Anrufer sein, der sie um den Finger gewickelt hatte. Diesem unangenehmen Mann hier fehlte trotz intensiver diesbezüglicher Bemühungen jegliche Präsenz und vor allem das kleinste Fitzelchen einer Dialektfärbung. Aber die sonore, selbstsichere Stimme ihres Telefonflirts war doch eindeutig urbayerischer Herkunft gewesen. Seltsam. Ihm hatte sie jedenfalls nicht diese Blamage zu verdanken.

Gitte Grabow kam sich ziemlich veräppelt vor, schüttelte dem schmierigen Karl aber trotzdem die Hand und gab ein paar Floskeln à la »Wir Kulturschaffenden müssen zusammenhalten« von sich. Ihm vorzuwerfen, nicht der richtige Karl zu sein, würde nichts bringen, im Gegenteil: Alle anderen würden nur denken, sie sei eine verwirrte alte Schachtel. Sie brauchte eine neue Strategie. Wahrscheinlich wäre es in der Zwischenzeit das Schlaueste, sich erst einmal nichts von ihrer Enttäuschung anmerken zu lassen. Willenlos ließ sie es geschehen, dass der rotgesichtige Rechtsanwalt der Venus von Willendorf seinen teuren Fotoapparat in die Hand drückte und diese ein Gruppenbild von ihnen schoss, auf denen es dank strategisch angeordneter Transparente und Trillerpfeifen so aussehen musste, als bestünde die Mahnwache aus mindestens doppelt so vielen Leuten. Immerhin schaffte es Gitte Grabow, sich geschickt vor Lukas zu postieren und ihn damit vor der Kamera zu verbergen. Sie wollte nicht, dass das Kind von der Presse instrumentalisiert wurde.

Nun war eigentlich der Moment gekommen, um Herrn Rudi anzurufen und ihm vielleicht schon ein paar Schritte entgegenzugehen, doch rasend schnell und unerwartet geriet die Situation außer Kontrolle.

Auf der anderen Seite des Bauzauns tauchte plötzlich ein großer roter Bagger auf. Während die Mahnwächler mit dem Foto beschäftigt gewesen waren, hatte er die Gelegenheit genutzt, die Zufahrtsrampe hinaufzurollen und sich sozusagen von hinten anzuschleichen. Die Geräuschkulisse von schweren Maschinen und knirschendem Kies hatte ihn übertönt. Zwei Meter vom Protestplatz entfernt blieb er stehen, die Fahrerkabine schwang auf und gab einen untersetzten Herrn im Blaumann frei, dessen Gesicht der Farbe seines Fahrzeugs in nichts nachstand. Es war der Vorarbeiter Herr Baudrexl, dem es jetzt endgültig reichte.

»Mir reicht's jetzt endgültig!«, brüllte er. »Ös habts nix zum Dean, als wie andre Leit vom Arbatn abhoitn, ös Saubande! Unverschämte! Und jetzt machen s' aa no Fotos von mir, damit mei Oma si wieder aufregn derf, wann s' die Zeitung aufschlogt! I wer eich scho zoagn, wie ma richtig protestiert, Fixluja!«

Damit senkte er die riesige Schaufel über den Bauzaun, drückte ihn nieder und begann ohne Rücksicht auf die rechts und links erschreckt davonspringenden »Bürger« den Protestplatz wegzubaggern. Nach nur drei Schaufeln war er Geschichte. Wo die Bürger jahrelang ihre Mahnwache abgehalten hatten, klaffte nur noch ein metertiefes Loch mit Wänden aus bröckelndem lehmfarbenen Kiesmatsch. Lehmbespritzt und plötzlich heimatlos standen die Bürger daneben und machten große Augen, bis Karl Rebner das Wort ergriff. Seine Stunde war gekommen.

»Auf, meine Herrschaften! Das lassen wir uns nicht bieten, wir ziehen jetzt zum Werk. Das war ein tätlicher Angriff gegen uns, jetzt ist es aus mit der Zurückhaltung. Wir wollen den Chef persönlich sprechen!«, rief er und setzte sich sogleich an die Spitze der Bewegung.

Voller Adrenalin stampfte das Grüppchen über die Straße und überwand ohne Zögern die rot-weiße Einfahrtsschranke, als wäre sie nur eine Hürde bei einem Schulsportfest. Zeternd verließ der Pförtner sein Häuschen und lief ihnen hinterher, doch angesichts eines ganzen Dutzends von Eindringlingen konnte er nichts ausrichten. Am Werksgebäude klingelte Rebner Sturm, doch niemand öffnete. Nach einer Weile drang die schüchterne Stimme eines Angestellten durch die Gegensprechanlage. Es war die des stellvertretenden Geschäftsführers Crantz. Herr Kneißl sei momentan nicht anwesend.

»Pah, der drückt sich doch nur! Der kann was erleben!«, schrie die Venus, hob einen Stein auf und warf ihn gegen die Fassadenfront. Mehr zufällig als beabsichtigt traf sie eines der wenigen Fenster, und das Geräusch von zersplitterndem Glas zerstörte den mühsam aufrechterhaltenen Anstrich von Zivilisiertheit unter den Bürgern.

Kurz, ganz kurz, herrschte Schweigen in der Gruppe. Es war die Stille vor dem Sturm.

»Der Juniorchef wird gleich zurückerwartet«, mahnte die Stimme von Herrn Crantz noch aus der Gegensprechanlage, aber es war zu spät. Weitere Steine flogen, Parolen wurden gebrüllt, der korpulente Anoraktäger hob sein Transparent und zertrümmerte mit der Spitze des Haltestabs die Videokamera über der Türklingel.

In einiger Entfernung standen auf dem Werksgelände eine entsetzte alte Dame und ein staunender kleiner Junge. Gitte Grabow hatte sich entschieden, dem Grüppchen zu folgen, um durch die Autorität ihres Alters Schlimmeres zu verhindern. Doch langsam wurde ihr klar, dass es da nicht mehr viel zu verhindern gab. Die »Bürger« waren im Schnitt zwar kaum vierzig Jahre jünger als sie, aber das hinderte sie nicht daran, sich wie präpubertierende Pausenhofschläger zu gebärden. Die unangekündigt entfesselte Gewalt erinnerte sie unangenehm an gewisse Momente in den späten Dreißigern des vergangenen Jahrhunderts. Die Macht der Rotte.

»Seien Sie doch vernünftig! Lassen Sie uns zuerst mit den Leuten sprechen, das hier führt doch zu nichts!«, rief sie, doch der Wind verwehte ihr vor Beklemmung dünnes Stimmchen. Staub hatte sich auf ihren Haaren und ihrer Stola niedergelassen und überlagerte deren Glitzern.

Für Lukas war die aus dem Ruder laufende Demonstration hingegen ein großer Spaß. Erwachsene, die richtig laut miteinander spielten! Mit Stöcken herumhauen und Steine werfen machte ja auch einfach Spaß. Das konnte er vollkommen verstehen. Erst als der Bagger des Herrn Baudrexl sie überholte und unter Kampfgebrüll auf die Protestler zurollte, wunderte er sich. Was hatte der Mann denn? Warum schrie er so? Noch vor wenigen Tagen hatte er in sein Wurstbrot beißen dürfen, und jetzt sah er aus und benahm sich wie eine wild gewordene Sau?

Der Bagger erreichte das Grüppchen Bürger und schwenkte drohend seine Schaufel. Rebner drückte dem Ballonseidenopa die Digitalkamera in die Hand, stellte sich dem Bagger in den Weg und breitete beide Arme aus. Sein Trenchcoat flatterte heldenhaft. Baudrexl beugte sich aus der Fahrerkabine und stieß eine letzte, im Motorenlärm aber kaum hörbare Drohung aus. Wer nicht sofort wieder nach Hause ginge, den würde er so plattmachen, dass er nicht einmal mehr anhand seines Zahnschemas identifiziert werden könne. »Wie die Russen aufm Roten Platz!«, schnaufte er und ließ dabei sein Gerät Zentimeter um

Zentimeter vorrücken. Fast hatten die schweren Panzerketten schon Karl Rebners Schuhspitzen erreicht.

»Nicht mit mir!«, rief da plötzlich die Venus von Willendorf und wühlte hektisch in ihrem Häkelbeutel. »Ich war schon in Wackersdorf dabei, ich kenn mich da aus!« Triumphierend hob sie einen Gegenstand hervor und schraubte kurz an dessen Spitze herum. Das Ding sah aus wie eine silberne Taschenlampe.

Gitte Grabow, die vorsichtig etwas näher an die Gruppe herangetreten war, traute ihren Augen nicht: Die Venus presste die Lippen zusammen, zielte mit dem Ding auf den Bagger und drückte ab.

Ein mäßig lautes »Plopp!« ertönte, dann zischte ein gleißender, qualmender Blitz in Richtung des Baggers und verschwand durch das offen stehende Fenster in der Fahrerkabine. Kurz darauf wurde deren Tür aufgerissen, und der hustende und würgende Herr Baudrexl machte eine Eins-a-Boris-Becker-Hechtrolle in den Feinsplitt. Zappelnd rollte er sich herum und presste sich die Hände aufs Gesicht. Beißender Qualm lag in der Luft. Die Venus hatte eine Rauchbombe gezündet!

Erschreckt wich Gitte Grabow ein paar Meter zurück und zog Lukas mit sich, der ihr nur widerstrebend folgte. Was die Großen da machten, das war doch eigentlich viel zu interessant, um jetzt abzuhauen!

Und als ob das alles noch nicht genügt hätte, brach sich jetzt auch noch körperliche Gewalt Bahn. Der Rentner in der Ballonseidenjacke trat auf den am Boden liegenden Vorarbeiter zu und holte triumphierend mit dem Holzstiel seines Transparents aus. Zum Glück kam er nicht mehr dazu, dem armen Baudrexl die Rippen zu brechen, da sich jetzt die Tür des Zementwerks öffnete und zwei Personen heraustraten. Es waren die Herren Crantz und Meierle, Kneißls Stellvertreter. Obwohl es während des laufenden Betriebs eigentlich verboten war, hatten sie sich gleichzeitig von ihrem Arbeitsplatz entfernt, um ihrem gepeinigten Baggerführer zu Hilfe zu eilen. In korrekt sitzenden Hemden und Krawatten rannten sie auf ihn zu.

Lukas wollte alles genau sehen. Unbemerkt entfernte er sich von Gitte Grabow und rannte seinerseits ein paar Meter auf den Bagger zu. Das Laufen über die vielen Steine war gar nicht mal so einfach. Bald stolperte er und fiel der Länge nach hin. Zwar war alles viel zu aufregend, um lange zu jammern, aber seine Knie und Handflächen taten trotzdem weh. Er sah sich um. Gab es nicht einen bequemeren Weg, die spannenden Vorgänge im Blick zu behalten?

Gleich rechts vor ihm lief das Kalkförderband auf die Anlage zu. Das leise ratternde Ding hatte ihm schon beim letzten Besuch gefallen. Das musste so eine Art Rolltreppe sein, und Rolltreppen liebte er. Sonst gab es in Gilching leider keine Rolltreppen, soweit er wusste. Diese Gelegenheit musste er einfach nutzen. Zwar lagen auch hier Steine darauf, aber nicht so viele. Das Band lief direkt an den streitenden Erwachsenen vorbei und schräg über ihnen in die Wand des großen Hauses hinein, bis es direkt über dem Rauch und den vielen Leuten in der Mauer verschwand. Von dort oben hatte man bestimmt einen wunderbaren Blick auf die Ereignisse rund um den Bagger. Um den roten Bagger! Rot mochte Lukas am allerliebsten. Lächelnd trat er an die Riesenrolltreppe heran, kletterte auf einen kniehohen Felsbrocken, der danebenlag, griff in die dahinratternden Gummielemente und zog sich in einer fließenden Bewegung hinauf, die er im Kinderturnen gelernt hatte.

Keine drei Kilometer weiter war die Marienkäfergruppe des FreiSpiel-Kindergartens gerade ebenfalls mit turnerischen Übungen beschäftigt, als sich Carla für diesen Tag verabschiedete. Obwohl sie weiter gekommen war als gehofft, hatte sie beim Arbeiten kein gutes Gefühl gehabt. Ihre Bewegungen waren ungewohnt fahrig gewesen, einem bunten Papagei hatte sie versehentlich rote Augen gemalt und dann noch einen ganzen Farbkübel umgestoßen.

In der Annahme, vielleicht eine Magen-Darm-Grippe auszubrüten – in allen Kindergärten dieser Welt kursierte permanent ein entsprechender Keim –, radelte sie nach Hause, um festzustellen, dass die Wohnung verwaist war. Per SMS fragte sie Roland, wann sie aus dem Baumarkt zurückkommen würden.

»Wieso wir?«, kam sogleich die Antwort zurück. »Lukas ist doch bei Gitte.«

Bei der blöden Kuh?, dachte Carla entgeistert. Was hatte ihren Mann bloß geritten? Dann aber fiel ihr ein, dass sie Roland ja noch gar nichts von dem Streit um das Planschbecken erzählt hatte. »Grrmpf«, grummelte sie vor sich hin, stürmte die Treppen hinauf und klingelte bei der Grabow. Niemand öffnete, auch nach fünf Minuten nicht. Hatte die jetzt etwa Lukas entführt? Aber das war natürlich absoluter Quatsch. Carla mahnte sich zur Ruhe. Ihre Nachbarin hatte schon etliche kleine Ausflüge mit Lukas unternommen. Trotzdem, heute war ihr das nicht recht. Gitte Grabow sollte erst wieder mit ihrem Kind spielen dürfen, wenn sie sich bei Carla für ihr Benehmen entschuldigt hatte!

Sie lief aus dem Haus und stieg wieder auf ihr Fahrrad, um nach den beiden zu suchen. Weit konnten sie ja nicht sein.

Doch weder entlang der Sonnen- noch der Landsberger Straße konnte sie eine Greisin samt Kleinkind erblicken. Im Tengelmann, dessen enge Regalgänge sie mehrmals gründlich inspizierte, ebenfalls keine Spur. Auch auf dem großen Spielplatz am Gernholzweg waren sie nicht. Carla fühlte, wie die Angst ihr Gesicht erhitzte und sich gleichzeitig als kalter Klumpen in ihrem Magen ausbreitete. Zur Sicherheit sah sie noch bei der Modelleisenbahn am Spielzeugladen nach, bei der Lukas jedes Mal fünfzig Cent einwerfen durfte, und entschloss sich dann zu einer größeren Runde. Vielleicht hatte Lukas seine Babysitterin in Richtung Baggerparadies gezerrt? Bei dem guten Wetter und über den neuen geteerten Radweg hätte es selbst die Grabow bis St. Gilgen schaffen können.

Dort angekommen gab es zwar noch immer weit und breit keine Spur von einem Knaben in grüner Fleecejacke an der Hand einer mondänen Ersatz-Uroma, doch in der Luft lag ein merkwürdiger Geruch. Carla schnupperte. Es roch ziemlich beißend, nach Rauch. Sollten die Gegner des Zementwerks mit ihren Behauptungen etwa doch recht haben? Am Ende waren die Emissionen doch nicht so harmlos, wie die Kneißls versicherten. Sie trat kräftiger in die Pedale.

Schon am Werkstor wusste sie Bescheid, dass etwas ganz und gar nicht in Ordnung war. Die Zufahrtsschranke lag zerstört am Boden, zerbröselt wie eine Zuckerstange durch den Fuß eines Riesen. Der Pförtner war nicht zu sehen. Alarmiert radelte sie auf das Gelände und erblickte bald schon den roten Bagger, aus dem es immer noch rauchte. Neben ihm lag ein Mann am Boden, hielt sich die Augen zu und wälzte sich schreiend hin und her, doch niemand schien ihn zu beachten. All die anderen Anwesenden standen vor dem Förderband, das über ihren Köpfen in der Fassade zur Grobmühle verschwand, und starrten hinauf. Einige rangen verzweifelt die Hände.

Wie in Zeitlupe wanderte nun auch Carlas Blick zum Förderband. Lukas' grüne Fleecejacke stach ihr sofort ins Auge. Von hier unten betrachtet und angesichts der riesigen Anlage um ihn herum wirkte er wirklich nur noch wie ein kleiner Laubfrosch, der den Stein umklammerte, neben dem er hockte. Doch was konnte ein kleiner Laubfrosch in Gefahr tun? Hüpfen? Aber wohin? In seinem Blick lag die vage Ahnung, dass er einen Fehler gemacht haben könnte.

Einen Meter unter ihm quälte sich Gitte Grabow auf dem Laufband näher an ihn heran, trotz der widrigen Umstände perfekt mit Lackstiefeln und Häkelstola gestylt. Die Fransen der Stola standen steif vor Kalkstaub ab wie die dank Draht ewig flatternde amerikanische Fahne auf dem Mond. Es konnten ihr nur noch Sekunden bleiben, bis ihren alten Knochen eine Kremation der besonderen Art widerfahren würde. Ihren und Lukas'.

Carla fühlte sich wie in einem Alptraum. Ein Alptraum, in dem man das Grauen näher und näher kommen sieht, aber nichts tun kann, um ihm zu entfliehen. »Anhalten! Oh Gott, sofort das Band anhalten! Mein Kind ist da drauf! Mein Kind!«

Doch die übrigen Beobachter der Situation waren genauso handlungsunfähig wie sie. Nur ein Mann in gepflegter Bürokleidung, der ihr entfernt bekannt vorkam, eilte auf sie zu.

Es war Crantz, der eigentlich an seinem Arbeitsplatz sitzen und genau im Fall solcher Vorkommnisse den Betrieb unterbrechen sollte. Doch jetzt war es bereits zu spät, um noch ins Gebäude zu rennen und das Förderband zu stoppen. Der kleine Junge und die Frau waren schon zu weit oben. Auch der Anruf in der Steuerungskammer brächte nichts, denn diese war unbesetzt, da auch sein Kollege Meierle den beginnenden Tumult beobachtet und seinen Bürostuhl verlassen hatte, um dem Baggerfahrer zu helfen. Nun standen Meierle und Crantz ebenso hilflos inmitten der kleinen Menschenmenge wie alle anderen.

»Ich kann nichts machen, der Notschalter ist zu weit weg«, sagte Crantz zu Carla, die immer noch schrie. Seine Stimme, mit der er sonst hundert Angestellte und tausend Tonnen Stein befehligte, war zu einem rauen Flüstern verkommen. »Sie müssen springen, das ist die einzige Lösung.«

Die Menschen unter dem Förderband hatten sich mit Gitte und Lukas auf ihm weiterbewegt und konnten die Außenmauer der Grobmühle nun schon beinahe mit den Händen berühren. Ob Freund oder Feind des Zementwerks, in diesem Moment waren alle Gedanken nur auf die Rettung der Gefährdeten gerichtet. Aber wie? Ein paar Bürger streckten die Arme in die Luft, um ihren Auffangwillen zu demonstrieren, wenn auch zögerlich. Die Greisin und das Kleinkind befanden sich bereits in überaus luftiger Höhe.

Der Einzige, der sich zu einer Handlung aufraffte, war der rotgesichtige ehemalige Rechtsanwalt und Rädelsführer Karl Rebner. Am Förderband entlang hastete er ein paar Meter zurück und versuchte, es zu besteigen. Natürlich war ihm klar, dass er es niemals rechtzeitig zu der Grabow und Lukas schaffen würde, aber es ging ihm auch nicht so sehr um die tatsächliche Rettung, sondern vielmehr um die eigene gute Figur, die er bei der Aktion abgab. Seine Tat sollte als mutig und vorbildlich gewertet werden, ein waghalsiger Versuch, ein Heldenepos am Rande der tragischen Ereignisse, über die morgen die europäische Presse berichten würde. Allerdings wurde dem Heldenepos relativ schnell ein Dämpfer versetzt: Rebner stemmte die Hände auf das Band, das in Brustkorbhöhe an ihm vorbeilief, und versuchte sich an einer Mischung aus Klimmzug und Felgaufschwung. Da er allerdings schon fünfzig Jahre zuvor weder einen Klimmzug geschafft noch das Prinzip des Felgaufschwungs verstanden hatte, klappte es auch unter den gesteigerten Anforderungen der Heldenhaftigkeit nicht. Das gummierte Band rutschte ihm unter den Händen davon, er schaffte es noch nicht einmal, die Arme zu beugen. Er kam einfach nicht hinauf. Das, was dem zweijährigen Jungen und sogar der zähen Greisin gelungen war, war für ihn ein Ding der Unmöglichkeit. Nonchalant klopfte er sich schließlich den Staub von Händen und Trenchcoat und sah sich um: Die Menschenmenge rang noch immer ihre Hände und brüllte durcheinander, niemand hatte sein Scheitern bemerkt. Er atmete auf.

In diesen Sekunden sah Gitte Grabow ihr Leben an sich vorüberziehen. Glücklicherweise war es ein sehr, sehr langes Leben gewesen, sodass die Erinnerungen daran eine nicht geringe Zahl an Sekunden füllten. Und so kam die Grabow nur bis zu ihrem vermeintlichen Schlaganfall im Jahre des Herrn 1982, als sie mit den Worten »Ich sterbe!« ein Taxi ins Krankenhaus bestellt hatte. Sogar ihren besten seidenen Morgenmantel hatte sie damals eingepackt, um im Ernstfall wenigstens eine schöne Leiche abzugeben. Im Krankenhaus entpuppte sich der Schlaganfall jedoch rasch als eingeklemmter Nerv, und nach zwei Spritzen hatte man sie mitsamt ihrem seidenen Morgenmantel wieder heimgeschickt.

Die Erinnerung stoppte also nach dem vermeintlichen Schlaganfall. Ihr Bewusstsein wollte ihr nicht erlauben, die allerletzten Momente ihres Lebens einzublenden. Gleich würde sie mit Lukas über die kleine Rampe in die Schachtrutsche zur Grobmühle stürzen, hinter der sich die spindelförmige Brennkammer glühend drehte. Schon konnte sich Gitte Grabow an der Außenwand des Werks abstützen und einen Blick in den Schacht werfen, aus dem ihr der Widerschein der Höllenglut entgegenleuchtete. Die enorme Hitze fauchte wie ein riesiger Föhn.

Immerhin war sie jetzt nicht mehr allein auf ihrem eindrucksvollen letzten Weg. Endlich hatte sie Lukas erreicht, kauerte sich neben ihn und schloss die Arme um ihn. Ihre staubsteife Häkelstola legte sich über die kleine grüne Fleecejacke wie graue Rabenschwingen. »War schön mit dir, kleiner Frosch«, flüsterte sie ihm ins Ohr und hielt ihm ihre zitternden Hände vor die Augen. Er sollte nicht sehen, was gleich mit ihm passieren würde.

Doch just in diesem Moment schoss unbemerkt von den kopflos herumstehenden Menschen ein teures Mountainbike die Zufahrt entlang. Die Bremsen kreischten, Steinchen spritzten, der drahtige kleine Fahrer sprang ab und riss sich den Helm vom Kopf, unter dem ein wehender Piratenschopf samt goldenem Ohrring zum Vorschein kam. Paul Kneißl, gerade zurückgekehrt von seiner vormittäglichen Runde über den Germannsberg, erfasste die Situation sofort.

»Alle Maschinen stoppen! Ruft den Notarzt!«, schrie er. Wie ein Slalomläufer hetzte er zwischen den »Bürgern« und Werksmitarbeitern in großen Sätzen auf den roten Bagger zu, dessen Tür immer noch offen stand und dessen Motor lief. Baudrexl stand hustend und mit rot zugeschwollenen Augen daneben und war ebenso paralysiert wie die Übrigen.

»Nicht abwarten, handeln!«, rief Paul Kneißl und schwang sich in die Fahrerkabine. »Nichts auf der Welt passiert, wenn man's nicht selbst anpackt!«

Es sollten seine letzten Worte sein. Nur Sekunden später saß der Juniorchef an den Steuerungshebeln des Baggers, fuhr dessen Arm weit empor und ließ ihn auf die Starkstromleitung niedersausen. Die dicken Kabel verfingen sich in den Schaufelzähnen und bogen sich durch wie ein Gummitwist. Ein stöhnendes, singendes Sirren lag in der Luft, dann gaben sämtliche Kabel auf einmal nach und rissen aus der Wand.

Zwanzigtausend Volt waren unterbrochen worden und verschossen ihre tödliche Ladung blitzend und funkensprühend über das metallene Gehäuse des Baggers. Für die Dauer eines Wimpernschlags schien die Szene eingefroren, die Zeit stand still. Dann aber schrillten gleichzeitig mehrere Notalarme los, und die silberne Außenhaut des Zementwerks schien vor Empörung über die Unterbrechung zu vibrieren. Auch das Förderband war abrupt zum Stillstand gekommen.

Endlich kam Bewegung in die Menschen. Carla und Baudrexl kletterten atemlos zu den Verirrten hinauf und trugen sie zurück auf den sicheren Erdboden.

»Grauwal!«, schrie Lukas mit sich überschlagender Stimme. »Bagger da!«

Gitte Grabow sagte nichts. Weinend verbarg sie ihr Gesicht in der Häkelstola, als sie in Baudrexls starken Armen hinunter zu den anderen geschaukelt wurde.

Der Bagger rührte sich nicht mehr, nur noch einzelne Funken von den zerrissenen Kabeln tanzten über die Länge seines Armes. Paul Kneißl war über den Steuerknüppeln zusammengesunken. Sein Gesicht war nicht zu sehen. Eine kleine weiße Dampf- oder Rauchfahne stieg über ihm empor, die rasch vom St. Gilgener Wind davongetragen wurde.

Der faradaysche Käfig, den die Fahrerkabine an sich darstellte, war in der Hektik der Geschehnisse verwundbar geworden, auch wenn mittlerweile kein Strom mehr durch die zerrissene Leitung floss. Bei einer ungeplanten Unterbrechung des Stromkreislaufs dauerte es normalerweise nur wenige Augenblicke, bis die Information ins Kraftwerk weitergeleitet wurde und der Sicherheitsstopp griff. Das alles ging ganz automatisch, doch in diesem Fall war kurz vorher ein einzelnes der losen Kabelenden durch die immer noch offene Baggertür gerutscht und hatte wie die verzweifelte Hand eines Ertrinkenden Paul Kneißls Knie berührt.

Ein perfekter Kreis

30. September, 10.22 Uhr

Am Morgen nach der größten Tragödie der jüngeren Gilchinger Geschichte blieb Roland schon den zweiten Tag in Folge der Arbeit fern. Die Berichte und die unerlässlichen Kabbeleien mit den Kollegen würden auf sich warten lassen müssen, immerhin hatte er tags zuvor beinahe seinen Sohn und seine geschätzte Nachbarin verloren. Und das, während er selbst im Baumarkt gestanden und ahnungslos vor der großen Auswahl an Holzleisten meditiert hatte. Der gute Dr. Spengler würde allein damit klarkommen müssen, Pressegespräche zu führen.

Carla und Roland hatten ihre Mobiltelefone ausgeschaltet und verbrachten den Vormittag mit einer Tüte frischer Croissants auf dem Klappsofa im Kinderzimmer.

Ihre geschätzte Nachbarin Gitte Grabow, dessen hatten sie sich vorher persönlich versichert, war physisch und psychisch vollkommen wiederhergestellt und befand sich in halb liegender Position ein Stockwerk über ihnen auf dem Kanapee unter Palmen, um sich auszuruhen.

Die Ereignisse um den Tod von Paul Kneißl hatten es noch am Vorabend in die Weltpresse geschafft. Taxi-Rudi als Augenzeuge hatte die Heldenrolle der Grabow sogar in einem Fernsehinterview herausgearbeitet. Diesmal war der Tenor der Schlagzeilen ein sehr vorteilhafter: »Filmstar rettet Kind«, »Gilchinger Todesdrama in Top-Besetzung« und sogar »Illegale Demo ausgeartet – Super-Seniorin greift ein«.

Gitte Grabow war vollkommen rehabilitiert. »Abend spat« war zwar tatsächlich eines von Adolf Hitlers Lieblingsliedern gewesen, aber, wie ihr der zutiefst betroffene Chefredakteur des »Fünfseen-Kuriers« persönlich am Telefon gesagt hatte, Hitler habe wohl auch Klopapier benutzt und Butterbrote gegessen, und man könne ja deshalb unmöglich das alles verbieten.

Der tendenziöse Bericht vom »Nazi-Dinosaurier« war von einem freien Mitarbeiter geschrieben worden, dessen Dienste in Zukunft nicht mehr benötigt wurden. Auf Nachfrage hin hatte der Mann zugegeben, bei seinen Recherchetätigkeiten bezüglich Gitte Grabows Spontanauftritt von einem spendablen Herrn unterstützt worden zu sein, den er ganz klar als Karl Klarl von KKK identifizieren konnte. Wegen Verleumdung, übler Nachrede, Rufmord und Anstiftung zu ebensolchem ein zweites Mal polizeilich befragt, hatte Klarl sein intrigantes Verhalten mit dem Wunsch nach schlechter Presse für die Bürgerinitiative erklärt, da sie in seinen Augen hinter der Bauverzögerung an der Glatze steckte.

Die Gegendarstellung der Ereignisse auf der Autoschau war in der Online-Ausgabe des »Fünfseen-Kuriers« bereits erschienen, ein regelrechtes Loblied auf Gitte Grabows Mut samt ausführlichem Interview würde es sogar in die Wochenendausgabe der »Süddeutschen« schaffen. Angeblich existierte auch schon eine Anfrage des Bayerischen Fernsehens. Und eine vom Theater, dem ein weibliches Urgestein vom Format eines Jopie Heesters schon lange fehlte. Der Stern des uralten Filmstars begann ein zweites Mal aufzugehen.

Bis es aber so weit sein würde, hatte man vereinbart, von nun an jeden zukünftigen Sonntag zusammen zu brunchen. Aus irgendeinem Grund war das der erste Wunsch der Grabow nach der Rettungsaktion gewesen.

Und dann war da noch Ludwig Bachberger. Irgendwo musste der arme Kerl doch unterzubringen sein. Irgendwo, wo man keine Fragen stellte und weder gemeinsame Kaffeekränzchen noch morgendliche Singkreise mit ihm veranstalten wollte. Bei jemandem, der ihn und seine Geschichte ungefragt akzeptierte und seinem gleichmäßigen, eigenbrötlerischen Dasein vielleicht sogar den Hauch menschlicher Wärme entgegenbrachte. Selbstredend musste dieser Jemand in Gilching wohnen, denn einen weiteren Ortswechsel würde der standorttreueste aller Landstreicher nicht verkraften.

Die Anforderungen für Ludwig Bachbergers ideale Betreuungslösung waren also immens. Noch dazu, wo man ihn ja nicht wirklich betreuen musste. Er brauchte eine stille, liebevolle Konstante, und so jemanden musste es unter den knapp achtzehntausend Gilchinger Bürgern doch geben, auch wenn gefühlte zwei Drittel davon noch nicht mal im schulpflichtigen Alter waren.

Roland hatte da schon so eine Idee …

***

Am Tag nach der Beisetzung von Sabine Wondratscheks sterblichem Überrest machten die Maeßmers einen langen Abendspaziergang durch den Ort. Offiziell wollten sie mit Lukas die Baufortschritte am neuen Kreisverkehr besichtigen, aber inoffiziell hatten sowohl Roland als auch Carla das Bedürfnis, sich der beruhigenden Vollständigkeit ihres guten alten Gilchings zu vergewissern. Als sie einen gewissen alten Wohnblock am Beginn der Sonnenstraße passierten, sahen sie einen gewissen alten Bekannten mit einer Restmülltüte aus dem Hauseingang schlurfen und diese voller Präzision in die Gemeinschaftstonne entsorgen.

Ludwig Bachberger sah gut aus. Schon immer war er der coolste Penner weit und breit gewesen, aber als glücklicher Untermieter war er nun auch weitaus gepflegter als früher. Seine Hose war zwar immer noch etwas zu weit, aber sauber und ohne Löcher und Grasflecken. Er trug braune Pantoffeln, eine senffarbene Strickjacke und einen gebürsteten Bart, aus dem der Gelbstich und die Dreadlocks wie durch Zauberhand verschwunden waren. Die ältere Dame, die ihn bei sich aufgenommen hatte, sorgte gut für ihn. Roland hoffte, dass sie ihm jeden Sonntag frischen Schweinsbraten kredenzte. Ludwig sah aus, als wäre er der »Apotheken-Rundschau« entsprungen: gemütlich, aber adrett. Das mit Lavendel parfümierte Bügelwasser konnte man fast bis zur anderen Straßenseite riechen. Keine Spur von der coolen neongrünen Bommelmütze und dem allgemeinen Gemüffel, nichts erinnerte mehr an die ehemals an ihm klebende konspirative Sporttasche.

Bedächtig schloss Bachberger den Deckel der Mülltonne und

schob sie zurück in ihr flusskieselbesetztes Betonhäuschen. Er wollte sich schon umdrehen und wieder ins Haus zurückgehen, als er innehielt, hochschaute und die staunenden Blicke der Maeßmers auffing.

Alle drei erstarrten für eine Sekunde. Das Schweigen der Erwachsenen wurde von Lukas gebrochen, dem der alte Mann wohl entfernt bekannt vorkam. »Grauwal! Hallo!«, schrie er und winkte wild.

Carla und Roland blickten betreten zur Seite. Ob der seiner letzten Restfamilie beraubte Greis sich für fremde Kleinkinder begeistern konnte?

Doch Ludwig Bachberger blieb stehen und schien einen Moment lang zu überlegen. Dann hob er die Hand und winkte ebenfalls. Zwischen den nun schneeweißen Wattebalken seines Bartes deutete er sogar ein schüchternes Lächeln an.

»Erstaunlich, wie er sich verändert hat«, meinte Roland, als sie weitergingen. »Ob er weiß, dass er jetzt wieder in derselben Wohnung lebt wie damals mit seiner Carola?«

Carla war zu überrascht, um stehen zu bleiben. Erst als sie den Starnberger Weg überquert und den kleinen Anstieg zur Skateranlage gemeistert hatten, fand sie ihre Sprache wieder. Sie drehte sich um und versuchte, hinter dem dazwischenliegenden großen Wohnblock jüngeren Datums ein Eckchen von Bachbergers neuem Domizil zu erhaschen. »Das ist die Bude, aus der er den GI geworfen hat?«

»Wo sozusagen alles angefangen hat, ja. Hat mir letztens die Metzgerin erzählt, als ich eine Leberkässemmel gekauft hab.«

»Wie klein die Welt doch ist«, seufzte Carla mit einem leichten Anflug von Neid darüber, dass ihr Gatte solche Informationen auch ohne ein Pfund teures Schwarzgeräuchertes erhielt. Wahrscheinlich stand die Brändle auf dunkel gelockte Polizisten. Aber welche Frau tat das nicht? »Und wie klein Gilching ist. Und wie schön, dass wir unser Leben so überschaubar mögen.«

Roland gab seiner Frau einen Kuss aufs Ohr. »Zur Überschaubarkeit hast du ja einiges beigetragen. Ich hoffe, in Zukunft wirst du meine Ermittlungen genauso gut unterstützen, wenn auch mit zwei Kindern.«

»Und wenn nicht?«

»Dann muss ich dir wohl einen Pelzmantel und einen Zweitausend-Euro-Handtaschenhund kaufen.«

»Au ja!«, rief Carla. »Aber einen, der selbstständig den ›Fünfseen-Kurier‹ aus dem Briefkasten zieht und ihn sofort frisst. Oder ins Altpapier wirft. Ein zweites Mal brauche ich so eine Aktion wie neulich nicht mehr.«

Epilog

Paul Kneißl, der sich für Gitte und Lukas geopfert hatte, war sofort tot gewesen. Zwar endet nur ein Drittel der Starkstromunfälle tödlich, doch die Elektrizität hatte zu lange in der Fahrerkabine gewütet, um ihm auch nur den Hauch einer Überlebenschance zu ermöglichen. Unwissentlich war also sein Schicksal dem seiner Verlobten ziemlich nahegekommen: Beide waren Opfer des Zementwerks geworden.

Matthias Kneißl konnte für das Verbrennen von Sabines Leiche tatsächlich nicht belangt werden, da er sein Geständnis nur gegenüber Carla abgelegt hatte und hinterher nichts mehr davon wissen wollte. Trotz einer privaten Suche aus Eigeninteresse, bei der Roland und Al-Jamal jede Tannennadel im Umkreis von Klarls Hochsitz umdrehten, ließ sich kein noch so minimaler Hinweis auf die ehemalige kurze Anwesenheit einer Leiche finden. Ali witzelte, dass eventuelle Blutspuren natürlich längst von einem Fuchs aufgeleckt oder auch einfach von Vampirbakterien zersetzt worden seien. Roland gefiel die Option mit dem Fuchs besser. Immerhin gelang es Ali – obwohl das wirklich nicht sein Kerngebiet war, wie er nicht müde wurde zu betonen –, im Innenraum des Hochsitzes ein paar Textilfasern aufzuspüren, die eine gewisse Ähnlichkeit mit neongrünem Fleece aufwiesen. Auch konnte er den Hauch einer Spermaspur feststellen, die möglicherweise Paul Kneißl zuzuordnen war – oder auch dem jungen Mann, der für Carlas extragehaltvolle Bacon & Egg McMuffins Sorge trug. Möglicherweise stammte das Sperma aber auch von irgendeinem anderen beliebigen männlichen Gilchinger zwischen vierzehn und vierundsechzig, von denen es in etwa sechstausend gab.

Natürlich konnte beziehungsweise wollte man weder Paul Kneißl noch Jimmy Island Böck zum Gentest einbestellen. Das Wissen um den Spermaverursacher hätte sowieso keinen Mehrwert gebracht außer eben der Bestätigung der fast schon faktischen Ahnung, dass Klarls Hochsitz hin und wieder für romantische Stelldicheins herhalten musste.

Immerhin fand Kneißl senior durch die Erklärung, weshalb seiner unglücklichen Beinahe-Schwiegertochter die Zehen abhandengekommen waren, für sehr kurze Zeit einen Teil seines inneren Friedens wieder. Der Tod seines Sohnes hatte ihn jedoch in ein tiefes Loch gestürzt. In einer Nacht- und Nebelaktion verkaufte er das Firmengelände an das benachbarte Kieswerk, bei dem auch die meisten seiner treuen Mitarbeiter unterkamen. Sein Wohnhaus am Westrand Gilchings übertrug er als Schenkung einem katholischen Kindergarten, der sich daraufhin im kommenden Jahr zu erweitern und allen aufnahmewilligen Kindern Platz zu bieten versprach. Der nur innerlich stark gealterte Unternehmer selbst verlegte seinen Wohnsitz nach Luxemburg und brach schließlich sämtliche sozialen Verbindungen zu seinem bisherigen Leben ab. Sogar den Kontakt zu seinem Gilchinger Stammtisch hatte er gekappt und lebte Gerüchten zufolge nun in Thailand, wo die Menschen dem deutschen Schaffensdrang noch Respekt zollten und er eine nette und fruchtbare junge Frau gefunden hatte.

Das Zementwerk wurde wenige Wochen nach seinem Verschwinden von Unbekannten in die Luft gesprengt. So gut jedenfalls, wie man ein riesiges Zementwerk in die Luft sprengen kann. Die meisten Gebäude blieben stehen und wären innerhalb kürzester Zeit zu reparieren gewesen, doch angesichts der starken Gegenstimmung in der Bevölkerung wollte sich kein Investor finden, und schon ein paar Tage nach dem Anschlag lag Schnee auf den bizarren Ruinen. Zudem war der Weltmarktpreis für Zement auch schon einmal berauschender gewesen und wurde von günstigen Importen aus Thailand weiterhin untergraben.

So verfiel die gigantische Anlage mit der Zeit mehr und mehr. Die Jugendlichen des Ortes verbrachten ihre Sonntage nicht mehr im McDonald's, sondern nahmen ihre Cheeseburger stattdessen mit zum »Zement«, wo sie Mutproben veranstalteten und die wenigen noch unzerstörten Fenster einwarfen. Das Förderband diente für private Kegelpartys.

Nur der Hauptturm mit der Brennkammer war intakt und

blieb unverwüstlich stehen wie der Sarkophag von Tschernobyl. Dass es sich bei ihm tatsächlich um einen Sarkophag handelte, wussten in Gilching jedoch nur drei Menschen. Und die verrieten es nicht. Dem Andenken von Sabine Wondratschek und ihren naiven, aber gut gemeinten Intentionen war so bestimmt am meisten gedient.

Karl Klarl erhielt wegen der Sache mit dem Nazi-Dinosaurier eine Bewährungsstrafe, die seinem angeschlagenen Unternehmen den Todesstoß versetzte. Innerhalb kürzester Zeit verkaufte er seine Villa an einen gewissen Horst zur Hassel, der auch die Geschäfte der KKK abwickelte. Schließlich gab Karl Klarl auch sein Jagdrevier auf und wurde nie mehr in Gilching gesehen. Gerüchten zufolge war er mittlerweile in eine neue Bauunternehmung mit Firmensitz in Tschechien verwickelt.

***

Jimmy Island Böck und Wendy wurden kein Paar mehr. Nach einer kurzen Trauerphase, für die er nicht einmal zwei Kisten Tegernseer benötigte, stellte Jimmy fest, wie wenig er sie vermisste. Eigentlich, dies wurde ihm immer klarer, hatte er mehr die gemeinsamen Stunden im Rausch geliebt als die Frau. Und seit seinem denkwürdigen Nachmittag bei der Polizei konnte er nicht verhehlen, auch andere Betätigungsfelder interessant zu finden. Was er lange nicht hatte wahrhaben wollen, war ihm dort klar vor Augen geführt worden: Es gab ziemlich coole Leute, die ziemlich coole Sachen machten, für die sie erstaunlich wenig Drogen benötigten. Leute, die ihre Arbeit mochten und vielleicht sogar liebten. Roland, Carla, sogar der nervige Dr. Spengler und natürlich auch dieser Ali machten ihren Job nicht, weil sie sich durch ihre Bezahlung mehr Bier als ein Hartz-IV-Empfänger leisten konnten, sondern weil dadurch die Welt ein bisschen besser wurde.

Ehrlich, das Bier hatte Jimmy schon einmal besser geschmeckt. Und das Dope sowieso. Irgendwann überwand er sich und schrieb mit klopfendem Herzen eine E-Mail an Dr. Said Al-Jamal. Sie enthielt die Bitte um einen Praktikumsplatz und wurde von ihm mit »J. Böck« unterschrieben. Obwohl er bei seiner letzten Reisepassverlängerung vom Gilchinger Standesbeamten ermahnt worden war, dass es sich theoretisch bei jeder unvollständigen Namensangabe um Urkundenfälschung handeln könne, waren ihm seine beiden Vornamen im Zusammenhang mit einem so hehren Wunsch wie einem Praktikumsplatz eher peinlich.

Wer etwas werden wollte in dieser Welt, der musste nun einmal auf einen klassischen Namen hören wie etwa Stephan oder Alexander. Notfalls auch Michael. Oder auf Paul, Thomas, Theodor oder sogar Johann. Jedenfalls auf einen unverfänglichen Namen, den man selbst mit Inhalt belegen konnte und der die eigene Mutter nicht als Anhängerin seltsamer, unreflektierter Modeströmungen entlarvte. Als Jimmy trug er ein Stigma. Das hatte er schon oft genug erleben müssen, wenn gut gekleidete Kunden im McDonald's auf sein Namensschild schielten und dann wissend nickten. So einer also. Na, immerhin hat er überhaupt einen Job. Kann doch stolz auf sich sein.

Er hoffte, beim souveränen Dr. Ali noch am ehesten ernst genommen zu werden, da dieser wie er nicht mit einem Durchschnittsnamen der Oberschicht gesegnet war. Vielleicht würde er Jimmy sowieso für eine Abkürzung halten und sich an das Island gar nicht mehr erinnern.

Das Unmögliche geschah: Ali bestellte ihn für einen Schnuppertag zu sich und erklärte hinterher, durchaus einen Laboratoriumsassistenten brauchen zu können. Jimmy sei ein überaus interessierter und dazu noch aufgeschlossener Bursche von rascher Auffassungsgabe, der im Gegensatz zu seinen jüngeren Konkurrenten auch über die entsprechende Reife verfüge. Wenn es ihm nichts ausmache, nebenher ab und an die Berufsschule zu besuchen und er ihm verspräche, trotz der langen S-Bahn-Fahrt aus Gilching immer pünktlich zu sein, könne er in gut drei Jahren ein komplett ausgebildeter Medizinisch-Technischer Laboratoriumsassistent inklusive Zulassungsprüfung sein.

Jimmy nahm das Angebot an, und bald schon war in seinem Leben außer seinem Pferdeschwanz nichts mehr so wie vorher. Er hatte eine Chance bekommen, und er nutzte sie. Das Ausbildungsgehalt genügte sogar für ein winziges Zimmer in einer Sendlinger WG, sodass er nicht mehr pendeln musste. Seine Noten in der Schule waren nicht die schlechtesten, und die Arbeit in Alis Labor hörte nie auf, ihn in Hochspannung zu versetzen. Er verkaufte seinen VW-Bus und machte sein altes Mountainbike verkehrstauglich. Am Wochenende genehmigte er sich ein Bier, manchmal auch zwei, und fand auf der Berufsschule ein paar lässige Kollegen.

Und dann traf er sie. Drei Jahre älter, leidenschaftliche Radfahrerin und trotz der kreuzbayerischen Herkunft von einer schon allein durch den Vornamen beeinflussten orientalischen Schönheit. Eines Nachmittags stand sie vor dem Kaffeeautomaten des Instituts für Rechtsmedizin und fragte ihn, ob er ihren Onkel gesehen hätte.

Sie tranken einen Kaffee zusammen, und sie strich ihm neckisch eine blonde Strähne aus der Stirn. Bis Onkel Ali eintraf, hatte sie ihm bereits einige witzige Anekdoten von ihrer Arbeit im Standesamt erzählt, und Jimmy hatte mit Schilderungen seiner Erlebnisse in der Systemgastronomie gekontert, worüber sie noch mehr lachte als über ihre eigenen Geschichten. Ein so offenes Lachen hatte er noch nie bei einem Menschen erlebt.

Shirin war die untypischste Beamtin, die er sich nur vorstellen konnte, und Jimmy wurde der erste Kerl an ihrer Seite, der Gnade in den Augen ihres strengen Onkels fand.

Es dauerte ein paar Monate, bis sein Personalausweis ablief und Shirin es sich nicht nehmen lassen wollte, ihm persönlich einen neuen auszustellen. Als sie ihm das Dokument überreichte, hielt sie sich lächelnd einen Zeigefinger vor die Lippen.

Aus dem Kifferjungen war nun wahrhaftig ein neuer Mensch geworden. An seinem Rufnamen hatte Shirin nichts ändern können, aber sein Zweitname lautete von nun an nicht mehr Island, sondern – als wäre er nicht der Sohn einer unglücklichen Alleinerziehenden mit wenig Aussicht auf eine rosige Zukunft, sondern Spross eines traditions- und leistungsbewussten Akademikerpaares – Ingolf.

***

»Was machst du heute Abend?«, fragte Roland Maeßmer an einem Dezembermorgen seine Frau, die gerade in die angenehme Mittelphase ihrer Schwangerschaft überging.

»Meinen Bauch einölen. Warum?«

»In der Weinhandlung tritt eine Band auf, die ich dir schon lange mal vorstellen wollte. Da könnten wir ja vor dem gemeinsamen Bauch-Einölen hingehen. Was meinst du?«

»Wird das nicht ein bisschen spät für Gitte?«

»Ich habe schon für alles gesorgt. Gitte hat frei, dein Bruder holt Lukas am Nachmittag ab und bringt ihn uns morgen Abend zurück. Er will den ganzen Tag mit ihm ins Deutsche Museum gehen. Und wenn du fit genug bist, können wir morgen sogar zu zweit in die Therme fahren.«

Carla umarmte ihren Gatten. »Du bist halt einfach der Oberorganisator. Ich akzeptiere deine höchstrichterlichen Anweisungen und füge mich dankend in die mir zugedachte Rolle als wohlwollend lächelnder Schmuck deines stolzen Armes. Was ist das denn für eine Band?«

»Oh, was ganz Besonderes. Eigentlich gar nicht so unsere Musikrichtung, aber ich glaube, wir werden trotzdem unseren Spaß haben«, gab Roland sich erst geheimnisvoll, konnte aber mit der Neuigkeit dann doch nicht hinter dem Berg halten. »Na gut, es ist ein Zither-Projekt, und es besteht aus dem Angler, der den Zeh gefunden hat, und meinem Chef. Das Spengler-Mühleisen-Duo. Ihr erster gemeinsamer Auftritt!«

Es wurde ein grandioser Abend. Der kleine, gemütliche Veranstaltungskeller des Weinladens bebte. Zwar nicht von tanzenden Besuchermassen, jubelnden Zugaberufen und endlosem Klatschen – dafür war die Art der Musik, ein anständiger Mix aus Landlern und zaghaften Polkas, zu denen man bestenfalls ein wenig schunkeln konnte, nicht geeignet –, aber dennoch kochte die Stimmung im Backsteingewölbe. Der Thermostat der neu eingebauten Heizung funktionierte noch nicht und sorgte trotz aufgerissener Türen für angenehme dreißig Grad. Die Hitze war dem Getränkeabsatz sehr förderlich, und weil es einen in einem Weinladen sowieso tendenziell öfter nach einem Glas Roten verlangt als sonst wo, hatten die meisten Anwesenden schon in der ersten Konzertpause glasige Augen.

Um elf, als das Spengler-Mühleisen-Duo gründlich durchgegart die kleine Holzbühne verließ, waren alle außer Carla besoffen. Die Konzertgäste vom feinen Tempranillo oder auch dem geschmeidigen Sangiovese, der Inhaber Gerdfried Wolfertstetter vom Glück über die unverhofft reichlichen Einnahmen. Überschwänglich buchte er das Spengler-Mühleisen-Duo für einen neuen Termin im Frühjahr und nahm sich im Geheimen vor, die Sache mit der Reparatur des Thermostats noch einmal zu überdenken.

Am nächsten Morgen klingelte bei den Maeßmers schon früh um halb acht das Telefon. Roland schnarchte unbeirrt weiter, er war von den Auswirkungen seiner fünf Glas Tempranillo und der erhitzten Liebesnacht mit der Gattin noch immer vollkommen geplättet, doch Carla schaffte es gerade noch zum Telefon, bevor der Anrufbeantworter ansprang. Auch ohne fünf Glas Tempranillo hätte sie gern etwas länger in diesen Sonntagmorgen hineingeschlafen.

»Maeßmer, ja, bitte?«

»Guten Morgen, Frau Maeßmer. Lugsteiner von FreiSpiel am Apparat. Sie haben doch vor ein paar Wochen bei uns diesen wunderbaren Dschungel gemalt. In einer unserer Gruppen zieht unerwartet ein Kind weg, und da haben wir uns gedacht, Sie hätten vielleicht noch Bedarf mit Ihrem Lukas. Natürlich nur, wenn es Ihnen nichts ausmacht, weil das Kindergartenjahr schon eine Weile läuft. Ehrlich gesagt sind uns deshalb auch schon mehrere Mütter von der Warteliste wieder abgesprungen. Die glauben, die Gruppen wären schon zu sehr aneinander gewöhnt, und ihr Kind hätte es dann zu schwer. Wie gesagt, so ein nachträglicher Eintritt ist nichts für jeden. Aber wir haben Lukas ja schon kennengelernt und sind alle der Meinung, dass er gut in die Marienkäfergruppe passen würde.«

»Äh, damit habe ich ja gar nicht mehr gerechnet«, stotterte Carla. »Aber grundsätzlich gern, ja, doch … Ein Kindergartenplatz! Wow! Herrlich! Wann wird der Platz denn frei?«

»Tja, das ist es ja gerade. Gut, dass Sie von sich aus fragen. Deshalb rufe ich Sie auch am Sonntagmorgen an. Das Vorgängerkind, nennen wir es mal so, zieht dieses Wochenende weg, wirklich sehr überraschend. Also, ich weiß, das ist jetzt vermutlich ein bisserl unrealistisch, aber wenn Sie morgen früh noch nichts vorhaben …?«

***

Viele, viele Kilometer vom Fünfseenland entfernt, dort, wo die Menschen noch nicht saturiert genug waren, um gegen die brummende Wirtschaft zu demonstrieren, entstand derweil ein anspruchsvoller Neubau.

Die letzte Fuhre Kneißl-Zement war ins Tiroler Ötztal geliefert worden. Ein aufstrebender junger Software-Unternehmer verwirklichte auf einer Felsnase hoch über der Stadt Oetz seinen Traum vom Eigenheim. Ein Flachbau im Bauhausstil sollte es werden, terrassiert und mit einem Penthouseaufbau aus heimischer Lärche, der in Form und Größe identisch mit der danebenliegenden Doppelgarage war. Nüchtern wie schwedisches Knäckebrot und genauso entschlackt wie der Software-Code, der seinem Entwickler diesen Bau ermöglicht hatte.

Im schneeweiß gestrichenen Rohbeton und dem langsam verwitternden Lärchenholz würde sich die hochalpine Umgebung widerspiegeln, ohne dass man sich durch Schnörkel und überflüssigen Nischenkram bei ihr anbiedern müsste.

»Ich baue ein Haus, keine Schwarzwalduhr«, hatte der Bauherr erst am Vortag gerufen und auf den Tisch gehauen, als der Polier gewagt hatte, etwas von hölzernen Rankgittern zwecks

Sichtschutz zu faseln. »Ich brauche keinen Sichtschutz – mein Haus soll so nackt gesehen werden, wie es ist!«

Das Wort vom nackten Haus hatte auf der Baustelle schnell die Runde gemacht. Auch die Arbeiter, die an diesem Morgen auf dem Kellerdach mit Verschalung und Guss des ersten Stockwerks beschäftigt waren, kannten nur dieses Thema.

»Also, ich weiß ja nicht«, murmelte der bärenstarke Broni auf Tschechisch, während er einen Sack deutschen Zement aufschnitt, um ihn in den Mischer zu kippen. »Ich würde mich ja auch nicht wohlfühlen, wenn ich ständig nackig sein müsste. So ein Haus hat doch vor allem mit Geborgenheit zu tun, oder etwa nicht? Klar, bisschen hübsch schadet auch nicht, aber wenn ich mal eines für meine Wladislava und mich bauen sollte, dann wird es ganz bestimmt gemütlich und nicht nackt. So.«

»Wann ist es denn bei euch so weit? Habt ihr überhaupt schon ein Baugrundstück in Aussicht?«, fragte sein Kollege Jakub. Zusammen mit Broni und zwei anderen Maurergesellen hatte er für ein paar Wochen auf der österreichischen Baustelle angeheuert. Alle vier vermissten ihre zurückgebliebenen Freundinnen und Frauen und sprachen von nichts lieber als davon, was sie in der Zukunft alles mit ihnen täten, wenn sie endlich genug Geld verdient hätten.

Frühestens, wenn meine Oma abnippelt, wollte Broni gerade entgegnen, als er stutzte. Er hatte schon den halben Sack in den Mischer geleert. Hatte da nicht etwas im Zement geglitzert? Kurz entschlossen stellte er den Sack ab, tauchte mit der Hand hinterher und fuhr ein paarmal durch die oberen Schichten des Zementpulvers.

Tatsächlich blieb zwischen den Fingern seiner groben Arbeitshandschuhe etwas hängen. Zuerst dachte er, es wäre eine Münze, doch dann fiel die Kruste aus Zementstaub in einem größeren Bröckchen ab und gab die mittige Öffnung und die leere kleine Steinfassung frei. Auch eine Öse war vorhanden. Eine Art Kettenanhänger. »Jakub! Dein Kumpel Broni ist eine alte Elster. Schau, was ich gefunden habe!« Triumphierend hielt er das Medaillon in die Luft.

»Lass mal gucken«, bat Jakub. »Mit Metall kenne ich mich aus. Vielleicht ist es ja was Wertvolles.«

Gemeinsam betrachteten sie das Medaillon. Es war hübsch. Die Oberfläche war von einem dunklen, fast bläulichen Silberglanz, allerdings so glatt, dass das Medaillon fast ein bisschen billig wirkte. Wie Lack oder geschmolzenes Plastik.

Broni räusperte sich. »Und?«

»Muss dich enttäuschen«, brummte Jakub mit zusammengekniffenen Augen. »Ganz sicher kein Platin. Nicht mal Silber. Aber auch kein Alu. Das muss irgendwas Seltsames sein, so ein Modeschmuck. Schenkt man sich vielleicht unter Mädels. Gehört zu einer Freundschaftskette, würde ich vermuten. Und das war in dem Zementsack drin, sagst du?«

»Ganz sicher.«

»Merkwürdig. So was sollte den Verarbeitungsprozess eigentlich nicht überstehen. Vielleicht hat ein Mitarbeiter im Zementwerk Liebeskummer gehabt und wollte es loswerden. Die Kette und der Stein sind wohl geschmolzen. Und das hier ist dann wohl so eine Art Keramik. Kostet bestimmt nicht viel.«

Jakub drehte den Anhänger um. »Ist sogar was eingraviert worden.«

»Ein großes W, oder? Und ein … ein B!«

»Ja, sieht so aus.«

»He, genau wie Wladislava und Broni. Und darunter steht … JIB. Wie zum Beispiel … Ich bin dein starker Broni.«

»Genau, du Angeber. Oder es ist ein Firmenname.«

»Und wenn. Trotzdem perfekt!« Broni lachte glücklich und entblößte dabei einen ausgeschlagenen Schneidezahn. Er war zwar bärenstark, aber manchmal auch zu besoffen, um zuerst zu treffen. »Meine Wladislava wird denken, ich hätte das extra für sie anfertigen lassen. Die wird sich freuen! Und gespart hab ich auch noch was, weil ich ihr nicht irgendeinen Scheiß kaufen muss.«

»Na, dann klappt's ja vielleicht schon ein bisschen früher mit dem gemütlichen Haus«, brummte Jakub gutmütig und schaltete den Zementmischer ein.

Danksagung

Fachlich unterstützt haben mich Dr. des. med. Lucia Bader, Rechtsanwältin Verena Hammer, Waldkindergartenleiter Stefan John, Hauptkommissar Ruch von der PI Germering und – nach dem Abstillen – der Weinhändler meines Vertrauens.

Auch meine fleißigen Testleser sind die weltbesten, allen voran der unerbittliche Onkel Franz mit seinen Argusaugen.

Vielen Dank an Mama und Papa, die unglaublich großartige Großeltern sind, obwohl sie schon als einfache Eltern fast nicht mehr zu übertreffen waren. Ähnliches gilt für meine Schwestern und ihren Tantenzustand. Ohne eure Babysitterdienste wäre ich längst in den geistigen Analphabetenstatus zurückgeschrumpft.

Und nicht zuletzt: Danke, Gilching! Dafür, dass du überlaufenes, aus allen Nähten platzendes Dorf sogar noch mich aufgenommen hast. Wenn es auch nicht mehr für einen Kindergartenplatz gereicht hat. Aber mal ehrlich – es gibt wirklich schlimmere Orte für Familien. Ganz besonders danke ich meinem Sonnenstraßen-Kiez, diesem abgeschlossenen Universum der kurzen Wege, und all seinen Bewohnern.